HEYNE BÜCHER

Das Buch

Annie Laurance führt auf einer kleinen Insel vor South Carolina ihren Krimi-Buchladen. Sie steht kurz davor, den reichen und attraktiven Max Darling, Inhaber eines Detektivbüros, zu heiraten.

Annie erhält von der Historischen Gesellschaft Chastains, einer kleinen Stadt auf dem Festland, den Auftrag, ein mehrtägiges Mörderspiel zu inszenieren. Ironie des Schicksals: Noch während der Vorbereitungen dazu wird Corinne, die allseits unbeliebte Präsidentin der Gesellschaft, buchstäblich ermordet. Das Mörderspiel findet dennoch statt. Und gleichzeitig ermittelt ein nicht sehr begabter Kommissar neben Annie und Max in dem höchst realen Mordfall. Wer war der Mörder?

Die Autorin

Die Amerikanerin Carolyn G. Hart hat neben ihrer Krimiserie um die unternehmungslustige und findige Annie Laurance eine Reihe weiterer Romane, darunter einige Jugendkrimis, und Erzählungen geschrieben. Ihre Romane wurden mit zahlreichen Preisen geehrt.

Im Wilhelm Heyne Verlag ist erschienen: *Tod auf Anfrage* (01/9709).

CAROLYN G. HART

ENTWURF FÜR EINEN MORD

Ein Annie-und-Agatha-Krimi

Aus dem Amerikanischen
von Volker Teitscheid

Deutsche Erstausgabe

WILHELM HEYNE VERLAG
MÜNCHEN

HEYNE ALLGEMEINE REIHE
Nr. 01/9942

Titel der Originalausgabe
DESIGN FOR MURDER

Umwelthinweis:
Das Buch wurde auf
chlor- und säurefreiem Papier gedruckt.

Redaktion: Dr. Andreas Gößling

Printed in Germany 1996
Umschlagillustration: Michael Haussmann, München
Umschlaggestaltung: Atelier Ingrid Schütz, München
Satz: Wolfgang Taschner, Wörthsee
Druck und Bindung: Ebner Ulm

ISBN 3-453-10831-0

Für Phil, Philip und Sarah
mit meiner ganzen Liebe

1

Die Person an der Schreibmaschine nickte. Fertig. Ein gelungeneres Mordszenario konnte man sich kaum vorstellen. Ein geradezu boshafter Mord, dem ein handverlesenes Publikum beiwohnen würde. Und das wäre nur gerecht.

Die Gestalt zögerte einen Moment. War diese Demütigung vor der Öffentlichkeit wirklich nötig? Aber es gab keinen Zweifel daran, wie die Antwort lauten mußte. Vielleicht würde es endlich gelingen, die charmante und elegante Fassade dieser niederträchtigen Regentschaft einzureißen und die egoistischen Manipulationen zu beenden.

Vorsichtig löste die behandschuhte Hand das letzte Blatt aus der Schreibmaschine. Es grenzte an Ironie, daß der Brief auf der alten Maschine getippt worden war, die im Büro des Vorstandes der Gesellschaft für Denkmalpflege von Chastain stand. Sollte jemand die Blätter wirklich bis zu dieser Schreibmaschine zurückverfolgen, würde das nur beweisen, daß das Manuskript auf einer Maschine getippt worden war, zu der die Crème de la Crème der Gesellschaft von Chastain Zugang besaß.

Nachdem sie die Bögen des Briefes ordentlich gefaltet und in den bereitliegenden Umschlag gesteckt hatte, las die Person den Begleitbrief noch einmal durch und setzte umständlich eine Unterschrift darunter. Dann schob sie den Brief in den Umschlag und klebte diesen zu.

Alles war vorbereitet. Sobald offiziell ein Experte für die Detektivspiele engagiert worden war, konnte der Brief zur Post gehen.

Die Person sah zum Wandkalender hoch, auf dem Prichard House abgebildet war, eines von Chastains ältesten und hübschesten Häusern aus der Zeit vor dem Bürgerkrieg. Ein roter Kreis markierte den 7. April.

2

Idell Gordon zupfte ruhelos an ihren Bettlaken. Sie hätte längst zum Zahnarzt gehen sollen. Jetzt war es zu spät – der Backenzahn rechts oben schmerzte schrecklich. Sie hielt die Augenlider geschlossen und hoffte, durch den Schlaf erlöst zu werden, aber der wollte sich nicht einstellen.

Schließlich setzte sie sich müde auf, schob ihren plumpen Körper an den Bettrand und sah auf das Leuchtzifferblatt der Uhr auf dem Nachttisch. Kurz vor drei. Sie schwang die Beine über den Bettrand und schlüpfte in die abgenutzten rosafarbenen Hausschuhe aus Satin. Ah, ihr Kiefer ... Idell schlurfte durch das Zimmer zum Bad und griff nach dem braunen Plastikfläschchen mit den Valiumtabletten. Eine davon würde ihr beim Einschlafen helfen. Sie füllte Wasser in einen Zahnputzbecher, schluckte die kleine Tablette und unterdrückte ein Stöhnen. Es würde einige Zeit dauern, bis das Medikament wirkte. Sie wollte sich in den Sessel setzen, dachte dann aber, daß es vielleicht besser wäre, wenn sie in Bewegung blieb. Sie durchquerte das Zimmer, wich den Topfpflanzen, dem Schaukelstuhl und der kümmerlichen Ahornpflanze aus und öffnete eine Fenstertür, um auf den Balkon des zweiten Stockwerks hinauszutreten. Wohltuend und beruhigend umfing sie die weiche Nachtluft.

Obwohl erst Mitte März, war es schon fast warm genug, um im Nachthemd draußen zu stehen. Trotzdem holte sie den Schal, den sie vorhin über den Schaukelstuhl gelegt hatte. Das Mondlicht glitzerte auf dem Grundstück unter ihr und verbarg das wuchernde Gestrüpp in den Beeten neben dem Gasthaus. Sie seufzte. Jedesmal, wenn sie Unkraut jätete, schmerzte ihr Rücken, aber sie konnte es sich nicht leisten, für dieses Frühjahr einen Gärtner einzustellen. Das Gasthaus hatte kaum Gäste, und mit den Rechnungen würde es ganz schön eng werden. Ein kleiner Funke Panik glomm in ihrer Brust auf. Was würde sie tun, wenn das Gasthaus nicht mehr genug einbringen würde? Während der Haus-und-Garten-Touren im April würde es wieder brechend voll sein, aber das reichte nicht als Ausgleich für die leeren Zimmer im Sommer. Vorsichtig ihren Kiefer betastend, ging sie auf und ab und unterdrückte ein Wimmern. Sie bemühte sich, leise zu sein, um ihre schlafenden Gäste nicht zu wecken. Plötzlich, scharf und hart wie ein Pfauenschrei, kreischte das Tor zum Grundstück der Gesellschaft für Denkmalpflege. Idell erkannte das Geräusch sofort. Seit vielen Jahren hörte sie das Quietschen des Tores, das von ihrem Grundstück auf das Gelände der Gesellschaft führte. Doch warum sollte sich das Tor zu dieser Stunde öffnen? Sie reckte sich, um über das Geländer zu spähen. Außergewöhnlich! Seltsam! Sie mußte unbedingt nachfragen ... Ein feuriger Schmerz wühlte in ihrem Kiefer. Sie stöhnte leise auf, drehte sich um und ging zurück ins Haus.

3

Corinne Prichard Webster stand vor dem messinggerahmten Spiegel. Trotz des stumpfen, antiken Glases glitzerte ihr Spiegelbild wie Kristall, und wie immer genoß sie diese morgendliche Begegnung mit ihrem eigenen Bild. Schon immer war ihre Schönheit ihr großes Kapital gewesen. Sie war davon überzeugt, daß sie für Männer eine Vollkommenheit darstellte, die sie nie besitzen konnten.

Als sie Tim einmal gefragt hatte, ob er sie malen wolle, hatte er lange Zeit geschwiegen und dann – allerdings widerwillig – gesagt: »Du bist wie das erste, zarte Rot des Sonnenaufgangs.« Tim war beinahe so poetisch wie begabt. Wie wütend sie gewesen war, als sie erfahren hatte, daß er sich von Sybil hatte verführen lassen, die doch nichts weiter als eine Schlampe war, trotz ihres berühmten Namens und ihres Vermögens. Sie sollten sich nicht einbilden, daß Corinne es Tim gestatten würde, seine Bilder aus dem Museum zu nehmen. Er mußte einsehen, daß es seine Pflicht war, in Chastain zu bleiben, nach allem, was sie für ihn getan hatte. Entschlossen preßte sie die Lippen zusammen und lächelte dann ohne echte Freude. Sybil und Tim dachten sicher, daß alles schon geregelt wäre. Aber ohne Bilder konnte Tim in New York keine Ausstellung machen – und die Bilder gehörten dem Prichard-Museum.

Sie hob ihre schmale weiße Hand und berührte die angespannte Haut zwischen den Augen. Sofort verschwanden die kleinen Fältchen. Prüfend musterte sie ihr Gesicht. Ihre Augen waren immer noch so strahlend blau wie früher, und ihre Haut fühlte sich so glatt und weich wie die eines jungen Mädchens an. Sie spürte, wie eine Woge der Befriedigung sie durchflutete. Frauen, die sich gehen ließen, verachtete sie. Lucys Gesicht tauchte in ihren Gedanken auf – eine Haut wie aus Leder ... wegen der vielen Stunden in ihrem elenden Garten. Und in bezug auf Mode hatte Lucy soviel Fantasie wie eine Bibliothekarin. Sie kleidete sich schrecklich langweilig, obwohl sie ganz nett aussehen konnte, wenn sie wollte. Sonntags zum Beispiel trug sie immer ein gutgeschnittenes Seidenkleid mit Hut und Handschuhen. Corinne schüttelte den Kopf – Hut und Handschuhe. Niemand außer Lucy trug so was heutzutage noch. Daran merkte man, wie alt sie war. Corinne betrachtete zufrieden ihr Spiegelbild. Von ihr konnte das niemand behaupten. Sie sah immer *au courant* aus, und niemand kam auf die Idee, daß sie so alt wie Lucy war. Nur gut, daß sie sich vor Jahren so entschieden gegen sie durchgesetzt hatte. Es wäre für Cameron einfach nicht standesgemäß gewesen, Lucy zu heiraten und zu einer Prichard zu machen. Ein Mädchen, dessen Vater ein Modegeschäft betrieben hatte! Die Prichards waren nie Krämer gewesen, sondern hatten Plantagen und – vor langer Zeit – Segelschiffe und Lagerhäuser besessen.

Ihre Augen verengten sich, und sie wandte den Blick ab, um die Veränderung in ihrem Spiegelbild nicht wahrnehmen zu müssen. Eben war das Gesicht im Spiegel noch weich und verführerisch gewesen, mit den klassischen Knochen, dem silberblonden Haar und den mittelmeerblauen Augen beinahe wie an ihrem Hochzeitstag vor fast vierzig Jahren, doch dann hatte es sich verhärtet. Corinne Prichard Webster dachte an ihre Nichte Gail, die sich einem völlig unpassenden Mann an den Hals geworfen hatte, und ihr Gesicht offenbarte seine neunundfünfzig Jahre. Die Augen waren kalt und hart, die Lippen dünn, entschlossen und grausam.

Das Telefon klingelte.

Corinne nahm nicht ab. Sie ließ den Blick durch ihr Schlafzimmer schweifen. Das seidene Himmelbett und die Queen-Anne-Frisierkommode, der Windrosen-Schreibtisch, der in einer Fensternische vor den samtblauen, noch geschlossenen Vorhängen stand …

Das weißgoldene Telefon, eine französische Reproduktion, klingelte wieder. Corinne wartete. Sie wußte, wer anrief.

Leise klopfte es an der Schlafzimmertür. Marybelle trat ein.

»Ein Anruf für Sie, Madam. Mr. Roscoe Merrill.«

Corinne nickte. »Stellen Sie durch, Marybelle.«

Als das Hausmädchen die schwere Tür leise geschlossen hatte, ging Corinne zum Telefon. Sie nahm den Hörer und hob das Kinn. Wenn Roscoe Merrill im Zimmer gewesen wäre, hätte er ihre Haltung zu deuten gewußt – die herrische Corinne.

»Ja, Roscoe?« Sie hörte eine Weile zu und sagte dann ungeduldig: »Am Privatleben erkennt man die wahre Natur eines Mannes.« Er sagte etwas, aber sie schüttelte den Kopf und unterbrach ihn scharf: »Es hilft dir bei mir nicht, diesen Ton anzuschlagen. Ich werde tun, was ich für richtig halte. Du hättest dir die Folgen deines Handelns früher überlegen müssen. Und ich bin absolut der Meinung, daß Jessica ein Recht darauf hat, alles zu erfahren.« Mitten in seiner zornigen Antwort drückte sie auf die Telefongabel. Ihre Züge waren verbittert, als sie den Hörer auflegte.

Die Uhr aus grün und rosa lackiertem Porzellan auf dem Kaminsims schlug die Viertelstunde. Ärgerlich schüttelte Corinne den Kopf. Sie war spät dran an diesem Morgen und hatte noch so viel zu tun. Zum Beispiel die Sache mit dem Krankenhaus und John Stanfords närrischem Erweiterungsplan, der noch mehr Leute vom Land nach Chastain locken würde. Das Krankenhaus würde von der Sorte Patienten überrannt werden, die die medizinische Betreuung nicht bezahlen konnten. Sie mußte John klarmachen, daß das nicht im Sinne der Gemeinde war. Corinne zerrte an der Klingelschnur. Die Zeit reichte gerade noch, um sich ein von Marybelle vorbereitetes Bad zu gönnen. Aber sie mußte sich beeilen. Sie hatte noch so viel zu erledigen ... Diese dummen Detektivveranstaltungen. Sie spürte einen Anflug von Ärger. Eine wirklich billige Idee, dieses Mal war sie mit Dora einer Meinung gewesen. Aber sie hatte gewußt, daß der Vorstand Roscoes idiotischen Vorschlag genehmigen würde, und so hatte sie mit Ja gestimmt, obwohl sie innerlich gekocht hatte. Sie konnte nicht zulassen, daß der Eindruck entstand, der Vorstand entschließe sich auch ohne ihre Zustimmung zu einem so wichtigen Schritt. Wenigstens hatte sie es sich als Vorsitzende vorbehalten, die Anstellung des Experten für das Programm zu übernehmen. Das alles war ein weiterer Grund, weshalb Roscoe für seine Taten bezahlen mußte. Dafür würde sie schon sorgen. Es gab eben anständiges und unanständiges Benehmen. Das erinnerte sie wieder an Gail ... Sie mußte unverzüglich mit Gail sprechen.

Corinne seufzte hilflos. So viele Anforderungen an ihre knappe Zeit und Energie. Sie straffte sich und sah in den stumpfen Spiegel. Ihr Gesicht war wieder weich und faltenlos. Immerhin war sie Corinne Prichard Webster. Menschen waren von ihr abhängig, viele Menschen. Was sollten die ohne sie machen?

4

»Ich will alle! Auch den letzten!«

Die durchdringende Stimme malträtierte Annie Laurances Trommelfell. Ihre Hand krampfte sich um den Hörer, aber sie antwortete in einem gelassenen, freundlichen Ton. Du mußt es so sehen, sagte sie zu sich: Jede Bestellung von Mrs. Brawley verwandelt sich in das herzerfrischende Summen der Registrierkasse.

»Ich glaube nicht, daß es schon Neuauflagen von allen gibt. Aber ich werde sie gern bestellen, sobald sie erhältlich sind.«

»Hildegarde Withers ist *wunderbar!* Welche Schande, daß sie seit so langer Zeit vergriffen ist!« Der Ton war anklagend.

Annie hielt das nicht gerade für ein Kapitalverbrechen, murmelte aber zustimmend. »Keine Sorge, Mrs. Brawley. Ich bestelle die Bücher für Sie. Und wenn Sie möchten, kann ich die Stuart-Palmer-Bücher auch antiquarisch ...«

»Ich will *neue* Bücher.«

»Ja, natürlich. Wenn die ersten Titel da sind, sage ich Ihnen Bescheid. Ich habe ja Ihre Telefonnummer.«

Es dauerte noch einige Sekunden, bis das Gespräch beendet war. Mrs. Brawley stand, was ihre Hartnäckigkeit bei der Verfolgung eines Zieles anging, auf der Weltrangliste ziemlich weit oben – Kopf an Kopf mit Carrie Nation, John Appleseed und Zsa Zsa Gabor.

Vom Telefon befreit, kehrte Annie zu einem angenehmeren Zeitvertreib zurück – der Lektüre der Krimirezensionen in Publisher's Weekly. Der neueste Roman von Robert Barnard mußte fantastisch sein. Auch Schwester Carol Anne O'Marie hatte wieder ein Buch geschrieben. Sie würde ...

Es klingelte an der Vordertür.

Annie warf das Magazin auf den Korbtisch, stemmte sich aus ihrem Lieblingsrattansessel hoch – dem mit den weichen roten und gelben Kissen –, schlängelte sich an einem ausladenden Whitmanifarn vorbei und trat in den breiten Mittelgang von Death on Demand[1]. Sie eilte an den schrägstehenden Regalen mit den unterschiedlichen Krimikategorien vorbei zum Kassentisch und der ziemlich beeindruckenden Frau, die das Innere des Buchladens musterte, als ob es ein peruanischer Slum wäre.

Annies Lächeln gefror. Du *mußt* deine Kunden nicht mögen, sagte sie sich, obwohl das normalerweise der Fall war. Krimileser erwiesen sich in der Regel als klug und bestens informiert und konnten sich gut ausdrücken.

Sie hatte die etwas ältere, aber gut erhaltene blonde Frau noch nie gesehen. Vielleicht war sie erst vor kurzem nach Broward's Rock gezogen. Sie sah wohlhabend genug aus, um sich den zwanglosen, aber kostspieligen Lebensstil der Insel leisten zu können. Annie taxierte das elegante cremefarbene Wildlederkostüm, das purpurrote Seidenhalstuch, die braunen Stöckelschuhe und die Handtasche aus Krokodilleder. Und den Ehering, der wie ein Kronleuchter im Waldorf Astoria glitzerte.

»Guten Morgen. Kann ich Ihnen helfen?«

Tiefblaue Augen zuckten verächtlich von Edgars glänzenden Federn zu dem knallbunten Poster, das an das Regal mit den authentischen Krimis gepinnt war und das neueste Buch über die glücklose Schulleiterin mit dem unglücklichen Liebesleben anpries. Die Frau preßte vor Abscheu ihre orangeroten Lippen zusammen.

Annie fühlte einen Schauer der Empörung in sich aufsteigen. Ruhig, dachte sie, aber sie sah schon die Schlagzeile der Sensationspresse vor sich: ›Inhaberin einer Krimibuchhandlung erschlägt unausstehliche Kundin‹.

»Ich suche eine Miß Annie Laurance.« Der Ton verriet ungefähr denselben Eifer, den man bei der Suche nach einer Boa constrictor empfindet.

»Ich bin Annie Laurance.« Zur Hölle mit Ihnen, Lady.

[1] Anm. d. Übers.: Der Name von Annies Buchhandlung (›Tod auf Anfrage‹)

»Ach.« Die kalten Augen musterten Annie, und die künstlich nachgedunkelten blonden Augenbrauen zogen sich mißbilligend zusammen. »Sie sind sehr jung.«

Trotz der Versuchung, mit einem kampflustigen ›Na und?‹ zu antworten, hielt Annie sich beispielhaft zurück und wiederholte nur: »Kann ich Ihnen helfen?«

»Ich bin Corinne Prichard Webster.«

Annie wartete.

»Aus Chastain.«

»Chastain. Das ist in der Nähe von Beaufort, nicht wahr? Ich habe davon gehört. Soll ein hübsches Städtchen sein.«

»Sie waren noch nie in *Chastain?*« Ungläubigkeit schwang in Corinne Prichard Websters wohlmodulierter Stimme.

»Bis jetzt noch nicht«, gab Annie zu und lächelte ungezwungen.

»So? Ich weiß wirklich nicht, was ich dazu sagen soll.«

Annie fühlte sich allmählich wie in einer surrealistischen Unterhaltung. Es wurde Zeit, sich auf den Rückzug aus dieser Begegnung vorzubereiten. Vielleicht war diese kostspielige Blondine verrückt. »Suchen Sie nach einem bestimmten Buch?«

»Nach einem Buch? Einem Kriminalroman? Um Gottes willen, nein, so etwas lese ich nicht.« Der überlegene Ton war nicht zu überhören.

»Dies ist eine Buchhandlung für Kriminalromane.«

»Ja, das weiß ich. Ich bin im Auftrag der Gesellschaft für Denkmalpflege von Chastain hier. Eines unserer Vorstandsmitglieder, Roscoe Merrill, hat Sie empfohlen.«

Merrill ... Merrill ... Plötzlich erinnerte sich Annie. Ein stämmiger Anwalt mit einem glänzenden, kahlen Kopf und humorlosen braunen Augen. Aber er mochte Rumpole, also mußte unter diesem Äußeren in Nadelstreifen ein Funken Menschlichkeit verborgen sein. Wofür, in aller Welt, konnte Merrill sie empfohlen haben?

Mrs. Webster wirkte nicht besonders erfreut über die Empfehlung. »Sind Ihnen die jährlichen Haus-und-Garten-Touren durch Chastain ein Begriff?« Sie sah Annie zweifelnd an.

Annie nickte, als sie sich an das brave graurosa Poster in der Bücherei von Broward's Rock erinnerte.

»Man hat vorgeschlagen ...« Die glatte Stimme wurde eine Idee dünner, und Annie bemerkte eine leichte Verunsicherung. »Der Vorstand ist der Ansicht, daß wir den Erfolg unserer diesjährigen Haus-und-Garten-Tour vergrößern können, wenn wir eine weitere Attraktion anbieten.« Sie sprach die Worte aus, als ob sie eine Zitrone lutschte.

Der Vorstand der Gesellschaft für Denkmalpflege von Chastain mußte Unterstützung bitter nötig haben, wenn er eines seiner Mitglieder auf den weiten Weg zu einer so abgelegenen Insel schickte. Annie freute sich schon darauf, das Auslegen von Werbematerial salbungsvoll ablehnen zu können, etwa mit den Worten: Dies ist ein Krimiladen, und wir bieten nur Informationen an, die für Krimileser interessant sind ... Da drangen die Worte »... eine Art Detektivspiel ...« in ihr Bewußtsein.

»Detektivspiel?«

»Ja. Wenn Sie natürlich der Meinung sind, daß Sie einem Auftrag dieser Art nicht gewachsen seien, hätten wir dafür volles Verständnis. Immerhin sind Sie noch ziemlich jung, und viel Zeit für die Vorbereitungen bliebe nicht. Wir bräuchten das Skript – falls eines angefertigt werden muß – bis nächsten Donnerstag. Wenn Sie der Ansicht sind, daß die Zeit zu knapp sei, werde ich es dem Vorstand erklären und vielleicht nächstes Jahr ...«

»Ein Detektivspiel?« Ein heftiger Adrenalinstoß kitzelte Annie von den Ohren bis zu den Zehenspitzen. »Sie meinen, ich soll eine Handlung und Indizien erfinden und die ganze Sache auch noch leiten? O Gott, dafür würde ich über Leichen gehen.«

Als sich die Tür endlich hinter Corinne Websters adretter Gestalt geschlossen hatte, lockerte Annie die geballten Fäuste und fühlte, wie die Spannung in ihrem Nacken und ihren Schultern langsam nachließ. Was für ein giftiges Wesen! Ein Filmmonster hatte, verglichen mit dieser Frau, noch einen gewissen Charme. Aber die Möglichkeit, abends eigene Detektivspiele durchzuführen, war viel zu verlockend, um abzulehnen. Annie beschloß, das spürbare Mißfallen der Vorsitzenden an der Idee zu ignorieren. Eigenartig. Ganz offensichtlich hatte man diese kleine Tyrannin dazu gezwungen, den Kriminächten zuzustimmen. Wäre interessant, die anderen Vorstandsmitglieder kennenzulernen. Na, die Gelegenheit würde sich am Donnerstag ergeben, wenn sie ihnen ihr wunderbares Programm vorstellen würde. Dann konnte sie sich auch bei Roscoe Merrill bedanken, daß er sie für den Auftrag vorgeschlagen hatte.

Annie war fest davon überzeugt, daß sie einen Krimi der Spitzenklasse inszenieren würde. Sie konnte gar nicht scheitern – sie hatte sämtliche Krimis gelesen, von *Les Misérables*[2] bis zu *Death From a Top Hat.* Sie sprudelte schon über vor Ideen – eine Schaufensterpuppe, die sich als Leiche entpuppt, Babys, die nach der Geburt vertauscht werden, Briefe, die in Dachkammern versteckt sind. Lächelnd griff sie zum Telefon, um Ingrid zu fragen, ob sie die nächsten Wochen ganztags arbeiten konnte. Dann eilte sie den Mittelgang hinunter, um frischen Kaffee zu machen. Damit ließ sich besser nachdenken.

Ingrid traf ein, bevor der Kaffee durchgelaufen war. Annie füllte zwei Tassen, und sie machten es sich bequem. Ingrid war begeistert, als Annie ihr das neue Projekt beschrieb. »Die Haus-und-Garten-Touren beginnen am Montag, den 7. April. Die ersten vier Abende werde ich ein Detektivspiel inszenieren, und am Freitag abend gibt es einen Abschlußball. Sie zahlen mir tausend Dollar dafür!«

Ingrid applaudierte.

---

[2] Anm. d. Übers.: Die im Roman erwähnten Werke werden – sofern auf deutsch erschienen – in den Fußnoten mit ihren deutschen Titeln genannt.
Victor Hugo: Die Elenden

Erfreut über sich und die nahe Zukunft, füllte Annie ihre Tasse nach und spazierte glücklich zwischen den Regalen herum. Es gab so viele interessante Methoden, einen Mord zu begehen. Douglas Clark benutzte Rizinusölbohnen in *Premedicated Murder*. V. C. Clinton-Baddeley erwarb sich besondere Ehren in Sachen Originalität, als er eine Mischung aus Ameisengiften in *Deaths's Bright Dart* erfand. H. F. Heard entschied sich für einen tödlichen Bienenschwarm in *A Taste of Honey*[3], und Elspeth Huxley warf einen vergifteten Pfeil in *The African Poison Murders*.

Und man denke nur an die faszinierende Vielfalt der Opfer! Eine charmante, beliebte Frau mit guten Vorsätzen in Dorothy Simpsons *Last Seen Alive*, eine narzißtische Schülerin aus der gemischten Schule in Jane Langtons *Emily Dickinson Is Dead*, der arrogante Angeber aus Agatha Christies *Cards on the Table*[4], der den fatalen Fehler beging, Killer um sich zu versammeln, eine Frau, die zu oft heiratete, in Raymond Chandlers *The Long Goodbye*[5] und der untadelige Cogswell in Virginia Richs *The Baked Bean Supper Murders*.

Doch wie sollte sie anfangen? Margaret Truman empfahl, mit dem Opfer zu beginnen, Robert B. Parker dagegen betonte, das Wesentliche im Kriminalroman sei der Detektiv, nicht die Untersuchung des Verbrechens.

Sollte sie in ihrem Krimi die Szenerie Chastains, einer der ältesten Küstenstädte South Carolinas, mit einbeziehen, wie Leslie Ford die südliche Atmosphäre bis zum letzten Blatt Spanischen Mooses in *Murder With Southern Hospitality* ausgekostet hatte? Oder sollte sie das Interesse der Krimifans für exotische Orte ausnutzen wie Mary Stewart in *My Brother Michael*[6] oder James McClure in *The Steam Pig*[7]?

---

[3] Henry F. Heard: Die Honigfalle
[4] Agatha Christie: Mit offenen Karten
[5] Raymond Chandler: Der lange Abschied
[6] Mary Stewart: Begegnung in Delphi
[7] James McClure: Ein Sarg mit falscher Adresse

Sie streckte sich, um die Reihe mit den Ruth-Rendell-Titeln zu ordnen. Nein, diese Geschichten paßten nicht zu ihrer noblen Gesellschaft. Lieber etwas in der Art von Mary Roberts Rinehart oder Luisa Revell. Oder vielleicht ... Die Glöckchen über der Tür klingelten. Annie trat in den Mittelgang, sah zur Ladentür und erblickte Max, der sie von der Tür her anschaute. Ingrid strahlte ihn an und warf Annie dann einen beschämten Blick zu. Ingrid war bestimmt die beste Angestellte in diesem oder irgendeinem anderen Buchladen, aber in diesem Moment stand sie eindeutig auf Max' Seite.

Der Neuankömmling grinste Ingrid zu, dann glitten seine Augen rasch zu Annie.

Sie winkte ihn zu sich. »Komm ruhig rein. Der Fußboden ist nicht vermint.« Max sah aus wie ein Mann, der sich auf einen Kampf vorbereitete, ohne zu wissen, ob er ihn gewinnen würde. Verdammt, sie liebte ihn, den dummen Esel, aber diesmal würde sie nicht schwach werden.

Er stand immer noch in der Türöffnung, halb drinnen und halb draußen, und Annie mußte an Calvin Gates' erste Begegnung mit Mr. Moto in *Mr. Moto Is So Sorry*[8] denken. Beide hatten völlig unterschiedliche Ziele – Calvin verfolgte hartnäckig sein Schicksal, während Mr. Moto ganz andere Motive antrieben.

Sogar der ausgestopfte Rabe neben der Tür schien Max freundlich anzusehen. Waren denn alle, selbst tote Vögel, auf seiner Seite? Und natürlich schlenderte in diesem Moment Agatha lässig auf ihn zu. Wo blieb ihr Sinn für Treue? Sie mußte doch wissen, von wem sie jeden Tag ihr Futter bekam! Aber die kleine Katze mit dem seidigen Fell schmiegte sich graziös an Max' Beine, und er beugte sich hinunter, um sie zu streicheln. Dann räusperte er sich entschlossen.

Annie beeilte sich, ihm zuvorzukommen. Sie hatte heute keine Lust auf weitere Diskussionen. Außerdem

[8] John P. Marquand: Kein Mitleid, Mr. Moto

würde sich Max über ihr Glück sicher freuen, auch wenn sie sich im Moment nicht einig waren.

»Rat mal, was passiert ist ... Ich habe den Auftrag bekommen, einen Mord zu planen. Für Geld! Aber ich kann mich nicht zwischen Blausäure, Stromschlag und Fenstersturz entscheiden. Was meinst du – klingt Blausäure in Champagner nicht entzückend?«

»Im Glas oder in der Flasche?« fragte Max und trat endlich ganz ein. Ingrid klopfte ihm auf den Arm, als er an ihr vorbeiging, und wurde mit einem anziehenden Lächeln belohnt. Annie bemühte sich, an die vor ihr liegende Aufgabe zu denken, aber sie spürte die altbekannte Aufregung, diese unmißverständliche, kitzelnde Freude über seine Anwesenheit. Er sah frisch geduscht aus, als wäre er eben aus dem Badezimmer gekommen und in sein weißes gebügeltes Hemd und die graue Popelinehose geschlüpft. War da nicht noch eine Spur Feuchtigkeit in seinem glatten blonden Haar? Einen Moment lang stellte sie sich Max unter der Dusche vor und sah, wie das Wasser über seine gebräunte, muskulöse Brust rann ...

Entschlossen brachte sie ihre Gedanken wieder unter Kontrolle. »Wo ist der Unterschied?«

»Eine Flasche Blausäure kann, in einen Punsch gemischt, Hunderte töten. Planst du mit Ingrid einen Empfang hier im Laden?«

»Ich möchte meine Kunden unterhalten, nicht umbringen«, erwiderte sie. Sie sah sich um. Der Zuwachs an Kundschaft von Death on Demand in diesem Frühjahr war phänomenal gewesen. Aber das lag sicher nicht daran, daß sie an der Aufklärung des ersten Mordes auf Broward's Rock in diesem Jahrhundert beteiligt gewesen war – oder allenfalls am Rande, auch wenn es wahrscheinlich zu ihrer Bekanntheit beigetragen hatte. Die meisten Kunden kamen, weil sie einfach das Geschäft sehen wollten, andere natürlich, um Bücher zu kaufen. Immerhin bot Annie die beste Krimiauswahl diesseits von Atlanta. Viele ihrer Kunden hatten Spaß daran, die gemalten Szenen an der Rückwand des Ladens berühmten Kriminalromanen zuzuordnen. Jeden Monat wetteiferten die Künstler von Broward's Rock um das Recht, die neuen Szenen malen zu dürfen, denn der Wettbewerb lockte Monat für Monat zahlreiche Kunstfreunde an. Und natürlich kamen die ansässigen Krimiautoren ebenso gern, obwohl es eine Zeit gedauert hatte, bis sie sich nach der Aufregung im letzten Herbst wieder eingefunden hatten. Erfreulicherweise schien man den Mord in ihrer Buchhandlung allmählich zu vergessen.

»Dann fülle ich die Blausäure wohl besser in ein Glas.«

Er kam ihr so nah, daß sie sich nur mit Mühe auf ihr Thema konzentrieren konnte. Sie trat einen Schritt zurück und bemerkte, daß sie zwischen Max und der Abteilung Romantische Krimis eingekeilt war.

»Wessen Glas? Jemand, den ich kenne? Ich dachte, ich wäre der einzige, auf den du im Moment wütend bist.« Er sah ein wenig verletzt aus, und das machte ihn überaus anziehend. Verdammt, warum erinnerte er sie immer an einen Cockerspaniel? Was war an Max so unwiderstehlich? Egal, sie würde jede weitere Diskussion ihres Problems vermeiden, ganz gleich, wie beleidigt er dreinschaute. Es war nur eine Pose. Max war ein dickfelliger, gefühlloser und noch dazu steinreicher Ochse.

»Komm, wir trinken eine Tasse Kaffee«, sagte sie knapp, schob sich an ihm vorbei in den Gang und ging in den hinteren Teil des Ladens. In den Regalen hinter der Kaffeebar standen unzählige weiße Tassen, von denen jede den Namen eines Buches trug, das als Klassiker der Kriminalliteratur Bedeutung erlangt hatte. Sie goß Max Kaffee in eine saubere Tasse und schenkte sich selbst nach.

Max hob seine Tasse und schnüffelte mißtrauisch.

»Was ist los?« fragte sie.

»Ich will nur sichergehen, daß die Blausäure nicht vom Sekt in den Kaffee gesprudelt ist.«

Sie lachte. »So wütend bin ich auch wieder nicht auf dich. Die Idee mit der Blausäure ist für ein Detektivspiel in Chastain.« Sie erzählte von Mrs. Websters Besuch. »Ich fürchte, es wird eine königliche Qual, mit Ihrer Hoheit zu arbeiten.«

Max sah nach, welcher berühmte Krimititel in roter Schrift auf seine weiße Tasse gemalt war – *The Lone Wolf*. Er zog eine Augenbraue hoch. Annie beeilte sich, ihn zu beruhigen: »Damit ist nichts Tiefsinniges gemeint. Meine Tassen sind keine Glückskekse.« Sie schwenkte die eigene, die die Aufschrift *The Beast Must Die*[9] trug.

Max lehnte sich bequem an die Bar, trank einen Schluck Kaffee und seufzte genießerisch.

Es war wunderbar zu sehen, wie guter Kaffee seine Laune verbessern konnte. Sie mußte sich das für die zukünftigen gemeinsamen Frühstücke merken – wenn sie je stattfinden würden. Im Moment waren die Aussichten dafür nicht gerade gut.

»Man läßt dich also auf ein Detektivspiel los. Haben die einen blassen Schimmer, daß sie damit einen blutrünstigen Flaschengeist entkorkt haben?«

Sie spürte eine Welle der Erleichterung – sie hatte ihn erfolgreich vom Zweck seines Besuches abgelenkt. Mit etwas Glück konnte sie das Gespräch bei Blausäure und Mord halten und das gefährliche Thema ›September‹ vermeiden.

Sie setzte ihre Tasse auf die gelbe Resopalplatte der Kaffeebar und lächelte Max strahlend an. »Das wird ein Riesenspaß. Hast du Lust mitzuhelfen, Max?« fragte sie begierig. »Das ist mein Ernst. Wir könnten es gemeinsam machen.« Sie ignorierte das Leuchten in seinen Augen. »Wie Frances und Richard Lockridge, meine ich. Oder die Gordons. Oder Per Wahlöö und Maj Sjöwall.« Sie lehnte sich über die Bar, fischte ein Notizbuch hervor und klappte es auf. Vergeblich suchte sie in den Taschen ihrer weißen Hose nach einem Stift und nahm schließlich den von Max, den er ihr zuvorkommend anbot. »Na, was meinst du? Wie wär's mit einem klassischen Mord in

[9] Nicholas Blake: Das Biest

einem geschlossenen Raum wie in John Dickson Carrs *The Hollow Man*[10] oder Clayton Rawsons *The Footprints on the Ceiling?* Oder sollten wir lieber eine psychologische Spannung aufbauen wie Helen McCloy in *The Slayer and the Slain* oder Charlotte Armstrong in *Mischief*[11]? Ein Campusmord wie bei Amanda Cross in *Death in a Tenured Position*[12] oder in Gwendolyn Butlers *Coffin in Oxford*[13]? Und dann gibt es die Morde, die im Zusammenhang mit Sport stehen. Mal sehen ... In *Death at St. Aspreys School* von Leo Bruce war es Bogenschießen, in *Puzzle for Pilgrims*[14] von Patrick Quentin Stierkampf, in *Dead Heat* von Linda Barnes Laufen, in *The Giant Kill* von Kin Platt Basketball, dann haben wir Golf in ...«

»Annie ... Annie ... *Annie!*«

Sie hielt inne. In ihren Gedanken glänzten immer noch Bilder wie Neonlichter in einer regnerischen Samstagnacht.

»Ganz ruhig. Tief Luft holen.«

Gehorsam atmete sie ein. Dann schüttelte sie ungeduldig den Kopf. »Ich ersticke schon nicht.«

»Ich dachte, du hyperventilierst. Beruhige dich und geh mal logisch an die Sache ran.« Max' leise Stimme wirkte beruhigend. Und außergewöhnlich verwirrend.

»Mir geht's gut, danke. Aber es gibt so viele fantastische Möglichkeiten ...«

Max bemühte sich, nicht zu lachen. Er setzte die Kaffeetasse ab und beugte sich vor, um über Annies Haar zu streichen. »Annie, Schatz, ich liebe deine Begeisterungsfähigkeit.«

Sie musterte ihn skeptisch. »Nimmst du mich auf den Arm?«

»Das würde ich nie tun!« erwiderte er unschuldig, aber seine Mundwinkel zuckten verräterisch.

---

[10] John Dickson Carr: Der Unsichtbare
[11] Charlotte Armstrong: Der Babysitter
[12] Amanda Cross: Die Tote von Harvard
[13] Gwendolyn Butler: Saison für einen guten Onkel
[14] Patrick Quentin: Trübes Wasser

Annie dachte, daß dies ihr glücklichster Moment seit Wochen sei – sie war in der Welt ihrer Krimis und lachte dabei mit Max.

Agatha sprang elegant auf die Bar, um an der allgemeinen guten Laune teilzuhaben. Annie streichelte sie. Sie fühlte sich beinahe lächerlich glücklich. Fast hatte sie den Eindruck, als hätten sie und Max nicht gestritten. Na ja, ein Streit war es eigentlich auch nicht gewesen, eher eine Meinungsverschiedenheit. Annie erinnerte sich daran, wo sie ihre Zukunft sah. Aber sie mußte ihre Unabhängigkeit bewahren …

Ohne ihren stummen Monolog zu bemerken, griff Max nach dem Notizbuch und nahm seinen Stift.

»Okay. Fangen wir mit dem Anfang an. Wer soll die Rollen der Verdächtigen spielen?«

Sie verstand ihn sofort. »Ah, natürlich. Das schränkt die Möglichkeiten schon mal etwas ein.« Sie dachte nach. Mord im Himalaya, in einem U-Boot oder während des Tiefseefischens schieden aus. »Die Mitglieder der Gesellschaft für Denkmalpflege werden die Rollen übernehmen.«

Er zog eine Augenbraue hoch. »Wenn sie auch nur im entferntesten den Damen im Bridge-Club meiner Mutter ähneln …«

»Selbst wenn man die kulturellen Unterschiede zwischen Connecticut und South Carolina berücksichtigt, könnte ich mir vorstellen, daß sie Geistesverwandte sind.«

Mit spitzbübisch glitzernden Augen beugte sich Max vor. »Ich habe eine großartige Idee. Das Opfer ist ein Hollywood-Produzent von 1926, und die Verdächtigen sind ein paar junge Starlets. Oh, Mann, stell dir diese alten Damen in Vamp-Kleidern und mit Perlen und Armreifen vor …« Er schüttelte sich vor Lachen.

Sie lachte mit und sagte dann nachdenklich: »Ich könnte mir schon vorstellen, diese schreckliche Mrs. Webster als alternden Star zu präsentieren, der von allen gehaßt wird. Sie könnte in einem Altersheim für pensionierte

Schauspieler und Schauspielerinnen leben und noch einmal eine große Rolle bekommen ... Aber die anderen alten Damen sind eifersüchtig, und eine präpariert den Gute-Nacht-Grog mit Blausäure.«

Max schüttelte den Kopf, halb vor Bewunderung, halb vor Verzweiflung. »Du hast sicherlich eine blühende Fantasie, aber laß jetzt mal alles, was mit persönlichen Beleidigungen zu tun hat, beiseite. Deiner Mrs. Webster würde diese Rolle sicher nicht besonders zusagen.«

Seine Vorsicht überraschte sie. Max konnte sich ganz plötzlich wie ein Anwalt benehmen. Schön, daß er so unberechenbar war ... Ach, was sollte die Träumerei über Max. Es ging um das Detektivspiel.

»Sie ist nicht *meine* Mrs. Webster, aber vielleicht hast du recht. Ich nehme sie besser nicht als Opfer.« Konzentriert und das Gesicht in nachdenkliche Falten gelegt, stellte sich Annie auf die Zehenspitzen und streckte sich. Ihr Verstand arbeitete besser, wenn die Muskeln entspannt waren. »Gut, wir konstruieren also eine Geschichte um Verdächtige mittleren Alters aus der Oberschicht.«

Max hielt den Stift über das Notizbuch. »Wie fangen wir an?«

»Wie Agatha Christie: Wir *denken*.« Annie strich sich mit der Hand erregt durch ihr kurzes blondes Haar. »Habe ich dir schon meine Lieblingsanekdote von Agatha Christie erzählt?« Sie wartete die Antwort nicht ab. »Als sie eines Tages mit einem Freund im Garten spazierenging, verkündete Christie plötzlich, daß ihr Buch fertig sei. Das begeisterte ihren Begleiter, der schon immer eines ihrer Bücher hatte lesen wollen, bevor es veröffentlicht wurde. Der Freund bat um die Erlaubnis, das Manuskript sehen zu dürfen. Lady Agatha sah sehr überrascht aus. Sie antwortete: ›Oh, *geschrieben* habe ich es noch nicht.‹«

»Das ist schön.«

»Wir werden es genauso machen. Wir werden uns alles erst mal *ausdenken*.« Annies Augen verengten sich vor Konzentration.

Max klopfte mit dem Stift auf das Papier. »Schieß los.«

»Folgendes brauchen wir ...«, begann sie. »Ein Opfer, fünf Verdächtige, Motive, Alibis, Indizien.« Sie strich mit der Hand über den Buchtitel auf ihrer Tasse. »*Richtige* Indizien meine ich, zum Beispiel die Hälfte eines zerrissenen Briefes, einen verschmierten Poststempel, Zigarettenkippen, eine Schachtel Insektenvertilgungsmittel. Ich werde die Indizien am Tatort auslegen, damit die Detektive sie finden können.«

»Wer ist das Opfer?« Max kratzte sich mit dem stumpfen Ende des Bleistifts am Kopf.

Annie preßte die Finger gegen die Schläfen und schwieg einen Moment lang. »Wie wär's mit dem Präsidenten einer Bank?« fragte sie dann. »Stell dir vor, die Gier, der Geiz, der allgemeine Haß, die einen Bankpräsidenten umgeben können.« Sie dachte an Roscoe Merrills glänzenden Kahlkopf. Jeder wohlhabende Anwalt konnte wie ein Bankpräsident aussehen.

»Düstere Geheimnisse auf dem Parkett der Hochfinanz«, flüsterte Max.

»Wir werden den Bankpräsidenten Thompson Hartfield nennen – und als Schauplatz des Geschehens nehmen wir Kansas. Im ganzen Mittleren Westen geht es mit den Landwirtschaftsbanken bergab. Also, folgendes geschieht ...« Sie beugte sich nah zu Max, bis ihre Ellbogen sich berührten. Er schrieb eifrig, um mit ihren schnellen Gedanken Schritt halten zu können. »Motive noch und noch: Seine Frau liebt einen anderen Mann. Der Präsident ist gerade im Begriff, einer großen Ranch, die von seinem Schwager geleitet wird, den Kredit zu kündigen. Sein Stiefsohn veruntreut Gelder. Der Vizepräsident der Bank ist scharf auf seinen Posten. Er will den PR-Direktor feuern. Der Präsident ist als einziger dagegen, mit einer anderen örtlichen Bank zu fusionieren, um diese vor dem Untergang zu retten.«

»Und irgendwer kippt Blausäure in seine Thermosflasche mit Kaffee«, schlug Max vor. »Damit haben wir auch deine Blausäure im Spiel.«

»Indizien, die am Tatort gefunden werden könnten: der Name des Liebhabers seiner Frau im Terminkalender des Präsidenten. Die zerrissene Kreditkündigung für die Ranch des Schwagers. Eine Schlüsselkette, die dem Vizepräsidenten gehört, der hinter dem Posten des Präsidenten her ist. Eine Pistole, registriert auf den Namen des PR-Direktors. Der Hut des Präsidenten der rivalisierenden, fast bankrotten Bank. Eine Haarlocke seiner Frau (sie ist ein Rotschopf).«

»Gut, das hätten wir also geklärt«, sagte Max dann. Plötzlich zeigten seine dunkelblauen Augen wieder diesen entschlossenen, dickköpfigen September-Blick.

»Oh, nein«, warf Annie hastig ein, »wir haben gerade erst angefangen. Wir müssen noch über die Informationen nachdenken, die wir auf die Verdächtigen verteilen.«

Das Telefon auf dem Ladentisch klingelte. Ingrid nahm ab.

»Mal sehen, am besten machen wir einen Plan für die Chronologie und entscheiden dann, wer wann wo war und …«

»Max«, trällerte Ingrid fröhlich, »es ist für Sie.«

Er griff nach dem Nebenapparat hinter der Kaffeebar. »Hallo, Barbie … Ich habe Zeit, ja … Gut, ich bin gleich zurück.« Er legte auf und pfiff. »Barbie sagte, daß ein Typ auf mich wartet, der von einem Tausend-Dollar-Vorschuß spricht.«

Annie war amüsiert. Max klang tatsächlich interessiert. Das lag natürlich nicht am Geld, sondern an der Aussicht auf einen Auftrag. Vielleicht änderte er sich doch noch: Max, erfreut über die Aussicht auf Arbeit!

An der Ladentür hielt er inne und rief bedeutungsvoll zurück: »Ich bin gleich wieder da. Wir haben noch was zu besprechen.«

Annie stand noch an der Kaffeebar, als Ingrid durch den Mittelgang kam. Mit ihrem lockigen grauen Haar, das frisch zu einer neuen Dauerwelle gekräuselt war, sah sie wie ein neugieriger und trotzdem damenhafter Vogel aus. Sie hatte eine eigene Meinung zu Annies und Max' Auseinandersetzung und eine eigene Definition des Begriffs ›Taktgefühl‹. Nachdem sie Annie und sich selbst frischen Kaffee eingegossen hatte, sagte sie: »Das klang, als würdet ihr euch wieder verstehen.«

»Ja.« Annie vermied es, ihr in die Augen zu sehen.

Ingrid strich ihr sanft über den Arm und griff das Thema wieder auf: »Du kennst doch das alte Sprichwort über den Stolz? Stolz ist ein kalter Bettgenosse. Wenn man einen Menschen zu sehr verletzt, kann daran eine Freundschaft zerbrechen. Und das wäre doch schade.«

Annie fühlte einen Stich im Herzen. Max verlieren? War es denn wirklich so wichtig für sie, daß die Hochzeit unbedingt nach ihren Vorstellungen ablief? Sie wollte eine einfache, kleine und von ihr finanzierte Zeremonie hier auf der Insel, aber Max bestand auf einer großartigen, grandiosen, gewaltigen Hochzeit in seinem Geburtsort und auf seine Kosten.

Sie nahm einen Schluck heißen Kaffee. »Ich sehe mal nach, ob die Lieferung schon angekommen ist.« Sie ging mit ihrer Kaffeetasse an den Tischen vorbei ins Lager.

»Ruf mich, wenn du Hilfe brauchst«, bot Ingrid an und schlenderte zur Kasse.

Annie wußte, daß Ingrid mehr anbot als nur ihre Hilfe beim Auspacken der Pakete. Sie war hin- und hergerissen zwischen Zuneigung und Verwirrung. Verflixt, glaubte denn *jeder*, daß Max im Recht war? Sie stellte die Tasse auf den Arbeitstisch und nahm die ungeöffneten Kartons mit den antiquarischen Büchern in Angriff, die sie von einem Sammler in Kalifornien gekauft hatte, riß einen Karton auf und begann, Klumpen zerknitterten Zeitungspapiers herauszuziehen. Der oberste, sorgfältig in Plastikfolie verpackte Band war eine Erstausgabe von *The Thirty-Nine Steps*[15]. Ein wundervoller Fund, aber Annie verspürte, anders als sonst in solchen Momenten, keine Freude. Statt dessen klappte sie den Pappkarton

[15] John Buchan: Die neununddreißig Stufen

wieder zu, nahm die Kaffeetasse und wanderte zurück in den Laden. Sie hatte noch nie daran gedacht, Max zu *verlieren*. Jeder Dummkopf konnte sehen, wieviel Spaß sie miteinander hatten.

Sogar die Aufregung über die bevorstehende Krimiveranstaltung schmolz dahin, wenn sie an Ingrids gutgemeinte und beunruhigende Warnung dachte. Nervös lief sie in die gemütliche Amerikanische Ecke mit den Rattanstühlen, Korbtischen und verfilzten Farnen in den Bastkörben. Aber das Duftgemisch aus frischen Pflanzen, muffigen und neuen Büchern ließ seinen üblichen Reiz vermissen. Abwesend bemerkte sie, daß Agatha an den Farnwedeln neben dem Christie-Regal geknabbert hatte. An einem gewöhnlichen Tag hätte sich Annie mindestens eine halbe Stunde Zeit genommen, ihre Neuerwerbungen zu durchstöbern, und wäre vielleicht der Versuchung erlegen, ihre anderen Pflichten zu vernachlässigen – egal, ob dringend oder nicht –, um es sich einfach mit einem Buch bequem zu machen. Erst gestern hatte sie einen Krimi bekommen, den sie schon seit Jahren suchte, Sax Rohmers *Fire-Tongue,* das berühmte Buch, das Rohmer begonnen hatte, ohne die Auflösung zu kennen. Weil er sie auch später nicht gefunden hatte, hatte er schließlich seinen Freund Harry Houdini gebeten, das Rätsel für ihn zu lösen.

Aber heute nicht. *Fire-Tongue* konnte warten, bis sie das Skript für das Detektivspiel fertig hatte – und bis sie aufgehört hatte, über Max zu grübeln.

Komm schon, Annie, befahl sie sich, sei keine Mimose aus einem romantischen Schauerroman. Mit Max würde schon alles klargehen. Eine Welle guter Laune durchlief sie, und nur ein leichter Rest von Besorgnis blieb zurück. Okay, also wieder an die Arbeit an dem Mordfall. Sie summte ›Happy Days Are Here Again‹ und ging zur Kaffeebar, setzte ihre Tasse ab und griff nach dem Notizbuch.

Was mußten die Darsteller wissen, um die Personen, die sie spielen sollten, verkörpern zu können? Sie lehnte sich an die Bar und sah hoch. Ihr Blick ruhte auf den Aquarellen, die an der Rückwand hingen. Sie waren wirklich ein Genuß.

Auf dem ersten Aquarell kniete ein dicker Mann mit schiefen Schultern, der einen grauen Anzug trug, neben einem langen, dünnen Körper, der in einen schwarzen Mantel gehüllt war. Die kniende Gestalt – mit den Gesichtszügen eines blonden Teufels – hielt ein brennendes Feuerzeug in der linken Hand. Die Flamme flackerte nah an einem geöffneten, bewegungslosen Auge. Der Mann hatte seine leere, blutbeschmierte rechte Hand gehoben. Ein Paket aus braunem Packpapier von der Form eines Footballs lag neben der Leiche.

Im zweiten Bild hielt ein Privatdetektiv im nassen Trenchcoat, mit markantem Kinn und braunen Augen, seinen tropfenden Hut umklammert und sah auf die schlanke, nackte junge Frau, die steif in der Pose einer ägyptischen Göttin auf einem hohen Lehnstuhl aus Teakholz saß. Ihre Augen waren weit geöffnet und wirkten wahnsinnig. Der Mund stand offen, und ihre kleinen, spitzen weißen Zähne glänzten wie Porzellan. Lange Jadeohrringe baumelten von ihren zarten Ohren. Neben einer auf einem Stativ befestigten Kamera lag eine Leiche auf dem Rücken, die chinesische Pantoffeln und eine schwarze Pyjamahose aus Samt trug. Über ihre bestickte chinesische Jacke floß aus drei Wunden Blut. Chinesische Stickereien und chinesische und japanische Drucke in Holzrahmen schmückten die braun verputzten Wände des niedrigen Raumes.

Nachdenklich verengten sich Annies Augen. Vielleicht waren die Szenen zu einfach zu erraten …

Das dritte Gemälde zeigte eine auf dem Boden einer Strandhütte ausgestreckte Leiche vor dem Panorama des brausenden Ozeans. Sie hatte eine purpurrote Schußwunde im Kopf. Ein stämmiger, dunkelhaariger Mann mit verkratztem, geschwollenem Gesicht und müden graublauen Augen sah einen Freund in der Tür oder die Pistole in dessen Hand fragend an.

Im vierten Bild raste ein gelber Jeep mit Überrollbügel auf einen großen älteren Mann zu, der auf einer subtropischen Wiese neben einer Grube stand. In der Grube war der rotbraune Körper eines Pferdes zu erkennen. Der Fahrer des Jeeps trug kein Hemd. Auf seiner sonnengebräunten, muskulösen Brust erkannte man dichtes schwarzes Haar. Er trug eine weiße Segeltuchmütze und eine ovale Fliegersonnenbrille. Sein Opfer, das sich neben der Grube duckte, bereit, vor dem heranrasenden Jeep zur Seite zu springen, hatte helle Augen und dunkles Haar und trug eine Seglerhose, Sandalen sowie ein ausgebleichtes weißes Hemd. Am gelblichen Himmel kreiste ein Geier.

Im letzten Bild stand ein athletischer, klug aussehender Mann gelassen im Durchgang zum Wohnzimmer einer alten Zimmerflucht, eine Pistole in der Hand. Die Wände waren mit Samtvorhängen bedeckt, Totenschädel flankierten einen Altar. Ein nacktes Mädchen, dessen Körper mit kabbalistischen und astrologischen Zeichen bemalt war, war an ein von der Decke herabhängendes Kreuz gefesselt. Der fast völlig nackte Kultpriester, der nur eine Kapuze trug, stand vor dem Kreuz und schwang einen dicken Stab.

Schauer rannen über Annies Rücken. Krimis, der Stoff fürs Leben ... Sie beugte sich über die Bar und begann zu schreiben, so schnell ihre Finger konnten. Himmel, das würde ein fantastischer Krimi werden. Ihr Krimi. Sie pfiff vergnügt vor sich hin, während sie arbeitete. Das Detektivspiel – das an vier aufeinanderfolgenden Abenden stattfinden sollte – würde ein großer Erfolg werden, und zwischen ihr und Max würde letzten Endes – natürlich – alles in Ordnung kommen. Er würde vernünftig werden und ihrem Hochzeitsplan zustimmen.

Später pflegte sie zu sagen: Hätte sie damals nur gewußt ...

5

Max hielt einen frisch gespitzten, mittelweichen Bleistift zwischen den Fingern, aber er schrieb nicht mit. Der gelbe Notizblock, der in einsamer Pracht auf der ledernen Schreibunterlage lag, war leer. Obwohl er wußte, daß in der Krups-Edelstahlthermosflasche guter, starker Kaffee dampfte, den er aus Death on Demand stibitzt hatte, bot er seinem zukünftigen Klienten nichts zu trinken an.

Er war weder aufnahmefähig noch in geselliger Laune und fühlte sich auch nicht besonders wohl. Max mochte Harley Edward Jenkins III. nicht.

Harley Edward Jenkins III. saß in dem roten Ledersessel, als wäre dieser – genau wie Max und die ganze Insel – sein Eigentum. Nur das letztere stimmte zum Teil, denn er kontrollierte vierzig Prozent des Aktienkapitals der Halcyon Development Inc., einer Immobilien-Investmentfirma, welche die Luxusvillen und Eigentumswohnungen auf Broward's Rock errichtet hatte.

»Sie machen sich also heute noch an die Arbeit.« Jenkins wollte sich erheben, was für eine Person seines Umfangs gar nicht so einfach war. Sein Bauch trat, trotz der täuschenden Umhüllung durch den maßgeschneiderten marineblauen Anzug, deutlich hervor.

Max hob die Hand.

»Einen Moment noch.«

Jenkins' Gesicht, das ein wenig an das eines Schweines erinnerte, blickte düster. Ungeduldig stülpte er die fetten Lippen vor.

»Ich will mich nur vergewissern, daß ich Sie richtig verstanden habe.«

Jenkins reckte zustimmend den Kopf vor und balancierte auf dem Rand des Sessels. Für einen Augenblick erinnerte er Max an ein Nashorn, das die Savanne möglichst schnell verlassen will, um frisches Fleisch zu verschlingen.

»Sie befinden sich in Geschäftsverhandlungen«, faßte

Max zusammen, »und wollen preiswert Land erwerben. Der Kerl, dem das Land gehört, betrügt seine Frau, und Sie möchten, daß ich ihn beschatte und für Sie ein paar delikate Schnappschüsse mache. Stimmt's?«

Jenkins befeuchtete seine dicken Lippen. »Ich mag die Art nicht, wie Sie es darstellen, Darling. Sagen wir einfach, ich versuche, meine Verhandlungsposition zu verbessern, ein paar Argumente zu gewinnen.«

Max warf den Bleistift auf den Schreibtisch und lehnte sich vor.

»Jenkins, ich gebe Ihnen einen guten Rat.«

Das von roten Adern durchzogene Gesicht des Geschäftsmannes nahm eine violettrote Färbung an.

»Warum versuchen Sie nicht, Ihr Geld auf die altmodische Art zu bekommen, Jenkins? Warum *verdienen* Sie es sich nicht?«

Max grinste, als Jenkins die Bürotür wütend hinter sich zuschlug. Sie zitterte in den Angeln.

Er konnte es kaum erwarten, Annie von dieser Begegnung zu erzählen, auch wenn er sein Bonmot von Smith Barney geklaut hatte. Max wünschte, er hätte eine Kamera gehabt, um das schockierte Gesicht dieses armen Bastards zu fotografieren.

Dann seufzte er. Verflucht, er hatte seit drei Wochen keinen Auftrag mehr bekommen. Ums Geld ging es ihm natürlich nicht. Er hatte nie Schwierigkeiten gehabt, die Miete zu bezahlen. Aber es gefiel Annie, wenn er arbeitete. Das Mädchen war wahrscheinlich schon in der Wiege von einem puritanischen Geist heimgesucht worden.

Außerdem war er der Ansicht, daß sein Büro eine künstlerische Schöpfung war und einer utilitären Rechtfertigung nicht bedurfte. Zufrieden sah er sich um. Das Zimmer war groß. Vor dem italienischen Renaissanceschreibtisch lag ein rosa-cremefarbener Perserteppich. Annie hatte scharf angemerkt, daß dieser Schreibtisch wenigstens einen Kardinal als Besitzer verdiene. An der einen Wand waren in Glasvitrinen Gesetzesbücher und juristische Literatur aufgereiht, obwohl Max jedem Kunden sofort klarmachte, daß er kein praktizierender Rechtsanwalt sei. Die meisten Klienten wußten über seine eigentliche Tätigkeit nicht Bescheid, was ausgezeichnet in sein Konzept paßte. Denn nach einigem Nachdenken hatte er entschieden, daß er sich weder mit der Anwaltskammer von South Carolina noch mit dem Erwerb einer Lizenz als Privatdetektiv herumplagen wollte. Seiner Ansicht nach wäre es eine grausame und ungerechte Strafe, mehr als das eine, vor einer Anwaltskammer abgelegte Examen absolvieren zu müssen. Er hatte sein Examen mannhaft (falls das kein sexistischer Ausdruck war) vor der New Yorker Kammer bestanden. Was die Lizenz als Privatdetektiv betraf, verlangte der Staat South Carolina zwei Jahre praktischer Erfahrung in einer bestehenden Agentur oder bei der Polizei, bevor eine Lizenz gewährt wurde. Deshalb trug das Fenster seines Büros die Aufschrift ›Vertrauliche Aufträge‹.

Wie er der skeptischen Annie in ernstem Ton erklärt hatte, war es sein Anliegen, seinen Mitmenschen zu helfen. Und dafür würde er jeden Auftrag – sofern legal und reizvoll – annehmen. Schließlich mußte er weder Rechtsanwalt noch Privatdetektiv sein, um Fragen zu stellen und Probleme zu lösen. Er hatte eine diskrete, aber verlockende Anzeige in den Anzeigenteilen sowohl des Island Herald als auch des Chastain Courier plaziert: »Besorgt? Verwirrt? Neugierig? Wenden Sie sich mit Ihren Fragen an ›Vertrauliche Aufträge‹, 321-1321, 11 Seaview, Broward's Rock.«

Aber im Moment fragte er sich düster, wie er jemals hatte auf die Idee kommen können, daß diese Arbeit Spaß mache. Denn Max war nur von einem absolut, ausnahmslos und mit völliger Sicherheit überzeugt: Alles, was er tat, mußte vor allen Dingen Spaß machen.

Mit einer Kamera durch die Gegend zu schleichen und Material für eine Erpressung heranzuschaffen, machte dagegen keinen Spaß. Er wünschte, es wäre ein seriöser Auftrag gewesen.

Er streckte eine Hand nach einem silbern gerahmten Foto in der Ecke seines Schreibtischs aus, hielt es ans Licht; Annie lächelte ihn an.

Die wundervolle, fantastische Annie mit dem kurzen blonden, golddurchwirkten Haar, den ernsten, sicheren grauen Augen und dem sanften Mund, den er so küssenswert fand – die atemberaubendste, starrköpfigste, enervierendste Frau, die er je getroffen hatte. Wollte nicht jede Frau eine ganz besondere Hochzeit haben? Und bot er ihr nicht genau das? War seine Mutter vielleicht nicht unendlich charmant und bescheiden gewesen, als er und Annie sie an Weihnachten in Connecticut besucht hatten? Mit drei verheirateten Töchtern hatte seine Mutter korbweise Erfahrung im Ausrichten von Hochzeiten und würde mit größter Freude helfen.

Das Problem mit Annie – *eines* der Probleme mit Annie, korrigierte er sich säuerlich – war ihr dickköpfiger Stolz, der Geld mit Unabhängigkeit verwechselte. Er mußte ihr klarmachen, daß Geld den, der es besitzt, nicht versklaven durfte. Und am besten betrachtete man Geld (wenn man welches hatte) als entbehrlich und gab es einfach aus. Dieses Theorem war ›Darlings Gesetz des Geldes‹, ganz im Sinne von Veblens Prinzip des raschen Verbrauchs (wenigstens in der Zielsetzung) und gleichzeitig in glücklichem Kontrast dazu. Veblen hatte keinen Sinn für Humor. Er nahm Geld sehr ernst. Genau wie Annie.

Was sollte er nur mit Annie machen?

Max streckte sich bequem in seinem gepolsterten Bürosessel, den man fast in Horizontalstellung bringen konnte und der einen Massagemechanismus und eine Heizungsvorrichtung besaß. Er betätigte zwei Schalter, worauf sich der Sessel nach hinten senkte und zu surren begann. Er legte die Füße auf die polierte Schreibtischplatte und betrachtete das Porträt. Es war an der Zeit, ein Täuschungsmanöver einzuleiten. Wenn der Gegner das Zentrum kontrollierte, schlich sich ein cleverer General zu einer ungeschützten Flanke. Ganz in der Art von

Leonidas Witherall, dem gewieften Spürhund von Phoebe Atwood Taylor alias Alice Tilton … Max schüttelte sich. Da war es wieder. Niemand konnte ihm mehr helfen. Annies Sicht des Lebens hatte seine Gedankenwelt unterminiert.

Erheitert dachte er einen Moment lang über ungeschützte Flanken nach und konzentrierte sich dann wieder.

Wenn er Annie nicht von den unbestreitbaren Vorteilen einer Prachthochzeit überzeugen konnte, mußte er sie dazu verführen. Wie ließ sich das am besten anstellen?

Bestechen konnte er sie nicht, aber vielleicht verleiten? Wie erreichte er es, Annie davon zu überzeugen, daß er, Max, der wunderbarste Mann der Welt sei und man ihm einfach nachgeben müsse? Er verbrachte ein paar reizende Sekunden damit, sich Annie in einer unterwürfigen Haltung vorzustellen.

Sie liebte Überraschungen.

Seine Augen verengten sich, und sein Gesicht legte sich in nachdenkliche Falten. Überraschungen. Der Laden. Agatha …

Er hielt das Bild hoch und jubelte vor Freude auf. Natürlich! Warum war er nicht schon eher darauf gekommen? Er betätigte den Schalter am Stuhl. Wieder in aufrechter Haltung, stellte er das Bild neben das Telefon zurück, riß den Hörer ans Ohr und drückte auf einen Knopf. »Barbie, rufen Sie die internationale Auskunft an, und verbinden Sie mich dann mit Sotheby's.«

Das Objekt von Max' Überlegungen bremste just in diesem Moment den Wagen ab und rumpelte auf die Fähre. Annies Auto war das erste an Bord. Der stämmige Ben Parotti winkte ihr aus dem Steuerhaus zu. Als die Fähre von der Mole ablegte, streifte Annie ihre kirschrote gemusterte Strickjacke über, stieg aus dem Volvo und ging zur Reling. Die kühle Aprilluft trug den Duft von Fisch, Salzwasser und Teer mit sich. Sie atmete tief durch.

Broward's Rock war das angenehmste Zuhause der Welt ... Eine unverdorbene Insel mit allen Annehmlichkeiten der Zivilisation. Es tat ihr für all die Millionen Menschen leid, die an einem anderen Ort leben mußten. Auf das Geländer gestützt, beschirmte sie ihre Augen mit der Hand gegen die helle Mittagssonne und spähte über das leicht grünliche Wasser des Port Royal Sund zum Festland. Dann fischte sie ein dünnes Buch aus der Tasche. Der Reiseführer, den die Gesellschaft für Denkmalpflege von Chastain herausgegeben hatte, enthielt eine knappe, aber detaillierte Geschichte von Chastain und seiner berühmtesten Häusern und Bürgern.

Sie mußte über den ersten Satz lächeln:

Chastain ist nie ein Handelszentrum wie Charleston oder ein bedeutender Hafen wie Beaufort gewesen.

Offensichtlich trieb den Verfasser ein Gefühl von Minderwertigkeit um. Hatte ihm niemand gesagt, daß man das Positive betonen mußte?

Sie las weiter:

Auch kann Chastain es vom Alter her nicht mit Charleston (wo die ersten Häuser 1670 errichtet wurden) oder Beaufort (1710) aufnehmen. Aber Chastain, das 1730 gegründet wurde, hat seinen Platz an der Sonne als Zufluchtsort für die Plantagenbesitzer der Küstenregion von South Carolina, die in den tödlichen Fiebermonaten von Mai bis Oktober sein gesundes Klima aufsuchten. Deshalb errichteten und unterhielten sie hier einige der schönsten noch existierenden Anwesen aus der Zeit vor dem Bürgerkrieg. Die Bewohner von Chastain haben sich schon immer mehr als andere Stadtbewohner mit der Anmut, der Schönheit und Eleganz ihrer Stadt identifiziert, die sich, wohl gesichert, auf einer Klippe über dem Broad River erhebt.

Chastain wurde von Reginald Cantey Chastain gegründet, der es von König George als Lehen erhalten hatte, ein Jahr, nachdem die Lehnsherren des Königs, die ersten Herrscher

Carolinas, die Provinz an die Krone zurückgegeben hatten. Chastain erfreute sich in den ersten Jahren großen Wohlstands, weil es über einen sicheren Hafen und eine stabile Regierung verfügte und nur selten Indianerüberfällen ausgesetzt war.

Im Revolutionskrieg, der Charleston und das Umland stark in Mitleidenschaft zog, blieb Chastain fast unbehelligt. Als die Stadt gleich zu Beginn des Krieges an die Briten fiel, betrachtete man das als schweren Schlag. Später offenbarte es sich als großes Glück, weil ihr so Krieg und Zerstörung erspart blieben.

Tatsächlich schien der Himmel seine schützende Hand über Chastain zu legen. Während des Sezessionskrieges wurde es früh von den Föderalisten besetzt und entkam auf diese Art der grausamen Fackel Shermans, obwohl die loyalen Söhne und Töchter der Stadt die Einquartierung ihrer Feinde in ihren Häusern nur mit größtem Widerwillen erduldeten. Trotzdem ist es dieser Schmach zu verdanken, daß die Pracht der Vergangenheit für die Gegenwart erhalten blieb. Einige der ältesten Häuser in South Carolina stehen heute in Chastain, darunter die berühmten Prichard, Chastain, McIlwain und Benton House.

Das Horn neben dem Führerhaus tutete dreimal – Parottis Signal, daß man in Kürze anlegen werde.

Annie schlüpfte hinter das Lenkrad und legte den Reiseführer auf den Beifahrersitz. Die Möwen flatterten mit heftigem Flügelschlag auf, als die Fähre gegen die abfedernden Gummireifen stieß und Parotti die Rampe herunterließ.

Wer als erster an Bord gefahren war, verließ die Fähre als erster, und so startete Annie rasch den Motor und rumpelte auf die Mole. Sie folgte der holprigen Schotterstraße etwa eine halbe Meile und bog dann auf die Asphaltstraße ab. Ein verwittertes Schild verkündete: ›Chastain 13 Meilen‹.

Sie fuhr mit offenem Fenster und genoß die klare, frische Luft mit dem leicht säuerlichen Geruch nach

Sumpf und Küstenwasser, die von wohlriechendem Carolina-Jasmin und Kiefernharz bereichert wurde. Das grünende Sumpfgras zeigte, daß der Frühling gekommen war. Blaßgrüne Entengrütze bedeckte die Teiche am Straßenrand, und Winkerkrabben schwärmten über die Schlammbänke. Die Böschung der Straße war mit hohen Seekiefern bepflanzt. Am Straßenrand, auf der Böschung und im gesamten Küstenstreifen lagen Kiefernzapfen, zusammen mit einer zitrusgelben Staubschicht von gelbpurpurnen Frühlingsblumen. Kurz vor Chastain schirmte ein Wald riesiger Eichen das Landhaus einer Plantage vor ihrem Blick ab. Nur die hier und da hervorlugenden roten Ziegelkamine verrieten die Gegenwart des Hauses. Feine, verwobene Matten Spanischen Mooses hingen von den niedrigen, ausladenden Zweigen.

Annies erster Eindruck von Chastain selbst war wenig einnehmend. Eine Fast-food-Bude, drei baufällige Holzhäuser, eine Wohnwagensiedlung. Mit dem zynischen Blick der Westtexanerin fällte sie ihr Urteil: ein kräftiger Windstoß, und die Hütten wären platt wie zusammengedrückte Limodosen. In der Nähe eines Kentucky-Fried-Chicken-Imbisses erspähte sie ein Schild, auf dem ein Pfeil nach rechts zum ›Historischen Viertel von Chastain‹ wies. Sie schlich hinter einem Hühnertransporter mit qualmendem Auspuff her, ärgerte sich über das schleppende Tempo, fuhr aber wegen des bekanntermaßen exzentrischen Fahrstils der Landbewohner (mitten auf der Straße anhalten, wenden, ohne zu blinken, Stoppschilder mißachten) vorsichtig.

Am Mead Drive bog sie ab, fuhr bis zur Montgomery Street hinauf, fand dort einen weiteren Wegweiser und kam so in die Ephraim Street, die an der steilen Klippe entlangführte. Zu ihrer Linken standen auf großen Grundstücken ein halbes Dutzend hübscher alter Häuser, zu ihrer Rechten strömte der Fluß, glänzend wie poliertes mexikanisches Silber, auf das Meer zu.

Sie folgte der Ephraim Street und parkte auf einem sauberen, kiesbestreuten Parkplatz an der Klippe, die hier passenderweise Lookout Point hieß. Dann vergewisserte sie sich, daß sie den Reiseführer mit dem Lageplan der historischen Häuser, die Kamera und einen Ersatzfilm eingepackt hatte, und schloß die Tür. Sie hielt inne und bewunderte einen Schwarm brauner Pelikane, die, auf der Suche nach einem Mittagessen mit Meeräschen, zum Fluß hinunterstießen, dann wandte sie sich um und verschaffte sich einen Überblick über die Straße. Gegenüber erhob sich ein breites, kantiges braunes Gebäude – der Sitz der Gesellschaft für Denkmalpflege von Chastain. Aus dem Reiseführer wußte Annie, daß dieses Bauwerk 1790 als kleines Fort angelegt worden war. Damals wollte das Land an der Seite der Franzosen, die ihre Revolution verteidigten, gegen die Engländer und andere europäische Großmächte kämpfen. Aber der Jakobinereifer welkte rasch dahin, als Lafayette von der Französischen Revolution verbannt wurde. Annie stellte sich einen Moment lang die Geschäftigkeit und das Treiben im einstigen Fort vor, die quietschenden Räder der Planwagen, den in der Luft hängenden Geruch von Kalk und zerstoßenen, gebrannten Austernschalen. Jetzt stieß ein glatter Rasenteppich an die wallenden Ufer der leuchtend roten und gelben Azaleenbüsche. Eine Backsteinmauer trennte das Grundstück der Gesellschaft vom Swamp Fox Inn, in dem 1825 angeblich Lafayette auf seinem Triumphzug durch den Süden übernachtet hatte – ein alter Mann, der sich an die Heldentaten seiner Jugend erinnerte, immer noch von hochgewachsener Statur, mit lahmem Fuß, aber vor Energie sprühenden schwarzen Augen und dem Charme eines Gentleman. Das dreistöckige Gasthaus war ein buntes Gemisch aus verschiedenen Anbauten. Das Haupthaus war 1789 errichtet worden.

Aufmerksam betrachtete sie es. Mrs. Webster hatte erwähnt, daß das Gasthaus ein Zimmer für die Organisatorin des Detektivspiels zur Verfügung stellen wolle, wenn es im Gegenzug eine kostenlose Werbeanzeige in den Haus-und-Garten-Broschüren bekam. Annie hatte am Morgen dort angerufen, um ein Nebenzimmer für Max zu reservieren, ihren Assistenten, wie sie der Inhaberin erklärt hatte. Sie seufzte, als sie sah, daß die Farbe von den Säulen der zweiten und dritten Etage bröckelte, die ungeschnittenen Eichen Löcher in die Wände zu bohren drohten, der Rasen jenseits des schiefen Holzzauns ungepflegt war.

Obwohl man nette Überraschungen oft in unauffälligen Verpackungen serviert bekam, boten schlecht gepflegte Motels, Hotels und Gaststätten nach Annies Erfahrung harte Betten und grauenhaftes Essen in Räumen, die entweder zu warm oder zu kalt waren. Und sie wußte, wie pingelig Max sein konnte. Er war genauso wählerisch wie Koko, die königliche Siamkatze in *The Cat Who Could Read Backwards.* Ihr Mut sank. Andererseits, es konnte nichts schaden, wenn Max auch mal mit der breiten Masse in Berührung kam. Sie stellte sich vor, wie er aus einem zerwühlten Bett aufstand und eine lauwarme Dusche nahm. Lächelnd überquerte sie die breite Straße und ging auf das berühmte Prichard House zu, auf dessen Grundstück das Detektivspiel stattfinden sollte.

Sie wollte den Ort der Handlung besichtigen und sich die dramaturgischen Elemente überlegen. Wo sollte die Leiche gefunden werden? Wo sollten sich die Verdächtigen aufhalten? Welche Indizien sollte sie am Tatort auslegen?

Zum Glück für ihre Nerven und die Logistik befanden sich die drei Häuser der Haus-und-Garten-Tour nebeneinander in der Ephraim Street. Man hatte ihr mitgeteilt, daß die Teilnehmer zuerst einen Rundgang durch das Erdgeschoß dieser Häuser machen und sich dann auf dem Rasen vor Prichard House zu einem Büfett versammeln sollten. Anschließend würde der *Coup de grace* folgen, das Detektivspiel.

Vor dem gußeisernen Gitter blieb sie stehen und betrachtete Benton House. Das zweistöckige Gebäude aus dem Jahr 1798 glänzte in einem frischen weißen Anstrich und sah so sauber aus wie Tom Wolfe in einem frischen weißen Anzug. Ein doppelter Portikus flankierte die drei Seiten, gestützt von einfachen ionischen Säulen. Schwarze Fensterläden rahmten die Fenster ein. Am Zaun entlang standen im Abstand von drei Metern dicke Zwergpalmen. Aber das Besondere war das Grundstück als Ganzes. Annie machte große Augen. *Diesen* Garten müßten sich die Leute von Southern Living einmal ansehen. Lady Banksias, gelber Jasmin, Geißblatt, Pittisporum, ein großer, leuchtender Bogen Wisterien über die ganze Breite des großen Grundstücks, schimmernder Hartriegel, so makellos weiß, daß er im Sonnenlicht strahlte, und Azaleen – Einblüter, Doppelblüter, Zylinderblüten, alles in den lebhaftesten Farbtupfern, lachsfarben, rosé, orangerot, gelb, purpurn und weiß.

Obwohl hin und wieder ein Auto an ihr vorbeigefahren war, seit sie langsam vom Lookout Point zum Gebäude der Gesellschaft und an der Gaststätte vorbei zu diesem historischen Anwesen spaziert war, schien dieser Teil von Chastain nicht gerade im Verkehr zu ersticken. Benton House reflektierte das Sonnenlicht des frühen Nachmittags. Die Jalousien waren geschlossen, und die Fenster gestatteten keinen Einblick ins Innere.

In diesem Moment bog ein Mann mittleren Alters mit einer Schubkarre um die Ecke des Hauses. Er sah aus wie ein Gartenprofi, der keine halben Sachen machte. Wenn er für diesen Garten verantwortlich war, gebührte ihm in der Tat Respekt.

Annie stellte Tasche und Reiseführer auf die Grundmauer des Zaunes, holte die Kamera aus der Tasche, hob sie vor die Augen und machte einige Fotos. Dann legte sie sie zurück in die Tasche, nahm ihre Sachen und ging den Gehsteig entlang bis zur Einfahrt in das Grundstück von Prichard House.

Jedes der Häuser in der Ephraim Street stand ein Stück von der Straße zurückgesetzt in der Mitte eines großen Grundstückes. So blieb viel Platz für die Gärten, und den Informationen des Reiseführers nach zu urteilen, war das auch der Grund für das plantagenartige Aussehen der meisten alten Häuser.

Als Annie Prichard House erblickte, hatte sie den Eindruck, daß es perfekt zu Mrs. Webster paßte. Es gab nichts Aufgelockertes, nichts Häusliches und nichts Schlichtes an dem Gebäude, einem zweistöckigen Backsteinhaus im neohellenistischen Stil, mit sechs gewaltigen achteckigen Säulen, die den Portikus stützten. Die Außenwände waren in Blaßrosa verputzt. Eine anderthalb Meter hohe Brüstung umgab einen zweiten Portikus, und aus dem Dach ragten vier massive achteckige Kamine. Glänzende Marmorstufen führten zum Haupteingang, und riesige, uralte Eichen, in denen lange, seidige Strähnen von Spanischem Moos hingen, beherrschten den Garten an der Vorderseite. Der größte Teil der Veranstaltung würde hier stattfinden. Es war eines der schönsten Häuser des gesamten Südens. Wie Mrs. Webster gesagt hatte, war Prichard House das Juwel der architektonischen Krone von Chastain. Annie hatte dazu pietätvoll genickt.

Der Garten von Prichard House war wie eine natürliche Waldlandschaft gestaltet, mit Rieseneichen, Mimosen und Magnolien, zwischen denen Wiesenblumen und farbenprächtige Bänke von Azaleen und gelbem Jasmin wuchsen. Ganz im hinteren Teil des Grundstücks war ein Teich, umgeben von einer hohen Wand aus Schilfrohr, die das dunkle Wasser dem Blick entzog.

Das alles war so beeindruckend, daß Annie zögerte, als sie ihre Kamera zwischen die Streben des gußeisernen Zaunes schob, um einige Fotos zu schießen. Dank der Geschwindigkeit der 35-mm-Kamera dauerte die Aktion nur einige Sekunden.

Auch das dritte historische Anwesen wetteiferte in seiner Schönheit mit der Pracht von Prichard House. McIlwain House war ein hübsches georgianisches Gebäude, zweistöckig, ebenfalls auf einem erhöhten Fundament gebaut, mit einem feinen, ausladenden Frontportikus mit schlanken Säulen, die eine Veranda vor dem

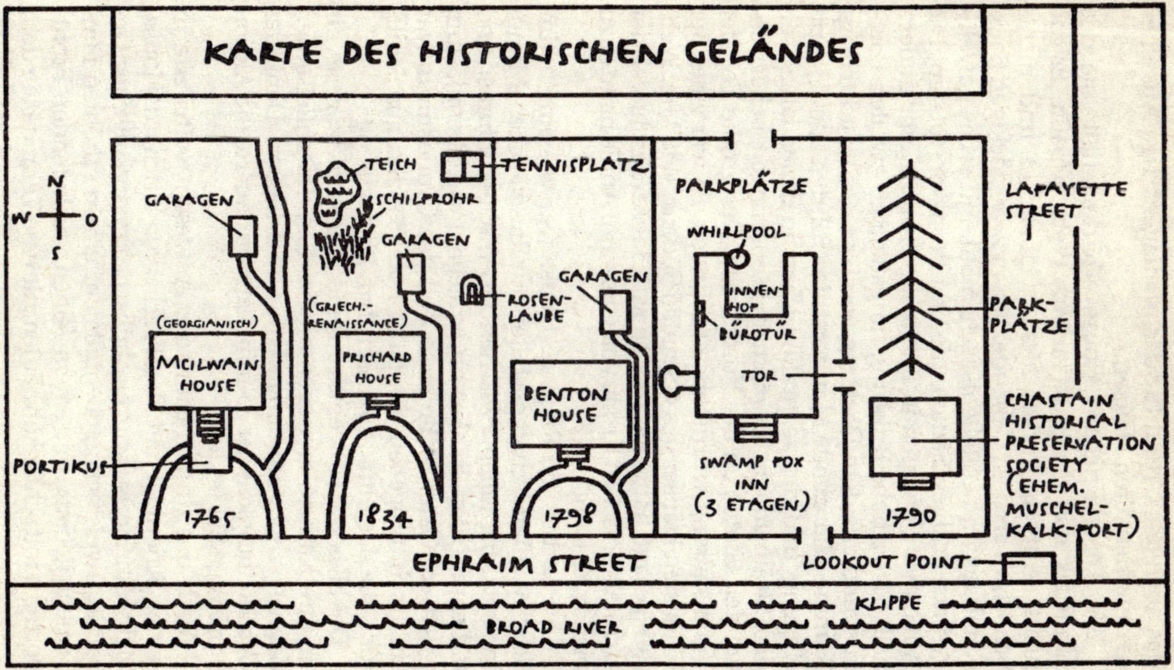

KARTE DES HISTORISCHEN GELÄNDES
N
W
O
S
GARAGEN
(GEORGIANISCH)
MCILWAIN HOUSE
PORTIKUS
1765
TEICH
SCHILFROHR
GARAGEN
(GRIECH.-RENAISSANCE)
PRICHARD HOUSE
1834
TENNISPLATZ
ROSENLAUBE
GARAGEN
BENTON HOUSE
1798
PARKPLÄTZE
WHIRLPOOL
INNENHOF
BÜROTÜR
TOR
SWAMP FOX INN
(3 ETAGEN)
PARKPLÄTZE
1790
LAFAYETTE STREET
CHASTAIN HISTORICAL PRESERVATION SOCIETY
(EHEM. MUSCHELKALK-FORT)
EPHRAIM STREET
LOOKOUT POINT
KLIPPE
BROAD RIVER

zweiten Stockwerk trugen. Hier beherrschten symmetrisch gestaltete Gärten den Blick. Rosenbeete, umgeben von Hartriegel, Myrthe und Azaleen.

Wieder machte Annie eine Reihe von Fotos. Zu ihrem Aussichtspunkt vor dem Gitter der Prichards zurückgekehrt, zeichnete sie einen einfachen Lageplan des Historischen Geländes von Chastain.

Nachdem sie die Zeichnung in die Tasche gesteckt hatte, stieß Annie das Tor auf und betrat den Muschelsandpfad, der zum Haupteingang von Prichard House führte. Sie ging langsam und genoß das Knirschen der Muschelschalen unter ihren Schritten, die Duftmischung aus Jasmin, Geißblatt und Wisterie und die weiche Frische der Nachmittagsluft. Hier würde sie genügend Platz haben. Auf der weiten Rasenfläche, die von der Auffahrt eingerahmt wurde, konnte sie Zelte aufstellen lassen, drei nebeneinander. Nur den Tatort hatte sie noch nicht ausgesucht. Dazu mußte sie noch ein wenig in den Gärten herumstöbern. Im Moment hatte sie nicht vor, das geheiligte Gelände ohne Erlaubnis zu betreten. Sie fragte sich, ob Mrs. Webster über ihr promptes Erscheinen überrascht wäre. Am Morgen erst engagiert, am Nachmittag schon bei der Arbeit. Die Vorsitzende wäre beeindruckt.

Der Weg bis zu den schimmernden Marmorstufen war lang. Sie hatte gerade die Hälfte zurückgelegt, als ein Auto knirschend die Auffahrt heraufschoß, eine graue Staubwolke hinter sich herziehend. Annie erblickte das wutverzerrte Gesicht eines blassen Mädchens. Dann waren der Continental und seine Fahrerin um die Ecke des Hauses verschwunden, und nur die Wolke aus Muschelschalenstaub hing noch in der Luft.

Annies unersättliche Neugier war geweckt. Offensichtlich gehörte das Mädchen zu diesem prächtigen Haus. Nur wer hier wohnte, konnte die Stirn haben, auf einem solchen Grundstück derart respektlos zu fahren. Wer war sie, und warum war sie so wütend? Noch dazu an einem so schönen Tag?

Annie stieg die Treppenstufen hinauf, betätigte die Türklingel und vernahm im Inneren des Hauses schwach und tief ein düsteres Läuten.

Die weiß glänzenden, dreieinhalb Meter hohen Doppelportale öffneten sich beinahe sofort, und eine Frau mittleren Alters, in der Kleidung einer Hausbediensteten, nickte ihr höflich zu.

»Ja, Miß?«

»Ich bin Annie Laurance und helfe Mrs. Webster bei der Planung der ...«

Ein schallendes Krachen drang aus dem hinteren Teil der Halle.

Erschrocken drehte sich die Hausangestellte um.

Die Fahrerin des Wagens platzte von hinten in die Halle. Sie war groß und mager und besaß auffallend schönes, rostrotes Haar, das sie im Nacken zu einem altmodischen Chignon geknotet trug. In ihrem fein geschnittenen, schmalen Gesicht funkelten riesige blaßblaue Augen. Man konnte sie sonst wahrscheinlich ohne weiteres als schön bezeichnen, aber jetzt war ihr Gesicht weiß und verhärmt, und die Lippen zitterten vor Erregung.

Sie ignorierte Annie, bemerkte sie vor lauter Zorn vielleicht gar nicht. Mit vor Wut bebender Stimme wandte sie sich an die Hausangestellte.

»Wo ist Corinne?«

6

Durch die Türen auf der linken Seite flutete das Sonnenlicht in die klassische, elegante Empfangshalle. Die hohen Flügeltüren standen offen und zeigten ein Wohnzimmer in gedämpften Blau- und Grautönen. Annie, die noch wie erstarrt an der Tür stand, erblickte dort einen englischen Sheraton-Schrank mit ledergebundenen Büchern, einen verzierten Adam-Kaminsims mit bronzenen Kerzenleuchtern, Sofas und Stühle mit Seidenpolstern und Objekte aus Meißner und Sèvres-Porzellan. Ähnliche Flügeltüren führten nach rechts in ein Eßzimmer mit Wandtapeten in Williamsburg-Grün. Seidene Damastvorhänge mit hellgrünem und gelbem Muster hingen vor den hohen Fenstern.

Die Eingangshalle war mit einer französischen Tapete aus den zwanziger Jahren des vergangenen Jahrhunderts geschmückt, und das Sonnenlicht bildete einen warmen gelben Teich auf dem Fußboden aus breiten Holzdielen. Das Mädchen stand wie in Scheinwerferlicht getaucht. Ihr Haar glänzte wie das Fell eines sonnenverwöhnten Fohlens aus Kentucky, doch ihr feines, verzerrtes Gesicht war voller Zorn. Noch etwas spiegelte sich darin. Kummer?

Dies schien ein so unpassender Ort für ein Drama oder Melodram zu sein. Die makellose Eingangshalle, der glänzende Fußboden ... Ein Kartentisch im Stil des französischen Empires mit Delphinfüßen stand neben einem verzierten Chippendale-Spiegel mit einem vergoldeten Adler in der Spitze. Eine Duftmischung aus zerstoßenen Rosen und Ingwer mischte sich unter die häuslicheren Gerüche von frisch gebackenem Brot und Bohnerwachs. Auch das Mädchen schien nicht gemacht für Wutausbrüche, mit ihrem edlen Gesicht und der geschmackvollen und doch bescheidenen Kleidung – einer frischgebügelten weißen Cambraibluse mit hohem Kragen, Litzenbesatz und langen Ärmeln und einem über das Knie reichenden Baumwollrock mit aquamarinfarbenen Streifen. Aber ihr Gesicht zuckte vor Erregung, und sie atmete stoßweise.

»Wo ist sie, Marybelle?« fragte das Mädchen rauh.

»Miß Gail ...« Die ältere Frau, die selbst merklich aufgeregt war, streckte eine Hand aus. Sie war Anfang Fünfzig und wirkte in dem glatten braunen Baumwollkleid mit den weißen Schnüren am Kragen und an den Handgelenken attraktiv.

Eine weiche, kultivierte Stimme schnitt glatt wie das

Skalpell eines Chirurgen durch die gefühlsgeladene Atmosphäre.

»Gail, du vergißt dich.«

Alle blickten zu Corinne Prichard Webster auf wie gehorsame Marionetten. Sie stand, eine Hand leicht auf das Mahagoni-Geländer gelegt, auf dem Treppenabsatz. Ihr Gesicht war beherrscht. Die Lippen hatte sie andeutungsweise zu einem Mona-Lisa-Lächeln geöffnet. Das prächtige Fenster hinter ihr bildete einen dramatischen Rahmen für ihre kühle Freundlichkeit. Ihr silberblondes Haar war leicht gewellt, ihr Gesicht glatt und faltenlos und das cremefarbene Wildlederkostüm von topmodischer Eleganz. Sie war schön, und das wußte sie. Dieses Wissen trug sie wie ein Ritter, der ein königliches Wappen führt, vor sich her.

»Miß Laurance, wie nett von Ihnen, daß Sie hereinschauen. Ich möchte Ihnen meine Nichte vorstellen, Gail Prichard.« Ihre blauen Augen blitzten Gail warnend an.

Das Mädchen drehte sich widerwillig zu Annie um. Sie atmete immer noch unregelmäßig und verriet äußerste Erregung, doch langsam wurden ihre Augen klarer.

Annie beobachtete, wie Gail Prichards angeborenes gutes Benehmen und die lange Gewöhnung an gesellschaftliche Regeln mit ihren Gefühlen rangen, die zu tief waren, um einfach unterdrückt zu werden.

Corinne kam die Treppe herab und nickte der Hausangestellten zu: »Danke, Marybelle.«

Die Angestellte wandte ihren mitfühlenden Blick von Gail ab und ging schweigend davon. Ihre mit Gummi besohlten Schuhe quietschten leise auf dem glattpolierten Holzboden.

Um dem Mädchen weiteres zu ersparen, sprudelte Annie unvermittelt los. Sie hätte sogar *Thanatopsis* rezitiert, um die blonde Schlange von Gail Prichard abzulenken. »Ich wollte fragen, ob ich mir Ihren Garten ansehen kann, Mrs. Webster. Wegen des Detektivspiels. Wenn Sie nichts dagegen haben, würde ich gerne ein paar Fotos machen.«

»Aber natürlich, Miß Laurance. Sie können sich jede Nische und Spalte ansehen. Wir möchten, daß Sie sich während Ihrer Arbeit an dem Festivalprogramm ganz wie zu Hause fühlen. Aber vor dem Geschäftlichen müssen wir uns an die Etikette halten. Gail, das ist Miß Annie Laurance, die so freundlich ist, uns bei der Werbung für unsere Haus-und-Garten-Touren zu helfen.«

Es war schlimmer, als einem Schmetterling zuzusehen, der sich an dem Einstich einer Nadel zu Tode zappelte. Mitzuerleben, wie Corinne Webster ihre Nichte zwang, eine höfliche Antwort zu geben, ungeachtet der inneren Qualen, die das Mädchen ausstand, war die häßlichste Demonstration grausamer Macht, deren Zeugin Annie je gewesen war. Das stellte Mrs. Webster auf eine Ebene mit Mrs. Boynton in Agatha Christies *Appointment with Death*[16]. Gail schluckte mühsam, brachte es aber fertig, ihre Hand auszustrecken und zu sagen: »Miß Laurance ... Erfreut ... Sie kennenzulernen.«

Als Annie die schlanke, zitternde Hand berührte, fühlte sie blanken Zorn in sich aufsteigen. Wenn Max hier wäre, würde er diese Zeichen erkennen. Er kannte Annie und wußte, wie sie explodieren konnte. Wenn man sie zu weit trieb, war ihr alles gleichgültig, und diese boshafte goldhaarige Frau war gefährlich nah daran, Annie Laurance zu weit zu treiben. Für wen hielt sich diese verfluchte, hochwohlgeborene Mrs. Webster eigentlich, daß sie ihre Grausamkeit vor ihr auszuspielen wagte? Annie hätte in diesem Moment lieber auf einer schwankenden Hängebrücke über einer Schlucht auf Borneo gestanden, wenn ein fliegender Teppich sie dorthin gebracht hätte.

Mit herkulischer Anstrengung hielt sie ihr Temperament in Zaum und bewegte sich langsam zur Tür. »Ich möchte Sie nicht länger stören. Vielen Dank.« Sie tastete hinter sich nach dem großen Türgriff.

»Sie fallen uns nicht zur Last.« Corinne hob eine perfekt manikürte Hand mit langen blutroten Fingernägeln

---

[16] Agatha Christie: Rendezvous mit einer Leiche

und deutete in Richtung Wohnzimmer. Ein gewaltiger rotblauer Saphir in antiker Goldfassung blitzte wie die schmucke Uniform eines Soldaten. »Sie müssen zum Tee bleiben, ich bestehe darauf. Ich bin sicher, daß Gail Ihnen mit Vergnügen von der Arbeit erzählen wird, die sie bei der diesjährigen Planung für das Ausstellungsprogramm des Prichard-Museums geleistet hat.«

Gails Gesicht hatte die Farbe von hellem Schiefer. Ihre gequälten blauen Augen sahen aus wie im Regen zerlaufende Tinte.

Corinne lächelte ihre Nichte verbindlich an.

Gift, aus einem Ring in ihren Chablis geschüttet, wäre für Corinne Webster noch zu gut gewesen. Da das leider nicht in Frage kam und zudem auch nicht im Bereich von Annies Möglichkeiten lag, war ihr einziger Gedanke, sich möglichst schnell aus dem Umkreis von Corinne Prichard Webster zu entfernen, bevor sie der Versuchung erlag, dieser Frau offen zu sagen, was für ein Monster sie sei. Sie fand den Türknauf und drehte ihn.

»Vielen Dank, aber ich werde in Kürze auf der Insel zum Tee erwartet.« Sie versuchte, so zu klingen, als ob sie den Nachmittagstee nie und um keinen Preis vernachlässige und ihr Terminkalender mit Verabredungen schon seit Wochen ausgebucht sei. »Ich mache nur ein paar Fotos, dann muß ich schon wieder los.« Sie hielt die Kamera hoch, trat ins Freie, zog die Tür hinter sich ins Schloß, drehte sich um und hastete die leuchtenden Marmorstufen hinunter, als ob alle Höllenhunde hinter ihr her wären.

Sie sah nicht zurück, bevor sie den Muschelsandpfad ganz hinter sich gebracht hatte und sich hinter einer Reihe von Zwergpalmen verbergen konnte.

Ihre Brust hob und senkte sich vor Anstrengung. Sie stand neben einer Holzbank und lauschte.

In der Ferne surrte ein Rasenmäher, ein Stück näher blies jemand mit einem Gebläse Tannennadeln in die Blumenbeete. Sie spähte um den rauhen Stamm einer Palme zur Fassade von Prichard House. Nichts rührte sich.

Sie war entkommen, ohne zu explodieren.

Und ohne zu atmen. Sie stieß die angehaltene Luft aus und fragte sich, ob sie überreagiert hatte. Nein, Mrs. Webster stand auf einer Stufe mit Piranhas, Kobras und Moriarty. Sie war sicher keine Kandidatin für die Wahl zur Frau des Jahres. Es wäre Annie ein Vergnügen gewesen, ihr die Meinung zu sagen.

Das arme Mädchen … Seltsam. Sie bezeichnete sie immer als ›Mädchen‹, obwohl Gail Prichard in Annies Alter sein mußte. Aber sie wirkte jung und verwundbar. Worüber hatte sie sich so fürchterlich aufgeregt? Was hatte Corinne Webster ihr angetan? Denn die hatte zweifellos etwas damit zu tun.

Doch eigentlich ging Annie das alles nichts an.

Ihre Aufgabe war es, ein erfolgreiches Detektivspiel zu organisieren, und das würde ihr nicht gelingen, wenn sie hier herumstand und eine Tür anstarrte, die sich nicht öffnete. Gut. Sie wollte ja überhaupt nicht, daß die Tür aufging. Sie wollte die ganze Episode als abgeschlossen betrachten.

Die Versuchung, die Marmortreppe wieder hinaufzugehen, die Türklingel zu betätigen und Mrs. Corinne Prichard Webster zu sagen, sie könne sich das Detektivspiel an den Hut stecken, war fast überwältigend groß. Zur Hölle mit den tausend Dollar. Zur Hölle mit der Gesellschaft für Denkmalpflege von Chastain.

Andererseits hatte sie ihr Wort gegeben. Wenn Annie das Skript für die Mordnächte nicht ablieferte, würde die Gesellschaft für Denkmalpflege ›im Wind baumeln‹, wie man in Texas sagte. Außerdem glaubte sie, daß sie den ihr unbekannten anderen Mitgliedern der Gesellschaft eine gute Arbeit schuldig war. Mrs. Webster war vielleicht die Vorsitzende, aber sicherlich bestand die Gesellschaft auch aus anderen und mit Sicherheit ehrenwerteren Einwohnern von Chastain. Außerdem war Mrs. Webster von der Krimiveranstaltung ohnehin nicht begeistert gewesen. Zum Teufel, sie würde einen Krimi bekommen, einen fantastischen Krimi, der ihr das Blut in den Adern gerinnen lassen würde, ob sie wollte oder nicht.

Pflichtbewußtsein rang mit heißblütiger Versuchung. Pflichtbewußtsein gewann.

Annie wandte sich vom Haus ab, um die Anlage des Gartens zu studieren. Eine größere Fläche grünen Rasens wurde von der kreisförmigen Auffahrt begrenzt. Dort war mit Sicherheit Platz für drei Zelte, die eher als Raum für unterschiedliche Aktivitäten dienen sollten, weniger als Wetterschutz. Niemand hier dachte auch nur an die *Möglichkeit*, daß es regnen könnte. Das Programm würde um Punkt neunzehn Uhr mit der Vorstellung der Verdächtigen und einem kurzen Überblick über ihre Beziehungen zum Mordopfer beginnen. Dann würden die Krimifans in zehn Teams mit jeweils höchstens zehn Mitgliedern aufgeteilt. Nachdem jedes Team einen Sprecher gewählt hatte, würden sie einzeln zum Tatort geführt werden, wo sie, laut Anweisung, mit kriminalistischen Methoden arbeiten, beispielsweise – ohne Beweise zu zerstören – einen detaillierten Plan des Grundstücks entwerfen und sorgfältig alle möglichen Indizien notieren sollten. Anschließend konnten sich die Teams in die Zelte zurückziehen. Im ersten Zelt wäre das Polizeihauptquartier untergebracht. Dort konnten die Teammitglieder den Obduktionsbericht, Laboranalysen der Beweisstücke und Kopien der Aussagen einsehen, die die Verdächtigen der Polizei gegenüber gemacht hatten. Im zweiten Zelt fände die Befragung der Verdächtigen durch die Teams statt, und im dritten stünden Tische, an denen die Teams über den Gang ihrer Ermittlungen beraten konnten.

Annie schlüpfte unter den herabhängenden Zweigen einer Eiche hindurch und schritt die Lage der Zelte ab. Dann hackte sie mit dem Schuhabsatz eine Markierung in die Erde. Hier würde sie einen Stand für Death on Demand aufbauen. Sie stellte sich einen Tisch vor, der mit Fanmaterial aus der Buchhandlung überhäuft war, einschließlich der blutroten Lesezeichen in Stilettform, einem Posten T-Shirts mit dem Namen des Ladens und Bildern bekannter Detektive wie Hercule Poirot, Miß Marple, Sherlock Holmes oder Nero Wolfe, und Aufklebern mit Sprüchen wie ›Ich bin Detektiv, denn Verbrechen zahlen sich nicht aus‹ oder ›Zur Not Gift‹.

Ihre Erregung legte sich allmählich. Sie dachte sich immer gerne neue Möglichkeiten aus, Death on Demand bekannter zu machen. Sich vorzustellen, daß die meisten Teilnehmer der Kriminächte Krimifans waren ... Warum sollten sie sonst mitmachen? Das Interesse an Häusern und schönen Gärten war nebensächlich. Nein, es waren Krimienthusiasten, die begierig wissenswerte Anekdoten über ihre Lieblinge aufschnappen wollten, von *Bleak House*[17] bis *Home Sweet Homicide.*

Da kam ihr die Marketingidee des Jahrhunderts. Die Aquarelle! Auf sie richteten sich die Blicke der Kunden ihres Ladens als erstes. Der Wettkampf um die Ehre, der erste zu sein, der Autor und Titel nennen konnte, war hart. Wieviel mochte es kosten, die Aquarelle als Poster drucken zu lassen und zum Verkauf anzubieten?

Sie nahm einen Notizblock aus der Tasche und kritzelte eine Notiz darauf, die Kosten zu prüfen und sich mit Drew Bartlett, dem Maler der April-Bilder, abzusprechen. »Ein Geniestreich«, murmelte sie zufrieden. »Ein wahrer Geniestreich.«

Okay. Nun zu den anstehenden Aufgaben. Sie mußte Zelte, Tische und Stühle bestellen, Anweisungen für die Teams anfertigen.

Die Teams würden bei ihren Ermittlungen gegen die Zeit arbeiten. Sobald ein Team glaubte, die Identität des Mörders herausgefunden zu haben, würde der Sprecher den Namen und eine Übersicht der Beweise, die das Team gefunden hatte, in einen Briefumschlag stecken, ihn versiegeln und Annie überreichen. Sie würde den Umschlag numerieren und mit der Uhrzeit versehen. Am Höhepunkt des großen Abschlußballs am Freitag

---

[17] Charles Dickens: Bleakhaus

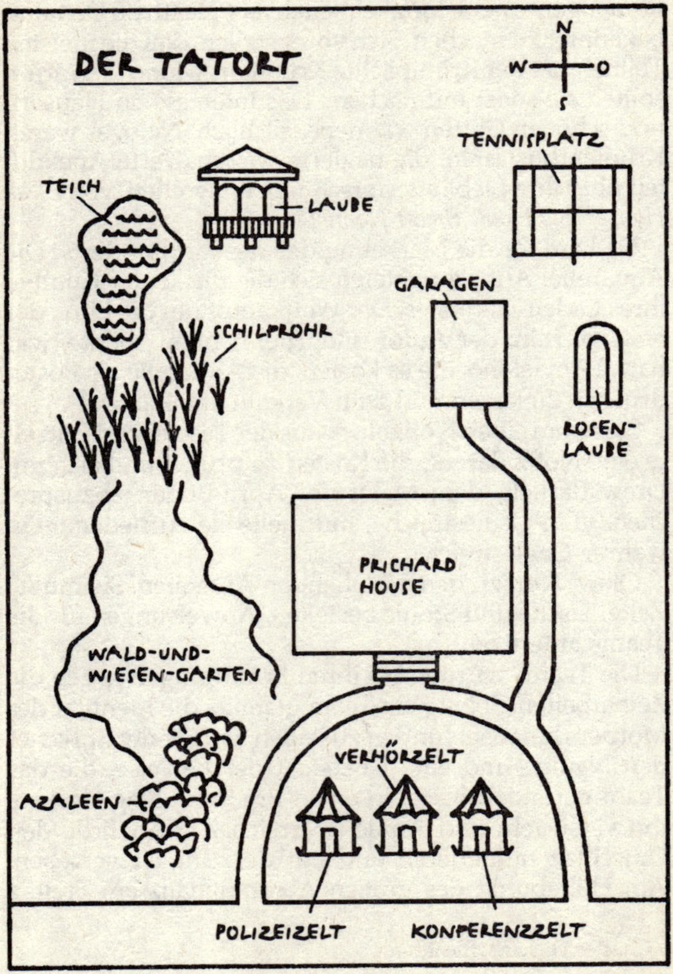
DER TATORT
N
W
O
S
TENNISPLATZ
TEICH
LAUBE
GARAGEN
SCHILFROHR
ROSEN-
LAUBE
PRICHARD
HOUSE
WALD-UND-
WIESEN-GARTEN
VERHÖRZELT
AZALEEN
POLIZEIZELT
KONFERENZZELT

abend auf dem Tennisplatz von Prichard House würde das siegreiche Team dann bekanntgegeben. Gewinnen würde das Team, das den Mörder in der kürzesten Zeit aufgespürt hatte, egal, an welchem der Abende es angetreten war. Ein Team, das die korrekte Antwort am Mittwoch um 21 Uhr 15 einreichte, würde ein Team schlagen, das die Lösung am Montag um 21 Uhr 30 brachte.

Und jetzt zur Leiche.

Annie blickte erneut über den ebenen Rasen, der von Beeten mit blaurosa und rosaroten Azaleen umgeben war, und schritt dann den grauen Muschelsandweg entlang zum hinteren Teil des riesigen Grundstücks. Hier blühte ein Waldgarten mit verfilztem Hartriegel, Rotknospe und Wisterie. Das Schneeweiß des Hartriegels kontrastierte wunderbar mit dem purpurnen Rot der Rotknospe. Der Pfad wand sich um das vier Meter hohe Schilfrohrdickicht und kam in einer kleinen Lichtung wieder zum Vorschein. Ein Teich mit schwarzem Wasser, umringt von königsroter Iris, lag tief in den gemeißelten Schatten der gewaltigen, dunklen, knorrigen Zypressen und der schlanken Weiden. Annie atmete tief ein und genoß den schwach süßlichen Geruch der Iris, der unter dem stärkeren Geruch des stehenden Gewässers kaum wahrzunehmen war. Der Ort lag abgelegen. Sie fühlte steigende Erregung. Kurzerhand verwarf sie ihren ursprünglichen Plan, Thompson Hatfields Leiche im Büro in der Bank auffinden zu lassen, und wählte als Hintergrund statt dessen den jährlichen Betriebsausflug der Bank. Die viktorianische Laube unter den Weiden gab einen fantastischen Tatort ab. Natürlich machte diese Änderung auch ein neues Set von Indizien erforderlich, aber das ließ sich leicht bewerkstelligen. Sie zog ihren Schreibblock hervor und machte eine Skizze des Tatorts. Es war perfekt.

Die Leiche. Eine Puppe? Eine Schaufensterpuppe? Darum mußte sie sich heute auch noch kümmern. Sie warf einen Blick auf die Uhr. Fast zwei. Irgendwie hatte sie zwischen ihrem Kampf mit Max und der Fahrt nach Chastain das Mittagessen vergessen. Auf dem Weg in die Stadt war sie an einer Bude mit Chiliburgern vorbeigekommen. Das paßte hervorragend. Aber vorher mußte sie noch zur Gesellschaft für Denkmalpflege und das Material abgeben, das in die Broschüren eingearbeitet werden sollte. Mrs. Webster hatte eindeutig kein Interesse daran, für das Detektivspiel Werbung zu machen. Aber sie sollte sich nicht einbilden, daß Annie sich billig abspeisen oder zur Seite drängen ließ.

Kampflustig stieß Annie die massive Holztür des alten Forts auf.

Die meterdicken Wände mit den eingelassenen Fenstern, niedrigen Decken und Vierzig-Watt-Glühbirnen in den Wandleuchtern beschworen die Atmosphäre eines Verlieses herauf, die an diesem Ort vor zweihundert Jahren geherrscht haben mußte. Der modrige Geruch uralten Staubs hing in der feuchten Luft. Ein hölzernes Brett, auf dem Blätter und Broschüren lagen, befand sich an der Mauer zu ihrer Linken.

»Guten Tag.« Eine ältere Frau mit der weichen, undeutlichen Aussprache der in South Carolina Gebürtigen lächelte und sah Annie fragend an. Sie hatte dichtes, lockiges blondes Haar und trug ein unförmiges babyblaues Polyesterkleid und passende Perlenohrstecker. Ihr massiges Gesicht strahlte gute Laune und unbezwingbaren Enthusiasmus aus. Sie saß hinter einem Chippendale-Schreibtisch aus Mahagoniholz. Wie die Frau wirkte auch die alte Remington auf dem Schreibmaschinentisch hinter ihr unpassend modern.

»Ich bin Annie Laurance. Mrs. Webster hat mich engagiert, um ein Programm für die Krimiveranstaltung zu entwerfen. Für ...«

»... die Haus-und-Garten-Touren. Ach, ich bin überzeugt, daß es höchst spannend wird. Eine wunderbare Idee. Ich glaube, Mr. Merrill hat sich das ausgedacht. Er und seine Frau waren letztes Jahr auf einem Mordwochenende in Atlanta und haben sich sehr amüsiert.«

Die Frau stemmte sich hoch und kam hinter dem Schreibtisch hervor. »Ich bin Louisa Binning, die Sekretärin. Wie kann ich Ihnen helfen?«

Was für ein Unterschied zwischen den zwei Blondinen, dachte Annie – eine überdimensionale Schlange die eine, eine gutmütige, fröhliche Tante die andere. Annies Gefühle für die Gesellschaft für Denkmalpflege wurden wärmer. Louisa, die sich nicht nur als redselig, sondern auch als effektiv entpuppte, drückte ihr Broschüren in die Hand, versorgte sie mit den Namen von Nahrungsmittellieferanten und Ausrüstungsvermietungsfirmen, notierte sich schnell die wichtigsten Punkte des Programms und versprach, daß – »Oh, spätestens bis kommenden Montag« – ein Werbezettel in die bereits gedruckten Broschüren der Haus-und-Garten-Touren eingelegt sein werde.

»Was die Leiche betrifft ...« Sie blätterte einen Papierstapel auf dem Schreibtisch durch und reichte Annie eine Broschüre vom Roten Kreuz. »Sie können auf dem Heimweg mal bei Edith Ferrier anhalten und mit ihr sprechen. Sie ist eines unserer nettesten Vorstandsmitglieder. Ich rufe an und sage ihr Bescheid, daß Sie kommen. Sie wird Ihnen bestimmt mit Freuden helfen.«

Annie steckte die Broschüre zu ihren anderen Papieren und sagte: »Mrs. Binning, ich kann mich gar nicht genug für Ihre Hilfe bedanken.«

»Ach, das mache ich doch gerne. Außerdem ist es mein Job.« Mrs. Binning strahlte. »Ach so, wegen der Werbezettel für die Broschüren der Tour: Wir können auf unserem Kopierapparat auch Farbkopien herstellen. Was halten Sie von einem bluttriefenden Dolch?«

»Fantastisch«, rief Annie.

»Geschmacklos«, zischte eine Stimme aus dem höhlenartigen Schatten des gemauerten Gewölbes hinter der Sekretärin.

Annie zuckte zusammen, doch die sanfte Louisa drehte nur ihren Kopf und sagte: »Ach, da sind Sie ja, Miß Dora. Darf ich Ihnen unsere Expertin für das kriminalistische Programm vorstellen? Annie Laurance … Miß Laurance, dies ist Miß Dora Brevard, eine Stütze unserer Denkmalschutzgesellschaft. Niemand kennt sich mit Chastain und seiner Geschichte besser aus als Miß Dora.«

Eine kleine Gestalt, mehr Zwerg als Frau, lugte aus dem Schatten. Ihr uraltes Gesicht war umrahmt von wirrem silbernen Haar, und die Gesichtshaut war zerfurcht von einem Netz aus Falten. Die tiefliegenden Augen, dunkel wie Rosinen, starrten voll wilder Intelligenz. Dora Brevard trug ein schweres schwarzes Kleid, das um ihre hohen, polierten Lederschuhe raschelte, und einen verwegen schief aufgesetzten Stoffhut mit purpurroter Feder. Mit schrumpliger Hand stützte sie sich auf einen Gehstock aus Elfenbein, aber trotzdem bewegte sie sich mit überraschender Behendigkeit. Sie tappte über den steinernen Fußboden heran und sah Annie mißtrauisch an.

»Ziel unserer Gesellschaft ist es, das historische Erbe von Chastain zu erhalten«, sagte sie und pochte zur Bekräftigung mit dem Stock auf den Boden. Ihre Stimme hatte einen knackenden, trockenen Ton wie raschelndes altes Papier. »Dieses Detektivspiel ins Programm aufzunehmen kann uns nur von unserer eigentlichen Mission abhalten.« Die Worte klangen wie eine Grabinschrift.

Die Sekretärin griff rasch ein. »Aber Miß Dora, die junge Dame ist heute vorbeigekommen, um historisches Material über Chastain zu sammeln. Sie ist an unserer Geschichte *sehr* interessiert. Sie will uns helfen, soviel Geld wie möglich aufzubringen.«

»Entweihung«, murmelte die alte Dame. »Nichts anderes. All die Menschen, die durch unsere Häuser trampeln …«

Louisa klopfte ihr beruhigend auf die knochige Schulter. »Die Touristen kommen her, um die Vergangenheit zu verstehen.«

Die alte Dame schüttelte die Hand der Sekretärin ab. In ihren tiefliegenden Augen glitzerte Zorn. »Heutzutage ist die Welt billig. Alles ist geschmacklos und falsch.

Aber hier in Chastain werde ich das nicht dulden, hören Sie?« Sie donnerte den Stock auf den Boden. Dann veränderten sich ihre verbitterten Gesichtszüge in einer raschen Metamorphose zu einem schlauen Lächeln. »Sie interessieren sich also für unsere Geschichte, junge Frau? So ist es recht. Ich werde aufpassen, daß man Sie nicht mit Tratsch und Lügen vollstopft. Begleiten Sie mich nach Hause, dann werde ich Ihnen von Chastain erzählen. Hier, Sie können mir meine Tasche tragen.« Sie stieß eine gehäkelte und erstaunlich schwere Tasche in Annies Hände. Annie sah, daß sie randvoll mit Büchern, Papieren und Fotokopien war.

»Aufzeichnungen.« Miß Dora bohrte einen verkrümmten Finger in die Tasche. »Vermächtnisse, Pachtverträge, Geburts- und Sterbeurkunden, Testamente. Die sind das Wichtigste, Testamente.« Sie kicherte und schoß auf die schwere Tür zu. Der Stock tappte ein begleitendes Stakkato. »Kommen Sie schon. Ich verschwende keine Zeit.«

Annie warf der Sekretärin einen hilflosen Blick zu.

Die sagte bedeutungsvoll: »Miß Dora ist Sekretärin des Vorstandes.«

»Sekretärin«, wiederholte Annie ratlos. »Aber ich dachte, Sie …«

»Oh, ich arbeite nur hier. Miß Dora ist *ordentliche* Sekretärin des Vorstandes.«

Und der Vorstand hatte Annie angestellt. Sie verstand den Wink, wuchtete die Tasche hoch und folgte den Geräuschen des Gehstocks. Draußen auf dem Bürgersteig hielt Miß Dora lange genug an, um einen bösen Blick die Ephraim Street herunter zu werfen. »Ich nehme an, daß Louisa Ihnen die Broschüre gegeben hat, in denen die Häuser der Tour beschrieben werden?«

»Ja, ich habe alles über die Häuser.« Annie war überrascht, daß ihre Hände schwitzten. Sie spürte, daß Miß Dora sie verunsicherte, um es milde auszudrücken. In diesen durchdringenden braunen Augen war zuviel Kraft und Intelligenz, als daß man Miß Dora einfach hätte als kauzig abtun können. Es war nicht schwer, in ihr eine

Hexe aus Salem oder eine florentinische Giftmischerin zu sehen.

»Schlecht geschrieben«, sagte die alte Frau abfällig. »Aber die Fakten stimmen. Also, gehen wir die Lafayette Street hinauf.« Eine Hand pochte mit dem Gehstock, die andere hielt Annie am Ellbogen gepackt wie ein Sumpffalke, der ein saftiges Nagetier greift. Ihre rasselnde Stimme redete unaufhörlich weiter und erschuf ein Historienspiel der Vergangenheit. Trotz ihrer Wachsamkeit wurde Annie von der Lebendigkeit und Schärfe der Beschreibung der alten Dame bezaubert und erhaschte unerwartet Bilder aus einer längst vergangenen Zeit: das Massengrab für die Opfer des Gelbfiebers. Die ruhmreiche Nacht, als General Washington sich zu einem Ball einfand. »Das war im Haus der Smileys. Es stand dort drüben auf der Klippe, wo jetzt die Feuerwehr ist.« Das verheerende Feuer von 1756, das in den Docks ausbrach, ausgelöst von einem achtlos in die Baumwollpacken geworfenen Streichholz. »Eine junge Braut befahl den Sklaven, ihr ganzes Leinenzeug und die Bettwäsche im Fluß naß zu machen und das Dach damit abzudecken. So wurde das Haus der Maineys gerettet.« Die Duelle, die Pferderennen, die eleganten und vornehmen Bälle, die lange, unerträgliche Besetzung durch die Föderierten und die harten Tage nach dem Krieg, als die meisten alteingesessenen Familien von Chastain ihre Häuser wegen der Steuern verkaufen mußten.

Miß Dora führte Annie die Federal Street hinauf und wieder hinunter. »Die erste Episkopalkirche stand an dieser Stelle. Die heutige, St. Michaels and All Angels, wurde 1760 begonnen, nach dem Feuer.« Sie ließ die stuckverzierten Geschäftsbauten aus dem späten 19. Jahrhundert als uninteressant beiseite, erwies dem Prichard-Museum aber widerwillig ihre Achtung. »Wurde 1843 von der Donnerstagabendgesellschaft von Chastain gegründet. Schon immer haben Männer gespielt.« Sie sprach das Wort ›Männer‹ in Anführungszeichen aus, so wie Miß Silver, wenn sie über die Eß- und Trinkgewohnheiten der männlichen Spezies dozierte. Nur war Miß Dora bei weitem nicht so begabt wie Miß Silver.

Die unermüdliche Miß Dora führte Annie zurück zur Ephraim Street, und sie folgten der Biegung des Flusses am Lookout Point vorbei. Mehrere hübsche alte Häuser standen mit ihren Fassaden zur Klippe gewandt. »Man hat sie alle auf hohen Fundamenten aus Muschelzement errichtet. Der Kalk wird gewonnen, indem man die Schalen von Austern verbrennt. Dann vermischt man ihn mit zerstoßenen Muschelschalen und Sand. Die zweistöckigen Gebäude hatten vorne und auf den Seiten Arkaden, um die Südostwinde abzufangen. Im Sommer wird es hier sehr heiß, aber die langen Eingangshallen im Zentrum sorgten für ebenso kühle und frische Luft in den Zimmern wie die Schuhschachteln mit Klimaanlagen, die man heute baut. Das da drüben ist das Cannehill House. Acht Kamine und eine schöne, zweistöckige Veranda. Frühes 19. Jahrhundert. Das ist Hapworth House, erbaut 1850. Es gehörte einem Arzt und wurde nach dem Krieg wegen der Steuern verkauft. Heute lebt eines unserer Vorstandsmitglieder darin, auch er ein Arzt.«

Die alte Dame hielt mit finsterem Gesichtsausdruck inne, stützte sich auf den Gehstock und starrte das großartige, im neohellenistischen Stil erbaute Landhaus an, das mit einem Portikus ausgestattet war, der dem von Prichard House an Erhabenheit nicht nachstand. Eine Vierergruppe gewaltiger ionischer Säulen wuchs zwei Stockwerke hoch und trug ein leuchtend weißes Giebeldreieck. Ein luxuriöser gelber Bentley stand in der Auffahrt, genau die Art Auto, die von Reichtum und Großspurigkeit zeugt.

»Ein hübsches Haus. Und ein fantastisches Auto«, sagte Annie bewundernd.

»Sie bringt Schande über ihr Erbe«, knurrte die schnarrende Stimme.

Erschreckt sah Annie ihre kleine, schwarzgekleidete Begleiterin an.

»Die ist nicht besser als eine vulgäre Hure. Und es ist mir egal, daß sie eine Chastain ist.«

»Wirklich?« Aus den schwarzen Augen schoß ein Blick zu Annie herauf, die sich beeilte zu erklären: »Ich meine, ist sie wirklich ein Sproß der Chastains?« Sie bezweifelte, daß sie weit genug zählen konnte, um sich auszurechnen, wie viele Generationen das umfaßte.

»Böse. Sybil ist böse. Eine Jezabel. Es war ein schwerer Fehler, daß der Vorstand sie zum Mitglied gewählt hat. Trotz ihrer Abstammung.« Die Krähenfüße der Falten glätteten sich bei ihrem hohen, freudlosen Kichern. »Immerhin wirbelt sie ein wenig Staub auf. Besonders bei Corinne.« Ihre Stimme verwandelte sich in ein diabolisches Zischen, als sie diesen Namen aussprach, und in die wohlriechende Luft strömte Haß.

Miß Doras Haus war das übernächste. Am Tor schnappte sie sich ihre Tasche von Annie. »Nun zu diesem Krimi, den Sie planen. Erzählen Sie mir davon.«

Rasch skizzierte Annie die Geschichte des Bankiers.

Miß Dora neigte ihr Gesicht vor, ihre Reptilienaugen zu nachdenklichen Schlitzen verengt. Als Annie zu Ende gesprochen hatte, wackelte Miß Dora mit dem Kopf, und das glatte silbrige Haar schob sich unter dem Hut hervor wie Fetzen von Zirrhuswolken. »Realitätsnah«, murmelte sie, »aber langweilig. Nicht wie Peter Dickinson.« Sie öffnete das Tor und tappte den Weg hinauf, ohne sich noch einmal umzusehen.

Annie starrte ihr nach, unschlüssig, ob sie lachen oder sich ärgern sollte. Aber als sie langsam den Weg zum Lookout Point und zu ihrem geparkten Wagen zurückging, dachte sie, daß die alte Hexe bestimmt etwas Würze in ihren Auftrag bringen würde.

Vielleicht hatte sie gar nicht so unrecht. Langweilig … Möglicherweise mußte sie der Geschichte einen neuen Anstrich geben, sie mit ausgeprägteren Charakteren aufwerten, mit originelleren Motiven. Aber zuerst das Grundsätzliche. Es war höchste Zeit, sich um die Leiche zu kümmern.

In ihrem Volvo studierte sie eine Straßenkarte von Chastain, die aussah, als hätte ein Kind Mikadostäbchen wild durcheinander geworfen. Es war gar nicht so einfach, das Büro des Roten Kreuzes zu finden, das versteckt in einer Seitenstraße neben einer französischen Bäckerei lag. Sie parkte vor der Bäckerei und widerstand tapfer der Versuchung, auf ein Eclair einzukehren. Zuerst die Arbeit. Die Tür zum Büro des Roten Kreuzes führte in ein kleines Zimmer, in dem es nach Hefe (von nebenan) und nach Druckerschwärze und feuchtem Papier von den Prospekten auf einem Tischchen roch.

Drei Frauen arbeiteten in dem Raum. Annie erkannte sofort, wer die Chefin war. Sie lächelte alle drei an, beachtete die übergewichtige Frau am Schalter und die kraushaarige Schreibkraft dann aber nicht weiter, sondern konzentrierte sich auf die Frau mit hagerem Gesicht und goldenen Reifenohrringen, seegrünen Augen und rotgoldenem Haar, das sich in üppigen Locken auf ihrem Kopf türmte. Annie trat zu ihr und begrüßte sie.

»Ich bin Annie Laurance. Ich hoffe, daß Sie mir bei meinen Planungen für die Haus-und-Garten-Woche behilflich sein können.«

»Ganz bestimmt. Ich bin Edith Ferrier.« Sie sprach in einem gehetzten Stakkato. »Louisa hat mich angerufen und mir erzählt, was Sie brauchen. Sie denkt, daß unsere Erste-Hilfe-Übungspuppe für Sie hilfreich sein kann.« Sie deutete durch den Raum auf die anderthalb Meter große Plastikpuppe, die in einem Korbstuhl neben einem altmodischen Wasserspender saß.

»Oh, sie wäre perfekt. Obwohl ich mir einen neuen Krimi ausdenken müßte, weil ich ein männliches Opfer vorgesehen hatte. Aber ich kann ja immer noch einen Mord mit einem weiblichen Opfer daraus machen.«

Ihre Freundlichkeit verfehlte bei Mrs. Ferrier vollkommen die Wirkung. Sie sah Annie eindringlich an. »Wichtig wäre vor allem, daß Rhoda – so nennen wir sie, Wiederbelebungs-Rhoda – vorsichtig behandelt wird. Ein Ersatz wäre ziemlich teuer.«

»Wir werden aufpassen«, versprach Annie hastig. »Sie wird hinter den Absperrungen der Polizei liegen, die den Tatort abriegelt, so daß niemand sie anfassen kann.«

»Dann ist es in Ordnung.« Mrs. Ferriers Kopf zuckte zurück, und Annie erkannte den scharfen, unbewußten Reflex einer nervösen Angewohnheit. Dieser verkrampfte Rotschopf war stärker gespannt als die Saite einer Violine.

»Ich komme am Morgen des Siebten vorbei und nehme sie mit.« An der Tür bedankte sie sich nochmals bei Edith Ferrier. »Wir haben wirklich großes Glück, daß Sie sowohl Koordinatorin des Roten Kreuzes als auch Mitglied der Gesellschaft für Denkmalpflege sind.«

»Ich bin beschäftigt. Vielbeschäftigt.« In dem Gesicht schimmerte keine Spur Humor.

»Mrs. Webster wird sich freuen, daß alles vorbereitet ist.«

Eine kurze, gespannte Pause, dann wieder diese schnelle, unbewußte Bewegung. »Ja, Corinne wird wohl zufrieden sein. Sobald sie was in die Hand nimmt, scheinen die Dinge zu laufen.«

Sie verabschiedeten sich höflich. Draußen drehte Annie sich noch einmal um und winkte ihr zu. Dann stieg sie in den Volvo. Das Lächeln verschwand von Annies Gesicht, als sie um die Ecke bog. Sie war stolz darauf, ein feines Gespür zu besitzen, das die Nuancen in Verhalten und Einstellung eines Menschen erfühlte. Bei dieser kurzen Pause, nachdem sie Corinnes Namen erwähnt hatte, hatte Annies Intuition regelrecht Alarm geschlagen. Noch jemand, der Corinne Webster nicht mochte. Aber das war nichts Überraschendes mehr. Miß Dora mochte Corinne nicht. Mrs. Ferrier mochte sie nicht. Und die Begegnung mit der bösen Sibyl, die sie offenbar auch nicht mochte, stand noch aus. Annie bog auf den Parkplatz neben der Chilibude. Als sie ihre Bestellung aufgab, raschelten die Wedel der nahen Zwergpalme unter einem Windstoß. Eine dunkle Wolke verhüllte das Gesicht der Sonne, und plötzlich war es kühl. Obwohl sie nicht an schlechte Omen glaubte, hätte sie als Heldin eines Schauerromans jetzt über ihre Schulter gesehen. Doch statt dessen kaute sie munter ihren Burger und sah ihre Liste durch. Neben der Notiz ›Leiche besorgen‹ machte sie ein Häkchen.

7

Die Nacht war wie von Engeln gemacht. Der Wind vom Ufer her war ein erfrischender, sanft streichelnder Hauch. In den hölzernen Streben des Deckliegestuhls schien sich der kommende Sommer anzudeuten, das Wasser plätscherte träge gegen die Pfähle, dazu die leisen Töne von ›Some Enchanted Evening‹ und die Nähe von Max.

Ein Augenblick menschlicher Vollkommenheit. Flüchtig, vergänglich, kostbar.

Beinahe hätte Annie nachgegeben. Es war herrlich, sich einen Liegestuhl mit Max zu teilen, das Gewicht seines Armes auf ihren Schultern zu spüren und zu wissen, daß sie sich jederzeit umdrehen, ihren Kopf heben und seine Lippen mit den ihren berühren konnte.

Beinahe hätte sie nachgegeben, aber ihr Verstand funktionierte noch. Seit Wochen schlugen sie und Max sich die Köpfe wegen des kommenden Septembers ein. Während des ganzen Abends – er hatte sie um sieben abgeholt – hatte er die bevorstehende Hochzeit mit keinem Wort erwähnt. Nicht während des großartigen Beef Wellington, das sie im holzgetäfelten Restaurant des Island-Hills-Golfclubs zu sich genommen hatten, nicht während des Spaziergangs am Hafen.

Statt dessen hatte er wie ein Cherub gelächelt und getan, als ob in jeder Hinsicht die schönste Harmonie zwischen ihnen herrschte.

Annie drehte den Kopf und sah ihm in die Augen. »Warum bist du eigentlich so umgänglich?« Den gleichen Ton würde ein Politiker anschlagen, der den jüngsten Friedensvorschlag des Gegners entgegennahm.

»Annie, das ist deiner nicht würdig.«

Sein verletzter Ton bestätigte ihren Verdacht. Er führte was im Schilde.

Sie richtete sich auf und entfernte ihr Gesicht aus der gefährlichen Nähe zu seinem. »Komm schon, was ist los?«

»Wie meinst du das?« Er war so zart wie Hüttenkäse. »Ich verbringe einen wunderbaren Abend mit meinem Mädchen. Abendessen. Danach ein paar Drinks. Ein kleiner Spaziergang am Hafen. Und die Aussicht auf das, was man früher ein romantisches Zwischenspiel nannte. Du. Ich. Ein Liegestuhl. Und ...« Er zog sie mit der Hand zu sich, sein Gesicht kam wieder näher.

Sie legte ihre Hände auf seine Brust. »Einen Moment. Seit Wochen bedrängst du mich, mich auf eine Riesenhochzeit einzulassen, mit allem Drum und Dran, außer einer Blaskapelle und Feuerwerk. Und jetzt tust du so, als wäre die ganze Sache geklärt, und das verstehe ich nicht.« Sie sah ihn ernst an. »Sind wir nicht mehr verlobt?«

»Ach, Unsinn.« Er küßte sie entschlossen und grinste dann. »Auf so eine List bin ich gar nicht gekommen, aber ich werde sie mir für später merken.« Ihren entsetzten Ausruf erstickte er mit einem weiteren Kuß. »Mach dir keine Sorgen.« Er nahm sie in die Arme. »Ich habe heute bloß eine Erleuchtung gehabt.«

Sie dachte an den vergangenen Tag. Was hatte er angestellt? Na schön, sie mußte der Sache auf den Grund gehen. Aber er redete schon weiter, unbeirrt und immer noch strahlend wie ein Engel.

»Mir ist klar geworden, daß alles in Ordnung kommen wird.«

Sie wartete.

Er streckte einen Arm aus und streichelte ihre Wange.

Sie schüttelte den Kopf, wollte sich nicht ablenken lassen.

»Warum?«

»Darum.«

Annie knirschte mit den Zähnen. Was für ein Tag. Erst mußte sie mit einer Frau verhandeln, die die leibliche Schwester von Attila dem Hunnen sein könnte, dann die Sehenswürdigkeiten von Chastain im Schlepptau einer alten, exzentrischen Hexe bewundern, und nun auch noch dieses beunruhigende Verhalten von Max. Aber er sah sie mit einem unzweideutigen, leuchtenden Blick an, und es war vorherzusehen, was er gleich unternehmen würde. Was seine plötzliche Erleuchtung betraf – wahrscheinlich wollte er ihr endlich zustimmen. Doch da er nun mal Max war, würde er das natürlich nie zugeben. Aber das war in Ordnung. Sie konnte auch großzügig sein. Wenn sie das nächste Mal über September sprechen würden, würde sie nicht über seine Niederlage jubilieren.

Als sie sich an ihn schmiegte, verschwendete sie noch einen kurzen Gedanken an Mrs. Webster. Die Frau war zwar offensichtlich eine Schlange, aber auch das würde in Ordnung kommen. Außerdem mußte sie sich erst am Donnerstag wieder mit ihr befassen.

Und jetzt ... Die Nacht war noch jung.

Ihr erster Impuls war es, den Brief zu zerreißen.

Ihr zweiter, eine Haubitze zu mieten und Prichard House mitsamt seiner Bewohner in tausend Stücke zu zersprengen. Was die Yankees nicht geschafft hatten, würde eine wütende Texanerin erledigen.

»Annie, Annie, meine Liebe, was ist denn los?«

Sie hörte Ingrids besorgtes Zwitschern durch einen blutroten Nebel, aber sie war viel zu wütend, um auch nur einen zornigen Ton herauszubringen. Wortlos wedelte sie mit dem dicken Briefumschlag, bis er wie eine Lawine in einem Radiodrama aus den dreißiger Jahren klang. Ingrid griff nach einem der eben eingetroffenen Poster von den Gemälden an der Rückwand und begann, Annie Luft zuzufächeln. »Was ist passiert?«

»Ich habe Tag und Nacht geschuftet!« Annie hieb mit dem Umschlag auf den Kassiertisch, so daß das ›Nicht Rauchen‹-Schild mit dem Totenkopf und den gekreuzten Knochen zur Seite flog. »Und jetzt, einen Tag vor meiner Präsentation vor dem Vorstand, schickt mir Mrs. Vorsitzende Corinne Prichard Snobarsch Webster *ihren* Entwurf für den Kriminalfall! Was ist mit meinen Indizien? Und mit den Blättern mit den Instruktionen? Und dem Autopsiebericht und den Aussagen der Verdächtigen? Ich muß ganz von vorne anfangen! Ich könnte diese Frau umbringen!«

Am Donnerstag morgen parkte Annie am Lookout Point und starrte grimmig über die Straße zu dem quadratischen Fort hinüber, dem Sitz ihrer Auftraggeberin, der Gesellschaft für Denkmalpflege von Chastain. Sie war immer noch nah, gefährlich nah daran, den Vorstandsmitgliedern einzeln oder gemeinsam zu sagen, daß sie sich zum Teufel scheren sollten. Ingrid hatte sie beruhigt, Max hatte ihr gute Ratschläge gegeben, und ihre Argumente waren nicht schlecht gewesen. Nicht besonders gut, aber auch nicht schlecht: Sie hätte doch immer noch den Spaß, Indizien zu erfinden, das Detektivspiel zu leiten, auch wenn sie Corinnes Geschichte verwenden müßte. Aber die Spannung war weg. Sie hatte ihr eigenes Rätsel entwerfen wollen, und nun mußte sie sich mit der Kreation dieser widerlichen Frau zufriedengeben.

Von ihrem Standpunkt aus konnte sie die Front des alten Forts und die Einfahrt zum Parkplatz dahinter sehen. Ein cremefarbener Mercedes bog in die Zufahrt ein, gefolgt von einem einst grauen Volvo, der noch älter als ihr eigener war. Am Steuer saß die verkrampfte Rothaarige, die sie beim Roten Kreuz getroffen hatte. Ferrier war ihr Name.

Annie holte tief Luft. Die Vorstandsmitglieder fanden sich ein. Zeit für sie, ebenfalls hinüberzugehen. Sie konnte Madame Vorsitzender den zerknüllten Brief, den sie notdürftig geglättet hatte, immer noch unter die Nase halten und ihr sagen, sie solle ihr Krimiprogramm allein durchziehen. Annie verschloß ihren Wagen, sah nach links und rechts über die Straße und wartete, um den großartigen und unvergeßlichen Bentley vorbeizulassen, den sie schon an dem Tag gesehen hatte, als Miß Dora sie durch die Stadt geführt hatte. Als Miß Dora einmal nicht Feuer und Asche gespien hatte, hatte sie erwähnt, daß der Bentley einem weiteren Vorstandsmitglied gehöre. Einem sündigen, offensichtlich. Annie erspähte volles dunkles Haar, eine riesige Sonnenbrille und einen dicken Balken hellroten Lippenstifts. Das Fahrzeug bog in die Lafayette Street ein und bremste, um auf den Parkplatz zu rollen.

Das also war die Frau, die Corinne so zusetzte, dachte Annie mit grimmiger Zufriedenheit. Vielleicht konnte sie eine Revolte auslösen, den Vorstand überzeugen, daß ihr ursprünglicher Entwurf besser war, und die Mehrheit dazu bringen, ihren Krimi anzunehmen und den von Corinne zu verwerfen. Obwohl sie ihn recht interessant fand. Es kam darauf an, wie sie ihn präsentierte.

Mit entschlossenem Nicken überquerte sie die Straße.

Ein brauner Ford Tempo raste mit quietschenden Reifen um die Ecke und bremste hart vor dem Grundstück der Gesellschaft. Ein stämmiger, gut gebauter junger Mann mit dichten, welligen braunen Haaren sprang vom Fahrersitz. Er hatte eine krumme Nase, die aussah, als sei sie mehr als einmal in das Gras eines Football-Feldes gedrückt worden. In der Hand hielt er ein Notizbuch und einen Bleistift. Ein paar gelbe Ersatzbleistifte steckten in der Brusttasche seines kurzärmeligen weißen Hemdes.

Annie betrat gleichzeitig mit ihm den Bordstein. Er bemerkte sie und lächelte anerkennend. Sein Mund verzog sich gutgelaunt und nahm der verunstalteten (Footballer-?) Nase etwas von ihrem adlerhaften Aussehen. Sein bewundernder Blick war so ungekünstelt, daß Annie zurücklächelte. Dann sah er an ihr vorbei, und seine Züge verhärteten sich und verdüsterten seine dunkelbraunen Augen.

Neugierig wandte sich Annie halb um und bemerkte, wie auch ihr Gesicht erstarrte. Der Liebling Amerikas stand auf dem Gehweg und deutete auf den Ford.

»Was macht der Wagen da? Fahren Sie ihn weg. Sie versperren den Eingang der Gesellschaft.« Corinne Webster hatte einen Ton angeschlagen, als spräche sie mit dem Fahrer eines Müllwagens.

Der stämmige junge Mann ignorierte sie und schlenderte den Gehsteig entlang.

»Junger Mann, tun Sie, was ich sage. Fahren Sie das Auto weg.«

Er drehte sich um, als bemerke er erst jetzt, daß sie mit ihm sprach. »Presse, Lady.«

»Sie können da nicht rein.« Sie deutete mit ihrer juwelengeschmückten Hand zum Gebäude der Gesellschaft.

»Sicher kann ich. Es ist eine öffentliche Einrichtung, die von der Gemeinde finanziert wird, und es gibt ein Gesetz betreffs öffentlicher Sitzungen, Lady.« Er drehte sich auf dem Absatz um und ging weiter.

»Sie waren noch nie bei unseren Versammlungen.« Corinne eilte ihm nach, das Gesicht blaß vor Zorn. »Wenn Sie hier sind, um Ärger zu machen, weil ich letzte Woche mit Ihnen gesprochen habe …«

Er blieb stehen und drehte sich zu ihr um. Ein Muskel zuckte in seinem angespannten Gesicht. »Oh, ja.« Sein Tonfall war sarkastisch. »Sieh an, ich habe Sie gar nicht erkannt. Wenn das nicht die allmächtige Mrs. Webster ist. Klar, Sie sind die Dame, die mir Geld geboten hat, damit ich aus der Stadt verschwinde. Jetzt erinnere ich mich an Sie.« In seinen dunklen Augen lag tiefe Verachtung. »Keine Sorge, Lady, ich bin nicht wegen Ihnen hier. Ich bin hier, weil die Redaktion einen Tip erhalten hat, daß dieser Vormittag recht interessant werden würde.«

Er ging weiter, riß die schwere Eingangstür auf und verschwand.

Corinne Webster stand wie erstarrt da. Ihre Hände krampften sich so fest um ihre Handtasche, daß die Finger weiß wie Wachs wurden. Sie trug an diesem

Morgen ein schwarzweißes Leinenkleid und eine schwere goldene Halskette mit einem schimmernden Opaltropfen. Einige Zeit verharrte sie steif, dann stolzierte sie auf das Gebäude zu. Als sie die Tür öffnete, erhaschte Annie einen kurzen Blick auf ihr Gesicht. Die Tür schloß sich, und Annies Schultern entspannten sich. Ach, Chastain, sonnenverwöhnter, lieblicher Küstenort. Was war als nächstes dran?

Das Kreischen gequälten Metalls zerriß die morgendliche Stille. Miß Dora, an diesem Morgen in eine lange schwarze Bombazine mit Puffärmeln gekleidet, kam über den Gehsteig heran. Sie schob einen rostigen roten Kinderwagen. Auf ihrem strähnigen silbernen Haar saß eine schwarze Pillbox mit einer wippenden grünen Feder. Ihre rasselnde Stimme übertönte das Kreischen eines Wagenrades.

»Machen Sie mal die Tür auf, Mädchen.«

Gehorsam eilte Annie zum Gebäude und zog die schwere Holztür auf. Fasziniert beobachtete sie, wie die gnomenhafte Gestalt, in der einen Hand den Gehstock, den Wagen lenkte. Darin lagen ein Stapel Schilder, die an sechzig Zentimeter langen weißen und an einem Ende zugespitzten Holzpflöcken befestigt waren, und ein Hammer.

Hinter ihnen ertönten Schritte. Eine große, schlanke Frau beugte sich herab, um zu helfen.

»Guten Morgen, Tante Dora. Sieht ja aus, als ob du schon für die Woche der großen Tour bereit bist.« Dann richtete sie sich auf, lächelte Annie an und streckte ihr die Hand entgegen. »Ich bin Lucy Haines und gehöre zum Vorstand. Sie müssen Annie Laurance sein, unsere Krimiautorin.«

Annie schüttelte ihr die Hand und fand Lucy auf Anhieb sympathisch. Ihr Griff war kühl und fest, ihr Gesicht ernst, ihr Benehmen höflich und freundlich zugleich. Sie trug einen grauweißgestreiften Krepprock und eine unbestickte weiße Bluse. Im Vergleich zu Corinne und Miß Dora sah sie wunderbar normal aus.

Am Eingang gesellte sich die dicke blonde Sekretärin zu ihnen. »Ich bringe den Wagen in den Lagerraum, Miß Dora. Es sind alle da, glaube ich. Sie sind drüben in …«

Da drang eine volle, kehlige und laute Stimme, die wie die Rezitation einer Broadway-Schauspielerin bis in die hintersten Ränge tragen würde, an ihr Ohr.

»Du bist zu weit gegangen, Corinne. Das werde ich nicht dulden.«

Selbst hier, im dämmrigen Eingang mit der schwachen Beleuchtung durch die Wandlampen und den blassen Rechtecken aus Sonnenlicht in den tiefen Fenstern, war Miß Doras maliziöses Lächeln nicht zu verkennen. »Sybil.«

Annie fühlte, wie eine Gänsehaut ihren Rücken heraufkroch. Miß Doras Schmirgelpapierstimme war voller Verachtung, Vergnügen, Rachsucht und Freude in einem. Die Sekretärin spähte mit besorgt geweiteten Augen zum gewölbten Durchgang. Die feinfühlige Lucy Haines zog die Stirn in Falten und biß sich auf die Lippe.

Sybils tiefe, volltönende Stimme zitterte vor Zorn. »Mir fehlen die Worte.«

Miß Dora schüttelte sich vor Lachen und enthüllte ihre schwarzen, schiefen Zähne. »Kommt, Kinder, wir wollen die Vorstellung nicht versäumen.« Sie ging durch den gemauerten Gang und eine schmale Halle voran in einen geräumigeren Durchgang, der in einen ähnlich düsteren, sehr großen Raum führte, in dem ein reichverzierter Tafeltisch aus Walnußholz stand. Dort saß ein Mann, den Annie nicht kannte. Daneben erkannte sie Gail Prichard, ihren gelegentlichen Kunden Roscoe Merrill und die rothaarige Edith Ferrier. Niemand bemerkte ihre Ankunft. Aller Augen waren auf die beiden Frauen gerichtet.

Corinne stand neben dem Rednerpult am anderen Ende des Tisches. Ihre blauen Augen glitzerten wie die Südsee an einem strahlenden Sonnentag. Mit Schrecken bemerkte Annie, daß Corinne die Situation *genoß*. Sie verhielt sich durchaus nicht wie eine Frau, die angegriffen wurde oder sich verteidigen mußte. Im Gegenteil – hoch aufgerichtet stand sie vor dem Tisch wie eine Göttin am Bug eines römischen Schiffes, genauso arrogant und hochnäsig.

»Im Ernst, Sybil, deine Haltung überrascht mich.« Ihre Stimme klang kühl, amüsiert und unbeschwert. »Der Vertrag ist eindeutig. Erkundige dich bei Roscoe.«

Alle Blicke, einschließlich Annies, flogen zu Sybil, die in einer dramatischen Pose vor dem flämischen Wandteppich stand, der ein Drittel der Mauer hinter ihr bedeckte. Als Annie sie nun zum ersten Mal ganz wahrnahm, war sie beeindruckt. Der Ausdruck ›sinnlich‹ paßte auf die Nackten von Rubens genauso wie auf Sybil. Sie besaß das gewisse Etwas. Eine läufige Hündin hätte nicht mehr Wollust offenbaren können. In ihrem nachtschwarzen Haar glänzte eine Diamantbrosche, violette Wimpernschatten betonten die Tiefe ihrer schwarzen Augen. Sie trug ein weit ausgeschnittenes grünes Jerseykleid, das sich eng um jede der prächtigen Kurven ihres Körpers schmiegte und am Busen einen gewagten Schlitz aufwies, der garantiert alle anwesenden männlichen Wesen elektrisierte. Neben ihr wirkte jede andere Frau im Zimmer so attraktiv wie eine Gottesanbeterin.

Jetzt drehte sie sich um und streckte eine Hand mit spitzen zinnoberroten Fingernägeln aus. An ihrem Ringfinger glänzte ein Diamant, der dem Kohinoor Konkurrenz machen konnte. Ein großer, eckiger Smaragd glitzerte in einer antiken Goldfassung. An einem Armband funkelten dazu passende Smaragde. »Roscoe, stimmt das?« Ihre Altstimme vibrierte. »Hattest du bei dieser unerhörten Ausbeutung die Hand im Spiel?«

Es war offensichtlich, daß sich Roscoe Merrill sehnlichst an einen anderen Ort wünschte, zum Beispiel auf einen entlegenen Außenposten der Fremdenlegion. Feine Schweißperlen glitzerten auf seinem kahlen Kopf. Seine ausdruckslosen braunen Augen, die Sibyls bohrenden und Corinnes selbstsicher starrenden Blick mieden, waren auf den Notizblock geheftet, der vor ihm auf dem

Tisch lag. Er räusperte sich. »Das Museum hielt es natürlich für geboten, seine eigenen Interessen zu wahren. Und da die Gemälde während der Arbeitszeit im Museum und auf Kosten des Museums entstanden sind, ist es nur recht und billig, daß das Museum Anspruch auf sie erhebt.«

»Das ist unglaublich!« Sybil trat näher an den Tisch und griff nach Merrills Schulter.

Merrill blickte auf, drehte seinen Kopf von dem verheißungsvoll tiefen Dekolletéschlitz weg und starrte entschlossen auf den Notizblock. Sein Gesicht und sein Nacken färbten sich dunkelrot.

»Es ist abscheulich. Ihr stehlt dem armen Jungen nicht nur seine Arbeit, sondern verhindert auch noch seine Ausstellung! Ihr sabotiert seine Karriere! Roscoe, du solltest dich schämen!« Sie wirbelte zu Corinne herum. »Nun zu dir, du eifersüchtige, hinterhältige Hexe. Nur weil du eine vertrocknete, verdorrte alte Frau bist, haßt du jeden, der noch voller Leben ist. Glaub nicht, daß du schon gewonnen hast. Wart's ab!«

Zum ersten Mal schien Corinne die Selbstbeherrschung zu verlieren. In ihren Augen blitzte Zorn auf, aber sie behielt ihr eisiges Lächeln bei. »Die Haltung des Museums ist untadelig. Und jetzt ist es an der Zeit für ...«

»Mrs. Giacomo, ich bin Bobby Frazier, Reporter des Chastain Courier.« Der junge Mann, der Annie draußen angelächelt hatte, stieß sich von der Wand ab und näherte sich Sibyl.

Annie sortierte die Namen. Miß Dora hatte gesagt, sie bringe Schande über ihr Erbe, sei eine Chastain. Also hieß sie Sybil Chastain Giacomo. Was ging über einen italienischen Grafen?

»Können Sie mir mehr über Ihre Meinungsverschiedenheit sagen? Gibt es im Prichard-Museum Probleme?« Sein Bleistift schwebte über dem Notizbuch.

Corinne klammerte sich an das Rednerpult. »Sie haben kein Recht, hierherzukommen und Fragen zu stellen. Dies ist keine Angelegenheit des öffentlichen Interesses.«

Der Reporter ignorierte ihre laute Stimme und wandte sich wieder an Sybil. Seine Bewunderung war offensichtlich. »Sie sind doch im Direktorium des Prichard-Museums. Können Sie mir sagen, was vor sich geht?«

Sybil saugte sein Interesse sofort in sich auf und witterte die Gelegenheit, Corinne Unannehmlichkeiten zu bereiten. Sie holte tief Luft und legte los: »Aber natürlich. Sicher kann ich das, Mr. Frazier, ich weiß darüber Bescheid. Tim Bond – dessen Arbeiten Sie natürlich kennen – ist Kurator des Prichard-Museums. Er macht einfach *alles*. Er stellt die meisten Reproduktionen her, restauriert die Bilder, malt selbst. Jeder weiß, daß er eine große Zukunft hat. Corinne hat ihn sich geschnappt, weil sie einfach alles besitzen will. Sie hat ihm angeboten, im Museum zu arbeiten und dabei soviel zu malen, wie er wolle. Er bekomme ein Gehalt und brauche sich um Geld keine Sorgen zu machen. Sie hat ihm aber nicht gesagt, daß seine Bilder mit dem Vertrag, den er unterschrieb, in den Besitz des Museums übergingen ...«

»Das stimmt doch überhaupt nicht.« Zum ersten Mal wurde Corinnes Stimme schrill. »Er hat den Vertrag gelesen und verstanden.«

»Du hast ihm erzählt, natürlich werde das Museum seine Bilder für Ausstellungen zur Verfügung stellen! Es war nie die Rede davon, daß das Museum sie behalten wollte, bis Corinne herausbekam, daß Tim und ich« – Sybils Schultern bewegten sich, und Annie konnte beinahe das Rascheln seidener Bettwäsche hören – »befreundet sind. Sie mag es nicht, daß er Freunde hat. Und nun hat er dieses fantastische Angebot von einer New Yorker Galerie bekommen. Sie wollen seine Bilder im September ausstellen, und das würde seiner Karriere ein großes Stück weiterhelfen ... Aber Corinne will ihm verbieten, seine Arbeiten nach New York zu bringen!«

Frazier machte sich hastig einige Notizen und wandte sich dann an Corinne. »Hat das Museum Bond die Erlaubnis verweigert, seine Bilder auszustellen?«

»Die Bilder gehören dem ...«, begann Corinne zornig.

Merrill griff leise ein. »Mr. Frazier, die Angelegenheit wird zur Zeit noch vom Vorstand des Museums diskutiert. Eine endgültige Entscheidung ist noch nicht gefällt. Meinen Informationen nach wird es nächsten Monat im Vorstand weitere Gespräche über die künftige Politik des Museums geben, was die Bereitstellung von Arbeiten für Ausstellungen im allgemeinen betrifft. Es wäre daher verfrüht zu sagen, eine Entscheidung sei schon gefallen.«

»Die Zukunft von Tim Bond steht auf dem Spiel«, donnerte Sybil theatralisch, »und ich habe nicht die Absicht, die Sache auf sich beruhen zu lassen. Die meisten Bürger von Chastain werden mich unterstützen.« Sie wartete. Ihr Gesichtsausdruck verwandelte sich langsam von pikiertem Zorn zu boshaftem Vergnügen. »Ich werde eine Bürgerinitiative ins Leben rufen. Ich werde jeden um seine Unterschrift bitten, der dafür ist, daß Chastains talentiertester Maler eine Chance bekommt, sein Glück zu machen.«

»Wann wollen Sie die Initiative starten, Mrs. Giacomo?« Frazier versuchte, sie weiter zu drängen, denn er war sich bewußt, daß jede weitere Frage Corinne noch mehr erzürnte.

»Heute. Jetzt gleich.« Sybil griff über Merrills Schulter, schnappte sich den gelben Notizblock und schwang ihn über ihrem Kopf. »Hier. Ich fange jetzt damit an.« Sie zog einen Stift aus Fraziers Brusttasche und malte in Großbuchstaben: INITIATIVE ZUR BEFREIUNG DER BILDER VON TIM BOND. Mit einem triumphierenden Blick auf Corinne warf sie den Block vor Merrill auf den Tisch und reichte ihm den Stift. In Merrills Gesicht bewegte sich kein Muskel. Seine Miene war so ausdruckslos wie die eines Pokerspielers bei seinem letzten Einsatz. Er las Sybils Gekritzel und sagte dann beherrscht: »Lucy und ich sind, als Mitglieder des Museumsvorstandes, der diese Petition ja empfangen wird, ganz offensichtlich von der Unterschrift ausgeschlossen.«

Sybils heißblütige Augen wanderten langsam von seinem glänzenden, kahlen Kopf zu seinen polierten schwarzen Lederschuhen. Dann sagte sie gedehnt: »Du hast dich noch nie wie ein Mann benommen, Roscoe.« Ohne eine Antwort abzuwarten, schob sie den Notizblock zu Edith Ferrier.

Corinne schoß wie der Blitz an Sybil vorbei und schnappte sich den Notizblock, doch da stürzte Sybil schon auf sie zu und ergriff das andere Ende.

Ein scharfes Krachen hallte durch den Raum, und einen Moment lang bewegte sich niemand.

Annie saugte das Bild in sich auf: Miß Dora mit hoch erhobenem Elfenbeinstock, bereit, erneut auf den Tisch zu schlagen; Gail Prichard, die mit erschrockener Faszination und zusammengepreßten Händen ihre Tante beobachtete; die Knochen, die in Corinne Prichard Websters zornig gespanntem Gesicht scharf hervortraten, ihr Mund, der zu einem dünnen Strich zusammengepreßt war; die triumphierende Sybil Chastain Giacomo, deren schwarzes Haar einen Ebenholzrahmen um ihr Gesicht bildete; Bobby Frazier, der grinste und sich an Corinnes Unbehagen weidete; Roscoe Merrill, der die Schultern zusammenzog und seine Emotionen eisern beherrschte; die wachsame Edith Ferrier, deren grüne Augen von einem Gesicht zum anderen huschten; und der Mann mit den scharfen Zügen, dem Annie noch nicht vorgestellt worden war und der ein ungeduldiges Taptap mit den Fingern einer Hand auf den Tisch klopfte.

Miß Dora belebte das erstarrte Bild wieder, indem sie sich wie eine Libelle um den Tisch herumbewegte und dann mit einem entschiedenen Hieb des Stockes auf den Notizblock schlug, den Corinne und Sybil immer noch an je einem Ende hielten. Er fiel zu Boden.

»Sybil, setz dich. Dahin. Zu Edith. Corinne, du gehst an das Pult und eröffnest die Sitzung.« Sie drehte sich zu Annie und Lucy. »Und ihr beiden – ihr nehmt eure Plätze da drüben ein.«

Alle befolgten ihre Befehle.

Corinne trat an das Rednerpult und begann, den dünnen Papierstapel durchzublättern. Sie atmete schnell und flach. Der Raum pulsierte vor Feindseligkeit.

Lucy Haines' ruhige, angenehme Stimme war ein seltsamer Kontrastpunkt in der brodelnden Atmosphäre. »Corinne, wir sollten zunächst unsere Gäste vorstellen.«

Corinne sah sie ausdruckslos an.

»Mr. Frazier und Miß Laurance.«

Corinnes Augen verengten sich, aber nach kurzem Zögern stellte sie sie den Anwesenden mit knappen Worten vor. »Und das sind unsere Vorstandsmitglieder: Gail Prichard, Roscoe Merrill, Sybil Giacomo, Edith Ferrier, Dr. John Sanford, Dora Brevard und Lucy Haines.«

Dr. Sanford. Annie sah den Mann interessiert an. Ein Winkel seines asketischen Mundes hing verächtlich nach unten. Er hatte graumeliertes dunkles Haar, das sich unordentlich über seinen Ohren kräuselte, eine Hakennase und unpersönliche Augen. Er saß am Ende der Tafel neben Edith Ferrier, beachtete sie aber nicht. Edith sah Corinne düster an, und ihr mürrischer Gesichtsausdruck stand in scharfem Kontrast zu ihrem fröhlichen, fast mädchenhaften Kleid, das mit einem Blumenmuster in Alpenveilchenrosa bedruckt war.

Sanford schob eine Haarlocke aus der Stirn. »Können wir nicht endlich anfangen? Ich muß zurück ins Krankenhaus.«

Eindeutig ein Alpha-Charakter, dachte Annie. Sie fragte sich, wie er zu der Denkmalschutzgesellschaft gekommen war, die garantiert ein eher geruhsames Tempo vorlegte, das einen Mann von seinem Temperament wahnsinnig machen mußte.

Corinne räusperte sich und beschrieb knapp die Fortschritte bei der Planung der Tour-Woche. Sie hatte sich jetzt wieder völlig unter Kontrolle, nur die kleinen weißen Flecke in ihren Mundwinkeln verrieten ihren Zorn. Als sich ihre einleitenden Kommentare dem Ende näherten, nahm Annie ihre Unterlagen. Sie würde zweifellos eine vornehme Zuhörerschaft haben.

»Und jetzt ist es an der Zeit, Miß Laurance zu bitten, uns die Einzelheiten ihres Programms zu schildern, das sie für die Haus-und-Garten-Woche zusammengestellt hat. Miß Laurance.«

Sie nannte sie immer noch nicht ›Krimiveranstaltungen‹. Der Gedanke schürte Annies schwelenden Zorn von neuem. Es machte sie rasend. Corinne Prichard war eine derart wichtigtuerische Besserwisserin, daß sie sich sogar das Detektivspiel unter den Nagel gerissen hatte, aber sie weigerte sich immer noch, die Worte ›Krimi‹ oder ›Detektiv‹ auszusprechen. Widerwärtig. Als Annie das Pult erreicht hatte, brauchte sie einen Moment, um ihre brodelnden Säfte abzukühlen.

»Danke, Mrs. Webster.« Es war nicht einfach, das zu sagen, und ihre Stimme klang wie dünner Stahl. »Ich freue mich sehr, hier zu sein.«

Freude, Freude, Freude, sang der Kobold in ihrem Kopf.

»Und ich freue mich auf die Kriminächte. Ich glaube, wir können ein Programm anbieten, das eine große Anzahl von Interessenten anziehen wird.«

»Wie viele?« bellte Dr. Sanford.

»Etwa einhundert pro Abend«, schoß Annie zurück. Die Vorstandsmitglieder wirkten erschrocken, aber langsam reichte es ihr. »Die Abende beginnen um sechs Uhr mit einem Rundgang durch die drei Häuser und Gärten, dann folgt ein Büfett auf dem Rasen vor Prichard House. Punkt sieben werden die Teilnehmer Gruppen bilden und sich zum Tatort begeben. Anschließend können die Teams im Polizeizelt die vorhandenen Beweisstücke begutachten, Verdächtige verhören und darüber beraten, wer ihrer Meinung nach der Mörder ist.«

Dr. Sanford knackte mit seinen Knöcheln. »Alles schön und gut. Der Aufbau scheint vernünftig. Schildern Sie uns den Mord, damit wir es verabschieden können.«

»Es ist ein Südstaatenkrimi.« Und nicht mein Krimi, wollte Annie hinzufügen. Sie warf Corinne einen kurzen Blick zu. »Wir müssen uns bei Mrs. Webster für die Story bedanken. Unser Opfer ist Mrs. Meddlesome Moneypot, Eigentümerin der berühmten Family-Tree-Plantage. Mrs. Moneypot ist stolz auf ihre gesellschaftliche Position und verlangt, daß alle Mitglieder der Familie sich so verhalten, wie sie es für richtig hält. Sie hat die Liebschaft ihres Bruders zerstört, hat sich ihrem Gatten und ihrer Nichte entfremdet und sich auch in der Stadt viele Feinde gemacht. Ihr Mann wollte Karriere im Auswärtigen Dienst machen, doch sie hat ihn dazu gebracht, zu kündigen und nach Hause zu kommen.«

Annies scharfer Atemzug wurde durch die gespannte Stille noch betont. Sie wartete. Befremdete ihr süffisanter Vortragsstil die Zuhörer? Der Raum schien vor feindseligen Schwingungen zu vibrieren. Sie versuchte, unbeteiligt zu klingen. »Der Ehemann trinkt seit Jahren, und in der Stadt flüstert man, daß er ein Verhältnis mit einer anderen Frau habe. Die Nichte von Mrs. Moneypot trifft sich mit einem Mann, den Mrs. Moneypot für äußerst unpassend hält, und ...«

Ein scharfes, hohes Kreischen erklang, als ein Stuhl auf dem Bohlenfußboden verschoben wurde.

»... es gibt Leute in der Stadt, die allen Grund haben, wütend auf sie zu sein. Sie versucht, das Leben eines jungen Künstlers zu ruinieren« – Annie stolperte über diesen Satz. Wie seltsam! –, »und bedroht die Ehe eines prominenten Rechtsanwaltes, die Karrierepläne eines Arztes, die Wahl einer Dame der Gesellschaft zur Vorsitzenden einer ...«

Annie hielt inne. Etwas Eigenartiges geschah mit ihren Zuhörern. Wie sie aus ihren Tagen als Schauspielerin wußte, hatte jedes Publikum eine eigene Persönlichkeit. Sie würde nie den Sommerabend vergessen, an dem sie in Dallas in einem Freilichttheater die Honey in *Wer hat Angst vor Virginia Woolf?* gespielt hatte. Es war schwül gewesen, in der Ferne hatte der Donner gegrollt. Der Geruch von Staub, frisch gemähtem Gras und Popcorn hatte in der stillen, heißen Luft gelegen, aber das Publikum hatte auf einer elementaren Ebene auf die Leidenschaft der Schauspieler reagiert. Es war mit ihren Seelen verbunden und so gefesselt gewesen, wie Annie es niemals für möglich gehalten hätte.

Das war der Höhepunkt gewesen. Sie hatte noch andere bemerkenswerte Zuschauer erlebt, im Guten wie im Schlechten, aber nie eine derart elektrisierte Stille wie hier. Was zum Teufel war los?

Stotternd hielt sie inne und starrte auf ihre schockierten Zuhörer. Gail drückte den Handrücken an ihren Mund, Roscoe wirkte wie eine wachsame Schildkröte und blickte Annie mißtrauisch an, die hellbraunen Augen zu schmalen Schlitzen zusammengepreßt, Sybil dehnte ihren breiten Mund zu einem boshaften, entzückten Grinsen. Edith blitzte Annie wütend an, hellrote Flecken auf den schmalen Wangen. Dr. Sanford starrte finster auf seine unruhige Hand, die auf die Tischplatte klopfte, Miß Dora sah Corinne an, und Lucy schüttelte ungläubig den Kopf.

Corinnes Gesicht war weiß wie Elfenbein, aber ihre dunkelblauen Augen sprühten Feuer. Sie stieß den Stuhl so plötzlich zurück, daß er zu Boden fiel. »Ich werde Sie verklagen«, schrie sie Annie an. »Sie und diese ekelhafte Kreatur.« Sie wirbelte zu dem stämmigen Reporter herum. »Das ist Ihr Werk, und Sie werden dafür bezahlen!«

Frazier zog eine schwarze Augenbraue hoch. »Kaum. Es ist nicht meine Show, aber sie macht einen Riesenspaß.« Er wandte sich an Annie. »Hören Sie, ich brauche eine Kopie von Ihrem Skript. Vielleicht bringt der Courier die ganze Geschichte.« Er lächelte schadenfroh. »Das ist tatsächlich ein Südstaatenkrimi. Wie war gleich der Name des Opfers? Mrs. Rich Bitch? Und wer waren die Verdächtigen?« Er musterte die Anwesenden. »Die führenden Köpfe der Stadt?«

Der Raum explodierte.

Sybil schrie: »Ah, diesmal haben sie's dir gegeben, Corinne! Mein Gott, so mag ich das. Ich wußte ja gar nicht, daß Leighton hinter Weibern her ist. Ich muß ihn mir mal näher ansehen. Er war schon immer ein gutaussehender Mann, und falls er jetzt etwas Rückgrat entwickelt hat, wäre er mindestens einen Nachmittag wert.«

Das verhutzelte Gesicht von Miß Dora nahm eine dunkle Pflaumenfarbe an. »Sybil Chastain, deine Mutter würde sich im Grabe umdrehen, wenn sie dich so reden hörte.«

»Ich hoffe, sie dreht sich wie ein Derwisch«, sagte Sybil kühl.

Dr. Sanford sah aus wie ein wütender Adler. »Ich weiß nicht, welche Art von Krieg hier geführt wird. Aber ich habe nicht vor, das zu tolerieren. Mein Ruf als Arzt ist untadelig.«

Gail errötete bis zu den Spitzen ihrer rostroten Haare und wandte ihren Blick von Bobby ab.

»Ich finde es unglaublich, daß man mich dem öffentlichen Gespött aussetzt.« Ediths Stimme zitterte vor Entrüstung.

»Bitte, bitte, Leute.« Lucys wohlerzogene Stimme erhob sich über dem Tumult. »Da muß ein Irrtum vorliegen.«

Roscoe schlug donnernd eine Hand auf den Tisch und verlangte Schweigen.

Nicht einmal die Verbindlichkeit von John Putnam Thatcher hätte diese Vorstandssitzung retten können.

»Es ist eine Verschwörung, nichts anderes. Eine Verschwörung, um mich bloßzustellen. Aber damit kommt ihr nicht davon.« Corinne streckte eine Hand nach ihrer Nichte aus. »Merkst du denn nicht, wie verdorben er ist?« Sie blitzte den Reporter an. »Der steckt dahinter. Er und dieses Mädchen. Vielleicht ist er mit ihr ins Bett gegangen, und ...«

»Mrs. Webster, es reicht!« Annie hatte noch gar nicht gewußt, daß sie *brüllen* konnte. »Entschuldigen Sie sich lieber, sonst bin ich diejenige, die jemanden verklagt. Ich weiß nicht, was hier vor sich geht. Was ist bloß mit Ihnen allen los?«

Das sorgte einen Moment für erstaunte Stille.

Schließlich sagte Lucy entschuldigend: »Es ist wegen Ihres Mordopfers, Miß Laurance. Corinne glaubt, daß sie damit gemeint ist. Da sind einige seltsame Zufälle ...«

»Zufälle!« Corinnes schmale Brust hob sich.

»Nur ein paar Plaudereien aus dem Nähkästchen über Chastains führende Hexe ...«, spottete Sybil.

Um einem weiteren Wutausbruch Corinnes zuvorzukommen, hob Annie die Hand. »Lassen Sie uns ein paar Dinge klarstellen. Ich habe diese Story nicht verfaßt.«

»Natürlich haben Sie das! Sie und dieser widerwärtige Sensationshai!«

»Mrs. Webster, ich habe bereits gemerkt, daß Sie Mr. Frazier nicht mögen. Das ist Ihre Angelegenheit. Ich habe ihn noch nie zuvor getroffen, noch nie mit ihm gesprochen, und er hat nicht das geringste mit dieser Story zu tun.«

»Sie kennen ihn! Ich habe gesehen, wie er Sie vor dem Eingang angelächelt hat.«

Der Funke des Zorns, der an Annies Selbstbeherrschung nagte, flammte auf. Sie verließ das Rednerpult, schob sich an dem Reporter vorbei und blieb wenige Zentimeter vor Corinne stehen.

»Hören Sie mir genau zu, ich werde das nur einmal sagen. Ich habe diesen Mann bis zu meiner Ankunft heute morgen noch nie gesehen. Er mag hübsche Mädchen, also hat er mich angelächelt. Ich habe zurückgelächelt. Aber das ist wohl eine viel zu unschuldige und natürliche Handlung, als daß Sie sie verstehen könnten, nicht wahr, Mrs. Webster? Sprechen wir offen. Ich mag Sie nicht, aber es gefällt mir auch nicht, wenn man mich benutzt. *Ich* stehe da wie eine Idiotin. Man hat mich hereingelegt.« Sie ging zum Rednerpult zurück und hielt den Entwurf, den sie von der Gesellschaft für Denkmalpflege von Chastain erhalten hatte, hoch. »Irgend jemand hat mir das zugeschickt. Ich dachte, es käme von Ihnen. Der Begleitbrief war mit Ihrem Namen unterschrieben.«

Corinne schnappte sich die sechs maschinengeschriebenen Bögen und überflog den Begleitbrief. »Die Unterschrift ist gefälscht.« Sie blickte durch den Raum. »Es wurde auf dem Briefpapier der Gesellschaft geschrieben.«

Allen war klar, was das bedeutete.

Lucy wandte sofort ein: »Das hat nichts zu sagen. Jeder Bürger der Stadt kommt von Zeit zu Zeit hier herein.«

»Kein Mitglied der Gesellschaft würde so was tun«, betonte Miß Dora.

»Ich werde herausfinden, wer das war.« Corinnes Stimme klang metallisch und entschlossen. »Und wenn ich es weiß ...«

»Am besten wäre es, die Vergangenheit ruhen zu lassen«, warf Roscoe Merrill beschwichtigend ein. »Es führt zu nichts, solche Dinge ernst zu nehmen. Ihr wißt, wenn Frauen sich nicht leiden können ...«

»Was willst du damit andeuten?« fragte Edith schrill.

»Gar nichts, gar nichts«, sagte er schnell. »Offensichtlich war das nur ein dummer Scherz.« Doch seine Stimme klang besorgt und gespannt.

Annie musterte ihn interessiert. Roscoe gefiel die Situation offenbar überhaupt nicht, und er schien entschlossen zu sein, den Zwischenfall schnell ad acta zu legen.

Er hob beide Hände. »Ich schlage vor, daß wir uns wieder dem Anlaß dieser Versammlung zuwenden. Unser Gast befindet sich in einer unangenehmen Lage. Wir können nur hoffen, daß sie über diese Episode hinwegsehen wird. Miß Laurance, wir sind uns einig, daß man Sie benutzt hat, aber vielleicht können wir trotzdem weitermachen. So wie ich es sehe, liegt das Problem ...«

»Das Hauptproblem liegt in der Frage, wer diese Untat begangen hat.« Corinne blitzte wieder den Reporter an.

Frazier streckte die Beine aus und wippte auf dem Stuhl. »Ich nicht. Raten Sie noch mal. Ich wünschte mir, daß ich drauf gekommen wäre. Macht mehr Spaß als ein Puff am Samstag abend. Aber Sie sollten sich lieber unter Ihren hochnäsigen Freunden umsehen, Mrs. Webster.

Wer wußte genug, um den ganzen Schmutz aufzuwühlen?«

»Junger Mann, Ihr Benehmen ist inakzeptabel«, schalt Miß Dora.

Wenn Corinne sich einmal in eine Idee verbissen hatte, ließ sie nicht mehr locker. »Warum sind Sie heute morgen gekommen?« fragte sie Frazier. »Wenn Sie wirklich nichts damit zu tun hatten?« Sie richtete einen scharfen Blick auf Gail, die verneinend den Kopf schüttelte.

Fraziers gute Laune verschwand. »Jetzt wollen Sie Gail da auch noch reinziehen?«

»Bobby, nicht«, flehte Gail.

Er beachtete sie nicht. An seinem Hals pulsierte eine Ader. »Hören Sie, Lady, ich würde lieber Pferdemist schippen, als mit Ihnen etwas zu tun zu haben. Ich bin hier, weil der Lokalredakteur einen Brief erhalten hat, in dem stand, daß bei Ihnen heute der Teufel los wäre. Um ehrlich zu sein, ich dachte, da hat jemand 'ne Schraube locker. Ihr Verein ist normalerweise so aufregend wie die Todesanzeigen von vorgestern.«

»Ein Brief«, wiederholte Corinne scharf.

»Ich werde all dem nachgehen.« Der Friedenstifter Roscoe streckte seine Hand nach Annies Unterlagen aus. »Ich verspreche dir, Corinne, ich werde der Sache auf den Grund gehen, wenn das überhaupt möglich ist.«

Annie trat vor und nahm Corinne die Unterlagen aus der Hand. »Nichts da. Das ist an mich geschickt worden, es gehört mir. Ich werde meine eigenen Nachforschungen anstellen.«

»Junge Dame, ich weiß Ihre Besorgnis zu schätzen, aber dies ist eine Angelegenheit des Vorstandes«, betonte Roscoe errötend.

Für wen hielt er sich? Für Antony Maitland?

»Wir können alle ermitteln«, sagte Annie trocken. »Ich werde Ihnen eine Kopie davon schicken.«

»Das ist ja alles gut und schön, und ich verstehe auch, warum Corinne, Roscoe und Miß Laurance der Sache nachgehen wollen, aber ich glaube doch, wir sollten uns wieder dem anstehenden Problem widmen«, drängte eine vernünftige Stimme.

Alle sahen Lucy an.

»Immerhin ist das Detektivspiel bereits als Teil der Haus-und-Garten-Touren angekündigt worden. Und wir haben nur noch wenig mehr als eine Woche Zeit, bis das Festival beginnt.«

»Lucy trifft den Nagel auf den Kopf«, stimmte Roscoe zu. »Miß Laurance, wären Sie bereit, über diesen unglücklichen Zwischenfall hinwegzusehen und einen neuen Mord für uns zu entwerfen?«

8

Annie füllte Kaffee in Max' Tasse *(The Red Thumb Mark)* nach, dann in ihre. Entgegen ihrer sonstigen Gewohnheit schaufelte sie einen gehäuften Teelöffel Zucker hinein und rührte kräftig um.

Das entging ihm natürlich nicht. »Na, meine Süße, du mußt ja ganz schön fertig sein.« Er streckte sich und balancierte seinen Stuhl auf den Hinterbeinen.

Annie sah von ihrer buntgemischten Zettelsammlung mit den kurzen Notizen und Stichworten zum Detektivspiel hoch. »Hast du schon wieder Sayers gelesen?«

Er grinste. »Nein. Aber vielleicht solltest du sie lesen.«

»Zivilisiertes Chaos als Gegensatz zu texanischem Verdruß?«

»Genau.« Dann wurden seine Augen ernst. »Warum schmeißt du die Sache nicht einfach hin? Für diese Leute zu arbeiten ist wie Nachmittagstee im Irrenhaus.«

»Ausgerechnet jetzt? Wo ich jeden Krimi machen kann, den ich will?« Visionen unterschiedlicher Stories tanzten in ihrem Kopf. »Vielleicht eine versteckte Leiche, wie in *The Trouble With Harry*[18]. Mal ehrlich, Max, hast du je im

[18] Immer Ärger mit Harry. Film von Alfred Hitchcock

Leben was Komischeres gesehen als Harry? Jedesmal, wenn ihn einer begraben hatte, gräbt ihn ein anderer wieder aus.«

Er rieb sich mit den Knöcheln über die Wange. »Das ist einer dieser Kommentare von dir, die mich manchmal ins Grübeln bringen.«

»O mein Gott, es ist *wunderbar*.«

»War aber nicht gerade einer von Hitchcocks großen Erfolgen.«

»Geistloses Publikum«, sagte sie dickköpfig und nahm einen Schluck Kaffee. »Ich kann ja auch einen Campusmord erfinden, so was wie *Seven Suspects*[19].«

»Nur wenn du willst, daß alle in Tiefschlaf fallen.« Max nahm ebenfalls einen Schluck Kaffee.

»Oder ich wähle einen eher düsteren Hintergrund, wie zum Beispiel Moskau in *Angels in the Snow*.«

Sie fühlte sich plötzlich warm und geborgen. Kam das vom Zucker und vom Koffein oder von der Fülle der Möglichkeiten, die vor ihr lagen?

Max senkte die in der Luft hängenden Beine seines Stuhls auf den Boden und stützte die Ellenbogen auf die Tischplatte. »Warum denn nicht mehr Thompson Hatfield, der verstorbene, ungeliebte Bankpräsident? Du hattest doch schon Verdächtige, Indizien und so weiter.«

»Nein. Kein Krimi, in dem irgend jemand, wenn auch nur in seiner wildesten Fantasie, das Opfer mit einem Einwohner von Chastain, South Carolina, in Verbindung bringen könnte. Nein, Sir.« Sie schüttelte entschieden den Kopf. Nachdenklich rieb sie sich mit einem tintenverschmierten Finger die Nase. Das Ergebnis war ein deutlich sichtbarer Fleck. »Wenn ich nicht so mit den Vorbereitungen beschäftigt wäre, würde ich in Chastain wirbeln wie Kinsey Millhone und einige Leute am Kragen packen, bis ich ein paar Antworten bekäme.«

Seine Augen leuchteten. »Würdest du dabei enge Jeans tragen?«

---

[19] Gilbert K. Chesterton: Sieben Verdächtige

»Sei nicht so sexistisch«, erwiderte sie abwesend. Ihr grimmiger Gesichtsausdruck zog ihre Augenbrauen in eine gerade Linie. »Verdammt, es paßt mir einfach nicht, benutzt zu werden. Auch wenn es darum ging, La Piranha eins auszuwischen.«

»Glaubst du, daß ein Mitglied des Vorstandes seine Finger im Spiel hat?«

»Weiß ich nicht. Das war mein erster Gedanke, aber auf dem Weg nach draußen sagte Lucy, daß der Vorstand die Pläne für die Krimiveranstaltungen auf der Hauptversammlung der Gesellschaft im letzten Monat auch den anderen Mitgliedern dargelegt hat. Dabei wurde mein Name genannt. Ich glaube schon, daß es jemand war, der der Gesellschaft angehört. Lucy sagte zwar, daß im Büro ständig Leute vorbeikämen, aber ich wette, daß sie ihr wertvolles Briefpapier wie goldene Teller verschlossen halten. Diesen Eindruck machen sie jedenfalls.«

»Klingt nach einer guten Spur. Wer hatte Zugang zu dem Briefpapier? Zeig mir doch mal eben den Brief.«

Sie wühlte in ihren Unterlagen, fand den grünen Ordner und schob ihn Max hin.

Er las den Brief sorgfältig und verkündete: »Erstens wurde er auf einer Schreibmaschine geschrieben, nicht auf dem Computer, denn das große B steht eine halbe Zeile höher, und das kleine r ist abgenutzt.«

»Bravo.«

Max ignorierte ihren sarkastischen Ton. »Außerdem war der Schreiber nicht sehr geübt, denn der Anschlag ist ungleichmäßig, was sich in der schwankenden Deutlichkeit der Buchstaben äußert.«

»Die Denkmaschine bei der Arbeit ...«

»Ich verstehe zwar die Anspielung nicht, gehe aber davon aus, daß sie paßt. Obwohl Maschinen nicht denken können.«

»Du bist damit gemeint, Max, nicht die Schreibmaschine. Die Denkmaschine war der Detektiv von Jacques Futrelle.«

Er schlug sich mit der Hand an die Stirn. »Wie kommt es nur, daß ich den Mann nicht kenne?«

»Wahrscheinlich, weil Futrelle mit der Titanic unterging, bevor er mehr als zwei Bände mit Geschichten schreiben konnte.«

Max las den Brief ganz. Als er wieder etwas sagte, hatte seine Stimme ihre Leichtigkeit verloren. »Das ist starker Tobak. Jemand kann deine Mrs. Webster wirklich nicht ausstehen.«

»Sie ist nicht meine Mrs. Webster.« Annie nippte an dem heißen, süßen Kaffee. »Leider habe ich keine Zeit, mir über diese Geschichte Gedanken zu machen. Ich muß das Krimiprogramm ins Rollen bringen und mir Figuren ausdenken, die auf gar keinen Fall auch nur das geringste mit einem lebenden oder verstorbenen Bürger von Chastain gemeinsam haben. Hör zu, wie gefällt dir das? Auf einer Südseeinsel läßt sich ein Missionar aus New England mit einer erotischen Südseeschönheit ein … Max, du hörst ja gar nicht zu.«

Max starrte mit ungewohnt grimmigem Blick auf den Brief.

Annie pfiff. Erschrocken sah er auf.

»He, so schlimm ist es doch auch wieder nicht.«

»Das glaube ich doch.« Max' Stimme war todernst. »Ich weiß nicht, warum, aber ich habe ein komisches Gefühl.«

Sie hob eine Augenbraue. »Wirst du auf einmal hysterisch? Wie die Hausmagd bei einem Mord auf dem Land von Christie?«

»Man muß nicht hysterisch sein, um die üblen Schwingungen in dem Ding hier zu spüren.« Er tippte auf den Brief. »Das ist mehr als ein häßlicher Zwischenfall. Es ist gefährlich.«

Sie lachte nicht. »Du hast recht«, sagte sie zögernd. »Genau wie in *The Moving Finger*[20]. Die Bewohner des Dorfes hielten den anonymen Brief für häßlich, aber bedeutungslos. Ein fürchterlicher Irrtum.« Sie nahm das

---

[20] Agatha Christie: Die Schattenhand

schwere Briefpapier und musterte nachdenklich die erste Seite. »Aber das hier war sicherlich nur ein Versuch, Corinne Webster in Verlegenheit zu bringen, nicht mehr. Und ich war ein unschuldiger Handlanger.«

Max hieb mit der Faust auf den Tisch. »Annie, sag der Gesellschaft für Denkmalpflege von Chastain, daß sie zum Teufel gehen soll.«

Annie lachte auf. »Was für eine Vorstellung das heraufbeschwört!« Dann schüttelte sie den Kopf. »Nein, sie zählen auf mich.«

»Es ist mein Ernst. Ich rate dir, den ganzen Kram hinzuschmeißen.«

»Das kann ich nicht machen. Ich habe es versprochen.« Sie beugte sich über den Tisch und fuhr mit den Fingern durch sein Haar. »Komm, schau nicht so finster. Das geht schon klar. Der Briefschreiber kann weder mich noch einen anderen ein zweites Mal zum Narren halten.«

»Das stimmt«, sagte er langsam. »Aber ich werde mich in Chastain mal ein bißchen umsehen und versuchen, etwas herauszufinden. Vielleicht verhindert das weitere Aktivitäten des Schreibers.«

»Gute Idee.« Annie war wieder in Gedanken versunken, und als Max verschwand, winkte sie ihm abwesend nach. Sie könnte einen viktorianischen Krimi entwerfen wie Peter Loveseys *Wobble to Death*[21]. Oder ein historisches Szenario um Richard Löwenherz wie Victor Luhrs in *The Longbow Murder*. Oder es einmal mit verborgenen Anspielungen probieren wie Selwyn Jepson, der in *Keep Murder Quiet* einen modernen Macbeth präsentierte. Vielleicht sollte sie auch Edward D. Hochs Atmosphäre des Grotesken nachahmen, die er in *The Spy and the Thief* so gelungen entwickelte, wo sein Meisterverbrecher Nick Velvet ein ganzes Baseballteam der A-Liga stahl. Oder sie orientierte sich an dem Dauerbrenner ›Mord auf dem englischen Land‹ à la Catherine Aird, Reginald Hill oder Elizabeth Lemarchand …

[21] Peter Lovesey: Der Tod hat lange Beine

Max rollte mit dem roten Porsche von der Fähre. Auf dem Weg nach Chastain wirbelte der Staub hinter seinem Wagen auf. Seine Nervosität überraschte ihn. Verdammt. Warum hatte Annie nur ein so unbeugsam puritanisches Gewissen? Er kam aus New England und hatte nie Probleme damit gehabt, sich zu überreden, das zu tun, was er wollte. Er dachte einen Moment an die wunderbare Zeichnung im ›New Yorker‹, wo der Teufel die Neuankömmlinge in der Hölle darauf hinwies, daß hier unten alles erlaubt sei. Niemand würde Annie jemals einen solchen Hinweis geben. Er seufzte. Er konnte wirklich damit aufhören, ihr die Krimināchte in Chastain auszureden. Aber er hatte kein gutes Gefühl bei der ganzen Sache. Vielleicht würde der Briefschreiber den Schwanz einziehen, wenn Max ein wenig herumschnüffelte. Zumindest so lange, bis er und Annie die Stadt wieder verlassen hätten.

Bei der Gesellschaft für Denkmalpflege von Chastain wollte er beginnen. Er folgte den Wegweisern in das historische Viertel, nahm eine falsche Abzweigung in eine Sackgasse, kam aber schließlich doch am Lookout Point an. Zu Fuß schlängelte er sich durch Chastains Version des Berufsverkehrs (ein Milchlieferwagen, ein Bauwagen mit einer wild dreinblickenden Mutter und neun Pfadfindern, ein ausgeschlachteter Ford Mustang und drei Lincoln Continentals) und zog an der Eingangstür des Forts. Sie bewegte sich nicht. ›Geöffnet: 10.00 bis 16.00 Uhr‹ stand auf dem Messingschild.

Mißmutig fragte er sich, wie Fletch immer seine Gesprächspartner fand.

Okay. Halb fünf, und niemand zu Hause. Er trat gegen die Tür. Das verhinderte bis morgen jede weitere Nachforschung über das Briefpapier. Aber ganz ohne Ergebnisse wollte er nicht zur Insel zurückfahren.

Annie hatte ihm die Teilnehmer des morgendlichen Tumultes notiert. Er lehnte sich an die Ziegelsteinsäule, zog ein Notizblöckchen mit Spiralheftung aus der Tasche und sah sich die Namensliste an.

Corinne Webster, das Ziel des Angriffs. Eine Eisfee, die allen das Leben aussaugte. Vermutlich würde sie nicht mit ihm sprechen. Es war ohnehin besser, sie für später aufzusparen.

Sybil Chastain Giacomo. Max' Augen leuchteten. Annie hatte sie als Rubens-Akt in einem Oscar-de-la-Renta-Kleid geschildert. Mit dem Mundwerk einer Furie. Ehrfurchtgebietend.

Lucy Haines. Nett. Annie hatte erzählt, daß sie seriös wirke. Eine schlanke, sonnengebräunte Frau mit festem Händedruck. Eine Bibliothekarin.

Roscoe Merrill. Offenbar ein treues Mitglied der Gemeinde. Kassenwart der Gesellschaft. Ein Anwalt mit undurchdringlicher Miene. Er hatte der Grande Dame Webster versprochen, dem Brief nachzuforschen, aber die ganze Zeit betont, daß es besser sei, die Sache zu vergessen.

Dr. John Sanford. Ernsthaft, mit sich selbst beschäftigt, arrogant. Die Anspielung in dem Brief hatte ihn wütend gemacht.

Edith Ferrier. Auch sie hatte sich über den Brief geärgert. Warum hatte sie ihn so persönlich genommen? Sie mochte Corinne nicht. Warum?

Miß Dora Brevard, ordentliche Sekretärin des Vorstandes, die älteste in Chastain wohnende Historikerin des Ortes. Sie schien ihr Gift eher auf Sybil zu verspritzen, nicht auf Corinne.

Gail Prichard. Der Briefschreiber behauptete, daß sich Mrs. Moneypots Nichte mit einem äußerst unpassenden Mann treffe. Offenbar war das eine Anspielung auf den kampflustigen Reporter. Max ging die Liste noch einmal durch. Wenn es nach seinem Kopf ginge, würde er zuerst bei der üppigen Sybil vorbeischauen, aber er hatte das Gefühl – vielmehr das leise Kitzeln einer Vorahnung –, daß Annie das falsch verstehen könnte. Außerdem schien der Brief für eine Frau wie Sybil viel zu subtil zu sein. Annies Stadtplan in der Hand, wanderte Max die Lafayette Street hinunter ins Stadtzentrum.

»Sie will das mit der Nonne, die Detektivin spielt.«

Annie sah Ingrid ratlos an. »Nonne?«

»Mrs. Canady. Sie hat schon zweimal angerufen und besteht darauf, ein neues Buch mit dieser Nonne zu bekommen.«

Annie riß sich von ihrer sich rasch entwickelnden Geschichte für das Detektivspiel los und wiederholte: »Nonne?« Lebhaft zählte sie auf: »Schwester Joan und Schwester Hyacinthe? Schwester Maria Theresa? Schwester Mary Helen?«

»Eine neue Serie«, bot Ingrid helfend an.

Konzentriert kniff Annie die Augen zusammen. Eine neue Serie. Oh, ja. Eine *Ex*-Nonne. »Frag sie, ob sie Bridget O'Tooles *Murder Among Friends* will.«

Ingrid ging zurück ans Telefon, und Annie sammelte die losen Fäden ihrer Gedanken wieder auf: ein Wochenende in einem englischen Landhaus, Kricket, Tee und Mord. Perfekt. Platz da, Sheila Radley und Dorothy Simpson.

Drucke von Audubon, die einen Rotschulterfalken und einen Waldibis zeigten, hingen an der in Williamsburg-Grün gehaltenen Wand. Die schwere braune Ledergarnitur und die weichen Kissen boten den Komfort und die Atmosphäre eines Herrenclubs. Ein leichter Dunst von herbstlich süßem Pfeifenrauch hing in der Luft.

Roscoe Merrill begrüßte Max an der Tür, schüttelte ihm kurz die Hand und musterte ihn prüfend. Dann führte er ihn zu dem übergroßen Lehnsessel vor dem Schreibtisch.

»Sie helfen Miß Laurance also bei dem Programm für unsere Haus-und-Garten-Woche.« Merrill lehnte sich mit ausdruckslosem Gesicht in seinem gepolsterten Drehsessel zurück, aber seine Augen blieben wachsam.

Max trug ein leutseliges Lächeln zur Schau. »Ja, sie arbeitet hart an ihrem Entwurf für die verruchte Tat. Trotzdem waren wir beide etwas beunruhigt über den Streich, den man ihr gespielt hat.«

Max' launig formulierter Vorstoß lockte keine hilfreiche Antwort hervor. Der Anwalt starrte ihn an und sagte unverbindlich: »Unangenehme Sache. Sehr unangenehm. Aber solche Dinge passieren.«

Max zog eine Augenbraue hoch. »Passieren solche Sachen in Ihrem Verein öfter?«

»Nein. Oh, nein, natürlich nicht. Sie mißverstehen mich, Mr. Darling.«

Max wartete.

Merrills trockene Stimme war emotionslos und paßte ausgezeichnet zu seinen taxierenden Augen. Man konnte ihn sich gut bei Vertragsverhandlungen vorstellen – vorsichtig, sorgfältig und berechnend. Er würde seine Schätze niemals preisgeben. Sein blaßgrauer Anzug saß perfekt, und er trug das Anzugjackett sogar hier, in seinem Büro. Für aufgerollte Hemdsärmel war er nicht der Typ. Er hatte die autoritäre Ausstrahlung, die man von einem führenden Seniorpartner einer alteingesessenen Anwaltsfirma erwartet. Die Gesetzestexte in den Regalen hinter seinem Schreibtisch waren in Leder gebunden und standen dort schon seit einem Jahrhundert. Seit 1820 trug die Anwaltskanzlei seinen Namen. Merrill, Merrill & Merrill.

»Es ist natürlich kein gewöhnliches Vorkommnis. Ich kann mich in der Tat an keinen anderen Fall erinnern, in dem das Briefpapier der Gesellschaft mißbraucht worden wäre. Ein schockierender Vorgang, der uns alle sehr verstört hat. Nein, Mr. Darling, was ich meinte, war ...« Merrill hielt inne, als er nach dem richtigen Wort suchte. »... die Schwäche der Frauen, in gewissen Situationen vielleicht etwas emotionaler zu reagieren als Männer. Und ich meinte natürlich die Tatsache, daß Frauen, eben weil sie keine Geschöpfe des Geschäftslebens sind, oft die ernste Bedeutung dessen nicht bemerken, was andererseits wie ein harmloser Scherz wirken könnte.«

Max stellte sich Annies vermutliche, feministische Antwort auf Merrills Frauenbild aus den dreißiger Jahren vor: *Kawumm!*

»Wie ich Corinne schon sagte, wäre es besser, wenn wir alle über diesen Zwischenfall hinwegsehen würden, so schmerzlich er auch war. Der Versuch, den Übeltäter ausfindig zu machen, würde zu nichts führen. Natürlich hat Corinne jedes Recht, sich zu beklagen. Ihre Unterschrift auf diesem Schreiben war offensichtlich gefälscht. Aber daraus einen Fall für den Staatsanwalt zu machen, hieße sicherlich, der Geschichte mehr Bedeutung zukommen zu lassen, als sie verdient.«

Da Max eine ganze Reihe Verwandter hatte, die auf Verwirrungstaktik spezialisiert waren, fand er sich in diesem Wortwust schnell zurecht. »Sie gehen davon aus, daß der Brief von einer Frau stammt und von Bedeutung ist.«

Der Anwalt lehnte sich in seinem Sessel zurück und betrachtete Max über seine verschränkten Finger hinweg. »Ich würde nicht so weit gehen, es so direkt auszudrücken.«

Max grinste. »Nein, ich würde auch nicht sagen, daß Sie es sehr direkt ausgedrückt haben. Aber darum ging es, stimmt's?«

Merrill nickte langsam. Seine blaßbraunen Augen blickten aufmerksam.

»Warum eine Frau?«

»Mir scheint das eine ausgesprochen weibliche Attacke zu sein.« Er rieb nachdenklich seine stumpfe Nase. »Offenbar sollte der Brief Corinne vor dem Vorstand erniedrigen. Und die Nachricht an den Reporter der Zeitung scheint mir ein überaus ... katzenhafter Zug zu sein.«

Max fühlte sich versucht, Merrill einige katzenhaft agierende Männer zu beschreiben, denen er begegnet war, doch statt dessen konzentrierte er sich darauf, weitere Informationen hervorzulocken. »Haben Sie das nachgeprüft?«

Merrill überlegte einen Moment. Offensichtlich rückte er äußerst ungern mit Informationen heraus, doch schließlich gab er nach: »Ich habe mit Ed Hershey, dem Lokalredakteur, gesprochen. Er hat eine Schreibmaschinennotiz auf einfachem weißem Papier erhalten. Ohne Unterschrift. Er hat sie nicht aufbewahrt.«

Das war also erledigt. »Hat Hershey die Story gebracht?«

»Kaum etwas davon«, sagte Merrill grimmig. »Zöge per se eine Verleumdungsklage nach sich. Aber die Zeitung brachte einen Artikel über die Haus-und-Garten-Tour sowie eine kurze Story, in der Sybils Äußerungen zu der Frage zitiert werden, ob Bonds Bilder zu der New Yorker Ausstellung gingen.« Er preßte die Lippen zusammen.

»Und was wird damit geschehen?«

Die blassen braunen Augen musterten Max ungefähr mit der Begeisterung einer Republikanerwitwe, die einem Mann die Tür öffnet, der Flugblätter der Amerikanischen Bürgerrechtsbewegung verteilt.

»Das ist doch wohl kaum von Bedeutung für die Frage der gefälschten Krimigeschichte.«

»Nein?« Max lehnte sich gemütlich in die bequeme Umarmung des weichen Leders zurück. »Ich würde schon sagen, daß es einige Bedeutung hat. Sie deuten an, der Übeltäter sei eine Frau. Vielleicht wurde Mrs. Giacomo lange genug beschimpft, um diese Show aufzuziehen.«

Zum ersten Mal flackerte Interesse über Merrills Gesicht, sofort gefolgt von Ablehnung. Max bemerkte mit steigender Erregung, daß Merrill sich über die Identität des Täters sicher war.

Der Anwalt sagte trocken: »Mrs. Giacomo ist zu einer beunruhigenden Zahl unüberlegter Taten fähig. Aber das ist zu verschlagen, zu still für sie.«

»Sie wissen, wer es war.«

Merrills Gesicht nahm den leeren Ausdruck eines sich sonnenden Krokodils an. »Keineswegs. Ich weiß nicht mehr als Sie, Mr. Darling.« Er machte eine Pause. Bedächtig nahm er eine Kirschholzpfeife aus dem Pfeifenständer, öffnete eine Holzdose, griff sich einen großen Klumpen aromatisch duftenden Tabaks und stopfte ihn sorgfältig in den Pfeifenkopf. Nachdem er den Tabak angezündet und an der Pfeife gezogen hatte, betrachtete er Max durch den Rauch.

»Ich nehme an, dies ist ein vertrauliches Gespräch, Mr. Darling.«

»Miß Laurance und ich arbeiten zusammen.«

Merrill blies eine bläuliche Rauchwolke zur Decke. »Lassen Sie es mich einmal so ausdrücken.« Wie viele außergerichtliche Übereinkünfte mochte der gewiefte Anwalt wohl mit diesen Worten eröffnet haben? »Es ist unvermeidlich, daß unter Frauen, die hart und engagiert in Organisationen arbeiten, Eifersüchteleien entstehen.« Er lächelte mit der Wärme eines Roboters. »Meine Frau hat mir Szenen beschrieben, die Sie schockieren würden, Mr. Darling. Ich bin sicher, daß der unglückliche Vorfall heute morgen eine direkte Reaktion auf eine ähnliche Art von Druck war.«

Max fragte sich, ob er an der Nase herumgeführt wurde, aber er folgte pflichtschuldig diesem Hinweis: »Ist Mrs. Webster jemandem aus der Gesellschaft zu nahe getreten?«

»In diesem Licht könnte man es sehen. Es wäre möglich, daß es um großen Kummer geht, Mr. Darling. Nehmen wir doch einmal an, rein hypothetisch natürlich, daß ein weibliches Mitglied sich der Gesellschaft mit Haut und Haaren verschrieben, ihr in jeder Funktion treu gedient, Tag und Nacht in ihrem Sinne gearbeitet hat und dann erfahren muß, daß man ihr das Amt, das sie erreichen will, verweigert.« Er wog jedes seiner Worte genau ab. »Ich möchte klarstellen, daß das nicht so aufzufassen ist, als ob ich mich auf eine bestimmte Person bezöge. Aber das« – er saugte an seiner Pfeife – »könnte die Antwort sein.«

»Wie verbittert ist diese Frau?«

»Wie meinen Sie das?« fragte Merrill vorsichtig.

»Ist es denkbar, daß sie Annies Detektivspiel sabotieren wird?«

»Dazu wird es nicht kommen. Ich bin überzeugt, daß dies ein einmaliger Vorgang war. Es ist vorbei und erledigt. Da bin ich mir absolut sicher.«

»Ich möchte nicht, daß Annie in Schwierigkeiten kommt. Oder in irgendeiner Form verletzt wird.«

»Mr. Darling, Sie können beruhigt sein. Ich versichere Ihnen, daß dieses Kapitel abgeschlossen ist. Noch mehr Ärger könnte einzig und allein dann entstehen, wenn Sie die Sache weiterverfolgen. Das ist meine feste Überzeugung. Als Mitglied des Vorstandes und der Gemeinde von Chastain bitte ich Sie, die Sache auf sich beruhen zu lassen. Werden Sie das tun?«

Das Salzwasser brannte in Max' Augen. Verschwommen sah er einen bekannten – wohlgeformten und streichelnswerten – Körper, jedenfalls die Hälfte davon, unter der Wasseroberfläche. Er schwamm näher, streckte die Hand aus und strich sanft über die Rückseite eines Beines.

Annie schoß aus dem Wasser wie ein Geysir im Yellowstone-Park, fiel in die Brandung zurück und kraulte wie wild in Richtung Ufer.

Max kam neben sie und lachte so laut, daß er Salzwasser schluckte und husten mußte.

Sie hielt mitten in der Bewegung inne. »Du Ratte! Ich dachte, es wäre ein Hai.« Sie sah ihn aus zusammengekniffenen Augen an. »Wie bist du hierhergekommen?«

»Ich bin von Chastain zurückgefahren, habe geparkt, mich in der Strandhütte umgezogen ...«

Sie klatschte mit der Hand aufs Wasser. »Nein, ich meine *hierher*. Ich habe dich nicht kommen sehen.«

»Ein ganzer Schwarm von Hammerhaien hätte dich einkreisen können, mein Liebling. Du hast völlig weggetreten in den Himmel gestarrt. Ich bin von hinten an dich rangetaucht. Um wie ein Hai auszusehen.«

»Max, wirst du auch mal erwachsen?«

»Teufel, nein.« Er planschte zu ihr und nahm sie in die Arme.

»Laß mich los.«

»Teufel, nein«, wiederholte er begeistert.

Sie fielen nach hinten, und das Wasser schlug über ihnen zusammen. Vor Lachen hustend, tauchten sie wieder auf. Max' Bericht über Chastain konnte warten.

Noch lange.

Annie malte ein großes rotes X auf die Papiertischdecke. »Und hier legen wir die Leiche hin.«

Max schob sein Bud Light zur Seite, um besser sehen zu können.

Der Kellner kam mit zwei Caesar-Salaten. Sie bedeutete ihm, den einen auf ihre Seite des roten X zu stellen.

Die Miene des gut ausgebildeten Kellners veränderte sich nicht, als sie sagte: »Ich lasse ihr den Kopf mit einem Kricketschläger einschlagen.«

»Oh, schön«, murmelte Max und vermied es, den Kellner anzusehen.

Sie lehnte sich zurück und sagte zufrieden: »Ja, ich bin heute gut vorangekommen.«

Der Kellner sah sie aus den Augenwinkeln an, als er sich wieder entfernte.

»Großartig, Liebling.«

»Und was war in Chastain los?«

Nachdem Max seinen Bericht beendet hatte, spießte Annie eine Anchovis auf. »Wirst du die Sache fallenlassen?«

Max stach die Gabel in ein mit Knoblauch gewürztes Stück Käse. »Ich weiß nicht. Ich glaube, das entscheide ich morgen.«

9

Max hatte seine Füße, die in Halbschuhen steckten, auf die Platte seines italienischen Renaissanceschreibtischs gelegt, als sich Barbie mit einem Summton meldete. Er schaltete das Sprechgerät ein.

»Eine Dame möchte Sie sprechen, Mr. Darling. Wegen eines vermißten Gemäldes.«

Arbeit.

Wenn er auch nicht gerade eine Welle der Freude empfand, so doch immerhin bescheidenes Interesse. Trotzdem zögerte er. Wollte er jeden Auftrag annehmen? Wollte er sich nicht lieber um die Sache mit dem gefälschten Mordentwurf kümmern? Allerdings könnte das, wenn Roscoe Merrill recht behielte, ein trauriges Ende nehmen. Na ja, es würde nicht schaden, mit seiner Besucherin zu reden. Ein vermißtes Gemälde.

»Schicken Sie die Dame herein.« Max erhob sich und richtete seine Krawatte. Barbie öffnete die Tür, und eine kleine alte Frau mit blaßblauen Augen, strähnigem weißem Haar und einem besorgten Gesichtsausdruck trat ein.

»Mrs. Hilliard«, stellte Barbie vor.

Als Max sie beflissen zu einem Stuhl führte, fühlte er, wie ihr Arm unter seiner Hand zitterte. Er nahm seinen Platz hinter dem Schreibtisch ein und musterte die Frau.

Sie trug ein marineblaues Seidenkleid mit einem weißen Spitzenkragen. Ein braunweißer Edelstein glitzerte an der Spitzenborte.

»Was kann ich für Sie tun, Mrs. Hilliard?«

Sie sah sich nervös um. »Machen Sie irgendwelche Aufnahmen in Ihrem Büro, Mr. Darling?«

Einen Moment lang war Max verwirrt. »Aufnahmen?«

»Tonbandaufnahmen«, erklärte sie.

Also sah das alte Schätzchen Fernsehen.

»Nein, ich zeichne nichts auf Tonband auf.«

»Dann behandeln Sie unsere Unterhaltung vertraulich, absolut vertraulich?«

»Ja, natürlich.«

Sie machte eine Pause, sah sich noch einmal um und sagte dann mit einer Stimme, die kaum mehr war als ein Flüstern: »Mr. Darling, aus meinem Haus ist ein Gemälde gestohlen worden. Ein sehr wertvolles Gemälde.« Ihre angestrengten, trüben blauen Augen vermieden es, ihn direkt anzusehen, und fixierten statt dessen den silbernen Brieföffner, den Barbie kunstvoll in der Mitte des Schreibtisches plaziert hatte. »Ich glaube, daß es ... verpfändet wurde. Das ist wohl der richtige Ausdruck. Können Sie für mich Nachforschungen anstellen und herausfinden, wer es dem Antiquitätenhändler verkauft hat?«

»Mrs. Hilliard, wenn Ihnen etwas gestohlen und das Diebesgut dann verkauft worden ist, sollten Sie zur Polizei gehen.«

Ihre fülligen Wangen erröteten. Sie krampfte die Hände zusammen. »Die Polizei. Oh, nein, nein, Mr. Darling. Niemals. Nicht die Polizei. Ich will nur wissen, was passiert ist.«

Es dauerte weitere zehn Minuten, sie zu beruhigen, den Rest der Geschichte zu erfahren und ihre Wünsche herauszubekommen. Sie wollte, daß er mit dem Besitzer des Antiquitätenladens sprach, eine Beschreibung der Person besorgte, die das Gemälde verkauft hatte, und sich das Ganze in einer eidesstattlichen Versicherung von dem Besitzer bestätigen ließ. Das war alles.

Max sah sie verwirrt an. Es ging hier um etwas viel Komplizierteres als Diebstahl. Die alte Dame war außer sich – und nicht wegen des Bildes. Er war fasziniert, aber wenn er den Auftrag annehmen würde, bedeutete das, daß er seine Nachforschungen in Chastain nicht weiterführen könnte, und das wäre genau im Sinn von Roscoe Merrill. Max hatte eine angeborene Unlust, das zu tun, was andere von ihm verlangten. Außerdem wollte er eine Zusammenkunft mit Sybil der Großartigen auf keinen Fall versäumen. Und Miß Dora hatte vielleicht auch einige interessante Anmerkungen zu Corinne und den Einwohnern von Chastain zu machen. Zudem schien Merrill dabei zu sein, die Messer zu wetzen. Er wollte keine weitere Aufregung in seiner geschätzten Gesellschaft. Aber mit seiner Annahme, daß in Chastain nichts Ungewöhnliches mehr geschehen würde, hatte er vielleicht recht. Und diese gebrechliche alte Dame wartete auf Max' Antwort, als ob ihr Leben davon abhinge. Ach, zum Teufel.

»Ich werde mir die Sache anschauen«, versprach er.

Seine neue Klientin holte tief Luft, als ob ein unwiderruflicher Schritt getan worden wäre. »Danke, Mr. Darling.« Sie nahm ihre Handtasche und erhob sich. An der Tür zögerte sie. Wieder sah sie ihn nicht an, sondern blickte zu Boden. »Aber vergessen Sie nicht: kein Wort darüber zu irgend jemandem, vor allem nicht gegenüber der Polizei. Ich will nur eine schriftliche Erklärung.«

Nachdem sich die Tür geschlossen hatte, notierte er das Wesentliche ihrer Unterhaltung, überdachte es einen Moment verwirrt und nickte dann entschlossen. Er griff zum Telefon und wählte.

»Death on Demand.«

»Hallo, Ingrid. Ist Annie da?«

»Sie ist nach Chastain gefahren, um die Zelte zu mieten und sich um die Prospekte für die Tourprogramme zu kümmern.«

»Okay. Sagen Sie ihr bitte, daß ich einen neuen Fall habe und sie später anrufe. Ach, und Ingrid ... Sagen Sie ihr, daß ich keine weiteren Nachforschungen wegen des Briefes anstellen werde. Ich bin sicher, daß der einzige Mord, der in der betreffenden Woche stattfinden wird, der von ihr entworfene ist.«

Generalprobe.

Oder wenigstens so etwas Ähnliches. In dem Versammlungsraum der Gesellschaft für Denkmalpflege von Chastain herrschte nicht der muffige Geruch eines Theatersaales, und die anstehende Sitzung war nicht von der Angst vor einer bevorstehenden Katastrophe geprägt, die Annie mit dem Abend vor einer Uraufführung verband. Aber sie zitterte trotzdem vor Spannung. Morgen war der große Tag – die Eröffnung der *Fünften Haus-und-Garten-Tour von Chastain* und der Startschuß für Annies erstes Detektivspiel. Sie stellte sich die Freudenrufe vor. Wenn die Abende ein Erfolg wurden, begann damit vielleicht eine einträgliche Zweitkarriere neben Death on Demand.

Wenn. Von banger Hoffnung, aber auch von Skepsis erfüllt, verteilte sie die letzten Kopien der Listen mit den Kurzdarstellungen der Personen auf dem Tisch. Verdammt, wenn jemand mit der Unberechenbarkeit des menschlichen Charakters rechnen mußte, dann Annie. Es hatte so einfach geklungen. Man denke sich eine Story aus, trainiere das Ensemble, plaziere die Leiche, und die Show kann beginnen. Leider hatte sie es versäumt, an Corinne und Sybil zu denken.

Sie hatte ernsthaft erwogen, die Probe heute abend abzusagen. Immerhin hatten sie sich schon zweimal getroffen, und die Amateurdarsteller hatten sich gut geschlagen. Wenn es Annie gelungen wäre, den Zugang zu den Proben auf die Darsteller zu beschränken, wäre alles bestens gelaufen. Die Schwierigkeiten hatten sich aus der Anwesenheit von Corinne und Sybil ergeben. Annie hatte deutlich gesagt, daß die Sitzungen für die Darsteller gedacht seien und die Anwesenheit der anderen Vorstandsmitglieder unnötig sei. Edith und Dora waren zum Glück – und vielleicht nicht einmal ungern – daheim geblieben. Aber Corinne und Sybil nicht. Annie wußte nicht, wie sie die Anwesenheit der beiden verhindern konnte. Sybil würde jede freundliche Ausrede ignorieren und mit lautem Geschrei auf dem wahren Grund beharren. Und das wäre entsetzlich. Obwohl Corinne sicherlich naiv war. Ihr sollte eigentlich klar sein, daß Sybils honigsüße Werbung um Leighton Webster, Corinnes Mann, nur darauf abzielte, Corinne in Rage zu bringen. Wenn Corinne sie einfach nicht beachtete, würde Sybil das Spiel keinen Spaß mehr machen, und sie würde gelangweilt damit aufhören. Aber nein, Corinne plusterte sich auf wie eine zornige Katze, und Sybil führte ihren Feldzug lächelnd mit noch größerer Intensität.

Doch Annie hatte auch ein paar Tricks im Ärmel. Sie plazierte Sybil so weit wie möglich von Leighton entfernt. Außerdem hatte sie Miß Dora überredet, heute abend zuzuschauen, was Sybil vielleicht etwas zügeln würde. Sie wünschte sich, Max wäre mitgekommen, aber der beendete gerade seine Ermittlungen bezüglich des vermißten Gemäldes.

»Mord ist keine Sache, über die man Scherze macht.« Die heisere Stimme kreischte auf Annies Nerven wie Kreide auf einer Tafel. Annie brachte es gerade noch fertig, nicht aufzuspringen, sondern sich im Sitzen umzudrehen und Miß Dora zu begrüßen, die in dem gewölbten Durchgang stand und in den Versammlungsraum starrte. Miß Doras Kopf ragte aus dem eng anliegenden Kragen wie der Kopf einer Schildkröte, die die Oberfläche eines Teiches beobachtet. Heute abend trug sie einen braunen, mit Taubenfedern besetzten Hut, dessen Bänder fest unter ihrem Kinn verschnürt waren.

»Müßiggang ist aller Laster Anfang.« Miß Dora nahm die Uhr, die an einer dicken Goldkette um ihren Hals hing, und starrte vorwurfsvoll auf die Ziffern. »Fünf nach acht. Ist denn noch keiner da?«

Annie blieb die Antwort erspart, weil die anderen eben mit großem Krach eintrafen. Sie führte Leighton zu einem Stuhl am Kopfende des Tisches und plazierte Corinne rechts und Miß Dora links von ihm. Beruhigt ergriff sie Sybils Arm, ließ sich nicht von der betörenden Wolke ihres Diva-Parfüms überwältigen, sondern manövrierte sie zu ihrem Platz an der gegenüberliegenden Seite des langen Tisches. Sybil warf Annie einen Blick voller Abneigung zu, beugte sich vor und enthüllte dabei mehr Busen als eine Anzeige für Damenunterwäsche. Sie redete mit Leighton, als ob sie die einzigen Bewohner einer einsamen Insel wären. »Leighton, ich habe eine aufregende Entdeckung gemacht!« Ihre heisere Stimme versprach Freuden, die nur die Tiefe der Nacht kannte. »Ich habe Ururgroßvaters Tagebücher gefunden. Sie beginnen in dem Jahr, als der Krieg ausbrach. Da war er gerade zwölf. Ich kann es gar nicht erwarten, sie mit dir gemeinsam durchzugehen.«

Leighton richtete sich in seinem Stuhl auf wie ein zwei Meter großer Silberkönig, der von einem geschickten Angler aus dem Wasser gezogen wurde, und Annie erkannte, daß eine Tischlänge zwischen ihnen nicht ausreichte. Bei Sybil Giacomo würde nicht einmal ein Fußballfeld ausreichen.

Corinne sah man ihre neunundfünfzig Jahre an: Ihre Haut spannte sich über den Wangenknochen, und ihr Mund war so fest zusammengepreßt, daß sich auf der Oberlippe haarfeine Fältchen bildeten.

Annie kam Leighton Webster zuvor. Es war ihr gleichgültig, ob Sybil sich draußen im Flur auf ihn stürzen würde, aber hier galt ihre ganze Sorge dem Detektivspiel.

Sie griff nach seinem tweedgekleideten Arm. »Mr. Webster, wir sind bereit anzufangen.« Sie stupste Corinnes Mann sanft auf seinen Platz zurück. Eigentlich war er attraktiv genug, um allein dadurch Sybils Interesse zu rechtfertigen. Obwohl sein Gesicht von zuviel Bourbon mit Soda leicht gerötet war, besaß er immer noch eine unbestreitbare Anziehungskraft. Er hatte braune Augen, ein spitzbübisches Lächeln, das irgendwo zwischen zurückhaltend und gewinnend lag, die große, stämmige Statur eines Footballspielers und höfliche Manieren. Wie zum Teufel hatte Corinne sich ihn geangelt? Annie bemerkte, daß ihr Lächeln eine Spur zu freundlich war. Corinne würde der Schlag treffen, wenn sie glaubte, daß auch noch Annie hinter Leighton her sei. Sie fühlte Corinnes eisigen Blick in ihrem Nacken, drehte sich um und warf ihr ein strahlendes Lächeln zu. »Aber zuerst werden wir Miß Dora einige Hintergrundinformationen geben.«

Ihre Kopie der Verdächtigenporträts in der Hand, erhob Annie ihre Stimme gerade genug, um das Murmeln der Unterhaltungen zu übertönen, die sofort in wohlerzogenem Schweigen erstarben. »Unser Krimi findet in Gemtree Court statt, dem Landsitz von Lord Algernon Eagleton und seiner Frau, Lady Alicia, die von

Jessica Merrill dargestellt wird.« Annie sah über den Tisch und lächelte. Roscoes Frau war eine angenehme Überraschung, lebhaft und hübsch, mit schimmerndem schwarzem Haar und Augen in einer seltsam katzenhaften Mischung aus Gelb und Braun. Annie fragte sich, was sie zu ihrem reservierten und schon kahl werdenden Ehemann hinzog, der neben ihr saß und das Temperament einer Beutelratte im August zeigte. Dann wandte sie ihre Aufmerksamkeit wieder Miß Dora zu, in der Hoffnung, Sybil im Zaum zu halten, die sich unruhig am Ende des Tisches zu bewegen begann. »Zur Hausgesellschaft gehören, neben Lord Algernon und Lady Alicia, Nigel Davies, Mathilda Snooperton, Susannah Greatheart und Reginald Hoxton. Sie verbringen den Nachmittag mit Kricket. Lady Alicia ist Meisterin im Kricket, aber sie spielt heute launenhaft, und ihr Team verliert. Man spricht in letzter Zeit über ihr abgemagertes Aussehen und ihr allgemein nervöses Verhalten. Die ganze Gesellschaft scheint von einer kränklichen Stimmung betroffen; die Unterhaltung beim Tee nach dem Kricket ist angespannt und zusammenhanglos. Man zieht sich zurück, um sich für das Abendessen umzukleiden. Kurz vor sieben Uhr stürzt Lady Alicia in die Halle im ersten Stock und ruft wild nach ihrem Mann, Lord Algernon. Sie schreit, ihr berühmtes Rubinkollier, die Rote Jungfrau, sei gestohlen worden. Alle Mitglieder der Hausgesellschaft versammeln sich in der Halle. Miß Greatheart drückt ein Taschentuch vor das Gesicht, Mr. Hoxton sieht erst schockiert, dann zornig aus, Lord Algernon und Nigel Davies beraten, ob sie die örtliche Polizei verständigen sollen. Mitten in dem Geschrei bemerken sie, daß ein Mitglied der Gesellschaft, Miß Snooperton, nicht erschienen ist. In ihrem Zimmer ist sie ebenfalls nicht. Sofort beginnen alle mit der Suche. Hoxton kündigt an, daß er unten am Fluß nachsehen wolle, und stürzt nach draußen. Als man sie im Haus nicht findet und Hoxton erklärt, daß es am Fluß keine Spur von ihr gebe, wird eine gründlichere Suche organisiert. In der

Gartenlaube am Teich entdeckt man schließlich ihre Leiche.«

Annie machte – wegen des dramatischen Effektes und um Luft zu schöpfen – eine kurze Pause und musterte die Zuhörer. Leighton Webster lächelte sie mit schmeichelnder Aufmerksamkeit an. Corinne beobachtete ihn mit zusammengekniffenen Augen. Gail hatte ihr Kinn auf die Hand gestützt und war mit ihren Gedanken offenbar weit fort. Roscoes Arm lag über der Rückenlehne des Stuhls seiner Frau, seine Finger berührten ihre Schulter. Jessica schien ganz auf Annies Vortrag konzentriert zu sein. Sybil öffnete ihre Vuitton-Handtasche und zog ein verziertes Zigarettenetui hervor. Miß Doras harte schwarze Augen warfen verächtliche Blicke auf sie und sahen dann mit kaum größerer Begeisterung Annie an.

Annie erwiderte den Blick der alten Dame mit einem entschlossenen Lächeln. »Mr. Webster spielt *Lord Algernon,* eine treue, soldatische Person und im Dorf für seine Schweinezucht berühmt. Er hat nicht viel zu bestellen. Man flüstert, daß er seit einiger Zeit vernachlässigt werde, denn Lady Alicia verbringt ihre Zeit beim Kartenspiel und mit mehrwöchigen Ausflügen nach London, wo sie bei diversen Freunden wohnt, mit denen sie bis tief in die Nacht um Geld Bridge spielt. Er kümmert sich äußerst zuvorkommend um eine der Besucherinnen, Susannah Greatheart.

Lucy Haines spielt die *Agnes,* Lady Alicias Zofe. Ihrem scharfen Blick entgeht nichts. Sie ist ihrer Herrin treu ergeben.«

Lucy lächelte und beugte sich flüsternd zu Miß Dora, die einen Schmollmund machte und nickte.

»Roscoe Merrill ist *Nigel Davies,* der mit seiner Verlobten, *Mathilda Snooperton,* im Auto angereist ist. Davies ist ein zurückhaltender Dozent aus Oxford, verhält sich an jenem Wochenende bemerkenswert still und wird von Agnes bei einem Streit mit Mathilda beobachtet. In seiner Tasche befindet sich ein Liebesbrief von Susannah Greatheart.

Die liebende Absenderin *Susannah Greatheart* wird von Gail dargestellt.« Gail brachte ein leises Lächeln zustande. »Sie kennt Nigel seit der gemeinsamen Schulzeit und hat ihn schon immer angebetet. Sie war fest davon überzeugt, daß sie eines Tages heiraten würden, und entsprechend schockiert, als seine Verlobung mit der willensstarken und entschlossenen Mathilda Snooperton bekanntgegeben wurde.

Unser letzter Teilnehmer, Dr. Sanford, ist noch nicht eingetroffen. Er spielt *Reginald Hoxton*, einen Lebemann aus London. Keiner weiß genau, womit er seinen Lebensunterhalt verdient, und manche flüstern ›Schurke‹, wenn er in der Nähe ist. Man weiß, daß er zu den Pferderennen geht und mit Karten und Roulette umzugehen versteht.«

Annie warf Miß Dora, deren Augen mit der Gewandtheit eines Reptils von Gesicht zu Gesicht huschten, ihr bezauberndstes Lächeln zu.

»Jeder macht das freiwillig, nehme ich an?«

Überrascht nickte Annie.

»Alles Amateure. Und Jessica ist viel zu hübsch, um eine rougeverschmierte alte Spielerin zu mimen. Sie hätten ein älteres Mitglied wählen sollen.« Sie kicherte boshaft. »Warum haben Sie Corinne keine Rolle gegeben?«

Weder Corinne noch den anderen entging die süffisante Anspielung.

Verärgert fragte sich Annie, wie sie darauf hatte kommen können, daß Miß Dora mit ihrer spitzen Zunge irgendeine Hilfe wäre.

Sybil verlor keine Sekunde. Sie blies eine Wolke parfümierten Qualms himmelwärts und sah aus wie ein böser, aber zufriedener Drache. »Vielleicht sollten wir ein paar Änderungen in der Besetzung vornehmen. Ist Roscoe die richtige Besetzung für einen Liebhaber? Leighton sollte diese Rolle bekommen.«

Lucy kam Annie zu Hilfe. »Miß Laurance hat fantastische Arbeit geleistet, nicht nur mit der Besetzung, sondern mit der Story insgesamt. Es erinnert mich an meine

Lieblingskrimiautoren, Christie, Allingham, Sayers, Marsh … Sie könnten es nicht besser machen.«

Corinne ergriff in einem vorsichtigen, beherrschten Ton das Wort. »Ich würde unter keinen Umständen in Erwägung ziehen, eine Rolle in einer Krimiaufführung zu übernehmen. Ich fände das entwürdigend.«

»Aber Cory, das ist ein wenig zu hart ausgedrückt«, mahnte Leighton sanft. Es war, als ob man Dr. No mit ›Doc‹ anspräche.

Er lächelte Annie aufmunternd zu. »Natürlich ist die Story gut. Sehr gut. Ich hoffe nur, daß man dazu nicht allzuviel schauspielerisches Talent braucht. Aber ich glaube schon, daß ich herumstehen und ohne größere Schwierigkeiten ›Was ist los?‹ sagen kann. Sie haben ein gutes Stück gebastelt, Miß Laurance.«

Besänftigt dachte Annie, daß ein ›Was ist los?‹ die Teilnehmer des Rätsels kaum befriedigen würde. Sie hatte an einigen Mordwochenenden teilgenommen und wußte, daß die Detektive ihre Aufgabe äußerst ernst nahmen und sich als Mischung aus Holmes, Vidocq und Maigret mit einem Schuß Peter Wimsey betrachteten.

»Den größten Teil Ihrer Zeit«, sagte Annie rasch, »werden Sie damit verbringen, die Fragen der Teilnehmer zu beantworten. Ich habe ein Blatt mit Informationen vorbereitet, die jeweils nur einer von Ihnen kennt. Sie können die Detektive an kritischen Stellen natürlich anlügen. Nur dann, wenn ein Detektivteam Sie offiziell des Mordes bezichtigt, müssen Sie die Wahrheit sagen.«

»Ach, das wird ein Riesenspaß«, rief Lucy. »Ich glaube, ich weiß schon, wer der Mörder ist.«

»Kannst du doch gar nicht«, widersprach Jessica. »Da wärst du ja besser als Ellery Queen.«

»Ellery Queen?« Verwirrt blätterte Leighton die Seiten durch. »Ich kann hier keine Figur mit diesem Namen finden.«

»Eigentlich wäre das ein perfekter Fall für Miß Seeton«, merkte Roscoe mit einer Verschmitztheit an, die Annie ihm nie zugetraut hätte.

Miß Dora klärte Leighton über Ellery Queen und Miß Seeton auf, während andere Stimmen sich laut über die Identität des Mörders stritten.

»He, bleiben Sie stehen! Wer zum Teufel sind Sie? Oh, nein, Sie kommen jetzt mit rein.« Die forsche Stimme Dr. Sanfords übertönte das gutmütige Schwatzen.

Er kam aus dem gewölbten Durchgang. Seine Hand umklammerte den Ellbogen einer dürren Gestalt in einem marineblauen Trainingsanzug mit Schal und grasverklebten Turnschuhen. »Wer ist das? Als ich reinkam, wollte sie weglaufen.«

Trotz der dunklen Kopfbedeckung erkannte Annie sie sofort. Sie ging durch den Raum: »Mrs. Brawley, was in aller Welt tun Sie hier?« Als ob sie das nicht genau wüßte.

»Oh, Annie, ich wußte nicht, daß Sie hier sind.«

Sanford ließ den knochigen Ellbogen los. »Sie kennen sich?«

»Ja. Mrs. Brawley und ich kennen uns gut.«

Von dem harten Griff Dr. Sanfords befreit, warf Mrs. Brawley Annie den Blick eines in die Enge getriebenen Kaninchens zu und jammerte: »Ich habe das Gasthaus gesucht und mich verlaufen.« Sie trat hastig zwei Schritte zurück. »Kann doch jedem mal passieren.« Dann wirbelte sie herum und floh.

Corinne wölbte eine dünne goldblonde Augenbraue. »Was war das denn? Ist die Frau eine Landstreicherin?«

»Nicht halb so dramatisch. Sie ist eine meiner besseren Kundinnen. Ich glaube, sie will unbedingt gewinnen und konnte der Versuchung nicht widerstehen, schon im voraus etwas über den Krimi zu erfahren. Es ist ja kein großer Schaden entstanden. Sie hat nichts mitbekommen, was die Lösung verraten würde.« Annie zog die Stirn in Falten. »Trotzdem bin ich nicht begeistert. Ich will einen fairen Wettkampf. Verdammt, wenn diese Frau ihren Ehrgeiz doch nur auf etwas Nützliches richten könnte. Zum Beispiel auf die Ausrottung der Pornographie.«

Corinnes Miene besaß die Wärme eines Eisbären. »Ich denke nicht, daß das eine Angelegenheit zum Scherzen ist.«

»Ich scherze nicht«, erwiderte Annie säuerlich.

»Eine schnoddrige Bemerkung kann den Ernst der Situation kaum verbergen. Wenn das Programm in Gefahr ist, muß der Vorstand seine Verantwortung wahrnehmen.«

Annie hatte das seltsame Gefühl, über einem zwölf Stockwerke tiefen Abgrund zu baumeln.

»Was genau wollen Sie damit sagen, Mrs. Webster?«

»Der Vorstand der Gesellschaft für Denkmalpflege von Chastain vertritt die Gemeinde und ist ihr gegenüber für die Redlichkeit seines Programms verantwortlich. Wir können keinen Wettbewerb eröffnen, in dem eine Ihrer Kundinnen Vorteile hat.« Corinne stieß ihren Stuhl zurück und richtete sich zur vollen Länge ihrer ein Meter siebzig auf, mit der sie sogar Annie überragte. Arrogant sah sie auf Annie herab. »Allen Vorstandsmitgliedern muß meiner Überzeugung nach klar sein, daß dieser unglückliche und närrische Versuch, Unterhaltung mit einer ernsthaften Darstellung der Vergangenheit zu verbinden, ein Fehlschlag ist und aufgegeben werden sollte.«

»Da brach die Hölle los.« Noch immer zornentbrannt schob Annie die Haarlocke zurück, die in ihre Stirn gerutscht war. Normalerweise konnte die nächtliche Friedlichkeit in Death on Demand mit den im Dämmerlicht glänzenden Buchrücken selbst die Sorgen schwierigster Tage mildern. Aber die unerfreulichen Ereignisse dieses Abends nagten an ihr.

»Du hast ihr doch hoffentlich gesagt, sie soll zur Hölle gehen?« Das sonst so freundliche Gesicht von Max spiegelte ihren Zorn wider.

»Ja, das habe ich. Mit den entsprechenden, wohlgewählten Worten.« Annie schwieg und erinnerte sich mit spontaner Freude an ihre Tirade. Sie hatte die Großmächtige Mrs. Webster nicht geschont. »Ich weiß nicht, wieviel sie davon mitbekommen hat, denn alle schrien auf – sogar die stille Lucy Haines. Merrill brachte Corinne schnell zur Vernunft. Er machte ihr klar, daß wir einen Vertrag unterzeichnet haben.« Annie ergriff Max' Hand. »Ein geschickter Vorschlag von dir.«

Er drückte warm ihre Hand. »Immer alles schriftlich festhalten. Das wußte ich schon, bevor ich Jura studiert habe.« Doch er freute sich über ihre Dankbarkeit. Er hob die Flasche Bud Light. »Willst du immer noch weitermachen?«

»Weitermachen? Ich werde das Spiel durchziehen, und wenn ich jede Rolle selbst darstellen, jede Frage selbst beantworten, jedes Indiz selbst erklären und auch noch die Leiche spielen muß.« Die Verspannung in ihren Schultern ließ langsam nach. »Aber ich muß es nicht allein machen. Alle waren auf meiner Seite, was Corinne natürlich um so mehr ärgerte. Nicht gerade die fröhlichste Probe, die ich bisher geleitet habe. Wir arbeiteten noch eine Stunde an den Rollen, während Corinne die Backen aufblies wie eine Kröte und Sybil jedes Mittel ausprobierte, näher an Leighton heranzukommen. Ehrlich, sie hat alles versucht, außer ihm die Hose auszuziehen.«

»Verdammt, ich *muß* diese Frau kennenlernen.«

Annie war nicht amüsiert. »Dein Vater hätte dich vor Frauen wie dieser warnen sollen.«

»Hat er vielleicht«, sagte Max glatt.

»Wenn er es nicht getan hat, hole ich es hiermit nach.« Sie seufzte müde und sah sich in der dämmrigen Kaffee-Ecke um. »Verflixt, bin ich fertig. Und ich habe immer noch nicht den Kram für morgen ins Auto gepackt.«

»Das kann ich erledigen.«

»Machen wir es zusammen.«

Annie fuhr den Volvo in die Gasse und parkte ihn neben der Tür zum Lagerraum. Sie stellten ihre Bierflaschen auf das Autodach und trugen die fertig gepackten Kisten aus dem Lager. Als sie die letzte ins Auto hob, sagte Annie: »He, über all dem Feuerwerk in Chastain habe ich ganz vergessen, mich nach deinem Fall mit dem Gemälde zu erkundigen. Hast du ihn gelöst?«

Max schlug die Kofferraumhaube zu. »Ja.« Seine Stimme klang seltsam flach.

Im goldenen Lichtschein, den die Straßenlampe am Ende der Gasse warf, sah sie ihn an. »Was ist los?«

»Es hat keinen großen Spaß gemacht.«

»Was ist passiert?«

Er ergriff die Bierflaschen, reichte ihr eine und lehnte sich an den Wagen. »Ich fühle mich wie eine miese Ratte. Aber ich mußte dem ein Ende machen. Verdammt, Liebe kann dem Menschen ganz schön Ärger einbringen.«

»Was hat Liebe mit einem gestohlenen Gemälde zu tun?« Sie hob die Flasche und genoß den herben Geschmack des Biers.

»Eine ganze Menge. Weißt du, die alte Mrs. Hilliard macht sich total verrückt wegen ihres Neffen. Sie hatte für den Haushalt und für Besorgungen ein junges Mädchen namens Edie angestellt. Ihr Neffe, Alec, lernte das Mädchen kennen und verliebte sich in sie, aber Mrs. Hilliard ist der Meinung, das Mädchen sei nicht gut genug. Die üblichen Einwände. Keine Bildung, keine gute Herkunft, zuviel Make-up. Und Alec ist der Stolz ihres Lebens. Sie hat ihn aufs College geschickt, und jetzt ist er ein aufstrebender junger Bankangestellter.«

»Hat Edie das Gemälde geklaut?«

»So sieht's aus.« Als Annie zusammenzuckte, grinste er leicht. »Ich bin zu dem Antiquitätenhändler gegangen und habe mir eine Beschreibung der Person geben lassen, die das Bild verkauft hat. Sie paßt auf Edie. Ich habe auch die eidesstattliche Versicherung des Besitzers.«

»Und warum fühlst du dich dann wie eine Ratte? Sieht doch so aus, als ob Mrs. Hilliard ...«

»Ja, so sieht es aus. Ein klarer Fall, stimmt's? Wieder ein ›Vertraulicher Auftrag‹ ausgeführt ... Aber ich habe die Erklärung zurückgehalten, weil ich beschlossen hatte, noch ein bißchen mehr zu schnüffeln. Ich habe mich vor

Mrs. Hilliards Haus herumgetrieben, gewartet, bis Edie herauskam, bin ihr gefolgt, habe ein Gespräch mit ihr angefangen. Kurz und gut: Sie erzählte, daß Mrs. Hilliard sie gebeten habe, das Gemälde zu verkaufen, und daß sie der alten Dame das Geld gegeben habe.«

»Verstehe ich nicht.«

»Ich habe es auch nicht verstanden, also schnüffelte ich weiter herum. Und habe herausbekommen, daß Alec nicht der Typ ist, der Offensichtliches übersieht ...«

Annie verstand. Eine eidesstattliche Versicherung. Wenn der liebende Alec sie zu Gesicht bekäme ...

»Was hast du gemacht?«

»Sie ist eine nette alte Dame. Total verrückt nach dem Jungen.« Er räusperte sich. »Ich habe ihr gesagt, daß ich ihr auf die Schliche gekommen bin und daß die Sache nicht läuft.«

»Und warum fühlst du dich so mies?«

»Habe ich dir doch gesagt. Weil sie ein nettes altes Ding ist. Außerdem glaube ich, und das ist das Komische daran, daß sie, was Edie betrifft, recht hat.«

»Wenn gute Menschen böse Dinge tun«, sagte Annie leise.

»Alles aus Liebe«, schloß er.

Er stülpte die Flasche hoch und trank den Rest Bier.

Sie tätschelte seine Schulter. »Laß uns schwimmen gehen. Morgen sind wir mit einem Skript beschäftigt und brauchen uns über echte Gefühle keine Gedanken zu machen.«

10

In ihrer Fantasie hatte sich Annie den Eröffnungstag der Haus-und-Garten-Woche von Chastain etwa so vorgestellt: Idyllisches Frühlingswetter, weiße Schäfchenwolken sprenkeln den türkisfarbenen Himmel; die Teilnehmer vornehm, etwa so wie die Kundschaft bei, sagen wir, Sotheby's, eine Aura von Eleganz wie auf der ersten Gartenparty einer Debütantin. So sah sie das Historienspiel auf Chastains geschichtsträchtigem Boden.

Mit dem Wetter hatte sie recht. Der Himmel glänzte wie eine blaue Emailschüssel, und die Luft war weich und sanft wie schottischer Kaschmir. Aber schon eine halbe Meile vor Chastains historischem Viertel bemerkte Annie, daß der Vorstand der Gesellschaft für Denkmalpflege es versäumt hatte, sie über ein paar andere Bräuche Chastains zu informieren. Autos, deren Jugend in die Zeit der Truman-Regierung fiel, lehmverschmierte Pickups und ein wackeliger Heuwagen hinter einem grünen Traktor, auf dem ein Schwarm lustiger junger Mädchen in langen weißen Kleidern saß, verstopften die Montgomery Street, die Hauptverkehrsader (sie hatte in der Tat vier Fahrspuren) zum Flußufer. An der Kreuzung von Montgomery und Federal Street gab es eine längere Pause, weil die Chastain High School Marching Band in ihren roten und schwarzen Uniformen vorbeizog. Die Musiker bliesen eine hörenswerte Version von ›The Saints Go Marching In‹, wenn man von der Neigung einer Klarinette absah, bei den höheren Tönen zu kreischen. Jede Parknische auf beiden Seiten der Montgomery war besetzt. Energische Reklameträger hielten handgemalte Schilder mit dem Hinweis ›Parken 5 $‹ hoch und boten fünf bis zehn Parkplätze pro Garagenauffahrt an. Die gepflasterten Gehwege waren von Fußgängern verstopft, die in Annies Augen nicht wie die Gäste einer Gartenparty aussahen – Bauern in hohen Latzhosen und Frauen in frischgestärkten, bedruckten Baumwollkleidern, Teenager, die in so viele Lagen Kleider verpackt waren – Hemd über Sweater über Pullover über T-Shirt –, daß es schwierig war, sich das Geschlecht der daruntersteckenden Person nur vorzustellen, geschweige denn, es zu erraten, und Touristen aller Arten und Gestalten, dick, dünn, groß, klein und immer erkennbar an der Vielzahl teurer Kameras und des Kamerazubehörs, das um ihre Hälse hing, einschließlich Beleuchtungsmesser, Zoomobjektiv, Filtertasche und zusammenklappbarem Stativ.

Nachdem die Band vorbei war, dauerte es zwölf Minuten, bis Annie über die Kreuzung gekrochen war. Sie befürchtete, an den widerlichen Dämpfen zu ersticken, die aus dem Auspuff des Mercedes Diesel vor ihr strömten. Daß sie in einem Fahrer, der alle paar Sekunden auf die Hupe drückte, Dr. Sanford erkannte, verbesserte ihre Laune auch nicht. Er hatte es ganz schön eilig. Auch gestern abend war er nicht pünktlich zur Probe gekommen. Vor der nächsten Straße blinkte er links und bog ab. Bis Annie realisiert hatte, daß er in die Gasse hinter den historischen Bauten gefahren war, die zum Parkplatz der Gesellschaft für Denkmalpflege führte, war sie schon an der Einfahrt vorbei und dazu verdammt, im Schneckentempo weiterzuschleichen.

Die Ephraim Street überraschte sie. Wo gestern nur vereinzelt Autos gefahren waren und die angenehme Ruhe einer Seitenstraße geherrscht hatte, fand sie heute ein Chaos, das auf den ersten Blick wie eine Massenszene aus einem Spielberg-Film mit einigen tausend Statisten wirkte. Touristen wirbelten durch die Straße, und jeder Zentimeter entlang des Flußufers war mit Buden besetzt, bis auf einen kleinen Platz direkt gegenüber Prichard House, wo Arbeiter damit beschäftigt waren, eine Tribüne mit Blick auf den Fluß zu errichten. In den Auslagen der Stände erspähte Annie bemalte Holzenten, eine Freiheitsstatue aus eingeschmolzenen Colaflaschen, Hunderte von Tüchern und Decken, schimmernde Holzschilder, auf denen ›The Joneses‹ stand oder ›Alle lieben Mutters Küche‹, ›Wer wagt, gewinnt‹, ›Papas Liebling‹, und ganze Stapel blauen Canton-Geschirrs (made in Taiwan?) und Topflappen in der Gestalt von Hähnen, Katzen, Baseballhandschuhen und Seesternen. An Hotdog-Buden gab es Kaninchenfleisch, Zuckerwatte und kleine Pfannkuchen.

Sie war schon halb nach links abgebogen, weil sie ahnte, daß sie in der Ephraim Street wegen der Menschenmassen nur langsam vorankommen würde, als eine Trillerpfeife ertönte. Annie trat auf die Bremse und reckte den Kopf aus dem Fenster.

Unter den Achseln des uniformierten Polizisten zeichneten sich dunkle Schweißflecken ab, und er sah aus, als hätte er schon seit einem Jahrtausend nicht mehr gelächelt, so tief waren die Falten an beiden Seiten seines Mundes eingegraben.

»Wegen des Jahrmarktes gesperrt. Links abbiegen verboten! Links abbiegen verboten, Lady!« Die Pfeifentriller zerrissen die Luft.

»Ich muß zum Parkplatz der Gesellschaft, und ich bin schon spät dran ...«

Er hielt eine Hand hinter sein Ohr und wies mit der anderen Faust nach rechts. »Rechts herum, Lady! Rechts herum!«

Sie versuchte es noch einmal und brüllte wie ein Börsenmakler in den Schlußminuten der Börse.

Den Schweiß von seiner Stirn wischend, lief der Polizist auf ihren Wagen zu. »Lady, keine Ausnahmen. Die Straße ist gesperrt.«

»Ich muß wegen des Mordes zum Prichard House.«

»Werden Sie nicht unverschämt«, brüllte der Polizist zurück. »Ich habe die Verkehrsführung nicht gemacht. Sie fahren jetzt nach rechts, oder Sie wandern in den Knast.«

Achtundzwanzig Minuten später, nach einer Umleitung, die einem Labyrinth Konkurrenz machen könnte, quetschte Annie ihren Volvo zwischen einen gelben Winnebago (mit Wisconsin-Nummernschild), der mit verschiedenen Aufklebern bedeckt war – ›Yellowstone gehört den Bären‹, ›Bring mich heim nach Texas‹, ›Mein Herz gehört San Francisco‹ und ›Chattanooga Choo-Choo Me Home‹ – und einen schwarzen Toyota Pick-up, der stark nach Hühnermist roch.

Sie schloß den Kofferraum auf und musterte die nicht gerade kleinen Kisten, seufzte und hob die erste heraus. Sie war nicht leicht, und Annie konnte kaum über den

Rand hinwegsehen. Als sie um die Ecke bog, stieß sie hart mit einem metallenen Hindernis zusammen und fiel vornüber.

»Schau mal, Papa, die Lady ist hingefallen«, rief eine weiche Stimme mit ländlichem Akzent.

Eine große, schwielige Hand griff nach Annie und stellte sie leicht wie einen Besen wieder auf die Füße. Eine rauhe Stimme heulte zornig: »Meine Schilder! Passen Sie auf, daß die Idioten nicht auf meine Schilder treten. Ungeschickte Tölpel!«

Auf den Knien krabbelnd, sammelte Annie die Krimiinstruktionen, die aus dem Karton gefallen waren, wieder ein. Erst jetzt bemerkte sie, daß sie sich auf einer Höhe mit der erzürnten Miß Dora befand, die ebenso eifrig versuchte, den Inhalt ihres umgestürzten Wagens aufzusammeln, der Annie zu Fall gebracht hatte.

Die Sache wurde schnell geregelt. Zwei freundliche Männer aus Georgia hielten die Menschenmenge zurück, Annies Kiste war bald wieder voll, und die Schilder lagen wieder in Miß Doras Wagen.

Miß Dora warf Annie einen giftigen Blick zu, humpelte dann weiter und hämmerte an der Ecke Lafayette und Ephraim Street einen Pfosten mit einem Schild in den Boden.

Annie las die Botschaft, die in feiner Schreibschrift auf weißen Posterkarton gemalt und mit einer schützenden Klebefolie überzogen war:

›An dieser Stelle befand sich von 1805 bis 1825 der Wagenhof. Hier wurde die Baumwolle entladen und zur Verschiffung ins Ausland verkauft. Weiter östlich standen die Geschäfte, in denen die Pflanzer einkauften. Zu ihrem Angebot gehörten Kleider für Sklaven, Schuhe, Geschirr, Nahrungsmittel, Samt, Spitzen und indisches Porzellan.‹

Im Hintergrund dröhnte das Hämmern von der Tribüne, schwoll das Feriengeschrei zu einem wasserfallartigen Rauschen an, boten Straßenhändler lauthals ihre Waren feil.

Annie rieb ihr schmerzendes Knie, seufzte, nahm die Kiste wieder auf und machte sich auf den Weg zum Wohnhaus der Prichards.

Wo blieben die Tische? Bei ihrem Glück waren sie wahrscheinlich in den Jahrmarktbuden verschwunden, um nie wieder aufzutauchen, und wenn doch, dann wahrscheinlich beladen mit Zinngut, Blockhütten aus Streichhölzern oder Malen-nach-Zahlen-Bildern mit dem eisengrauen ›Traveller‹ mit der schwarzen Mähne und dem schwarzem Schweif. Aber sie brauchte die Tische ...

»Miß Laurance.«

Annie wirbelte herum. Corinne stand oben auf den Marmorstufen vor Prichard House. Sie trug eine himmelblaue, samtbesetzte Wollgabardine, die ihre jugendliche Figur betonte, und hatte den befriedigten Gesichtsausdruck einer Schloßherrin, die die Hausmagd beim Bonbonstehlen erwischt.

»Sie haben sich heute morgen viel Zeit gelassen. Ich habe schon nach Ihnen gesucht. Sie sind wirklich spät dran.«

Die Kiste mit den kopierten Anweisungen für das Spiel wog mindestens zwölf Kilo. Annie hatte sie vom Parkplatz hergeschleppt, den Zusammenstoß mit Miß Dora überstanden, sich durch die Touristen geschlängelt, die sich dick wie Devonshire-Sahne auf den Gehwegen drängten. Ihr frischgewaschener, mittellanger blauer Rock und die baumwollene Cambrai-Bluse mit dem losen Rüschenkragen hingen schlaff an ihrem schmerzenden Körper. Sie blitzte Corinne an. »Warum zum Teufel hat mir keiner gesagt, daß es hier zugeht wie in Atlantic City bei der Öffnung der Spielcasinos?«

Corinne reckte sich überheblich. »Anscheinend fehlt Ihnen die nötige Erfahrung, um an einer Haus-und-Garten-Woche teilzunehmen, Miß Laurance. Ich mache Sie jetzt schon darauf aufmerksam, daß ich den Vorstand drängen werde, Ihnen nicht Ihr volles Honorar zu zahlen, wenn die Veranstaltung schlampig inszeniert wird.«

Annies Augen verengten sich wie die von Agatha, wenn sich die Katze an einen Eichelhäher heranschlich. »Mrs. Webster, wenn irgend etwas *schlampig* sein wird, dann sicher nicht die Krimiveranstaltung«, sagte sie und drehte sich auf dem Absatz um.

Am Nachmittag um drei Uhr fragte sich Annie, ob sie ihr tapferes Versprechen würde halten können. Unentschlossen balancierte sie auf einem Fuß, eine Kiste mit Indizien und einen Kricketschläger umklammernd, und versuchte, ihre verschmierte Liste zu entziffern.

Zelte
Stühle, Tische, Podest
Rednerpult
Lautsprecheranlage
Death-On-Demand-Stand
Material für Tatort

Die drei bonbonfarbenen Zelte waren aufgestellt – eines schwarzweiß, eines rotweiß und eines grüngelb gestreift. Am Eingang hing jeweils ein großes Schild: ›Polizeipräsidium‹ (schwarzweiß), ›Befragung der Verdächtigen‹ (rotweiß), und ›Konferenzzelt für die Detektivteams‹ (grüngelb).

Wo zum Teufel waren die Tische? Sie hatte schon dreimal angerufen, und sie waren immer noch nicht eingetroffen. Die langen Tische sollten im Polizeizelt aufgestellt werden, damit sie die Indizien und die Aussagen der Verdächtigen darauf auslegen konnte. Die runden Tische, die Platz für jeweils zehn Personen boten, sollten in den anderen beiden Zelten stehen.

Wenn sie sich in sechs Annies teilen könnte, wäre alles rechtzeitig vorbereitet. So aber fühlte sie den heftigen Drang, in das Gebäude der Gesellschaft zu laufen und nach der Lautsprecherausrüstung zu sehen oder auf dem Muschelsandpfad in die entgegengesetzte Richtung zu rasen und die Spuren am Teich auszulegen. Unfähig, sich für eine Richtung zu entscheiden, schwankte sie wie ein Storch auf einem Bein. Zum Glück hatte sie Hilfe. Max war ebenfalls im Verkehr steckengeblieben und natürlich zu spät gekommen, aber nun stand er bei Harry Wells, dem Polizeibeamten, der sich bereit erklärt hatte, als technischer Berater zu fungieren. Und Edith Ferrier, offenbar ganz in ihrem Element, kommandierte forsch die schrecklich langsamen Angestellten des Partyservices, der die Zelte, Stühle und das Pult geliefert, die Tische aber immer noch nicht gebracht hatte.

In der Zwischenzeit schwärmten Mitglieder der Gesellschaft über die Ephraim Street aus und kontrollierten zum letzten Mal die Ausstattung der Räume, die in den drei Häusern zur Besichtigung freigegeben wurden. Edith hatte Annie verschiedene Gäste vorgestellt, so daß Annie ihre Antwort auf die Frage: »Ist es nicht unheimlich, einen Mord zu planen?« inzwischen auswendig konnte.

Während sie überlegte, in welche Richtung sie zuerst laufen sollte, hörte sie, wie Edith mit hoher, ernster Stimme die Angestellten des Partyservices ermahnte, beim Anfachen der butangeheizten Öfen, in denen die Austern gebacken werden sollten, nur ja vorsichtig zu sein. Aus den Augenwinkeln heraus beobachtete sie Corinne, die einen erneuten Überfall vorhatte. Annie drehte sich um und blickte den Pfad, der zur Laube führte, entlang. Es war besser für ihren Blutdruck, wenn sie sich heute nicht mehr mit Corinne einließ.

Ihr Blick fiel auf eines von Miß Doras Schildern. Besser als ›Kilroy war hier‹ und eine gute Entschuldigung, Corinne den Rücken zuzudrehen. Sie lief ein paar Meter über den Rasen darauf zu, um es lesen zu können.

›Das erste Gebäude an diesem Ort wurde von Morris Prichard 1746 für seine Braut Elizabeth errichtet. Es war eine zweistöckige Konstruktion auf einem stuckverzierten Mauerfundament mit einem Satteldach und einem kleinen Portikus zum Fluß hin. Bei dem großen Brand von 1831 wurde es zerstört. Alte Chastainer erzählen sich, daß der Geist der trauernden Abigail McNeil Prichard manchmal an den ersten Frühlingstagen in der Dämmerung über den Rasen schreitet und nach ihrem Ehemann Donald sucht, der von den Briten in der Schlacht bei Fort Balfour am 13. April 1781 getötet worden ist. 1834 wurde das Haus im Stil der neohellenistischen Renaissance von Abigails Enkel Nathaniel wiederaufgebaut.‹

Annie blickte über den frisch gemähten Rasen, den die Zelte zum Großteil bedeckten, und fragte sich, was Abigails Geist wohl von den buntgestreiften Zelten halten mochte, von den schwatzenden Gruppen der Damen in pastellgetönten Kleidern und den gehetzten Mitarbeitern des Partyservices, die hastig die letzten Serviertische zusammenstellten. Tische. Das erinnerte sie an ... Sie wirbelte herum und wünschte sich im gleichen Moment, es nicht getan zu haben.

Corinne stand neben Edith, eine Hand auf den Arm der jüngeren Frau gelegt und mit der anderen auf die Serviertische deutend, die auf der Auffahrt östlich von den Zelten aufgebaut waren.

»Ich meine, wir sollten Krabbensuppe mit ins Menü aufnehmen.«

»Der Verein der Frauen aus Alt-Chastain serviert sie in seinen Ständen mit Suppe, Sandwiches und Schrimpssalat«, entgegnete Edith abweisend.

»Oh.« Der Ausruf hing wie ein Eisklotz zwischen ihnen. »Ich kann mir vorstellen, daß es schwierig für dich ist, zu entscheiden, wem du Loyalität schuldest, da du in so vielen Organisationen tätig bist, Edith. Aber du solltest bedenken, daß die Gesellschaft für Denkmalpflege von Chastain die älteste und wichtigste in Chastain ist, und wir sollten während der Tour-Woche unbedingt die besten Spezialitäten aus dem Küstenland an unserem Büfett anbieten.« Corinne zuckte vornehm die Schultern. »Wie dem auch sei, jetzt ist es für Änderungen in der Speisekarte zu spät, also werde ich ...«

»Das Menü hat keine Änderungen nötig.« Ediths tiefliegende grüne Augen brannten in ihrem blassen Gesicht. Sie sah aus wie eine von Haß belebte Picasso-Skulptur: die Arme in die Hüften gestemmt, eingefallene Wangen, über die jetzt ein feuriges Rot glitt, schwarzweißes Seidenkleid, ein halbes Dutzend goldene Armbänder.

Annie hielt die Luft an und erwartete beinahe, daß Edith wie ein Haufen Draht und Stahl, der mit Dynamit auseinandergesprengt wird, explodieren würde.

Mit angespannter, beherrschter Stimme rasselte Edith das Menü herunter: »Wir haben Hibiskus, Schrimps und Krabben-Gumbo, Austerngebäck, Schrimps-Pilau, gefüllte Scholle, geröstete Austern, Maiskolben, Bohnen mit Speck, Orangenhälften, gefüllt mit Süßkartoffeln, Käsesoufflé mit Austernsoße, Hush puppies, Käsekuchen, Zitronenkuchen, Kartoffelkuchen und Carolina Trifle.«

Sogar Corinne sah beeindruckt aus. »Nun, das klingt sehr gut.« Ihre kirschroten Lippen formten ein herablassendes Lächeln. »Edith, wie ich sehe, hast du Talent, die Küchenarbeit zu organisieren. Ich hoffe sehr, daß du deine Fähigkeiten auch in Zukunft zum Wohle der Gesellschaft einsetzen wirst. Ich weiß, daß es eine Enttäuschung für dich war, nicht für das Amt der Vorsitzenden nominiert zu werden, aber ich bin sicher, daß du bald eine dir entsprechende Position finden wirst.« Sie sah an Edith vorbei und winkte mit erhobener Hand: »Jessica, warte einen Moment, ich muß mit dir sprechen.«

Corinne eilte fort. Edith stand reglos neben dem letzten Serviertisch und starrte ihr nach. Ihr Gesicht war wie versteinert vor Wut. Annie schob den Kricketschläger unter die Achsel, trat zu ihr und griff nach Ediths Arm.

»He, nehmen Sie sich das nicht so zu Herzen. Sie ist eine Hexe.«

Edith drehte sich langsam um. Annie erschrak, als sie die Tränen in ihren Augen bemerkte.

»Eines Tages wird jemand diese Frau umbringen.« Edith hob die Hände und drückte sie an ihre glühenden Wangen. »Manchmal frage ich mich, warum ich nicht einfach von hier weggehe. Zum Teufel mit dem ganzen

Kram. Aber Paul und ich waren so glücklich hier.« Sie versuchte zu lächeln, doch ihre Lippen zitterten. »Mein Mann. Er ist letztes Jahr gestorben, und seitdem habe ich jede Minute in den Organisationen verbracht, denen ich angehöre. Ich habe diesen Ort immer geliebt, wissen Sie, die Geschichte, die wundervollen alten Häuser, die Menschen, seit dem Tag, an dem Paul und ich das erste Mal hierhergekommen sind. Er war auf Parris Island stationiert. Corinne ist, Gott sei Dank, nicht typisch für Chastain. Sie erinnert einen immer wieder daran, daß man nicht hier geboren ist, und schafft es, viele Menschen unglücklich zu machen. Wie mich. Ich vermute, man hat Ihnen erzählt, wie sie mich hereingelegt hat, als es um den Vorsitz der Gesellschaft ging. Eigentlich sollte es mir egal sein. Aber das ist es nicht ... Es gibt so viel, was getan werden müßte ...«

Eine sanfte Stimme unterbrach sie. »Edith, ich weiß, wie hart du arbeitest. Ich habe dir und Annie etwas Limonade gebracht.«

Gail Prichard hielt ein silbernes Tablett mit zwei eisgekühlten Kelchgläsern, über deren Rand Minzzweige ragten, in der Hand. Ihre sanften Augen entschädigten für vieles.

Edith strich ihr gelocktes rotes Haar glatt und lächelte mühsam. Wie so viele Frauen Mitte Vierzig wirkte sie abgespannt. Gails strahlende Jugendlichkeit und ihr glattes rostrotes Haar betonten den Unterschied zwischen ihnen. »Danke, meine Liebe. Sehr aufmerksam von dir.«

»Sieht toll aus. Ich muß nur erst meine Sachen wegbringen«, sagte Annie. Die Indizien konnten ein paar Minuten warten. Sie eilte zum Polizeizelt und schob den Schläger und die Kiste hinter einen zusammengeklappten Kartentisch, den sie für den Death-on-Demand-Stand verwenden wollte.

Dann nahm sie mit einem erfreuten Lächeln das Glas. »Danke, daß Sie an uns gedacht haben.«

»Ich habe Sie von der Veranda aus gesehen. Alles klar?« Besorgt blickte Gail Edith an.

»Oh, ausgezeichnet«, sagte Annie schnell. »Bis auf die Tische. Sie sind noch nicht gekommen. Ich werde in einer Minute noch mal anrufen. Das Licht funktioniert nicht, und die Lautsprecheranlage habe ich auch noch nicht aufgebaut …« Sie schlug sich mit der Hand an die Stirn. »Mein Gott, ich habe vergessen, die Wiederbelebungs-Rhoda mitzunehmen. Edith, ist das Büro des Roten Kreuzes geschlossen? Können wir da rein?«

»Rhoda sitzt auf dem Rücksitz meines Wagens. Sagen Sie mir Bescheid, wenn Sie fertig sind, dann hole ich sie. Ich habe hinter der Gaststätte geparkt.« Edith deutete mit einer Hand vage nach Norden.

Annie brach vor Erleichterung fast zusammen. »Gott sei Dank! Was könnte ich sonst noch vergessen haben?« Sie wühlte in ihrer Hemdtasche nach der Liste und geriet in Panik. Wieder blickte sie auf die Uhr.

»Nur die Ruhe«, mahnte Edith. »Glauben Sie mir, ich hab' so was schon hundertmal gemacht. Irgendwie klappt es am Ende immer.«

Gail nickte zustimmend. »Wir kriegen das schon hin. Ihr beiden braucht nur mal einen Moment Pause. Edith, willst du Annie nicht durch Prichard House führen? Heute abend wird sie zu beschäftigt sein, um an einer Führung teilnehmen zu können.«

Annie waren das offensichtliche Zögern in Ediths Augen und Gails Versuch, ihr zu versichern, daß sie gern gelitten sei, nicht entgangen. Ebensowenig die verborgene Botschaft, als Gail hastig hinzufügte: »Corinne ist zum Museum gegangen. Wegen Tims Bildern.«

Annie machte sich zwar Sorgen wegen der knappen Zeit und war immer noch unruhig wegen der Lautsprecheranlage, der Tische, dem Auslegen der Beweisstücke. Aber eine Ablehnung hätte Gails Versuch, Edith zu beruhigen, zunichte gemacht.

Sie begannen mit der Küche von Prichard House, wo sie die geleerten Limonadengläser abstellten und Chloe, der Köchin, begegneten, die ihre Getränke zubereitet hatte.

»Natürlich ist das nicht die ursprüngliche Küche«, erklärte Edith. »Wie Sie wissen, waren die Küchen früher wegen der Brandgefahr von den Häusern getrennt. Diese hier wurde dem Haus 1880 hinzugefügt. Das blaue Delfter Porzellan befindet sich im Familienbesitz, seit eine junge Braut es auf einer Reise nach Europa im Jahre 1817 kaufte.«

Als sie anschließend in die Halle traten, erinnerte sich Annie, daß Gail diesen Weg an jenem Tag gekommen war, als sie das Terrain für die Veranstaltung sondiert hatte. Sie erkannte den französischen Empire-Kartentisch mit den Delphinfüßen und den Chippendale-Spiegel mit dem goldenen Adler in der Mitte des Rahmens. Auch diesmal waren die breiten Flügeltüren auf beiden Seiten der Halle geöffnet. Unbehaglich sah Annie die bogenförmige Treppe hinauf. Heute erschien niemand. Vermutlich richtete Corinne gerade im Museum Unheil an.

Edith ging in das geräumige Wohnzimmer voran und gab schnell wie ein Maschinengewehr Erklärungen. »Sehen Sie sich den Kaminsims mit den kurzen Pilastern und dem gebrochenen Fuß darüber an. Er ist ein Originalstück des ursprünglichen Hauses. Beachten Sie die Stuckreliefs mit dem klassischen Muster. Und natürlich die prachtvolle Dekoration des Raumes, das gemauerte Sims und den schmückenden Verputz an der Decke.«

Ediths tiefliegende grüne Augen glänzten, als sie Annie auf die Regency-Stühle und das Porträt von Abigail Prichard aus dem 18. Jahrhundert aufmerksam machte. Abigail lenkte den englischen General, der sich in ihrem Haus während der Revolution einquartiert hatte, ab, während sie durch einen Aufseher ihrer Plantage gleichzeitig eine Nachricht an Marions Truppen schickte.

Als sie zu dem glatten, jungen Gesicht auf dem Porträt hochschaute, stellte Annie sich lebhaft vor, wie Abigail dem General ernst und höflich zuhörte, während sie sich ihr Herz vor Sorge über den abwesenden Ehemann zermarterte.

Im Eßzimmer wies Edith auf die seidenen Damastvorhänge, den golden und cremefarben gestreiften Aubusson-Teppich, die Hepplewhite-Anrichte, den rotbraunen Mahagoni-Eßtisch und die Stühle aus demselben Holz. »Beachten Sie den wundervollen Chippendale-Spiegel zwischen den Fenstern.«

An der Eingangstür bedankten sie sich bei Gail für die Besuchserlaubnis und verließen das Haus. Wieder ging Edith voran. Auf halber Höhe der Marmortreppe blieb sie stehen und wies zu den massiven achteckigen Säulen. »Echte neohellenistische Renaissance natürlich, und genau das, was Fremde sich immer vorstellen, wenn man von einer Plantage im Süden redet. In Wirklichkeit sehen wenige der Küstenplantagen wie Tara in *Vom Winde verweht* aus, obwohl der Stil an sich im Süden verbreitet ist. Wir haben das Glück, in Chastain Häuser dreier unterschiedlicher Stilarten zu begegnen, die heute noch erhalten sind. Zum besonderen Reiz der Stadt trägt auch bei, daß die Häuser frei auf großen Grundstücken stehen. Viele von ihnen sind Nachbauten echter Plantagenhäuser. Einige wenige wurden sogar zerlegt, in Kisten verpackt und von Plantagenbesitzern in die Stadt verfrachtet. Sie versuchten auf diese Weise, der ungesunden Luft der verfaulenden Pflanzen zu entgehen, von der sie glaubten, daß sie für die Malaria verantwortlich sei.«

Es war eindeutig, daß Edith ihre selbstgewählte Heimat anbetete. Annie war beeindruckt von der Tiefe ihres Wissens und der Begeisterung, mit der sie sogar das Haus beschrieb, das einer Frau gehörte, die sie ganz offensichtlich haßte.

»Wie lange wohnen Sie schon in Chastain?«

Das Leuchten in den Augen ihrer Begleiterin verblaßte. »Wir haben uns vor sechs Jahren hier niedergelassen, aber während der vergangenen fünfundzwanzig Jahre oft hier gewohnt, wenn Paul auf Parris Island stationiert war. Er war Berufsoffizier. Eine Menge Militärs setzen sich hier zur Ruhe. Eigentlich stammen wir aus Indiana. Paul ging gern Jagen und Fischen, und dafür gibt es auf der ganzen Welt wohl keinen besseren Ort.« Die Leere in ihren Augen spiegelte ihren Schmerz wider. »Jetzt, wo er tot ist ... Ich habe niemanden, zu dem ich gehen könnte. Keine Familie.« Sie versuchte zu lächeln. »Die meisten Menschen hier sind sehr zuvorkommend und offen. Aber die Alteingesessenen, auch die netten, vergessen nie, wer hierher gehört und wer nicht. Das erinnert mich an eine Geschichte aus dem Buch von Mrs. St. Julien Ravenel über Charleston. Sie erzählt von einem Mann, den alle, die ihn kannten, mochten und bewunderten. Trotzdem blieb er, so berichtet sie, über achtzehn lange Jahre ein Fremder.«

»Oh. Ich nehme an, sie meinte das ernst.«

»Sicher, ja. Aber sie meinte es freundlich. Nicht wie Corinne.« Sie blickte sich nach Prichard House um. »Mich überrascht nur, wie sanft Gail ist. Dabei versucht Corinne natürlich, auch Gails Leben zu lenken. Wenn Gail sich nicht bald von diesem Einfluß befreit, endet sie gebrochen wie Leighton. Nur der Tod könnte Corinne aufhalten.« Sie zog die Schultern hoch und wandte sich von dem Haus ab. »So, mal sehen. Sollen wir nach links oder rechts gehen? Das McIlwain House ist sehr hübsch. Lucy Haines hat es restauriert.«

»Restauriert?«

»Seit den dreißiger Jahren war es eine Pension, bis sie es vor etwa zwanzig Jahren gekauft hat. Es enthält natürlich keine Familienstücke mehr, aber sie hat einige sehr schöne Antiquitäten erworben, die zum größten Teil nachweislich alteingesessenen Familien gehörten. Sie hat ein ansehnliches Vermögen von einem unverheirateten Bruder geerbt und das alte Haus mit viel Liebe hergerichtet. Es ist ein vollkommenes Beispiel für anmutige Symmetrie. Früher gehörte es entfernt verwandten Cousins von ihr, von daher könnte man sagen, daß es noch in Familienbesitz ist.«

Annie blickte über den sattgrünen Rasen vor Prichard House. Durch die Zweige der ausladenden Eichen hindurch erhaschte sie einzelne Teilansichten des gewaltigen georgianischen Landhauses. »Eine Pension. Schwer zu glauben.«

»Oh, meine Liebe, wenn die Gesellschaft für Denkmalpflege nicht gewesen wäre und einige Mitglieder nicht sehr hart gearbeitet hätten, würde hier nur noch eine Handvoll alter Häuser stehen. Sehen Sie, dieser Teil der Stadt« – ihre Geste umfaßte die McIlwain-, Prichard- und Benton-Häuser – »wird immer enger von Bürogebäuden eingeschlossen. Drüben im nächsten Block, jenseits der Gasse, gibt es nur noch Bürogebäude, obwohl viele davon alt sind und teilweise schon 1840 erbaut wurden. Arztpraxen, Anwaltskanzleien. An der Ecke, gleich hinter der Gesellschaft für Denkmalpflege, ist die Bücherei. Sehr bequem für Lucy.«

Ein orangefarbener ›WE RENT IT‹-Laster holperte die Auffahrt hinauf, der Fahrer bremste vor den Büfettischen und schaltete krachend in den Rückwärtsgang.

Annie warf einen Blick auf den LKW, sprang dann die verbleibenden Stufen hinunter und stellte sich dem Wagen in den Weg. »Halt. Halt!« rief sie.

Kaum einen Meter vor dem Konferenzzelt für die Teams kam der Lastwagen polternd zum Stehen.

Atemlos trat Annie zum Führerhaus.

Der Fahrer blinzelte sie säuerlich an. »Ja?«

»Sie hätten beinahe das Zelt umgefahren. Haben Sie die Tische?«

»Muß sie doch zum Abladen wenigstens nah genug ranbringen, Lady.«

»Sie sind bis auf einen Meter dran – und ohne die Zelte nützen uns die Tische nichts. Stellen Sie die langen Konferenztische in das schwarzweiß gestreifte Zelt und die runden in die beiden anderen.«

Edith gesellte sich zu ihr. »Jetzt sind Sie wieder im Streß.«

»Das ist schon in Ordnung.« Sie sah sich um. »Ich habe zwar beinahe Angst, es laut zu sagen, aber es nimmt allmählich Gestalt an.«

Und das stimmte. Das Chaos verwandelte sich langsam in Ordnung. Die schwarzen und goldenen Ballons am Eingangstor tanzten in der sanften Nachmittagsbrise. Ähnliche Ballonbündel markierten die Eingänge von Benton und von McIlwain House. Der Fahrer des Lastwagens und einige Helfer luden die Tische ab und stellten sie an den zugewiesenen Orten auf. Die Leute vom Partyservice holten die Speisen aus den zwei rosafarbenen Lieferwagen.

Und Max arrangierte eifrig den Stand von Death on Demand im Polizeizelt.

Annies Laune besserte sich. Auf einmal schien alles ganz einfach zu sein. Sie strahlte Edith an. »Ich würde mir gern noch mit Ihnen die beiden anderen Häuser anschauen, aber ich muß mich mit Max absprechen. Wie wär's morgen?«

Nachdem sie sich getrennt hatten, rief Annie über die Schulter zurück: »Würden Sie Rhoda bitte noch ins Polizeizelt bringen?«

Ja, alles kam allmählich in Ordnung. Vielleicht würde auch ihr Enthusiasmus zurückkehren. Wenn sie Corinne aus dem Weg gehen konnte.

Max stand ein paar Meter vor dem Tisch. Als sie zu ihm trat, schüttelte er ernst den Kopf. »Warum nur *ein* Tisch? Wir brauchen viel mehr Platz.«

Wir. Das war ein sehr nettes Wort.

»Wir haben T-Shirts, Lesezeichen, Poster ...« Er warf die Hände hoch. »Für die Poster ist kein Platz.«

»Du hast recht.« Sie spähte umher und winkte den Angestellten der Mietfirma energisch zu. »He, bringen Sie einen von den langen Tischen rüber.«

»Sehr gut«, freute sich Max. »Wir können die T-Shirts aufhängen und die T-Shirt-Kisten benutzen, um die Poster dran zu befestigen.« Er öffnete eine Kiste und hielt ein T-Shirt hoch.

Hinter ihnen erklang ein kehliges Lachen, das dem Gurgeln einer überfütterten Taube glich. Sie drehten sich um. Sybil las die Aufschrift des T-Shirts. »›In deinem

Haus möchte ich spuken‹. O Gott, das ist wunderbar. Heben Sie mir eins auf.« Sie wandte sich zwar an Annie, aber mit den Augen verschlang sie Max. Dessen Blick bewies ein Gesetz, das Annie aus dem Biologieunterricht kannte: daß Pflanzen sich immer der Sonne zuwenden oder so ähnlich. Wenn Max sich noch weiter vorbeugte, würde er auf seiner hübschen Nase landen.

»Max, das ist Mrs. Giacomo, ein Mitglied des Vorstandes. Max Darling.«

Sybil war schon an Annie vorbei und nur noch einen knappen Zentimeter von ihrem Opfer entfernt. Sie streckte beide Hände aus, die heute mit magentafarbenen Fingernägeln geschmückt waren, außerdem mit zwei Rubinen und einem funkelnden Diamanten, der von glitzernden Smaragden umringt wurde. »Max Darling.« Wenn ihre Stimme noch tiefer wurde, würde sie auf dem Boden schleifen. »Kommen Sie doch mit mir in den Schatten hier und erzählen Sie von sich.«

»Ich bin sicher, daß er das liebend gern tun würde«, sagte Annie süßlich, »aber er hat versprochen, uns das Opfer zu besorgen.« Sie sah ihn streng an. »Die Erste-Hilfe-Übungspuppe.«

Max warf Sybil einen faszinierten Blick zu und grinste Annie dann schief an. »Klar. Ich war gerade auf dem Weg. Mrs. Giacomo, ich freue mich darauf, mich später mit Ihnen zu unterhalten.«

Während er sich in Richtung Parkplatz entfernte, tauschten Annie und Sybil abschätzende Blicke. Sie verstanden einander vollkommen.

»Ich hebe ganz bestimmt ein T-Shirt für Sie auf, Mrs. Giacomo. Wenn Sie mich jetzt entschuldigen würden, ich muß die Indizien auslegen.«

Annie saß in der Laube und musterte den Fußboden. Sie fühlte sich ein bißchen, als spiele sie Schnitzeljagd. Natürlich mußten die Indizien leicht zu finden sein, aber sie durften auch nicht so offensichtlich herumliegen, daß sie einem ins Auge sprangen. Sie sehnte sich nach der Geschicklichkeit eines E. C. Bentley, der es meisterhaft verstand, unmerklich Hinweise in seine Erzählungen einzubauen. Sie legte den Kricketschläger in ein Schilfdickicht am Teich, so daß nur der Griff herausragte. In der Laube war es schwieriger. Sie reckte sich, um in Richtung der Treppe zu schauen. Die Detektivteams durften nur von dort aus suchen. In der Laube selbst sollten sie nicht herumlaufen, sonst könnten sie Indizien vernichten. Und die falschen Fährten.

Sie öffnete den Indizienkarton, zog ein zerknülltes Taschentuch mit den in roter Tusche aufgemalten Initialen ›SAG‹ in der rechten oberen Ecke heraus und ließ es neben die Bank fallen.

»Was zum Kuckuck treibst du hier?«

Ihr Kopf fuhr hoch.

Bobby Frazier, der rauhe Reporter mit der gebrochenen Nase, starrte über das stille grüne Wasser zu Gail hinüber, die jenseits des Teichs stand, und, von den herabhängenden Ästen der Weide umrahmt, ätherisch, verwundbar und gequält aussah.

Keiner von ihnen bemerkte Annie, die immer noch auf allen vieren in der Laube kniete. Noch bevor sie durch ein Räuspern auf ihre Anwesenheit aufmerksam machen konnte, antwortete Gail: »Ich habe dein Auto gesehen. Ich wußte, daß du hier bist.«

»Stimmt. Ich muß meinen Unterhalt durch Arbeit verdienen.«

Das Mädchen schob die Hände in die Rocktaschen und sah ihn voller Kummer an. »Geld ist ziemlich wichtig für dich, nicht wahr?«

»Hat deine Tante dir das gesagt?«

»Sie hat mir gesagt …« Sie drückte eine Hand vor die zitternden Lippen.

»Hat sie dir gesagt, daß ich angerufen habe? Die ganze Woche lang?«

»Nein.«

»Bei meinem letzten Anruf hat sie mir erklärt, daß du mich nicht wiedersehen wolltest.«

Über Gails Gesicht strömten unkontrolliert Tränen. »Sag mir nur, ob es stimmt, daß du einen Scheck von ihr genommen hast.«

»Ja. Ja, das habe ich.«

Sie wirbelte herum und rannte aufgelöst den Pfad hinauf.

Er starrte ihr nach. »Gottverdammt, zum Teufel damit«, sagte er rauh. Mit gesenktem Kopf und wutverzerrtem Gesicht ging er an der Laube vorbei und folgte Gail.

Annie seufzte. Wenn jemand ihre Meinung hören wollte – aber niemand schien besonders wild darauf zu sein –, würde sie ihm sagen, daß sie hier deutlich die feine italienische Hand des Monsters Corinne spürte. Mit einem Kopfschütteln arrangierte sie die verbleibenden Spuren: das Schnupftuch mit Initialen, den Stummel einer türkischen Zigarette, eine zerknüllte Nachricht, die ›Ich kann nicht kommen‹ lautete. Der letzte Gegenstand war ein Schuh, den sie von Max stibitzt hatte. Mit dem Schuh und der geleerten Indizienkiste ging sie zum Teichrand. Dort erzeugte sie mit dem Schuh kunstvoll einen Abdruck im Uferschlamm. Auf dem Rückweg zu den Zelten sah sie flüchtig Gail und Bobby auf dem Pfad hinter Prichard House. Sie waren in ein intensives Gespräch versunken.

Annie trat etwas zurück, um die fünf Poster zu begutachten, die an den T-Shirt-Kisten befestigt waren. Fabelhaft. Niemand konnte an diesen Farben vorbeigehen, ohne ein zweites Mal hinzusehen. Sie hoffte nur, daß sie genug davon bestellt hatte …

Das Tappen rennender Füße übertönte plötzlich die gewohnten Hintergrundgeräusche – das leise Schwatzen von Frauenstimmen, das Klacken der in die Öfen geworfenen Austern und das gedämpfte Summen der Menschenmenge auf der Ephraim Street. Mit rasendem Herzen wirbelte Annie herum. Irgend etwas stimmte nicht.

Der laufende Mann polterte die Marmorstufen zur gewaltigen Eingangstür von Prichard House herauf. Das

Stampfen seiner Schritte schallte durch den Park. Alle hielten inne und sahen zu ihm hinüber – die mit den Vorbereitungen Beschäftigten, die Arbeiter der Mietfirma, das Personal des Partyservices, Annie. Und Corinne, die eben aufgetaucht war und die Auffahrt von der Ephraim Street hochkam.

»Tim.« Corinnes abgehackte, kühle Stimme übertönte das donnernde Klopfen. Er erstarrte mit erhobener Faust, wirbelte dann herum, polterte die Stufen herunter und baute sich vor Corinne auf, groß wie ein Basketballspieler, aber dünn, fast ausgezehrt. Er hatte kastanienbraune Locken, die ihm bis auf die Schultern fielen.

»Du kannst mir meine Bilder nicht wegnehmen. Das kannst du nicht.« Er packte sie mit seinen großen Händen an den Schultern. »Das kannst du nicht, sage ich.«

»Laß mich los.« Ihr Ton klang herrisch und verachtungsvoll.

Seine Hände sanken herab. Der Adamsapfel hüpfte an seiner Kehle. »Meine Bilder! Alle gestapelt, alle bereit, verpackt zu werden. Wer hat dir erlaubt, meine Bilder wegzuschicken?«

»Ich bin die Direktorin des Prichard-Museums. Die Verfügung über unseren Besitz fällt in meine Zuständigkeit … Ich antworte damit auf die Anfrage eines Museums für eine Wanderausstellung. Das sollte dich eigentlich freuen, Tim. Deine Arbeiten werden im Südwesten einige Monate lang zu besichtigen sein.«

»Das werden wir noch sehen.« Diesmal klang Sybils Stimme weder aufregend noch sanft. Sie kam mit dem unbeugsamen Gesichtsausdruck eines Daddy Warbuck, der einen Berg verzinslicher Wertpapiere bewacht, auf Corinne zu.

»Ich bringe sie um. Bei Gott, ich schwöre, daß ich sie umbringe.« Ein Schluchzen entrang sich der Kehle des Malers.

Sybil drehte sich um und legte einen Arm um ihn, was seltsam rührend aussah. Der junge, fast zerbrechliche, übergroße Mann mit dem weichen, lockigen Haar und die sinnliche, kraftvolle Frau. »Schon gut, Timmy. Reg dich nicht auf.«

»Aber sie wird ...«

»Nein, das wird sie nicht. Ich verspreche es dir. Ich hole dir deine Bilder zurück.« Sybil blickte über ihre Schulter zu Corinne, und ihre Miene wurde starr wie das Gesicht eines Leoparden beim Angriff. Ihre Stimme klang rauh und durchdringend wie das warnende Tuten eines Nebelhorns. »Das letzte Wort in dieser Sache ist noch nicht gesprochen, Corinne.« Dann führte sie Tim sanft zur Straße.

Corinne sah ihnen mit leicht geröteten, porzellanglatten Wangen nach.

Annie hätte sich wieder ihrem Stand zuwenden können. Die anderen, über den Rasen verstreuten Personen nahmen ihre Tätigkeiten wieder auf. Aber sie hatte die Nase voll. »Fressen Sie die Kinder eigentlich auch?« fragte sie.

Corinne drehte sich langsam zu ihr um. »Was haben Sie gesagt?«

»Sie haben mich verstanden. Offenbar gefällt es Ihnen, Kindern ihr Spielzeug wegzunehmen.«

»Die Politik des Museums geht Sie nichts an. Wir haben Sie nur engagiert, um für Unterhaltung zu sorgen. Und das war eindeutig ein Fehler.«

»Zum Teufel mit Ihnen.«

Annie wandte sich wieder ihrem Stand zu. Hinter sich hörte sie das Knirschen von Corinnes Schuhen auf dem Muschelsandpfad, der zum Stand führte.

»Was sind das für abscheuliche Dinger?«

Corinne sah die fünf Poster an, musterte jedes kurz. Der blonde Mann im grauen Anzug, der neben einer Leiche in einem langen schwarzen Mantel kniete. Die nackte junge Frau auf dem Teakholz-Stuhl. Der fragende Ausdruck im Gesicht des Mannes, der in der Strandhütte über einer Leiche stand. Der gelbe Jeep, der auf den Mann mit den hellen Augen zuraste. Der Mann mit der Pistole, der in die Kultszene hineinplatzte. In der verkniffenen Linie von Corinnes Lippen zeichnete sich deutlich Abscheu ab.

»Das sind Kopien von Aquarellen aus meiner Buchhandlung«, sagte Annie wütend. »Ich veranstalte jeden Monat einen Wettbewerb. Der erste, der Autoren und Titel der Bücher, auf die sich die Bilder beziehen, nennen kann, gewinnt ein Buch. Und freien Kaffee für den ganzen Monat. Falls Sie das was angeht.«

»Bringen Sie die Dinger hier raus.«

»Nur über meine Leiche, Lady. Oder über Ihre.«

11

Annie wuchtete Rhoda, die Wiederbelebungspuppe, von einer Schulter auf die andere. In die üppigen Falten eines lavendelblauen Baumwollkleides gehüllt, das zu einer Teeparty im Jahre 1937 gepaßt hätte, war die Plastikpuppe ganz schön schwer. Doch sobald sie, besser gesagt: das Opfer Mathilda Snooperton, an ihrem Platz auf dem Boden der Laube liegen würde, wäre alles vorbereitet.

Alles?

Die Austernschalen knirschten unter Annies Schritten. Ein Hauch von Frühling wehte aus den langen Schatten der Rieseneichen, und die Luft roch nach von der Sonne erwärmtem Gras, Teichwasser und Iris. Die friedliche Stille besänftigte auch die letzten Reste ihrer Wut auf Corinne. Zum Teufel, sie würde es nicht zulassen, daß diese giftige Frau ihr die Krimiabende ruinierte. Dafür hatte sie zu hart gearbeitet. Nein, sie würde kühl und gelassen bleiben und den Abend genießen. Und der war fast gekommen. Hatte sie irgendwas vergessen?

Sie ging die Liste in ihrem Kopf durch und hakte einen Punkt nach dem anderen ab. Ja, das war die letzte Aufgabe. Vielleicht blieb sogar noch Zeit für sie und Max, sich ins Swamp Fox Inn zurückzuziehen und ein Bud

Light aus der Kühltasche zu genießen, die sie in weiser Voraussicht mit Kühlaggregaten versehen und mitgebracht hatten. Annie hielt inne, blickte zu dem vier Meter hohen Schilfrohrbewuchs hinüber und nahm sich einen Moment Zeit, sich über ihre Cleverneß zu freuen. Ein ganz besonders geeigneter Ort für ein Verbrechen. Abgelegen und romantisch zugleich. Sie würde nur noch der von Kiefern verdeckten Seebucht in Theodore Dreisers *An American Tragedy*[22] den Vorzug geben.

Sie hob Rhoda auf die andere Schulter und begann, ›Oh, You Beautiful Doll‹ zu pfeifen, während sie dem Fußweg zu dem Schilfdickicht folgte, das den Teich umgab. Sie hielt geradewegs auf die Laube zu, die, vier Meter vom Teich entfernt, eine sanfte Erhebung zierte. Ein mit Folie geschütztes, etwas schiefstehendes Schild war seit ihrer letzten Visite neben den Stufen in den Boden geschlagen worden. Miß Dora.

›Aberglaube im Küstenland: Gefahr droht der unglücklichen Seele, der ein Hase über den Weg läuft (daran könnte vielleicht Jimmy Carter glauben). Dem Ruf eines Waldkäuzchens folgt der Tod. Bei zunehmendem Mond soll man Korn säen und Seife kochen. Blau gestrichene Türen halten Geister ab. Dreizehn Gäste beim Abendessen bedeuten Tod. Fliegt ein Vogel in ein Haus oder zerbricht ein Spiegel ohne Grund, kündigt das einen Todesfall an. Man soll freitags kein Kind taufen, nicht heiraten oder eine Reise beginnen.‹

Die Stufen heraufsteigend, musterte Annie das sechseckige Innere der Laube. Gut. Niemand hatte die Indizien verrückt. Sie kniete sich hin, legte Rhoda auf den Bauch und arrangierte die Arme. Das Eisenbahnticket drückte sie in die rechte der weichen Gummihände, und den weißen Fetzen Briefpapier mit der Nachricht ›Ich kann nicht kommen‹ schob sie so in Rhodas Tasche, daß eine Ecke davon noch zu sehen war. Als sie sich wieder aufrichtete, um die Szene zu prüfen, zog sie die Stirn in

[22] Theodore Dreiser: Eine amerikanische Tragödie

Falten. Das Taschentuch mit den Initialen war viel zu deutlich zu sehen. Sie nahm es, ging näher zum Geländer und warf es in den Schatten, den die im Westen versinkende Sonne warf.

Was für ein köstlich düsteres Ambiente ... Die länger werdenden Schatten, die lastende Stille, das schwarze, unbewegte Wasser. Ihre Augen verengten sich. Was war das für ein mit Wasser vollgesogener Stoffetzen zwischen den Schilfhalmen am sumpfigen Teichrand? Hatte der vorhin auch schon dort gelegen? Annies Blick wanderte von dem gebauschten Fetzen weiter. Auf der Oberfläche des Wassers bewegte sich träge eine Hand.

Sie verschwendete keine Zeit mit Nachdenken, sprang über das Geländer auf den laubbedeckten Rasen, rannte zur anderen Seite des Tümpels, stolperte über die knorrigen Zypressenwurzeln und sprang in den von Wasserlinsen bedeckten Teich. Ihre Füße wirbelten verrottende Blätter vom matschigen Grund auf. Sie griff nach dem Torso, aber ihre Hände schreckten vor dem Gewicht der leblosen Form zurück. Sie biß die Zähne zusammen, griff noch einmal zu, umklammerte mit den Händen die Hüfte und zog. Es war harte Arbeit. Der sumpfige Grund saugte an ihren Füßen. Rasiermesserscharfe Schilfstengel schlugen gegen ihre Haut, Schweiß bedeckte ihr Gesicht und rann ihr in die Augen. Ihr wurde übel von dem widerwärtig süßlichen Gestank des abgestandenen Wassers, und irgendwann während ihrer grausigen Tätigkeit begann sie zu schreien. Sie nahm ihre eigene Stimme, hoch und wahnsinnig, nur wie aus großer Entfernung wahr.

Die Leiche war schwer und hatte sich im Schilf verfangen, das sich an ihr festklammerte und Annie behinderte. Dann, endlich, kam Hilfe, andere Hände zerrten mit ihr, und sie stolperten ans Ufer und zogen die Leiche aus dem Wasser.

Annie rang nach Atem. Lucy Haines starrte mit vor Schreck grauem Gesicht auf die hingestreckte Gestalt. »O mein Gott! Es ist Corinne!«

Keuchend fiel Annie auf die Knie, um den geöffneten Mund nach die Atmung behindernden Fremdkörpern zu untersuchen. Aber dann sank ihre Hand zurück. Hier würde Wiederbelebung nicht mehr helfen. Eine hohle Einbuchtung im Schädel, groß wie der Boden eines Trinkglases, entstellte den blonden Kopf über dem rechten Ohr. Über das nasse Haar lief ein rostroter, verschmierter Streifen Blut.

Annie sah Lucy an, deren Augen Schrecken und langsam aufsteigende Furcht widerspiegelten.

»Das ist ja entsetzlich. Leighton ... Gail ... O Gott.« Sie preßte ihre mageren Hände zusammen. Zu Ehren der Haus-und-Garten-Tour trug sie ein flott geschnittenes Seidenkleid mit rosafarbenen Blumen und farblich passenden Schuhen mit flachen Absätzen. Ihr Kleid und die Schuhe waren vom Schmutz des Wassers verschmiert. Ihr hübsches Frühlingskleid bildete einen scharfen Kontrast zu ihrem wachsbleichen Gesicht und den verkrampften Fingern, deren Nägel mit frischem rosafarbenem Nagellack bedeckt waren.

Annie stand auf und unterdrückte einen Schauder. »Wir müssen Hilfe holen.«

»Ich gehe schon.« Lucy trat auf den Pfad und wandte sich dann wieder um. »Tut mir leid ... Sie wollen bestimmt nicht hier bleiben. Wenn Sie da lang gehen« – sie deutete auf einen gut sichtbaren Pfad, der hinter den Weiden aus dem Blickfeld verschwand –, »kommen Sie zum Tor meines Grundstücks. Ich wohne nebenan, im McIlwain House. Sie können von da anrufen und ...«

»Nein, ist schon in Ordnung, Lucy, vielleicht ist es besser, wenn Sie das machen. Das spart uns Zeit. Es macht mir nichts aus, hierzubleiben.« Das war natürlich gelogen, Annie hätte alles darum gegeben, diesen stillen Ort des Todes verlassen zu können, aber es wäre dumm, einen Fremden auf die Suche nach einem Telefon zu schicken und die nötigen Anrufe machen zu lassen. Es kam zwar auf ein paar Minuten nicht mehr an, aber sie mußten die Zeit auch nicht verschwenden.

Zeit! Annie sah auf die Uhr. Erstaunt begriff sie, daß nur wenige Minuten vergangen waren, seit sie, fröhlich pfeifend, zur Laube gegangen war. 17 Uhr 35. Um sechs sollten die Führungen beginnen. Natürlich würde man sie absagen müssen.

Lucy zögerte immer noch und blickte besorgt über den stillen, abgeschiedenen Flecken. »Glauben Sie, daß es hier sicher ist? Vielleicht sollten Sie doch lieber mit mir kommen.«

Ihre Angst war ansteckend. Auch Annie ließ den Blick über die sonnigen Wedel der Trauerweiden, die knorrigen, düsteren schwarzen Zypressen und das dunkle Wasser schweifen. Nur gelegentlich wurde die Stille durch das Rascheln von Tieren im Schilf gestört. Von Ferne klang das Klopfen eines Spechtes. »Es ist bestimmt sicher. Ich glaube nicht, daß hier ein verrückter Killer herumschleicht und darauf wartet, mir den Kopf einzuschlagen.«

Die tapferen Worte klangen in ihrem Kopf nach, als Lucy zögernd gegangen war. Annie entfernte sich Schritt für Schritt von der Leiche und blickte immer wieder nervös in die tiefer werdenden Schatten. Jedes Rascheln im Schilf, jedes unstete Rauschen der Weiden jagte ihr Schauer über die Haut.

Das Geräusch laufender Füße verursachte einen Adrenalinstoß. Sie spannte sich, bereit zu fliehen.

Bobby Frazier kam um das Schilfdickicht gelaufen. Mit bebender Brust blieb er stehen und starrte auf die Leiche. »Da hat sie's, die alte Hexe. Wo zum Teufel ist Gail?« Bevor Annie antworten konnte, drehte er ungeduldig den Kopf und stapfte zur Laube.

Annie versuchte, sich einen Überblick über das Gelände zu verschaffen. Der Pfad an der Laube vorbei war vermutlich der kürzeste Weg nach Prichard House.

Eine Sirene ertönte, dann noch eine. Reifen quietschten, Türen wurden zugeschlagen, und schwere Fußtritte erklangen von der Gasse her. Polizisten strömten auf die Lichtung, angeführt von einem breitschultrigen Mann in schwarzem Baumwollmantel, hellbrauner Hose und mit einem weißen, breitkrempigen Cowboyhut. Er warf Annie einen kalten, abschätzenden Blick zu und näherte sich der Leiche.

Während er den Tatort in Augenschein nahm, sprach niemand ein Wort oder bewegte sich. Er hatte die buschigen grauen Augenbrauen zusammengezogen, und seine fleischigen Wangen blähten sich vor Konzentration.

Am Ufer des Teiches waren die Spuren von Annies und Lucys Versuch, den Körper an Land zu ziehen, noch deutlich zu erkennen. Kiefernnadeln schwammen auf dem Wasser, und das Schilf war umgeknickt und zertrampelt. Die Leiche lag mit weit geöffneten, starren Augen und offenem Mund auf dem Rücken. Die weiche Delle im Schädel ... Annie suchte mit den Augen den Boden in der Nähe ab. Dann blickte sie zum Teich und erstarrte. Der Kricketschläger – ihr eigener Kricketschläger – schwamm wenige Meter vom Ufer im Teich.

»Na gut.« Die Stimme des Polizisten klang wie ein kehliges Knurren und erinnerte an ein sich öffnendes, verrostetes Tor. Seine Mitarbeiter wurden aktiv: Ein junger Beamter mit sandfarbenem Haar stieß im Abstand von etwas mehr als einem Meter Pflöcke in den weichen Boden und begann, den Tatort mit einem gelben Band abzusperren. Ein düster wirkender Beamter in Zivil, der ein wenig hinkte, zog einen Spiralblock mit Eselsohren aus der Tasche und fertigte eine genaue Zeichnung des Tatortes an. Ein bierbäuchiger Polizist mit rotem Gesicht hob eine 35-mm-Kamera, um Corinne bei ihrem letzten Rendezvous zu fotografieren.

Die bunten Lampions, die man für die Woche der Führungen am Dach der Laube aufgehängt hatte, erwachten zum Leben und fügten dem Zwielicht ein grelles Strahlen hinzu. Annie schluckte. Das Licht funktionierte also. Sie hatte die Aufgabe, das Licht einzuschalten, der Sekretärin der Gesellschaft anvertraut. Jetzt würden auch in den Zelten schon Lampen mit freundlichem gelbem Licht brennen. Umsonst.

Einen Moment lang war kein anderes Geräusch als das Klicken der Kamera zu hören und gelegentlich ein Knacken unter den Schuhen der Männer, die herumgingen. Der Gesetzeshüter grunzte zufrieden und drehte sich zu Annie.

Er bewegte sich schwerfällig, ein Bär von einem Mann mit schweren Schultern und breitem Brustkorb. Auch sein Gesicht war massig. Er hatte eine gewölbte Stirn, Wangen, die in dicken Wülsten herunterhingen, und ein Doppelkinn. Seine wäßrigen blauen Augen waren getrübt vom Anblick zu vieler Tatorte in zu vielen Jahren.

Annie fühlte, wie sich ihre Nackenmuskeln verkrampften. Als er sich vor ihr aufbaute, bestand die ganze Welt nur noch aus dem Raum zwischen ihnen. Sie konnte sein mühsames, asthmatisches Atmen hören, sah das Muster roter Äderchen in seinen Augen und roch den schalen Geruch von Tabak.

»Harry Wells, Chef der hiesigen Polizei.« Seine rauhe Raucherstimme schien die gekrächzte Begrüßung nur widerwillig herauszupressen. Er sah Annie ohne eine Spur von Wärme an.

»Annie Laurance. Ich leite das Detektivspiel für die Haus-und-Garten-Touren.«

»Erzählen Sie, was Sie wissen.« Die mürrischen Augen starrten sie unverwandt an.

Erzählen Sie. Die Spannung in ihren Schultern kroch ihren Rücken herunter. Herrje, war er feindselig, und das schon jetzt, wo sie noch gar nichts gesagt hatte. Sie sprudelte los, merkte, daß ihre Stimme schrill und atemlos klang. Sie holte tief Luft und sprach leiser weiter.

Nachdem sie zu Ende erzählt hatte, blickte er erst zur Laube und dann zum Teich. »Sie haben den Kricketschläger besorgt?«

»Ein Requisit. Es sollte nur ein Requisit sein.«

»War es aber nicht, wie?«

Seine Worte und sein Ton gefielen ihr nicht. »Dafür kann ich nichts«, schoß sie zurück. Er bemühte sich nicht um eine Antwort, sondern starrte sie nur an.

»Hören Sie, sie war schon tot, als ich …« Sie verstummte beim Klang sich nähernder Stimmen. O Gott, sie hatte keine Zeit gehabt, sich um Lucy Gedanken zu machen.

»Nein, es ist kein Irrtum, Leighton … Bitte, geh nicht …«

»Komm schon, John.« Leighton Webster kam hinter der Laube hervor. Mit einer Hand hielt er Dr. Sanfords Arm gepackt. »Du wirst sehen, Lucy, Corinne ist nur ohnmächtig, nichts weiter. John wird sich um sie kümmern. Keiner würde …« Seine tiefe Stimme erstarb, und er erstarrte mitten in der Bewegung. Hinter ihm standen Lucy, deren Gesicht kein Erschrecken zeigte, und Gail, die sich an Bobbys Arm klammerte.

Alle beobachteten Leightons Ankunft in absoluter, schockierter Stille: Lucy, Sanford, Gail, Bobby, Annie, die Polizisten, der eben eingetroffene Max, Edith und Roscoe, der um das Schilfdickicht gelaufen war, als er die Polizeisirenen und die unvermeidlichen Gerüchte gehört hatte, die sich schon über Chastain ergossen.

Doch Leighton nahm keinen von ihnen wahr. Er starrte auf die verkrümmte Gestalt seiner Frau hinab, sein Gesicht erstarrt in verwirrter Ungläubigkeit.

»Corinne?«

»Leighton.« Lucy berührte seinen Arm und zupfte ihn sanft, aber das machte nicht mehr Eindruck auf ihn als Gischt auf einen Lavabrocken. Er stolperte vor und hätte das gelbe Absperrband zerrissen, wenn der glattgesichtige junge Beamte nicht zwischen ihn und die Absperrung getreten wäre.

»Ich bitte um Entschuldigung, Sir, aber dies ist der Schauplatz eines Verbrechens, und den darf niemand betreten.«

Langsam nahmen Leightons gequälte braune Augen das Gesicht des Beamten wahr und wurden klarer. »Wir können sie nicht hier liegenlassen. Sie ist … Wir können sie nicht hier liegenlassen.«

Inspector Wells konnte sein Gewicht mit erstaunlicher Schnelligkeit bewegen. »Herr Bürgermeister, ich werde mich um Mrs. Webster kümmern. Sie können im Moment nichts für sie tun. Gehen Sie zurück ins Haus. Ich komme vorbei und spreche mit Ihnen, sobald ich kann.«

Herr Bürgermeister. Der Unterton von Respekt war nicht zu überhören. Annies Gefühl von Isolation wurde stärker. Niemand wollte wissen, was Mr. Webster hier machte. Herr Bürgermeister? Zum Teufel, die ineinandergreifende Machtstruktur dieser Gemeinde war beinahe inzestuös. Kontrollierten die Websters denn alles?

Leightons verstörtes Gesicht war aschfahl. »Harry, wer war das? Was ist mit ihr geschehen?«

»Wir wissen es nicht.« Der massige Kopf ruckte in Annies Richtung. »Sie hat Alarm geschlagen. Angeblich hat sie sie tot aufgefunden.«

Leighton fuhr zu ihr herum. »Miß Laurance.« Sein Blick strich über die Laube, und in seinem Blick dämmerte Verständnis. »Die Führungen.«

»Wir werden sie absagen«, sagte Lucy knapp. »Wir kümmern uns darum, Leighton. Mach dir bitte keine Sorgen ...«

»Absagen?« Er schüttelte langsam seinen großen Kopf und sagte entschieden: »Nein, das dürfen wir nicht. Corinne hätte das nicht gewollt.«

»Natürlich müssen wir sie absagen. Wir hätten nie damit anfangen sollen«, zischte Miß Dora. »Fremde trampeln durch unser Leben. Ich habe immer schon gesagt, daß es ein Fehler war! Und seht euch an, was passiert ist: ein Mord.«

Annie starrte in die wilden Augen, auf das silbergraue glatte Haar. Der alte, verzerrte Mund zuckte vor Erregung. Wo kam die denn her? Niemand hatte gesehen, wie Miß Dora erschienen war. Sie bewegte sich in ihren Hochschaftschuhen wie der Blitz, ohne mit ihrem Gehstock auf dem weichen Boden ein Geräusch zu machen.

Jetzt hob sie den Elfenbeinstock und deutete mit der silbernen Spitze auf Annie: »Fragt sie. Sie weiß Bescheid darüber, wie man jemanden umbringt. Vielleicht tötet sie gern?«

»O nein, einen Moment mal.« Max stapfte auf Annie zu und ergriff ihre Hand. »Das ist blanker Unsinn.«

»Wir hatten hier keinen Mord, bis *sie* kam.« Miß Doras Kopf zuckte, und die Feder auf ihrem schwarzen Hut zitterte.

Alle starrten Annie an, außer Max, der einen starken Arm um ihre Schultern legte und Miß Dora zornig anblitzte. Die gaffenden Gesichter sahen in dem hellroten und gelben Glühen der Lichterkette über der Laube feindselig aus.

Miß Dora bewegte sich vor und zurück. »Sagt die Tour ab. Ja, sagt sie ab. Oder eine Mörderin wird diese Nacht unter uns sein.« Ihr heiserer Singsang klang beinahe wahnsinnig, aber Miß Doras Augen glänzten unnachgiebig wie frischgeprägte Geldstücke.

Lucy räusperte sich. »Tante Dora, am besten gehst du wieder rein. Es wird spät. Wir werden die Veranstaltungen natürlich absagen, aber Miß Laurance kann nicht für diesen grauenhaften Vorfall verantwortlich gemacht werden.«

»Nein, nein, wir sagen sie nicht ab«, beharrte Leighton starrsinnig. »Corinne würde nicht wollen, daß wir absagen.«

Schweigen lastete über dem See und der seltsamen Gruppe, die sich dort versammelt hatte. Eine Libelle flog an ihnen vorbei und über die dunkle Oberfläche des Teiches.

»Wie können wir weitermachen?« Lucy wandte sich an Wells. »Wir müssen eine Entscheidung fällen. Die Teilnehmer treffen wahrscheinlich in diesem Moment ein. In ein paar Minuten geht es los.« Sie sah Leighton mitfühlend an. »Du willst doch sicher nicht, daß Prichard House bei der Führung mit besichtigt wird. Das wäre unmöglich.«

Doch Leighton war fest entschlossen. Vielleicht half ihm der Gedanke an das Fest, der Realität des Todes seiner Frau zu entkommen, wenn auch nur für kurze Zeit. »Es muß stattfinden. Corinne hätte es gewollt. Wir öffnen nur die beiden Räume nach vorn, Gail und ich können im ersten Stock bleiben. Damit wäre das schon erledigt. Die Führung dauert nur eine Stunde. Nein, ich will nicht, daß sie abgesagt wird.«

Edith stimmte zu. »Leighton hat recht. Wenn wir absagen, wird das die Arbeit der Gesellschaft zunichte machen.«

»Harry, was kann es schon schaden?« fragte Leighton. »Es hat Corinne so viel bedeutet.«

Bevor Wells antwortete, musterte Annie die schweigenden Zuschauer. Lucy stand in grimmiger Schutzhaltung vor dem verzweifelten Witwer, was ihr – im Kontrast zu den verschmutzten rosafarbenen Schuhen und dem schmutzigen Kleid – ein seltsam militärisches Aussehen verlieh. Ihr besorgtes Gesicht war unter der Sonnenbräune grau und bildete einen harten Gegensatz zu dem auffallend hellen roten Lippenstift.

Gail wirkte erschöpft. Ihre aufgerissenen blaßblauen Augen starrten wie bei einem Kind, das aus einem schrecklichen Alptraum erwacht. Sie hielt ihren Blick von der Leiche ihrer Tante abgewandt und klammerte sich an Fraziers Arm wie an ein Rettungsseil in rauher See.

Der junge Reporter beobachtete Leighton und den Inspector konzentriert, als ob er auf unausgesprochene Worte lauschte. Sein muskulöser Körper schien sprungbereit zu sein, und er hatte Aussehen und Aura eines kauernden Panthers.

Auf Ediths Wangen sah man dicke, verschmierte Rougeflecken, aber ihre Miene wirkte gefaßt. Ihr weißes Baumwollkleid leuchtete frisch und glatt. Nur ihre zu Fäusten geballten Hände verrieten ihre Gefühle.

Sanford schien dieses eine Mal nicht ungeduldig zu sein. Sein Kopf mit dem Adlergesicht war vorgestreckt, die glatte Haut gespannt, sein Blick ausdruckslos. Die dünnen Lippen preßten sich fest aufeinander. Annie bezweifelte, daß der Arzt wegen Corinnes Dahinscheiden etwas empfand. Aber weshalb machte er dann einen so wachsamen Eindruck?

Miß Dora stützte sich auf ihren Stock und funkelte Annie boshaft an.

Roscoe war so ernst wie ein Bestattungsunternehmer. Dann und wann sah er von der Leiche zu Leighton, sagte aber nichts.

Annie blickte ebenfalls auf die Leiche. Wie seltsam, daß so viele Menschen, deren Leben Corinne beeinflußt hatte, nun nach ihrem Tod versammelt waren. Doch in dem stillen Kreis war keine Trauer zu spüren, wenn man von Leightons Verwirrung absah. Statt dessen spürte Annie, daß alle eine gewisse Spannung, die an Furcht grenzte, verband.

»Ein Landstreicher«, sagte Leighton plötzlich. »So muß es passiert sein. Corinne hat jemanden überrascht, einen Dieb vielleicht, und wurde niedergeschlagen. Wir können nicht zulassen, daß dadurch das Werk der Gesellschaft zerstört wird. Es hat ihr so viel bedeutet.«

Annie fragte sich, ob dieser Appell in den Ohren der anderen genauso falsch klang wie in ihren. Aber der Polizeichef nickte.

»Gibt ein ganz schönes Durcheinander mit den Massen, wenn sie nicht beschäftigt werden«, sagte Wells schwerfällig. »Ephraim Street ist jetzt schon total dicht. Meinetwegen, zieht es durch.«

Zieht es durch. Einfach so. Hatte denn gar keiner eine Vorstellung von den Komplikationen, die das mit sich brachte? Annie konnte nicht länger an sich halten.

»Hören Sie, ich habe ja Verständnis für die Gefühle von Mr. Webster … und für die Besucher tut es mir leid … Aber das ist einfach unmöglich. Die Laube …« Sie wollte nicht vom ›Tatort‹ sprechen, nicht unter dem boshaften Blick, den Miß Dora immer noch auf sie richtete. Sie begann von neuem: »Alle Indizien sind in der Laube, und Mr. Webster und Miß Prichard sollten zwei Verdächtige spielen. Ich glaube nicht …«

Edith trat vor. »Natürlich schaffen wir es. Es gibt genug andere, die gern ihren Platz einnehmen würden. Im Gedenken an Corinne werden wir es schaffen.«

12

Waren diese Leute verrückt?

Sahen sie einen plötzlichen Todesfall nur als pikante Beilage zu ihrer Krimibegeisterung?

Es schien so, denn das Detektivspiel war ausverkauft, trotz der Gerüchte über Corinnes Tod. Vor dem Zaun drängten sich die Touristen ohne Eintrittskarten und versuchten, einen Blick auf die Polizei und das Schilfrohrdickicht zu erhaschen.

Annie holte tief Luft und stieg die Stufen zum Podest vor den Zelten hoch. Sie blickte über die fröhliche Frühlingsszene. Pastelltöne dominierten in der hereinbrechenden Dämmerung, Frauen in Rosa, Gelb und Weiß, Männer in Hellblau, Grau oder Beige. Es hätte ein beliebiges Pfarrfest oder ein Betriebsausflug sein können, wenn das Stimmengewirr nicht von einem Unterton nervöser Spannung durchdrungen gewesen wäre. Die Lampions an den Eichen und in den Zelten spendeten weiches gelbes Licht. Die meisten Männer und Frauen saßen an den Tischen im Befragungszelt und im Konferenzzelt. Ein paar Gäste mit herzhafterem Appetit standen erneut an, um ihre Teller mit den Spezialitäten der Küstenregion zu beladen.

Annies Magen knurrte vor Hunger. Sie hatte noch nicht mal von der Carolina Trifle probiert, weil sie genug damit beschäftigt gewesen war, den Schlamm abzubürsten, einen frischen, erdbeer- und zitronenfarbenen Rock mit einer weichen rosafarbenen Baumwollbluse überzuziehen, den Tatort in die Rosenlaube an der Ostseite des Hauses zu verlegen, Max und Edith zu instruieren, die als Ersatzspieler für Leighton und Gail fungieren sollten, und mit nur zehn Minuten Verspätung das Rednerpodest zu erreichen.

Sie blickte den Pfad zum Teich hinunter und fragte sich, ob Corinne immer noch schutzlos an dem grauen sandigen Ufer lag – der einst so anmutige Körper im Tod eingefallen, die makellose Wollgabardine verschmiert von Wasser, Schlamm und Blut. Ein Polizist, der in der heraufziehenden Dunkelheit kaum noch zu erkennen war, paßte auf und verscheuchte allzu abenteuerlustige Teilnehmer der Veranstaltung. Zum ersten Mal hatte Annie nun Zeit, über ihre schreckliche Entdeckung und die Konsequenzen für sie selbst nachzudenken. Dieser massige Inspector hatte wissen wollen, was sie am Tatort getan hatte, aber zu Leighton hatte er nur ›Herr Bürgermeister‹ gesagt. Hoffentlich hielt er sie nicht für die Mörderin, nur weil sie nicht hier geboren war. Annie blickte über die sich drängenden Menschen, die sich vor dem Podium versammelt hatten, und erspähte Miß Doras runzliges Gesicht. Sie kämpfte einen Anflug von Panik nieder, als sie in die feindseligen, düsteren Augen sah. Was hatte die alte Dame gegen sie? Annie kannte die Antwort – sie war eine Fremde.

Sie riß ihren Blick von Miß Dora los und sah auf ihre Notizen. Bei der folgenden Präsentation mußte sie an so vieles denken, einschließlich der zwei barschen Forderungen von Inspector Wells. Links von ihr standen in einer Reihe auf den Stufen zum Podium die Verdächtigen der Krimiveranstaltung. Größtenteils waren sie in Kostüme gekleidet, die zu einer Gesellschaftsparty in den dreißiger Jahren gepaßt hätten. Sie sahen verunsichert aus, und ihre Mienen wirkten in dem weichen Licht angespannt und bedrückt. Wie sollte es auch anders sein? Die meisten von ihnen waren weitaus mehr besorgt wegen der Ermittlungen im Mordfall, die hundert Meter weiter stattfanden, als wegen des abendlichen Unterhaltungsprogramms.

Eine scharfe Stimme drang aus unmittelbarer Nähe von unten zu Annie herauf.

»Arbeiten Sie auch an dem echten Mord? Kann ich Ihnen dabei helfen?«

Annie blickte in die Fuchsaugen von Mrs. Brawley.

Mrs. Brawley stellte sich auf die Zehenspitzen. »Um wieviel Uhr ist es passiert? Vielleicht habe ich etwas gesehen ...«

»Das Grundstück war doch noch geschlossen. Was haben Sie um diese Zeit hier gemacht?«

Verlegen murmelte Mrs. Brawley: »Ach, hier und da etwas herumgeschaut. Ich interessiere mich für Blumen. Iris.« Mit einem Blick auf ihre Uhr winselte sie: »Es ist schon fast Viertel nach. Jetzt müssen Sie aber anfangen.« Sie drehte sich um und eilte zum Befragungszelt zurück.

Rasch übersetzte Annie: Mrs Brawley hatte einen Erkundungsgang gemacht, um den anderen Mitbewerbern ein Stück voraus zu sein, und war auf dem Prichard-Grundstück herumgeschlichen. Offensichtlich hatte sie den Mord nicht beobachtet, sonst hätte sie Wells längst mit einem reich ausgeschmückten Bericht erfreut. Aber es bedeutete zweifellos, daß sie mit faulen Tricks arbeitete. In dieser Situation war Annie das vollkommen egal. Sollte Mrs. Brawley doch gewinnen. Wenn diese schreckliche Woche endlich vorüber war, würde sie nach Broward's Rock und zu ihrem (normalerweise) ruhigen Leben als Besitzerin einer Buchhandlung für Kriminalliteratur zurückkehren.

Doch es ärgerte sie. Sie hatte sich viel Mühe gegeben, einen vernünftigen Krimi zu entwerfen, und jeder, der die zehn Dollar bezahlte, hatte ein Recht auf eine faire Chance. Der Versuch, Mrs. Brawley zu disqualifizieren, würde den Beginn der Veranstaltung aber nur noch weiter verzögern und bei ihr einen Sturm der Entrüstung auslösen.

Also nahm Annie das Mikrofon aus der Halterung. Die Menge bewegte sich erwartungsvoll. Annies Blick schweifte über die Köpfe und ruhte einen Moment lang auf einer bekannten Gestalt, der ehrfurchtgebietenden Emma Clyde, der berühmtesten Krimiautorin auf Broward's Rock. Emmas steife Bronzelocken hatten im schwindenden Licht einen feurigen Glanz. Sie trug ein kalkgraues Baumwolltop und einen faltenreichen orangefarbenen Rock. Perlmuttohrringe mit einer passenden Halskette und drei Armreifen vervollständigten ihren einfachen Aufzug. Sie sah aus wie eine Hausfrau beim Mittwochabend-Bingo, wenn man von den durchdringenden kornblumenblauen Augen absah, die, selbst aus dieser Entfernung betrachtet, vor Intelligenz knisterten. Einen Moment lang trafen sich ihre Blicke. Wie immer fühlte sich Annie in Emmas Anwesenheit etwas unbehaglich. Die Frau war so verdammt gewitzt. Dann grinste Annie und winkte ihr kurz zu. Wenn irgend jemand in der Lage war, Mrs. Brawley zuvorzukommen, dann Emma Clyde.

Als sie auf das Mikrofon klopfte, elektrisierte die Spannung die Menge wie ein Wetterleuchten. Sie blickte zum letzten Mal auf ihre Notizen.

»Im Namen der Gesellschaft für Denkmalpflege von Chastain freue ich mich, Sie alle heute abend hier begrüßen zu dürfen. Ich hatte das Vergnügen, das Detektivspiel für Sie zu entwerfen. Bevor wir mit unseren Nachforschungen beginnen, möchte ich Sie fragen: Haben Ihnen die Führungen durch die Benton-, Prichard- und McIlwain-Häuser und deren Gärten gefallen?«

Ein begeisterter Chor der Zustimmung antwortete.

»Haben Ihnen die Spezialitäten der Gegend geschmeckt?«

»Ja!«

»Sind Sie bereit, die Krimiteams zusammenzustellen und mit den Ermittlungen in dem Fall anzufangen, der in einer englischen Grafschaft spielt und am besten mit ›O weh, was für ein Schlamassel!‹ zu beschreiben wäre?«

Begeisterte Zurufe.

»Ausgezeichnet. Wir sind ebenfalls bereit. Aber vorher muß ich noch auf ein paar Dinge hinweisen. Die Teilnehmer werden gebeten, Teams mit höchstens zehn Mitgliedern zu bilden und einen Sprecher zu wählen, der das Team offiziell bei den Ermittlungen vertreten und Fragen an die Verdächtigen stellen wird. Die Ermittlungen können beginnen, nachdem ich Ihnen den Hintergrund des Falles beschrieben und die Verdächtigen vorgestellt habe.«

Während sie in die erwartungsvollen Gesichter blickte, beschrieb Annie die Funktionen der drei Zelte und das Material, das im Polizeizelt begutachtet werden konnte. »Jedes Team wird am Ende seiner Ermittlungen einen versiegelten Briefumschlag abgeben, der folgendes enthalten muß: erstens den Namen des Mörders, zweitens die Gründe, aus denen das Team diesen Verdächtigen anklagt. Und« – hier flocht sie Inspector Wells' erste Bedingung ein – »es ist unbedingt erforderlich, daß Sie auf der Außenseite des Briefumschlages den Namen jedes Teammitgliedes einschließlich der Adresse und Telefonnummer notieren. Sollten Sie das nicht tun, wird Ihre Eingabe disqualifiziert.« Die Zuhörer nickten. Einige kritzelten etwas in ihre Notizbücher. »Ihr Umschlag muß bis zweiundzwanzig Uhr eingereicht werden. Sie sind herzlich zum Abschlußball am Freitag abend um zwanzig Uhr eingeladen. Sie können sich als Ihr Lieblingsdetektiv oder Ihre Lieblingsromanfigur verkleiden. Die fünf besten Kostüme werden preisgekrönt. Um Mitternacht werden wir das Team bekanntgeben, das den richtigen Mörder als erstes identifiziert hat. Zum Schluß noch ein letzter Hinweis.« Das leise Summen der erregten Stimmen verstummte. Diese Leute waren ernsthafte Krimifans und erwarteten begierig Inspector Wells' zweite Anweisung. Sie sprach deutlich: »Das Gelände, auf dem sich die Detektive bewegen können, ist auf die Zelte« – sie zeigte nacheinander darauf – »und das Gelände rund um den Tennisplatz beschränkt, der sich an der Ostseite von Prichard House befindet. Wenn ein Mitglied eines Teams irgendwo anders angetroffen wird, wird das ganze Team disqualifiziert.« Annie lächelte. »Ich weiß, daß ich auf Ihr Verständnis zählen kann. Und nun, liebe Krimifreunde: Hier ist Ihr Verbrechen.«

Die Köpfe reckten sich, und die Stifte wirbelten, als Annie die Ereignisse in Gemtree Court, dem Landsitz von Lady Alicia und Lord Algernon, schilderte: das Verschwinden der Roten Jungfrau und das Auffinden von Mathilda Snoopertons verkrümmter Leiche in der

Rosenlaube neben dem Tennisplatz, nicht weit von der Stelle, wo die fröhliche Gruppe nur wenige Stunden zuvor Kricket gespielt hatte. »Die Detektive sind angehalten, das Gelände rings um Miß Snoopertons Leiche gründlich zu untersuchen. Aus dem Polizeibericht werden Sie erfahren, daß ein Werkzeugschuppen in der Nähe aufgebrochen wurde. Auf dem zerbrochenen Schloß der Hütte befinden sich keine Fingerabdrücke.

Im Polizeizelt werden Sie Exemplare der Aussagen jedes Verdächtigen finden, den Autopsiebericht und einen Tisch mit Reproduktionen der Beweisstücke. Jedes Team kann einen – ich wiederhole: *einen* – Durchsuchungsbefehl beantragen, der nur dann gewährt wird, wenn Sie den Leiter der Untersuchung – mich ...« Sie machte eine Pause, bis das Gelächter verklungen war. »... mich davon überzeugen können, daß Sie hinreichende Verdachtsmomente dafür haben. Am Indizientisch können Sie eintragen, wann Ihr Team den Tatort besichtigen möchte.«

Annie versuchte, das plötzlich lebhaft vor ihr auftauchende Bild des Teiches und von Corinne Websters eingeschlagenem Schädel zu verdrängen. In der Pause, bevor sie sich selbst zum Weitersprechen zwang, hörte sie eine Teilnehmerin munter murmeln: »Ich liebe Morde auf Herrensitzen. Haben Sie *Blue Blood Will Out* von Tim Heald gelesen?« Ihre Begleiterin nickte begeistert. »War toll. *Lord Mullion's Secret* von Michael Innes ist auch ziemlich gut.«

Annie bemerkte, daß die beiden Frauen in der ersten Reihe untersetzt waren und dicke Tweedjacken mit festen Wanderschuhen trugen. Mrs. Brawley mußte sich auf harte Konkurrenz gefaßt machen.

»Jetzt möchte ich Ihnen die Verdächtigen vorstellen.«

Verdächtige. Wer gehörte wohl im Fall von Corinnes Mord zu den Verdächtigen? Außer ihr selbst, der Fremden unter ihnen. In ihrem Magen rumorte es, aber diesmal nicht wegen des Hungers. Würde Wells sich als galant erweisen? Oder käme das für den Bürgermeister einer Majestätsbeleidigung gleich? Normalerweise konzentrierte sich die Polizei immer zuerst auf den Ehemann. Vielleicht diesmal nicht. Die Sorge fraß sich etwas tiefer.

Jessica kam die Stufen herauf. Trotz ihres traurigen Gesichtes sah sie reizend aus in ihrem knöchellangen, halbärmeligen blaßgelben Organdy-Kleid.

Verdächtige. Was war mit dem verzweifelten Maler und der liebestollen Sybil? Oder der vielleicht mehr als nur exzentrischen Miß Dora? Oder Gail und ihrem unpassenden Liebhaber? Und auch Edith hatte … Annies konfuse Gedanken wurden plötzlich kristallklar. Der Brief mit Mrs. Moneypot und der Krimistory, den man ihr geschickt hatte. Er war voller versteckter Andeutungen über Menschen gewesen, die Corinne haßten!

»Annie.«

Jessica Merrills drängendes Flüstern holte ihre Gedanken zurück.

»Darf ich Ihnen Lady Alicia vorstellen?«

Jessica, die ihr geschmeidiges schwarzes Haar zu einem Knoten hochgesteckt trug, wandte sich matt an die Menge: »Nach dem Tee habe ich mich in meinem Zimmer ausgeruht. Ich hatte Kopfschmerzen von dem Nachmittag in der Sonne beim Kricket.« Sie beschattete ihre dunklen Augen. »Ich habe niemanden gesehen. Als ich mich zum Abendessen ankleidete, öffnete ich meine Schmuckdose, bemerkte, daß mein wertvolles Rubincollier verschwunden war, und rief sogleich um Hilfe. Was Miß Snooperton angeht – die habe ich seit dem Tee nicht mehr gesehen. Sie war so ein liebes Mädchen.«

Bravo. Eine unverhofft talentierte Amateurschauspielerin.

»Lord Algernon«, kündigte Annie an.

Max warf ihr einen kurzen, warnenden Blick zu, als er zum Podium heraufstieg. Wie immer war er voller Elan, selbst in dem geliehenen Smoking. Er sah durch und durch aus wie ein junger englischer Lord – groß, blond und umwerfend attraktiv.

»Habe nach dem Tee einen Spaziergang runter zum Fluß gemacht, aber niemanden getroffen.« Er hielt einen Moment inne, um Zweifel unter seinen Zuhörern zu säen. »Es könnte jemand drüben in der Laube gewesen sein. War im Dunst ziemlich schwer zu erkennen. Verdammte Schande mit Mathilda. Muß ein Landstreicher gewesen sein.«

Leighton hatte behauptet, daß ein Landstreicher Corinne getötet hatte. War das die Wirklichkeit, die die Kunst nachahmte? Oder hatte sich dieser Satz aus den Anweisungen für die Verdächtigen unbewußt in Leightons Kopf festgesetzt?

Max trat zurück neben Jessica, und Roscoe stieg herauf. Wie immer wirkte er zuverlässig, beeindruckend und gräßlich langweilig. Phlegmatisch wartete er darauf, daß Annie ihn vorstellte.

»Mr. Nigel Davies, der Verlobte unseres Opfers Mathilda Snooperton.«

Roscoe hielt seine Rede kurz und bündig, las von dem Blatt ab und ignorierte die verzauberte Menge. »Entsetzlich. Absolut entsetzlich. So etwas passiert in unseren Kreisen sonst nicht. Ich habe nicht viel von der lieben Mathilda gesehen, seit wir hierhergefahren sind. Erst Tennis, dann Kricket. Nach dem Tee habe ich einen Spaziergang in das Dorf gemacht. Dabei bin ich keiner Menschenseele begegnet.«

John Sanford, adrett in einen hellblauen Baumwollanzug gekleidet und mit einem Strohhut auf dem Kopf, trat vor.

»Mr. Reginald Hoxton, ein Freund von Lady Alicia aus London.«

Sanford identifizierte sich unerwartet stark mit seiner Rolle und sprach in einem aalglatten, schmeichlerischen Tonfall: »Ich bin sehr froh, Ihnen bei den Ermittlungen helfen zu können. Miß Snooperton ist ein charmantes Ding. Wir haben uns erst an diesem Wochenende kennengelernt. Ich habe mein Zimmer nach dem Tee verlassen und bin zum Auto runter gegangen, um das Schuhputzzeug aus dem Kofferraum zu holen. Ich habe niemanden gesehen.« Er schloß mit einem breiten Lächeln.

Edith wurde mit jeder Aufgabe fertig, wenn es darum ging, ihre geliebte Gesellschaft zu fördern. Obwohl ihre tiefliegenden grünen Augen stark getrübt waren, warf sie sich mit äußerstem Ernst in ihre Rolle als verliebte Susannah Greatheart. Ein fröhliches rosafarbenes Tuch bedeckte ihr üppiges Haar. Sie stand mit niedergeschlagenen Augen auf der Bühne und spielte nervös mit einem weißen Cambray-Taschentuch. »Was für ein Schock. Ich habe Miß Snooperton nach dem Tee noch gesehen. Wir spazierten zur Laube hinunter, aber sie war vollkommen in Ordnung, wirklich vollkommen in Ordnung, als wir uns trennten.« Sie hielt inne und biß sich auf die Lippe. »Sie hat sogar gelacht.« Sie hielt sich das Taschentuch vor das Gesicht und trat zurück.

Ediths von vorgetäuschtem Schmerz geprägtes Spiel gelang hervorragend. Für den Erfolg ihrer Darbietung unerläßlich, auch wenn dieser Schmerz nur zu echt war.

»Agnes, Lady Alicias treue Zofe«, stellte Annie vor.

Lucy hatte sich umgezogen, doch offenbar keinen Wert darauf gelegt, sich wie für ein förmliches Abendessen in einem englischen Landhaus zu kleiden. Sie trug einen marineblauen Rock und eine graue Seidenbluse, und ihr Gesicht glich kaum noch dem der fröhlichen Frau, die Annie so freundlich behandelt hatte. Sie blickte sich gehetzt um, und ihre Wangen waren eingefallen. Annie wußte, daß ihre Gedanken weit von dem Podium entfernt waren, und empfand sofort Sympathie. Lucy umkrampfte das Blatt mit ihren Anweisungen mit einer weiß behandschuhten, zitternden Hand und las ohne jede Betonung. »Ich habe mitbekommen, wie Mr. Nigel sich mit Miß Snooperton gestritten hat. Das war heute früh. Und später, nach dem Tee, habe ich Mr. Hoxton mit Flickwerkzeug für Reifen gesehen, und er sah sehr grimmig aus. Miß Susannah weinte, als sie am Nachmittag die Treppe heraufschlich. Und über einige dieser feinen Herrschaften gibt es noch mehr zu sagen.«

Und das entsprach der Wahrheit, dachte Annie grimmig. Sie hob das Mikrofon und zwang ihre Stimme zu einem munteren Rhythmus. »Jetzt sind Sie an der Reihe, Detektive. Die Verdächtigen begeben sich ins Verhörzelt, und ich werde meine Aufgabe im Polizeizelt als Inspector Searchclue von Scotland Yard wahrnehmen. Ein letzter Punkt, den Sie sicher zu schätzen wissen: Mrs. Gordon vom Swamp Fox Inn hat den Teilnehmern und Darstellern des Detektivspiels ihre Aufenthaltsräume kostenlos zur Verfügung gestellt. Die Bar des Gasthauses ist bis Mitternacht geöffnet.«

Die ambitionierten Hobbydetektive drängten sich zu den Zelten. Es entstand kein so schlimmes Gedränge, daß Leib und Leben in Gefahr gerieten, aber es grenzte dennoch an Chaos und kam der Ausgelassenheit des Festes in Phoebe Atwood Taylors *Figure Away* ziemlich nahe. Nur das Gebrüll und Geballere der Pistolen fehlte. Wenn sie an das Schicksal der Figur dachte, die mit der Leitung des Festes beauftragt war, fand Annie diesen Vergleich beunruhigend. Sie stieg vom Podium herab und erblickte das verdrießliche Gesicht des Polizisten, der ihr am Morgen die Einfahrt zur Ephraim Street verboten hatte. Hatte er den Auftrag, sie zu beobachten?

13

In dem Gedränge, das kurz vor Schluß rings um den Indizientisch herrschte, versuchte Annie, ein halbes Dutzend scharfer Fragen gleichzeitig zu beantworten, Mrs. Brawley, die sich immer näher an den Stapel mit den Durchsuchungsbefehlen heranschlich, im Auge zu behalten und Briefumschläge einzusammeln, die man ihr über den Tisch zuschob mit dem Verlangen, die Abgabezeit zu notieren. Die Schlußminuten an der New Yorker Börse verliefen, verglichen mit diesen Augenblicken, geradezu beschaulich.

Der Sprecher von Team 3, in seinen vernünftigeren Momenten Apotheker auf Broward's Rock, hielt ihr den Briefumschlag direkt unter die Nase. »Jetzt sind wir dran!« Er rammte der Sprecherin von Team 9 den Ellbogen brutal in die Seite. »Zum Teufel, *wir* sind dran!«

Die Sprecherin entblößte ihre Zähne. »Na, entschuldigen Sie! Manche Menschen sind tatsächlich zu *allem* fähig, wenn es ums Gewinnen geht.« Damit legte sie ihren Briefumschlag über seinen.

Annie griff nach den Umschlägen und schrieb auf beide 21:48:03, stopfte sie in den Schuhkarton unter ihrem Arm und konnte gerade noch rechtzeitig Mrs. Brawleys Hand auf die Tischplatte drücken. »*Ein* Durchsuchungsbefehl, Mrs. Brawley. Einer.«

»Wir dachten, Sie meinen einen für jeden Verdächtigen.«

Annie machte ihrer Erziehung alle Ehre und kämpfte den Drang, »Sie gehen mir auf die Nerven!« zu schnauben, nieder. Statt dessen knirschte sie: »Einen Durchsuchungsbefehl pro Team, Mrs. Brawley. Ihr Team hat schon einen Durchsuchungsbefehl für den Werkzeugschuppen bekommen.«

Diese Durchsuchung hatte Mrs. Brawleys Team eine Karte mit folgenden Informationen eingebracht: ›Von dem zerbrochenen Schloß des Werkzeugschuppens wurden alle Fingerabdrücke abgewischt. Der Schuppen enthält Werkzeuge, Gartengeräte und Freizeitausrüstung wie Schaufeln, Kellen, Schläuche, Kitt, Farbe, Kricketschläger und -bälle, Bohrer, Kleinteile, Blumentöpfe und Säcke mit Dünger. Nichts scheint durchwühlt worden zu sein. Auf der Werkbank befindet sich ein kleiner Haufen Sägemehl, und auf dem Boden des Schuppens liegen einige Stücke Golddraht.‹

Mrs. Brawley schrie über den Tumult. »Können wir diese Karten untereinander tauschen?«

Ein durchdringender Pfiff sorgte für einen barmherzigen Moment der Stille, dann fragte der Sprecher von Team 4 schrill: »Stimmt es, daß Lord Algernon die Fahrkarte für den Zug nach Venedig gekauft hat?«

Annie ignorierte ihn ebenfalls und sammelte ihre Kräfte, um zu schreien: »Es ist Zeit, Ladies und Gentlemen, es ist Zeit!«

Annie hielt Wache vor dem Kofferraum des Volvos, der immer noch im tiefen Schatten neben dem Winnebago auf dem Parkplatz der Gesellschaft stand. Das schwache Schimmern einer einzigen Lampe an der Rückseite des Gebäudes sorgte für ein düsteres Licht. Unruhig musterte sie die Schatten. In diesem Moment hätte sie nichts mehr überrascht. Gefälschte Eingaben der Teams. Ein Überfall von Räubern auf Kamelen. Das Angebot eines Wochenendes in Rio im Austausch für den Namen des Mörders. Sie hatte Edith am Stand von Death on Demand postiert, während sie und Max die Kisten zum Auto trugen, um sie über Nacht dort zu verwahren. Den Volvo die Ephraim Street hinunter zu fahren wäre sinnlos. Die Buden waren zwar geschlossen, aber die Straßen noch überflutet von den Teilnehmern des Krimispektakels, die nach Hause oder in die Hotels gingen. Und die Chancen, auf dem Parkplatz des Gasthauses eine freie Nische zu finden, waren gleich Null. Max holte die letzten Sachen. Sie beneidete ihn nicht um seinen Kampf gegen die herumschlendernden Urlauber.

Ein helles weißes Licht explodierte neben ihr, und sie sprang erschrocken zur Seite. Jemand lachte herzhaft.

»Diesmal hab' ich Sie aber erschreckt. Nur noch ein paar Fotos. He, Miß Laurance, geben Sie uns einen Tip zu den Morden – dem an Miß Snooperton und dem echten.« Trotz des wiederholten Blitzens erkannte Annie einen Mann mit einem dichten, vor Aufregung wackelnden Schnurrbart. Ihr Folterer drehte den Kopf zu einem klumpenförmigen Gesicht neben sich, das zustimmend nickte: »Ich habe Mutter erzählt, daß dies die beste Urlaubsidee ist, die wir je hatten. Wir wollten eigentlich diesen Sommer nach Europa fahren, um bei der Hochzeit dabei zu sein. Aber Mutter und ich sagten uns, daß es im Moment viel besser wäre, zu Hause zu bleiben.« Mutter nickte weise. »All diese Bomben. Man spielt ja praktisch mit seinem Leben. Dann las Mutter von der Haus-und-Garten-Woche und der Sache mit dem Mord. Da mußten wir einfach kommen. Ich bin ganz versessen auf Perry Mason. Und ist es nicht unglaublich? Jetzt haben wir Ihren Mord und einen echten dazu!« Er packte seine Kamera wieder ein und beugte sich näher zu ihr. Annie roch eine Duftwolke von frischen, süßen Fruchtkaugummis. »Verraten Sie uns doch, ob Miß Snooperton eine Erpresserin war.«

Annie bemerkte eine leise Bewegung neben dem Winnebago. »Kommen Sie heraus, und stellen Sie sich dahin, wo ich Sie sehen kann, Mrs. Brawley.«

Ohne eine Spur von Verlegenheit trat Mrs. Brawley näher an den offenen Kofferraum. »Ich habe nachgedacht. Könnte ich unseren Brief für eine Sekunde zurückbekommen?«

»Nein«, fauchte Annie. Ihre Stimme klang gefährlich wie das Zischen einer fallenden Guillotine.

»Oh«, kicherte Mrs. Brawley nervös. »Sieht ganz so aus, als ob Chastain sogar einen Polizisten bereitstellt, um die Briefumschläge zu bewachen.« Mrs. Brawley sah an Annie vorbei.

Noch bevor Annie sich umgedreht hatte, wußte sie, daß sie in das teigige Gesicht ihres Lieblingsverkehrspolizisten blicken würde. »Wen haben wir denn da?« stieß sie kühl hervor. Weil ihr Temperament, einmal entfacht, nie Ruhe gab, fügte sie hinzu: »Ich habe Zimmer 312.«

»Ja. Weiß ich.«

Sie starrte den Polizisten noch immer kampflustig an, als Max mit dem letzten Behälter erschien. Der Polizist betrachtete den Neuankömmling neugierig. Annie war nicht in der Stimmung, sie einander vorzustellen. Sie nahm Max die Kiste aus der Hand, warf sie in den Kofferraum, schlug den Kofferraumdeckel zu und schnappte sich seinen Arm.

Als sie um die Ecke bogen und sich einen Weg durch den Strom der aufgeregten Gäste kämpften, die auf dem

Weg zu anderen Festivitäten waren, die Chastain nach zehn Uhr abends noch bot, fragte Max: »He, wo brennt's denn?«

»*Ich* brenne. Ich drehe durch. Verdammt, mehr als das. Ich habe Angst. Sieh dich mal um. Ist dieser Bulle noch hinter uns?«

Er drehte den Kopf und pfiff leise. »Ja.«

»Mist.«

Annie wollte zum Haupteingang des Swamp Fox Inn hinauf, aber Max nahm ihren Arm und führte sie zur anderen Seite. »Wir nehmen besser den Hintereingang.«

»Wieso, was ist denn mit der Rezeption?«

»Liebling, selbst eine Maus könnte sich nicht durch diese Menschenmenge drängeln.«

»Ach, verflucht noch mal. Max, ich bin hundemüde. Und ich sterbe vor Hunger.«

»Kein Grund zur Sorge. Ich habe einen Innenhof aufgespürt, der nicht benutzt wird. Laß Papa machen.«

Beinahe hätte sie scharf erwidert, daß sie nicht Mama sei (wobei sie an die Mutter von diesem Walroßschnurrbart denken mußte), aber sie hatte keine Energie mehr.

Sie bewunderte die Kunstfertigkeit, mit der Max anschließend die Wirtin des Gasthofes umschmeichelte. Annie lehnte an der gepunkteten Tapete in einem Seitengang und sah zu, wie die untersetzte, aufgeregte Idell Gordon seinem Charme erlag.

Sie zupfte ihr unordentliches orangerotes Haar und zwitscherte: »Aber natürlich, ich weiß, wie Sie sich fühlen. Natürlich braucht Miß Laurance ein erholsames Abendessen. Und die Bar ist gerammelt voll.« Sie säuselte Max besiegt an: »Ich weiß, was wir machen.« Dieses ›wir‹ klang so vertraut, daß Annie eine Vision von Max und Mrs. Gordon beim Menuett vor Augen hatte. »Ich schalte den Whirlpool im Innenhof ein. Wir machen nur ein kleines bißchen Licht, dann bemerkt niemand, daß Sie da sind.«

Im allgemeinen fand Annie öffentliche Whirlpools so angenehm wie ein Essen mit der Typhus-Mary. Aber heute abend schmerzte ihr ganzer Körper vor Müdigkeit. Die Bewachung des Indizientisches hatte die Zähigkeit eines Eishockeyspielers und die geübten Hände eines Kartenspielers erfordert. Außerdem hatte sie sich die ganze Zeit über Sorgen über Wells' unnachgiebiges Mißtrauen ihr gegenüber gemacht.

»Whirlpool?«

Mrs. Gordon nickte stolz und seufzte dann schwer, wobei ihre vorquellenden braunen Augen einen traurigen Ausdruck annahmen. »Ich mußte ihn bauen lassen. Das Pink Cottage hat einen, das Harbor Lights auch. Und ich muß auf den Zimmern immer kostenlos Wein bereitstellen. Das machen die anderen Gasthäuser auch.«

Annie hatte die Weinflasche auf dem Nachttisch neben der modernen Version des vierpfostigen Reisbettes bemerkt, als sie am Morgen ihr Zimmer bezogen hatte. Italienischer Wein. Leider war kein Entfroster zur Hand gewesen.

»Ihr jungen Leute geht jetzt auf eure Zimmer und zieht euch um. Ich bringe Ihnen dann ein paar Sandwiches in den Innenhof.«

Als sie durch den Flur zur Haupttreppe gingen, umtoste sie der Lärm aus der Bar.

Annie empfand tiefe Sehnsucht nach ihrem hübschen, abgelegenen Baumhaus auf Broward's Rock.

»Das wird eine lange Woche.« Die ausgetretenen Stufen der Treppe neigten sich nach rechts, und das Geländer wackelte unter ihrer Hand. »Um Gottes willen, eine Feuerfalle.« Als sie die Tür von 312 öffnete, schlug ihr ein Schwall abgestandener heißer Luft entgegen.

Sie schaltete die Klimaanlage am Fenster ein. Leise umströmte sie kühlere Luft.

Max stand mit entschlossenem Gesicht in der Tür. »Ich will mal sehen, was ich aus ihr rauskitzeln kann.«

»Ich glaube nicht, daß sie gebratene Ente hat.«

»Annie, mein Gott, denkst du denn nie an was anderes als ans Essen? Ich mache mir viel mehr Sorgen um deinen Hals, der in einer Schlinge steckt.«

Max weckte ihre Angst, und deshalb erntete er nur eine dickköpfige Antwort. »Ich brauche mir keine Sorgen zu machen«, sagte Annie laut.

»Oh, nein. Jedenfalls nicht wegen der beiden Auseinandersetzungen mit Corinne vor allen Leuten – wenige Stunden, bevor man ihr den Kopf einschlug.«

»Jeder andere in der Stadt hat auch mit ihr gestritten.« Sie erzählte ihm von Edith, Tim und Sybil. Je mehr sie sprach, desto zuversichtlicher wurde sie. »Und dann gibt's noch diesen berüchtigten Brief. Teufel! Was werde ich lachen, wenn ich Wells den in die Hand drücke. Er kann die Motive, die dort erwähnt sind, nicht ignorieren.« Sie verdrängte die Erinnerung an die giftige Miß Dora. »Ich brauche mir wirklich keine Sorgen zu machen. Und ich bin zu müde, um mit einer Wirtin zu schwatzen, die rumträllert.«

Das Telefon summte. Sie riß den Hörer von der Gabel.

»Ihre Sandwiches sind fertig, Miß Laurance.«

Essen.

Ein vornehmerer Mensch wäre vielleicht hungrig ins Bett gegangen, um Max' Jagd nach Neuigkeiten zu vereiteln, doch Annie ging vorsichtig die schiefen Stufen herunter.

Max sah immer noch besorgt aus, als er ihr einen Korbstuhl vor einem der gußeisernen Tische im Innenhof zurechtrückte. Wollte er sie nervös machen? Ja, natürlich wollte er das. Sie ignorierte ihn, obwohl das gar nicht so einfach war, denn inzwischen trugen sie Badesachen, und Max erregte in seinen marineblauen Schwimmshorts noch einen ganz anderen Appetit.

Der Schinken war dünn wie Papier, der Käse trocken und das Weißbrot aus dem Supermarkt, aber immerhin war es Nahrung. Sie verschlang drei Sandwiches, während Max Idell Gordon mit Fragen überhäufte. Annie warf ihnen einen gelangweilten Blick zu, den beide ignorierten. O Gott, wen interessierte es, wann Corinne und Leighton geheiratet hatten? Oder daß Miß Dora die Schwester von Lucys Mutter war? Oder daß Sybil dreimal verheiratet gewesen und ihr letzter Mann, ein italienischer Graf, bei einem Autorennen in Monte Carlo ums Leben gekommen war? Annie liebäugelte mit einem vierten Sandwich, nahm dann ihr Glas Chablis (von einem etwas zweifelhaften amerikanischen Jahrgang) und spazierte durch den schwach erleuchteten Innenhof. Obwohl nur das Licht über dem Durchgang den Hof ein wenig erhellte, erkannte Annie, daß die rosa Farbe von den Stuckwänden abblätterte. Die schlaffen Farne in den unechten blauroten chinesischen Vasen konnten dringend eine Portion Dünger vertragen. Sie blieb neben dem Whirlpool stehen, der durchdringend nach Chlor roch, blinzelte in das schäumende Wasser und erwartete, Vogelfedern und den Kadaver einer schwarzen Schabe zu entdecken. Sie setzte sich, ließ die Füße in dem brodelnden und dampfenden Wasser baumeln, trank einen Schluck Chablis, der Warnung des Gesundheitsministeriums zum Trotz, die, gut erkennbar, an einer Säule in der Nähe aufgehängt war.

»Natürlich hat sie mich zur Weißglut getrieben. So gemein und anmaßend, dabei aber immer in diesem süßlichen, vernünftigen Ton, als ob man selbst im Unrecht wäre.«

Annie glitt über den Beckenrand und setzte sich auf die erste Stufe. Das Wasser tat ihr gut. Also hatte auch Idell Corinne nicht gemocht.

»... hat mir immer vorgehalten, daß das Gasthaus besser in Schuß gehalten werden müsse ...«

Schade, daß Idell nicht darauf gehört hatte.

»... sie hatte keine Ahnung von der finanziellen Seite. Sie war schon immer reich. Was wissen die Reichen vom Geld? Ich versuche mein Bestes, aber alles ist so teuer und gutes Personal nicht zu kriegen. Ein Zimmermädchen hat den Wein in den Zimmern getrunken und durch Wasser ersetzt!«

Annie glitt die Stufen hinunter, bis das heiße Wasser ihren Hals umspülte. Die Lampe über der Tür verwandelte sich, wenn sie in den Dampf blinzelte, in einen hübschen Regenbogen. Sie konnte sich nicht erinnern, je zuvor so müde gewesen zu sein. Und noch standen ihr drei Krimiabende bevor. Außerdem mußte sie Inspector Wells klarmachen, wie lächerlich es war, sie als des Mordes an Corinne Verdächtige auch nur in Erwägung zu ziehen.

»Sie hatte mit Dr. Sanford einen häßlichen Streit. Eine Freundin von mir saß in einem der Behandlungszimmer, die hat es gehört. Sie hat einen Blick durch den Türspalt geworfen und gesagt, daß Dr. Sanford einfach *mörderisch* ausgesehen hat.« Idells Lachen klang unecht. »Oh, so meinte ich das natürlich nicht.« Das Dementi war so falsch wie imitiertes Krokodilsleder. »Er war fuchsteufelswild. Er will das Krankenhaus von Chastain auch für arme Menschen öffnen. Corinne hielt das für Unsinn und sagte, die könnten ins Kreiskrankenhaus gehen. Dr. Sanford widersprach, daß sie das in vielen Fällen eben nicht könnten, und dann haben sie sich laut gestritten.«

Annie schwamm entspannt in dem blubbernden Wasser. Die Worte schwirrten in ihren Ohren wie platzende Maiskörner in einem Umluftherd.

»Sie hat Leighton sogar überredet, den Auswärtigen Dienst zu quittieren und nach Hause zurückzukommen. Er hat damals so gut ausgesehen und am Beginn einer Karriere gestanden.« Ihre Stimme wurde verschwörerisch leise. »Aber alle haben natürlich bemerkt, daß er seit kurzem wieder neue Lebenslust geschöpft hat. Er hat ein paar Kilo abgenommen und ist viel spazierengegangen. Man muß doch annehmen, daß es einen besonderen Grund gibt, wenn ein Mann plötzlich aufblüht.«

Ein gutaussehender Mann. Das war er sicherlich. Annie räkelte sich im Wasser. »Gutaussehend«, murmelte sie.

Für einen Moment herrschte am Tisch gespannte Stille.

»Wer?« fragte Max steif.

»Leighton Webster natürlich.« Wohlig richtete sich Annie auf, erschauerte, als die kühle Abendluft über ihre nasse Haut strich, und sank wieder hinab. »Mrs. Gordon, glauben Sie, daß zwischen ihm und Lucy was läuft?«

»Lucy?« Idells Stimme wurde vor Erstaunen lauter.

»Sie hat sich heute nachmittag am Teich sehr um ihn gekümmert.«

»O nein«, sagte die Wirtin voller Überzeugung. »Nein, nein, nein. Lucy und Leighton sind alte Freunde, aber nichts weiter. Lucy war doch bis über beide Ohren in Cameron Prichard verliebt.«

»Wer ist das?« fragte Annie.

»Gails Vater. Wissen Sie, das war so: Lucy und Cameron verliebten sich in dem Sommer, als er in Princeton seinen Abschluß machte. Sie waren unzertrennlich. Und ganz plötzlich ging Cameron dann fort, nach Atlanta. Corinne hatte ihn dort irgendeinem reichen Mädchen vorgestellt, und er heiratete sie. Das war Gails Mutter. Cameron und seine Frau starben bei dem Absturz ihres Privatflugzeugs in der Nähe von Louisiana, und Gail kam hierher, als sie zehn Jahre alt war. Lucy ist ganz vernarrt in das Mädchen.«

Also bedeutete Leighton Webster Lucy nichts. Nur ein alter Freund.

Wärme durchströmte Annie. Sie mußte aus dem Whirlpool heraus, bevor sie sich auflöste. Sie rieb sich die Augen und starrte Max und Mrs. Gordon verschwommen an.

»Ach, die Leute reden viel ...« In Idells Ton deutete sich ihre Freude an dieser menschlichen Schwäche an. »Ich glaube zwar kein Wort davon, aber manche sagen, daß Corinne sich ein bißchen zu intensiv um den jungen Tim Bond gekümmert hat. Warum sollte sie sich sonst so über Tim und Sybil aufregen, wo doch jeder weiß, daß es für einen jungen Mann ganz normal ist, sich für ältere Frauen zu interessieren? Ich glaube, das ist der Grund, weshalb ihm Corinne nicht erlauben will, seine Bilder nach New York zu schicken. Sie ist eifersüchtig.«

In Annies Kopf kreisten Gedankenfetzen. Tims Bilder. Die Aquarelle. Diesmal verdammt gute, vor allem das mit dem gelben Jeep. Und das mit dem großen Teakholzstuhl und dem nackten Mädchen. Tim wollte nach New

York gehen. Ein großes Kind. Warum ging er nicht? Enorm große Hände.

»Annie. Annie ...«

Die Stimme zerriß ihre Träumereien. Schläfrig öffnete sie die Augen.

Max kniete am Rand des Pools. Auf seinem Gesicht flackerte das Regenbogenlicht.

»Liebling, du kommst besser da raus, bevor du gekocht bist.«

»Ich hab' eine bessere Idee«, sagte sie heiser. »Warum kommst du nicht rein?«

Max stand auf den Stufen vor dem Swamp Fox Inn und genoß das Gefühl der Rechtschaffenheit, das alle Frühaufsteher beseelt. Der Broad River glänzte blaßgrau im ersten Tageslicht. Nichts rührte sich bei den leeren Ständen und auf der Tribüne. Die Ephraim Street war übersät mit zerdrückten Cola-Bechern und senfbeschmierten Hotdog-Tüten. Er atmete durch und genoß den Duft der purpurnen Iris, die neben den Stufen zur Gaststätte prachtvoll blühte. Könnte Annie nicht schaden, aufzustehen und die Sonne zu begrüßen. Er wollte sich schon umdrehen und hinaufgehen, um sie zu wecken, als seine Klugheit die Oberhand gewann. Sie wäre kaum erfreut. Außerdem hätte sie sicher wenig für seinen Plan übrig. Verdammt, sie war wieder in ihrer Dickkopfstimmung. Was mußte er noch tun, um sie davon zu überzeugen, daß Wells hinter ihr her war? Wenigstens erkannte er die Gefahr. Behende sprang er die Treppen hinunter und wandte sich dann nach rechts. Feine Nebelschwaden erhoben sich vom Fluß und wirbelten in den herabhängenden Zweigen der Eichen wie Lamettaschnipsel am Christbaum. Die rhythmischen Schritte eines frühen Joggers störten die morgendliche Stille. Max antwortete dem fröhlichen Gruß des Joggers und schlenderte an dem frischgestrichenen weißen Benton House mit seinen hübschen, freien Rasenflächen vorbei. Sein Ziel war Prichard House mit all der Pracht seiner neohellenistischen

Renaissance und dem, was von seinen Gärten zu sehen war. Dort hinten, weit im Hintergrund, erhob sich das Schilfdickicht, das den Teich umgab. Er ging bis zum Zaun von McIlwain House und dann wieder zurück, an Prichard House, Benton House und der Gaststätte vorbei. Östlich der Gaststätte, an der Kreuzung, befand sich das hellbraune ehemalig Fort, das jetzt die Gesellschaft für Denkmalpflege beherbergte. Max bog links in die Lafayette Street ein und passierte den Parkplatz hinter dem Gebäude der Gesellschaft. Er war beinahe vollständig zugeparkt, vermutlich von denjenigen, die auf den Parkplätzen der Gasthäuser keine freien Plätze mehr gefunden hatten. Ein Stück weiter links zweigte eine schmale Gasse ab.

Diese Gasse wurde auf der linken Seite von Mauern und Zäunen begrenzt, die mit Geißblatt überwuchert oder von hohem Pittisporum und Bananenbäumchen verdeckt wurden. Rechts markierten einfachere Metallgitterzäune die Rückseite der Geschäftsgrundstücke. Auf beiden Seiten war der Zugang durch die Einfahrt für den Müllwagen gewährleistet. Auf der Rückseite des Prichard-Geländes drängten fantastische Wisterien an und über das fein ziselierte Gitter. Max öffnete die Zauntür und folgte dem sich windenden Pfad bis zur Rückseite der Garagen, wo sich der Pfad gabelte. Der eine Weg führte direkt zu den Stufen zur Küche. Er folgte der anderen Abzweigung und hatte zwei Minuten später das Schilfdickicht erreicht. Der Teich lag noch im Dunkel, die Bäume hielten das Sonnenlicht zurück. Nebel waberte um die düsteren Stämme der Schwarzborkenzypressen. Eine bedrückende Atmosphäre beherrschte den Ort. Wirklich ein geeigneter Platz für einen Mord.

»He, Sie! Durchgang verboten. Dies ist ein Tatort.«

»Entschuldigung. Mein Hund muß hier irgendwo sein.«

»Hier sind keine Hunde vorbeigekommen, Kumpel. Machen Sie, daß Sie wegkommen.«

Max hob eine Hand und ging zur Gasse zurück. Schnell lief er zur Lafayette Street und wandte sich nach links.

An der nächsten Ecke bog er in die Federal Street ein. Seine Fußtritte hallten auf dem Pflaster der leeren Straße. Die Gebäude mit den geschlossenen Fensterläden grenzten auf der einen Seite an die Gasse, auf der anderen an die Grundstücke in der Ephraim Street – und an den dunklen, stillen Teich.

Eine Granitplatte mit gemeißelter kursiver Inschrift wies das Eckgebäude mit der vergoldeten Kuppel als ›Prichard-Museum‹ aus. Das Gold des Kuppeldaches glänzte im einfallenden Sonnenlicht. Dies also war der Aufbewahrungsort für die Bilder, deren Besitz so heftig umstritten war. Max steckte die Hände in die Hosentaschen und ging weiter. Neben dem Museum befand sich die Bücherei von Chastain, ein freundliches gelbes Gebäude mit Schaukelstühlen aus Korbgeflecht und Vorder- und Seitenhöfen. Die letzten drei Gebäude – hellrosa, pink und gelb – beherbergten Antiquitätengeschäfte, einen Möbelladen, Anwaltskanzleien und Arztpraxen. In einem der Gebäude war er schon an dem Tag gewesen, als er in den Büros von Merrill, Merrill & Merrill mit Roscoe Merrill gesprochen hatte. Nebenan, in dem rosafarbenen, mit Stuck verzierten Gebäude, befand sich die Praxis von Dr. Sanford.

Eine Straßenkehrmaschine rumpelte über das Pflaster der Federal Street. Ein zerbeulter Pick-up fuhr vorbei, aus dem Führerhaus schmetterte ein Song der Eagles in den Morgen.

Max entdeckte einen schmalen Durchgang zwischen dem rosafarbenen Gebäude und der Bücherei und ging hinein. Rasch überquerte er die Gasse und den Parkplatz des Swamp Fox Inn und trat durch das Tor in den Innenhof. An allen neun Tischen saßen Gäste, die sich das kostenlose Continental Breakfast schmecken ließen. An zwei zusammengerückten Tischen stritten mehrere Gartenfreunde leise darüber, welchen Rundgang sie an diesem Vormittag wählen sollten:

»Ich möchte dich daran erinnern, Beryl, daß ich extra nach Chastain gekommen bin, weil Großonkel Marcus

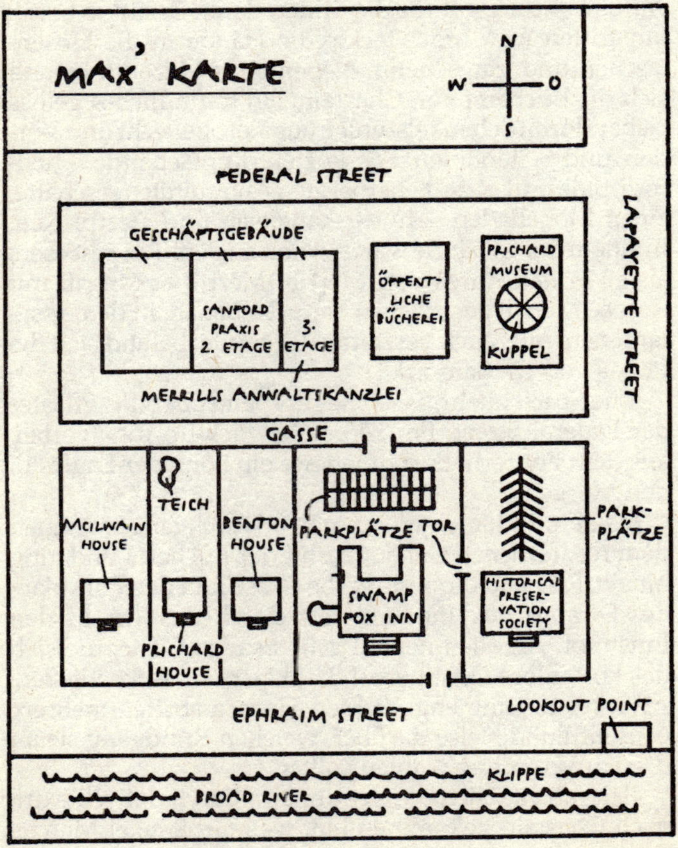
MAX' KARTE
N
W
O
S
FEDERAL STREET
GESCHÄFTSGEBÄUDE
SANFORD PRAXIS 2. ETAGE
3. ETAGE
MERRILLS ANWALTSKANZLEI
ÖFFENTLICHE BÜCHEREI
PRICHARD MUSEUM
KUPPEL
LAFAYETTE STREET
GASSE
TEICH
MCILWAIN HOUSE
BENTON HOUSE
PARKPLÄTZE
TOR
PARK-PLÄTZE
SWAMP FOX INN
HISTORICAL PRESER-VATION SOCIETY
PRICHARD HOUSE
EPHRAIM STREET
LOOKOUT POINT
KLIPPE
BROAD RIVER

im St.-Michaels-Friedhof begraben liegt, und das weißt du genau.«

»Erst die Parks, sage ich, zuerst die Parks!«

»Na, na, Mädchen, wir können den Tag auch genießen, *ohne* uns zu streiten.«

Annie winkte Max wenig begeistert zu.

»Mein Gott«, rief er in ehrfürchtigem Staunen aus, das nicht gut ankam, »du bist ja schon wach!«

Sie nippte am Kaffee und antwortete mit sorgfältig beherrschter Stimme: »Mrs. Brawley hat um Viertel nach sechs angerufen. Sie wollte wissen, ob Reginald Hoxtons Schuhe frisch gewichst waren.«

»Faszinierend, wie ihr Verstand arbeitet.« Er sank in den Stuhl gegenüber von Annie. »Was hast du ihr gesagt?«

Sie goß ihm eine frische Tasse Kaffee aus der Kanne ein. »Das verfluchte Zeug ist nur lauwarm. Und die Croissants schmecken widerlich.«

Er wartete.

»Ich habe ihr gesagt, daß ich keine blasse Ahnung habe.«

»Tatsächlich?«

»Um Viertel nach sechs in der Früh!«

»Eine schöne Zeit. Du hättest mit mir aufstehen sollen.«

»Ich hoffe, du hattest mehr Spaß als ich.«

»Ich habe einen Spaziergang gemacht.«

»Deine Stimme klingt nach Aufregung.«

Er blickte über den Tisch, nahm sich die Speisekarte mit den Eselsohren und warf sie wieder hin. »Hast du einen Zettel? Und einen Stift?«

Sie fand eine zerknitterte Bestellkarte für die Erneuerung eines Time-Abonnements mit einem kleinen Holzbleistift daran.

Er musterte ihn voller Verachtung. »Das muß ein Sammlerstück sein.« Dann beugte er sich über den Tisch und zeichnete eine Karte.

Als er fertig war, reichte er sie Annie stolz.

Sie studierte die Karte, gab sie ihm zurück, nahm sich ein Croissant und untersuchte es.

»Matschig.«

»Hast du nichts bemerkt?«

»Ich sehe, daß Federal Street und Ephraim Street parallel verlaufen.«

Er tippte entschlossen mit einem Finger auf die Karte. »Erinnerst du dich, wie gestern abend die ganzen Leute am Teich aufgetaucht sind? Wie der Chor im griechischen Drama?«

»Na und?«

»Sie alle befanden sich nur wenige Minuten vom Teich entfernt. Minuten. Jeder von ihnen hätte Corinne den Schädel einschlagen können.«

Sie blickte noch einmal auf die Karte. »Sieht so aus«, sagte sie langsam. »Jeder von ihnen hatte die Möglichkeit.« Annie verzog das Gesicht. »Na und? Was geht uns das an? Ich sage dir was, Max: Ich werde mich nicht schon wieder auf eine Mörderjagd einlassen. Ich bin mit dem Detektivspiel beschäftigt, und das reicht, um meinen Blutdurst für Monate zu stillen.« Sie steigerte sich in das Thema hinein. »Ich berichtige: für Jahre.« Annie wollte gerade den Stuhl zurückschieben, erstarrte aber, als sie über Max' Schulter zum Tor des Innenhofs sah.

Inspector Wells stand unter dem Mauerbogen. Seine Schultern berührten beinahe die Wände auf beiden Seiten, und sein schlaffes Gesicht, zernarbt wie alter Zement, wirkte unheilverkündend düster. Seine suchenden Augen hielten inne und fixierten Annie.

14

Als er auf Annies Tisch zuschritt, pochten Wells' Stiefelabsätze in der plötzlichen Stille laut auf dem Steinboden. Er behielt seinen Cowboyhut auf dem Kopf, und Annie verspürte eine unerklärliche Abneigung gegen die glatte, hohe Hutspitze ohne Falte. Für wen hielt er sich? Für einen kanadischen Mountie? Er trug an diesem Morgen eine graue Stoffhose unter seinem schwarzen Mantel. Eine schmale schwarze Krawatte baumelte vor seinem abgetragenen weißen Hemd. Seine eiskalten grauen Augen beobachteten sie wie ein Jäger, der eine große Stockente im Visier hat. Ein Flüstern, leise wie der Sommerwind in einem Weizenfeld, hob unter den Gartenfans an. Annie hörte »Inspector« und »Mord« und das raschelnde Zischen eines hingehauchten »sie«. Ihr Blick glitt zu den neugierigen Frauen und wieder zu dem Gesetzeshüter zurück.

»Miß Laurance.« Wells bewegte seine breiten Kiefer, schob einen Klumpen Kautabak von einer Seite zur anderen und warf Max einen kurzen Blick zu. »Mr. Darling.« Die Worte klangen, als ob sie aus einem rostigen Faß gekratzt würden. »Würde gern mal mit Ihnen sprechen. Am Tatort.«

Max lächelte freundlich, doch seine dunkelblauen Augen blieben wachsam. »Miß Laurance hat Ihnen gestern bereits alles gesagt, was sie wußte, Inspector.«

»Hat sie? Von dem Streit mit Mrs. Webster habe ich noch nicht viel gehört.« Der Tabak beulte eine Wange aus. »Sie kann drüben mit mir reden« – er wies mit dem Kopf vage nach Westen – »oder auf dem Revier. Sie hat die Wahl.«

Annie hatte sich schon immer gefragt, wie es sein mochte, wenn man festgenommen wurde. Ihr Gefühl in diesem Moment reichte ihr als Antwort vollkommen aus. Es gefiel ihr nicht, aber vor allem machte es sie wütend. Max schickte eine ganze Lawine stummer Botschaften, die sie ohne Mühe entziffern konnte. Im wesentlichen besagten sie: Bleib um Gottes willen ruhig.

Es war noch zu früh für Touristen, und nur vereinzelt fuhren Autos an ihnen vorbei, als sie die Ephraim Street hinuntergingen. Ein Straßenkehrer hielt in seiner Tätigkeit inne und sah ihnen neugierig nach. In den Frontfenstern von Prichard House war kein Licht zu sehen, und die Morgenzeitung lag noch auf den grauen Marmorstufen. Annie hatte beim Frühstück die Schlagzeilen des

Chastain Courier überflogen. Die Titelstory war mit einer überdimensionalen, dreizeiligen Schlagzeile überschrieben:

PRÄSIDENTIN
DER DENKMALSCHUTZ-GESELLSCHAFT
AM TEICH ERMORDET!

Und darunter:

CORINNE PRICHARD ERSCHLAGEN:
REQUISIT DER KRIMIVERANSTALTUNG
ALS MORDWAFFE

Wie fürchterlich mußte es für Leighton sein, diese schreiende Überschrift zu lesen. Sie kam sich schrecklich aufdringlich vor, als der Inspector ihr und Max bedeutete, die Auffahrt zu den Zelten hinauf zu gehen, die an diesem Morgen einen verlorenen Eindruck machten.

»War es ungefähr hier?« knirschte Wells. Er spuckte ins Gras, aber seine Augen ließen nicht von Annies Gesicht ab.

»War was ungefähr hier?« fragte sie.

»Daß Sie Mrs. Webster bedroht haben.«

»Eine völlig unbegründete Frage, Inspector.« Max' Stimme klang hart wie ein gezackter Fleischhammer. »Zu keiner Zeit hat Miß Laurance Mrs. Webster irgendwie bedroht.« Wells richtete seinen finsteren Blick auf Max. »Waren Sie dabei?«

»Nein. Trotzdem …«

»Dann halten Sie sich raus. Ich frage das Mädchen.«

»Tun Sie das. Aber ich bin ein Freund von Miß Laurance, und ich sage ihr, daß sie keine Fragen beantworten muß, solange nicht ein Rechtsanwalt ihrer Wahl anwesend ist.«

»Sind Sie Anwalt?«

»Eingetragen bei der Anwaltskammer im Staat New York.«

Wells hob eine dicke Hand und kratzte sich am Kinn. »Das gibt Ihnen nicht das Recht, hier für sie zu sprechen.«

»Sicherlich nicht, und ich betrachte mich auch nicht als in South Carolina praktizierend. Aber es gibt kein Gesetz, das mir verbietet, Miß Laurance kostenlos beizustehen.« Max hatte seinen Habitus entspannten Charmes abgelegt. Mit Wells verglichen, sah er so hart und entschlossen – und hübsch – aus wie ein Held auf dem Höhepunkt eines Dramas. Annie war begeistert.

Wells kaute einige Zeit auf seinem Tabak herum und wandte sich dann ohne ein weiteres Wort an Annie. Sie genoß den Sieg, bemerkte aber gleichzeitig mit sinkendem Mut, daß der Kampf noch lange nicht vorüber war.

»Ich hab' eine Zeugin, die gehört hat, wie Sie zu Mrs. Webster sagten, daß sie eine tote Frau wäre, wenn sie sich nicht aus Ihren Angelegenheiten heraushalten würde.«

Annie ließ die Auseinandersetzung von gestern Revue passieren. O Gott, die Aquarelle ... Sie sah die ganze Szene vor sich, und sofort pulsierte der Zorn wieder in ihr.

»Sie war wirklich eine Hexe«, explodierte sie.

Max seufzte müde und verdrehte die Augen.

Wells sah aus wie ein Hammerhai, der sich an sein Opfer heranpirscht.

»Und was für eine! Sie beleidigte Edith Ferrier, die sich den Rücken für die Gesellschaft krumm schuftet, terrorisierte diesen armen, naiven Maler und zog dann auch noch über meine Poster her. Das lasse ich mir nicht gefallen.«

»Als Sie Mrs. Webster später am Teich wieder trafen und sie erneut loslegte, haben Sie den Kricketschläger genommen und es ihr gezeigt, was?« Seine Worte polterten wie Felsbrocken einen Abhang hinunter, wurden lauter, je größer die Wortlawine wurde.

Zu spät erinnerte sich Annie an Max' Zeichen. Zum Teufel damit. Sie konnte zwar nicht von oben auf Wells herabblicken, weil er dafür zu groß war, aber sie funkelte ihn von unten an und spuckte die Worte aus: »Sicher *nicht*. Ich habe sie vor ihrem Tod nicht mehr gesehen. Und als ich sie schließlich wiedergesehen habe, war das kein besonders schöner Anblick für mich.« Ihr Magen wollte sich wieder umdrehen, als sie an den eingeschlagenen Schädel dachte. »Sie sind auf der falschen Fährte. Es ist mir, offen gesagt, egal, *wer* diese schreckliche Frau fertiggemacht hat, aber Kandidaten sind reichlich vorhanden.«

»Keiner sonst hat ihr gedroht. Und Sie hatten bei den Proben am Sonntag abend ebenfalls einen Streit bis aufs Messer mit ihr. Am Montag morgen hat sie es Ihnen wieder gegeben, weil Sie zu spät gekommen sind. Und irgendwann war es dann zuviel, nicht wahr?«

»Inspector, die Frau war reif für einen gewaltsamen Tod. Sie hat jeden, den sie kannte, zur Weißglut gebracht. Alles, was sie berührte, hat sie vergiftet. Haben Sie sich die Mühe gemacht, sich genauer umzusehen? Sie haben mich noch nicht mal nach dem Brief gefragt, in dem Sie mögliche Motive aller Beteiligten für einen Mord finden. Was sind Sie eigentlich für ein Ermittlungsbeamter? Wenn Sie so viele redselige Zeugen haben, hat Ihnen doch bestimmt jemand von dem Brief erzählt.«

Wells wirkte gelangweilt. »Ja, ich habe davon gehört. Dieser Brief, den *Sie* angeblich nicht geschrieben haben.«

»Sie hat ihn ganz offensichtlich nicht geschrieben«, warf Max ein. »Wie sollte sie an das Briefpapier der Gesellschaft für Denkmalpflege von Chastain herankommen? Woher sollte sie die Schmutzgeschichten über die Chastainer kennen?«

Wells zuckte die Schulter. »Der Brief hat nichts zu bedeuten. Irgendeine beleidigte Frau.« Also hatte er mit Roscoe Merrill gesprochen. »Ich brauche solche Spinnereien nicht, um einen Mörder zu finden, wenn ich gleichzeitig zwei Leute habe, die im heftigsten Clinch mit Mrs. Webster liegen.«

»Zwei?« Wenigstens war Annie nicht die einzige Anwärterin für das Kreisgefängnis.

Wells schwieg einen Moment, um einen langen Strom Tabaksaft auszuspucken, und wischte sich dann mit seiner kräftigen Hand über den Mund. »Ja. Sie und dieser smarte Reporter.«

Zwei Außenseiter. Annie konnte schon das Zuschnappen der Zellentür hören.

»Was ist mit Edith Ferrier? Und Tim Bond? Und Sybil Giacomo? Und allen anderen, die in dem Brief erwähnt werden?« Sie funkelte ihn, die Hände in die Hüften gestemmt, an.

»Kleine Lady, dieser Brief interessiert mich einen Dreck. Wer hat den Teich als Ort für einen Mord ausgesucht? Wer hat die Tatwaffe mitgebracht? Und wer kennt sich mit dem Töten so gut aus?«

Ein ohrenbetäubendes Dröhnen von Motoren drang vom Fluß herauf. Annie preßte die Hände auf die Ohren.

»Die Schnellbootrennen«, meinte Max. »Sie beginnen um elf Uhr.«

Auf der Ephraim Street drängten sich, angelockt von den Buden, die allmählich geöffnet wurden, die Touristen.

»Hier fehlt nur noch ein Kolosseum mit Löwen.«

Max grinste und schob die Hände in die Taschen. »Vielleicht nächstes Jahr.«

»Bei den diesjährigen Spielen werden Frazier und ich den örtlichen Gendarmen zum Fraß vorgeworfen.«

Das schrille Kreischen eines vorbeirasenden Rennbootes übertönte ihre Worte.

»O gütiger Gott. Laß uns einen ruhigen Ort suchen, an dem wir in Ruhe verzweifeln können.«

Doch auch die Eingangshalle des Gasthauses quoll über vor kulturhungrigen Touristen.

In einer Ecke schmollte eine fette Dame, die sich in einen orangefarbenen Hosenanzug aus Polyester gezwängt hatte: »Ich sehe nicht ein, warum Mildred *jedesmal* ihren Kopf durchsetzen muß.«

Mildred, im hochgeschlossenen grauen Hemdblusenkleid, schwang unbeirrt ihren Führer: »Der Garten der

McNeils wird nur noch von Middleton Place übertroffen. Also gehen wir *dahin*.«

Idell Gordon erspähte sie und deutete energisch auf das Briefkästchen von Zimmer 312.

Als Max bei der Anlegestelle der Fähre eintraf, blieben ihm noch zehn Minuten Zeit. Er rutschte unruhig in seinem Sitz herum und wünschte sich, bei Annie zu sein, aber sie brauchten dringend diesen Brief mit Mrs. Moneypots Krimistory. Wenn der Inspector dem Ursprung des Briefes nicht nachgehen wollte, würden sie es selbst tun.

Das Autotelefon klingelte.

Er nahm es und entspannte sich wieder, als er die Stimme seiner Sekretärin hörte. Seiner Ansicht nach war Wells durchaus imstande, Annie augenblicklich in Ketten zu legen.

»London hat angerufen.«

»Die Queen oder der Premierminister?«

»Weder noch«, antwortete Barbie ernst. Max bewunderte ihre Arbeitsdisziplin, bedauerte nur, daß ihr Sinn für Humor auf einer Stufe mit dem von Agatha stand. »Mr. Ronald Harrowgate von Sotheby's. Er sagte, die Angelegenheit könne für zweihundert Pfund erledigt werden.«

»Großartig. Rufen Sie sofort zurück. Und sagen Sie ihnen, sie sollen es mit Federal Express schicken.«

»Über den Atlantik?«

»Klar.«

Max grinste, als er den Hörer auflegte. Wenigstens *etwas* Gutes geschah an diesem Morgen. Zwar kein teures Geschenk, aber immerhin ein Erinnerungsstück, das Annie sicher gefallen würde. Wenn sie vor Freude jubilierte, wäre die Zeit, ihr seinen neuen Plan für die Hochzeit zu eröffnen, gekommen.

Ein dreifaches fröhliches Tuten signalisierte die Ankunft der Fähre. Max blickte über das glitzernde Wasser. Sobald er die Moneypot-Story in der Hand hatte …

Gail erwartete Annie auf der Küchentreppe. Sie trug ein knöchellanges graues Baumwollkleid, eine hochgeschlossene weiße Bluse mit geschnürtem Brustteil und einen blaßgelben seidenen Kummerbund um die Taille. Ihr dichtes rostrotes Haar war zu einem festen Knoten hochgesteckt und betonte so die Ringe unter ihren Augen und ihre Blässe.

»Tut mir leid, Sie zum Hintereingang bitten zu müssen. Leighton hält sich mit einigen Cousins aus Savannah im Wohnzimmer auf.«

Sie rang nervös die Hände. »Es ist sehr nett von Ihnen, überhaupt zu kommen.«

Obwohl Annie mit diesem Zusammentreffen ihre eigenen Ziele verfolgte, hätte sie die besorgniserregende Nachricht, die Idell ihr ausgehändigt hatte, auch sonst nicht ignorieren können. ›Bitte kommen Sie. Ich brauche Hilfe. Gail P.‹

Gail sah verdammt verwundbar, gebrechlich und vom Kummer gezeichnet aus. Einen Moment lang fühlte sich Annie verwirrt. Besaß Gail nichts von dem Unternehmungsgeist junger Mädchen? Doch dann dachte sie an Corinnes stahlharten Willen und all die Jahre, in denen sie Zeit gehabt hatte, den Mut dieses sanften Geschöpfes zu brechen.

»Natürlich bin ich gekommen. Was kann ich für Sie tun?«

»Ich habe Sie vor dem Haus gesehen. Mit Inspector Wells. Hat er etwas gesagt?« Sie wartete angespannt auf Annies Antwort.

Annie hielt es nicht für klug, öffentlich auf ihr eigenes Dilemma hinzuweisen. Zurückhaltend antwortete sie: »Er interessierte sich dafür, was Corinne gestern gemacht hat.« Eine sehr weitläufig umschreibende Variante der Wahrheit.

»Hat er … hat er Bobby Frazier erwähnt?«

Annie wußte nicht, wie sie darauf antworten sollte, und zögerte so lange, daß das Mädchen das Schlimmste befürchten mußte.

»Oh, ich wußte es.« Gail hielt sich an dem hölzernen Geländer fest. »Er hat Vorurteile gegen jeden, der anders ist. Ich habe solche Angst, daß er Bobby anklagen will.«

»Daß man von auswärts ist, reicht noch nicht für eine Mordanklage«, sagte Annie fest und verschränkte ihre Finger.

Gail schüttelte hoffnungslos den Kopf. »Sie verstehen nicht. Bobby und Corinne ...«

»Warum wollte Corinne, daß er aus der Stadt verschwindet?«

Gail starrte Annie an, als ob ihr plötzlich Hörner gewachsen wären. »Woher wissen Sie das? Wie haben Sie das erfahren?«

Die morgendliche Brise vom Meer raschelte im glänzenden Magnolienlaub und bewegte den leichten Spitzenbesatz an Gails Kragen.

»Letzte Woche, bei jener denkwürdigen Versammlung der Gesellschaft, wo ich den Brief vorgelesen habe ...« Gail nickte und wandte den Blick nicht von Annies Gesicht. »Bevor wir das Haus betraten, hatten Bobby und Corinne einen Krach auf dem Gehsteig, und ich hörte, wie er von Geld sprach, das sie ihm angeboten habe, damit er die Stadt verlasse.«

Gail ergriff Annies Arm. »Haben Sie Inspector Wells davon erzählt?«

»Nein. Aber, Gail, so etwas kann man nicht lange verbergen. Ich war sicher nicht die einzige, die es gehört hat. Lucy kam im gleichen Moment den Bürgersteig herauf.«

»Oh, Lucy würde niemals etwas verraten. Sie kennt meine Gefühle für ...« Gail errötete. »Ich meine, er ist unheimlich nett. Nein, Lucy würde nichts verraten.« Ihre Wangen röteten sich noch stärker, und sie ließ Annies Arm los. »Entschuldigen Sie. Ich kann Sie nicht bitten zu schweigen. Aber es ist längst nicht so schlimm, wie es sich anhört. Wenn ich es Ihnen erkläre, werden Sie sehen, daß nichts Ernstes dahintersteckt! Ich habe Bobby letzten Herbst kennengelernt, als er vorbeikam, um einen Artikel über das Museum zu schreiben. Ich arbeite im Prichard-Museum und bin dort Kuratorin.« Stiller Stolz glänzte in ihren Augen. »Weil ich Kunstgeschichte studiert habe, nicht bloß wegen meiner Familie. Das sieht auch Bobby so, hat er gesagt.« Ein Lächeln flog über ihr angespanntes Gesicht: »Bobby ist anders als alle Männer, die ich bisher kennengelernt habe. Er ist so stark und aufgeweckt und sagt immer, was er denkt.« Sie sah Annie mit einem Aufblitzen von wildem Trotz an, der sie für einen flüchtigen Moment strahlend schön aussehen ließ. »Ich mag das.«

Annie wußte, daß Offenheit ihre Vorteile hatte. Sie mußte an Max denken, der sich eher auf Umwegen bewegte und gewunden ausdrückte. Aber es gefiel ihr, trotz der Enttäuschungen, die sie damit erlebt hatte. Eine Hochzeit mit fünfhundert Gästen …

Gails mutiger Moment verblaßte. »Meine Tante mochte ihn nicht. Sie sagte, er sei nicht …« Sie hob zornig den Kopf. »Er sei kein Gentleman. Sie hat mir verboten, ihn wiederzusehen.« Sie warf Annie einen entschuldigenden Blick zu. »Aber er kam weiterhin zum Museum. Und wir verabredeten uns zum Mittagessen, und manchmal auch zum Abendessen.«

»Corinne wußte nichts davon?«

Gail hob das Kinn. »Ich hatte beschlossen, daß wir uns nicht mehr vor ihr verstecken, und ihr gesagt, daß ich mich mit ihm treffe, wann ich will.«

»War das der Auslöser für Ihren Streit an dem Tag, als ich zum ersten Mal hier war?«

Gail vermied Annies Blick und starrte auf den seeblauen Amethystring an ihrer rechten Hand. »Das war nur Corinne in ihrem Normalzustand.«

»Warum waren Sie so wütend?«

»Weil … weil ich einfach nicht glauben konnte, was sie getan hatte.« Ein Echo dieser Wut pochte jetzt noch in ihrer Stimme. Die blauen Augen weit geöffnet, versuchte das Mädchen, Atem zu schöpfen, und Annie erinnerte sich an die fürchterlichen Minuten in der Eingangshalle von Prichard House. »Sie hat ihm Geld angeboten, wenn er die Stadt verlassen würde. Und er hat es genommen.« Gail sah Annie flehentlich an. »Sie werden das nicht verstehen, und ich habe es auch nicht verstanden, als ich dahinterkam. Ich fühlte mich wie eine Idiotin, glaubte, daß ich ihm nie etwas bedeutet hätte, daß er nur auf Geld aus wäre. Dann, gestern, wurde er wütend und schrie mich an, ich solle einen Blick auf seine Kontoauszüge werfen, ehe ich mir meine Meinung bilde. Ich habe eine Freundin angerufen, die in der Bank arbeitet, die hat's für mich überprüft. Bobby hat den Scheck ans Kinderhilfswerk überwiesen.«

»Also hat er das Geld genommen, so, als ob er sich ausbezahlen ließe, und es dann für einen wohltätigen Zweck gespendet? Sie muß fuchsteufelswild geworden sein.« Was hätte Annie darum gegeben, Corinnes Gesicht zu sehen, als sie Bobby auf die Schliche gekommen war!

»Geld bedeutet ihm nichts. Als ich ihr das gestern nachmittag sagte, behauptete sie, er sei ein Dieb und ein Betrüger. Ich sagte ihr, sie sei ein häßliches, eifersüchtiges Weib.« Das Feuer in Gails Augen erlosch. »Ich wußte nicht, daß ihr etwas zustoßen würde. Ich sagte ihr, sie könne uns um nichts auf der Welt auseinanderbringen. Sie sagte, daß ich keinen Penny vom Vermögen meiner Eltern bekäme, wenn ich ihn wiedersehen würde. Aber als ich Bobby davon erzählte, war ihm das völlig gleichgültig.«

Annies Nacken prickelte.

»Das geschah gestern nachmittag? Sie haben gestern nachmittag die Sache mit dem Scheck herausgefunden, mit Corinne gestritten und Bobby alles erzählt?«

Gail nickte.

Annie versuchte es aus einer anderen Richtung. »Hätte Corinne Ihnen die Erbschaft denn verweigern können?«

»Oh, ja«, erklärte Gail zögernd. »Laut Daddys Testament war sie bevollmächtigt zu entscheiden, ob ich den Hauptteil des Vermögens an meinem fünfundzwanzigsten oder an meinem dreißigsten Geburtstag bekommen sollte. Gestern sagte sie mir, ich würde nie was davon bekommen. Doch Bobby sagte, sie solle sich ihr geliebtes Geld in den ...« Sie schwieg errötend. »Es war ihm egal. Er sagte, wir könnten gut ohne einen Pfennig Hilfe von wem auch immer auskommen.«

Und Inspector Wells würde das natürlich glauben, so, wie er an kleine grüne Männchen glauben würde, die um Mitternacht im Garten des Anwesens Champagner servierten.

»Um wieviel Uhr haben Sie gestern mit Ihrer Tante gesprochen?«

Über Gails Gesicht zog wieder ein Schatten. Die Lebhaftigkeit wich vollständig daraus. »Kurz bevor ... es passierte.«

»Aber Sie waren auf Bobby wütend, als Sie am Teich mit ihm sprachen.«

Gail sog scharf die Luft ein. »Waren Sie in der Nähe?«

»Ich legte in der Laube meine Indizien aus. Keiner von Ihnen sah mich. Als Sie zu sprechen anfingen, schien es ... Tja, es schien nicht mehr der passende Moment zu sein, mich bemerkbar zu machen.«

»Das war, bevor ich mit Corinne gesprochen habe. Bobby hatte mich gesucht und gezwungen, ihn anzuhören. Danach habe ich die Bank angerufen, und dann bin ich Corinne über den Weg gelaufen. Ich habe ihr vorgeworfen, daß sie versuche, mich bloßzustellen und Bobby in Verruf zu bringen, und ihr versichert, daß ihr das nicht gelingen werde. Dann habe ich Bobby gesucht, und wir haben uns ausgesprochen. Anschließend bin ich ins Museum gegangen. Im Museum fühle ich mich so geborgen. Ich organisiere gerade eine Ausstellung viktorianischer Tapeten. Die Namen der Muster sind hübsch, sie klingen so vornehm: Bachelor's Pear Vine, Oglesby-Damast, Fuschia, Trellis, Hewes-Wohnzimmertapete ...«

Annie hörte kaum zu. Sie war damit beschäftigt, sich einen Überblick über den Zeitablauf zu verschaffen:

1. Bobby und Gail am Teich
2. Bobby sucht Gail
3. Gail streitet mit ihrer Tante
4. Gail und Bobby sprechen auf dem Prichard-Grundstück miteinander. Gail sagt zu Bobby: Hey, alles in Ordnung, ich bin enterbt, aber wohin dein Weg dich auch führen mag, usw.
5. Gail geht zum Museum
6. Wo ist Bobby?

Wo auch immer er gewesen war: Er trug ein erstklassiges Motiv mit sich herum. Genau wie Gail.

Annie sah sie neugierig an. Gail wirkte jetzt entspannt wie jemand, der alles gebeichtet hatte und feststellte, daß es weniger schwierig als befürchtet gewesen war. Merkte sie denn nicht, daß sie sowohl sich als auch Bobby mit klassischen Mordmotiven ausgestattet hatte?

»Sie sehen«, schloß Gail, »als Bobby wußte, daß ich mich weiter mit ihm treffen wollte, hatte er keinen Grund mehr, auf Corinne wütend zu sein.« Annie nickte feierlich. Plötzlich verdüsterten sich die blaßgrauen Augen, deren Blick auf Annie ruhte. »Aber ich fürchte, Inspector Wells würde das nicht verstehen.«

Annie war sich ziemlich sicher, daß diese Befürchtung berechtigt war.

»Deshalb habe ich Sie gebeten herzukommen. Roscoe hat mir erzählt, daß Sie und Mr. Darling mit Mordfällen einige Erfahrung haben. Könnten Sie nicht vielleicht mithelfen herauszufinden, was Corinne zugestoßen ist?«

»Das würde ich gerne tun ...«, begann Annie.

»Oh, das ist wunderbar! Sie sind wunderbar!«

Annie fühlte sich wie ein Scharlatan, der behauptet, mit Radiowellen Termiten vertreiben zu können. Aber als sie die Wirkung ihrer Antwort auf Gail sah, konnte sie keinen Rückzieher mehr machen. Das Mädchen sah aus, als ob man sie vor dem Galgen gerettet hätte.

»Ich kann Ihnen gar nicht genug danken!«

»Versuchen Sie es bitte nicht«, sagte Annie schwach und fragte sich, wie sie das Max erklären sollte.

Wenigstens besaß Gail den Anstand, verlegen auszusehen. »Ich wußte schon vorher, daß Sie mir helfen würden, deshalb habe ich Lucy angerufen und sie überredet, mit Ihnen zu sprechen. Sie werden doch zuerst mit ihr sprechen, nicht wahr?«

Die Dame in der Reihe vor Max konnte sich nicht entscheiden. Wollte sie nun ›Chastain – zweihundertfünfzig Jahre Geschichte‹ oder ›Die Einrichtung von Plantagenhäusern der Küstenregion‹? Dann hielt sie ›Gärten des Südens. Ihre Majestät und Pracht‹ hoch.

»Das ist genau das Richtige«, ermunterte Max sie. »Niemand sollte nach Chastain kommen und ohne dieses Buch nach Hause fahren. Die Gärten, wissen Sie ...«

Sie blickte zu ihm auf, und die Kühle in ihren Augen schmolz dahin. »Ach, meinen Sie wirklich?«

»Ganz bestimmt. Hand aufs Herz.«

Er lächelte sie freundlich an, als sie bezahlte, ihr Wechselgeld einsteckte und endlich Platz machte.

Die Sekretärin der Gesellschaft sah ihn mit vor Müdigkeit trüben Augen an. »Ja, Sir? Was kann ich für Sie tun?«

»Darf ich Sie zu einem Glas Bier einladen?«

Louisa Binning strich eine Strähne ihres mit Wasserstoffperoxid gebleichten Haares aus der Stirn. »Das ist das Netteste, was ich heute gehört habe.« Dann sah sie an ihm vorbei und seufzte. »Aber ich kann hier nicht weg. Man muß das Eisen schmieden, solange ... und so weiter.«

»Glauben Sie wirklich, daß die alle noch Bücher kaufen werden?« Er deutete mit dem Kopf auf die doppelte Warteschlange, die sich hinter ihm durch die offene Tür bis auf den Gehsteig hinunter erstreckte.

»Mein Lieber, die kaufen *alles!*«

»Ich werde zehn Bücher kaufen, egal welche, Sie haben die Wahl, wenn Sie mir ein paar Minuten Ihrer Zeit schenken.«

Sie lachte gutmütig. »Es ist mein Job, mit Ihnen – und mit jedem – zu reden. Dafür müssen Sie nicht extra Bücher kaufen.«

Max zog seine Brieftasche hervor, nahm einen Schein heraus und warf ihn in eine Holzkiste, deren Form dem Fort nachgebildet war. Sie war goldbraun poliert und trug die Aufschrift *Spenden für Chastain*. Dann griff er in die Innentasche seiner Jacke, zog einen dicken Briefumschlag heraus und reichte ihn Louisa.

»Wie ist der Schreiber dieses Briefes an das Papier und den Umschlag gekommen?«

Sie schüttelte den Inhalt aus dem Kuvert, blickte auf den Begleitbrief und erstarrte. »Das ist der Brief ...«

Er nickte.

Sie studierte die Blätter, und ihr Mund formte ein stummes ›O‹.

Max spürte ein wohliges Glücksgefühl, wie man es empfand, wenn im Spielautomat drei Orangen nebeneinander erschienen.

Als sie wieder aufblickte, umgaben Sorgenfältchen ihre Augen. Sie starrte an ihm vorbei auf die ungeduldige Schlange der Touristen und stieß ihren Stuhl zurück.

»Ladies und Gentlemen, es wird eine kurze Unterbrechung geben, bevor wir Sie weiter bedienen können. Sie sind herzlich eingeladen, unsere Broschüren durchzusehen und das Fort zu besichtigen. In der Ostmauer können Sie Schießscharten sehen. Ich werde den Verkauf wieder eröffnen, sobald ich die Regale nachgefüllt habe. Ich danke Ihnen für Ihr Verständnis.«

Dann wandte sie sich mit leiser Stimme an Max. »Kommen Sie nach hinten ins Lager, da können wir reden.«

15

Während Annie die flachen Stufen zu dem palastartigen Portikus von McIlwain House hinaufstieg, konnte sie sich einen Seitenblick nach rechts nicht verkneifen. Aber der Zaun wurde von Bananenstauden verdeckt, hinter denen das Grundstück der Prichards verborgen lag. Der süße Geruch der Büsche vermischte sich mit dem Duft der Blumenbeete neben der Treppe, die nach frisch umgegrabener Erde rochen. Es konnte nicht weit bis zum Teich sein, wenn Lucy hier die Schreie gehört hatte.

Die Eingangstür stand offen. Annie klingelte und spähte durch die Türflügel in die Empfangshalle. Langsam und mit vor Müdigkeit schweren Schritten näherte sich Lucy. Sie schien seit dem Tag, an dem sie sich kennengelernt hatten, zusammengeschrumpft zu sein. Annie hatte eine kräftige Frau mit festem Schritt in Erinnerung, doch die Frau, die ihr jetzt die Tür aufhielt, wirkte äußerst zerbrechlich.

Ihre Stimme war leise. »Gail sagte mir, daß Sie kommen würden. Ich weiß zwar nicht, was Sie tun könnten, aber ich werde Ihnen helfen, wenn das möglich ist.«

Das Kiefernparkett der Eingangshalle glänzte im frühmorgendlichen Sonnenlicht, das durch die offene Eßzimmertür strömte. Lucy ging langsam ins Wohnzimmer voran. Neugierig sah sich Annie um. Man hatte keine Kosten gescheut, dieses Zimmer in seiner ursprünglichen Pracht wiederherzustellen. Seidene Bois-de-rose-Vorhänge umrahmten die hohen Fenster und betonten als Hintergrund den rosenfarbenen Aubusson-Teppich. Die Tapeten waren reich mit einem Blumenmuster aus Pfingstrosen vor einem cremefarbenen Hintergrund bedruckt. Rosé und Creme dominierten auch im Polster der Chippendale-Sitzgarnitur. Das bemerkenswerteste Stück aber war ein chinesischer Schrank mit vorspringendem Mittelteil, der ein blaues chinesisches Eßservice präsentierte.

Lucy bat Annie, sich zu setzen. »Möchten Sie Kaffee?«

Annie nahm sofort an. Der Frühstückskaffee im Swamp Fox Inn hatte geschmeckt wie lauwarmes Spülwasser mit einem Schuß Instantkaffee. Lucys Kaffee hatte den dunklen, weinartigen Geschmack von Zichorien, und ihre warmen, selbstgebackenen Doughnuts waren fantastisch.

Lucy lächelte, als Annie genüßlich hineinbiß, nahm selbst aber nichts von dem Gebäck. »Ein Rezept von

Corinne. Wir haben als kleine Mädchen oft zusammen gebacken.« Ihre Stimme klang beherrscht, verbreitete aber eine seltsam melancholische Atmosphäre, in der nicht so sehr Trauer als vielmehr die Sehnsucht nach längst vergangenen Zeiten spürbar war.

»Sie kannten sie schon lange?« fragte Annie sanft.

»Sehr lange.« Lucy drehte einen kleinen Granatring an ihrem Finger und erschauerte. Dann sah sie Annie entschuldigend an: »Tut mir leid. Sie wollen, daß ich Ihnen helfe. Was kann ich tun?«

Annie setzte ihre Kaffeetasse ab. »Erzählen Sie mir von ihr. Was für ein Mensch war sie?«

Vor Lucys großen, ausdrucksvollen Augen schien plötzlich ein undurchsichtiger Vorhang zu fallen. »Sie haben sie ja kennengelernt. Corinne war genau das, was sie zu sein schien – eine schöne, eigenwillige, entschlossene Frau.« Jetzt klang ihre Stimme bemüht unparteiisch. »Sie war weder richtig gut noch richtig schlecht. Wie die meisten von uns. Sie hatte zu allem eine klare Meinung, zum Leben und zur Liebe, zu dem, was passend war und was nicht. In der Regel meinte sie es gut, glaubte wenigstens, es gut zu meinen. Der einzige Unterschied zwischen Corinne und den meisten anderen war, daß sie ihren Willen immer und unbedingt durchsetzen wollte. Um jeden Preis.«

»Sie waren gute Freundinnen.«

»Wir sind zusammen aufgewachsen.«

»Stimmt es ... daß Corinne Sie davon abgehalten hat, ihren Bruder zu heiraten?«

Für einen Moment war Lucys blasses Gesicht vollkommen ausdruckslos, dann stahl sich ein schiefes Lächeln auf ihre Lippen. »Die alte Geschichte. Herrje, vergessen die Leute denn nie etwas? Cameron ist doch jetzt seit zehn Jahren oder länger tot.« Sie schüttelte ungeduldig den Kopf. »Die Leute denken immer, wenn man nicht heiratet, läge das daran, daß einen keiner fragt. Aber das stimmt nicht. Nein, Corinne hatte nichts damit zu tun, daß ich Cameron abgewiesen habe.« Ihre Lippen schlossen sich zu einem dünnen Strich. »Mehr möchte ich dazu nicht sagen.«

Wieder heftete sie ihre Augen auf den Granatring, den sie unaufhörlich um ihren Finger drehte.

Annie wußte, daß sie sich auf dünnem Eis bewegte. »An jenem Morgen, als ich meine Präsentation vor der Gesellschaft gemacht habe, wußte jeder außer mir, daß mit dem Opfer in der Story Corinne gemeint war. In dieser Story ging es um viele Personen, die einen Grund gehabt hätten, Corinne zu ermorden.«

Lucy versteifte sich. Es war so still, daß Annie das Ticken der Dresdener Uhr auf dem Kaminsims hören konnte.

»Die Story besagte, ihr Ehemann spiele ...«

»Sie können doch diesem Brief keine Bedeutung zumessen!« Lucy beugte sich vor und umklammerte die Armlehnen ihres Stuhls. »Bitte, es war ... nur ein etwas absonderlicher Scherz. Ich habe Inspector Wells heute morgen schon gesagt, daß es nichts zu bedeuten hat, und er war meiner Meinung. Können Sie den Brief nicht einfach vergessen?«

»Vergessen? Er ist die beste Spur, die wir haben! Offensichtlich hat der Schreiber bei Tim Bond, Sybil und Edith Ferrier doch genau ins Schwarze getroffen, und ganz bestimmt auch bei Gail und Bobby. Warum also nicht ...«

Lucys Augen blitzten. »Sind Sie hierhergekommen, um von mir jedes schmutzige Gerücht zu hören, das ich kenne? Tut mir leid, Miß Laurance, aber da spiele ich nicht mit. Dieser Brief war ein niederträchtiger Versuch, Corinne in Verlegenheit zu bringen. Ihn ernst zu nehmen wäre absurd.«

Annie versuchte, ihren Zorn zu unterdrücken, doch sie merkte, daß ihre Antwort spitz klang. »Ist das wirklich absurd? Ich denke, nein. Und ich habe vor, die Wahrheit herauszubekommen.«

»Sie müssen tun, was Sie für richtig halten.« Lucys Blick war finster geworden.

»Das werde ich. Ich frage mich, ob Inspector Wells

nicht mehr Interesse für den Brief zeigen wird, wenn er erfährt, daß Corinne am Montag abend Gail damit gedroht hat, das Erbe nicht auszuzahlen, und daß Gail Bobby davon erzählt hat. Was halten Sie von diesem Motiv?«

»Gail könnte niemandem Schaden zufügen, am allerwenigsten Corinne.« Aber die krankhafte Besorgnis in Lucys Blick verriet, daß Annies Hieb getroffen hatte.

»Vielleicht. Aber sie ist verrückt nach Bobby Frazier, und hinter dem ist Inspector Wells schon her. Hinter mir, nebenbei gesagt, auch. Ich wette zehn zu eins, daß er bis zum Wochenende entweder Bobby oder mich verhaftet.«

»Das ist ja schrecklich.« Lucys Augen weiteten sich vor Schreck.

»Das finde ich auch, und deshalb bin ich hier. Ich *muß* herausfinden, wer Corinne gehaßt hat und warum.« Sie beugte sich vor. »Wollen Sie mir dabei helfen oder nicht?«

Lucy nahm die silberne Kaffeekanne und goß Annie frischen, heißen Kaffee nach. Ihr Blick wanderte unruhig von der Delfter Porzellanblumenvase mit den Iris, die auf dem Chippendale-Tisch stand, zu dem glänzenden bronzenen Feuerbock neben dem Kamin. »Es gibt nicht genug Beweise, um Bobby zu verhaften. Oder Sie.« Ihre Augen zuckten zu Annies Gesicht zurück. »Nur Indizien ... So nennen die das doch, oder?«

»Geschworene haben aufgrund von Indizienbeweisen schon Schuldsprüche gefällt.«

»Oh, das wird nicht passieren. Bestimmt nicht.«

Annie war hin- und hergerissen zwischen Mitleid und Enttäuschung. Lucy war spürbar aufgebracht, aber gleichzeitig entschlossen, ihre Freunde und Nachbarn zu schützen. Ihre Bereitschaft, Annie und Bobby aufzugeben, war verwirrend.

»Sie wollen mir also nicht helfen?«

»Meine Liebe.« Lucys Stimme klang müde und besiegt. »Wenn ich könnte, würde ich Ihnen helfen. Aber ich kann nicht.«

Max weigerte sich, seine Entdeckungen vor dem Essen zu enthüllen, obwohl sie dafür eine Dreiviertelstunde lang in der Schlange warten mußten, die sich vom Marina-Parkplatz bis zum Restaurant auf der Klippe, dem Pink Carousel, erstreckte.

Annie berichtete von ihren Gesprächen mit Gail und Lucy und schlug dann vor: »Wir könnten ja auch zu einem Fast-food-Restaurant gehen.«

»Ich esse kein Fast food.« Eine unerschütterliche Würde lag in diesem Statement.

»Das ist unamerikanisch.«

»Wußtest du, daß der Anteil der Herzkrankheiten in China weniger als ...«

Sie hob eine Hand und legte ihm einen Finger auf die Lippen. »Liebling, das interessiert mich nicht die Bohne.«

Als sie endlich einen Tisch im Garten ergattert hatten, wackelte dieser Tisch gefährlich, und über ihren Köpfen kreisten Mücken in einem dichten Schwarm.

Das Angebot auf der Speisekarte war bunt gemischt. Zwölf Seiten mit den unterschiedlichsten Gerichten in rosafarbener Schrift auf beigefarbenem Karton.

Max seufzte. »Eine Speisekarte dieses Umfangs setzt eine Mikrowelle voraus.«

»Jeder benutzt heute eine Mikrowelle.«

»Ein erstklassiges Restaurant nicht.«

Es dauerte nur zwanzig Minuten, bis die gehetzte Kellnerin vorbeikam, um ihre Bestellungen aufzunehmen.

»Taco-Salat und Limonade.«

Max unterdrückte ein Würgen: »Jungen gebackenen Kabeljau, gedämpfte Broccoli und ein Bud Light, bitte«, bestellte er.

Annie lächelte.

»Taco-Salat ist eine Erfindung der Gringos«, erinnerte er sie.

»Versuch bloß nicht, den Experten in mexikanischer Küche zu spielen. Das ist mein Spezialgebiet. Und der Taco-Salat hat eine rühmliche Geschichte ...«

»Nur, wenn du Junk food in die kulinarische Geschichtsschreibung mit einbeziehst.«

»Ach? Gebackene Bohnen mit Frijatas, in Honig triefenden Sopapillas und Puderzucker. An einem Samstag abend in Texas ist das himmlisch.«

»Wenn wir über die Zutaten eines himmlischen Samstagabends sprechen, in Texas oder ...«

»Bleib ruhig, mein Junge. Wir reden nur vom Essen.«

Ihre Getränke kamen. Max wandte die Augen von Annies roter Kirschlimonade ab. Sie saugte geräuschvoll an ihrem Strohhalm.

»Ich habe Neuigkeiten«, sagte er gewichtig.

»Hoffentlich bessere als meine. Aus Lucy habe ich überhaupt nichts herausbekommen.«

Max zog zwei Umschläge aus seiner Tasche und warf sie vor Annie hin.

Sie befühlte den dickeren, griff hinein und erkannte den berühmten Brief mit der Krimistory.

»Den kenne ich ...«

»Leg ihn auf den Tisch. Und dann leg das Blatt aus dem anderen Umschlag daneben.«

Er kreuzte die Arme vor der Brust und grinste zufrieden.

Sie sah auf das andere Blatt und las: »›Der schnelle braune Fuchs‹ ... Es paßt!« rief sie. »Es paßt! Wo hast du das gefunden? Wie hast du's gefunden?«

»Die alte Remington in der Gesellschaft für Denkmalpflege.«

»Oh.« Ihre Stimme wurde leiser. »Teufel, ich dachte schon, wir hätten vielleicht was Neues erfahren.«

Max schwieg, bis die Kellnerin den Kabeljau aufgetragen hatte, der aussah, als könne er der Sahara Konkurrenz in Sachen Trockenheit machen. Annies Salat erwies sich als widerwärtig köstlich, die Guacamole-Soße als lecker grünlich, und die Tacos waren knusprig und leicht.

»Ich habe Erstaunliches herausgefunden.« Seine Gabel blieb im Kabeljau stecken. Er riß sie heraus und benutzte sie als Taktstock, mit dem er zur Betonung auf die Bierflasche trommelte. »Erstens: Der Brief muß zwischen dem 12. März, als dein Name als Expertin für das Detektivspiel zum ersten Mal fiel, und ...«

Annie rührte die sprudelnde Limonade in ihrem Glas um und sah ihn mißtrauisch an. »Woher weißt du das? Von einem Wurm im Gebälk?«

»Von Louisa Binning, der Vorstandssekretärin. Sie tippt Miß Doras Protokolle der Versammlungen ab. Ich habe alles schwarz auf weiß.«

Zum ersten Mal zeigte Annie Interesse. »Okay. Der Brief muß also zwischen dem 12. und ...« – sie rechnete kurz nach – »... und etwa dem 24. März geschrieben worden sein, weil ich ihn am 26. bekommen habe und wir die Zeit für den Postweg mitrechnen müssen.«

»Der Poststempel ist vom 24.«

Ein Lächeln erschien auf ihren Lippen. »Sehr gut, Sherlock.« Sie balancierte ein Teigstück, bedeckt mit Tacofleisch, auf der Gabel. »Wir haben also einen Zeitraum von zehn Tagen. Aber was hilft uns das?«

»Die Remington war vom 10. bis 19. März bei Crosswhite's zur Reparatur. Und jetzt kommt das Wesentliche: Louisa ist sicher, daß der Brief nicht während der Öffnungszeiten der Gesellschaft geschrieben worden sein kann, also auch nicht am Wochenende vom 22. auf den 23., weil da eine Ausstellung mit Porzellanmalerei aus der Umgebung stattgefunden hat.«

Nachdenklich kaute Annie auf einem Stück Taco herum. »Also ist jemand eingedrungen und hat die Schreibmaschine in der Nacht des 19., 20. oder 21. März benutzt.« Sie machte ein finsteres Gesicht. »Wie konnte jemand nachts da reinkommen? Die Mauern sind mindestens einen halben Meter dick.«

»Das ist es ja.« Max' Stimme verströmte Zufriedenheit. »Man bräuchte eine Streitaxt, um eine Kerbe in die Türen zu schlagen, und durch die Fenster paßt gerade mal eine Mücke. Außerdem gab es keine Anzeichen für einen Einbruch.«

»Wie ist er also reingekommen?« Annies Gesicht hellte sich auf. Sie beantwortete ihre Frage selbst: »Ein Schlüssel. Max, der Schreiber muß einen Schlüssel gehabt haben.«

Max begrub die Reste des Kabeljaus in Wasserkresse und stocherte zweifelnd in dem matschigen Broccoli herum. »Und wer hat einen Schlüssel?« spornte er sie an.

»Okay, du bist großartig, Maigret. Vertraue mir die Ergebnisse deiner Ermittlungen an.«

»Es ist eine nette, kurze Liste: die Vorstandsmitglieder und Louisa Binning.«

»Natürlich. Paßt genau. Das bedeutet, daß sich jemand bei meinem Vortrag von Miß Moneypots Story köstlich amüsiert hat.« Sie schüttelte unbehaglich die Schultern.

»Vielleicht. Vielleicht auch nicht. Ein Vorstandsmitglied oder jemand mit Zugang zu den Schlüsseln eines Vorstandsmitgliedes.«

»Wie zum Beispiel Leighton.«

»Auch Merrills Frau.«

Annie stieß ihren Teller weg. »Das wirft eine entscheidende Frage auf: Wurde jemand durch den Brief auf eine mörderische Idee gebracht, oder ist der Briefschreiber auch der Mörder?« Sie schlug mit ihrer kleinen Faust so hart auf den Tisch, daß das Bier über den Rand von Max' Glas schwappte. »Warum wollte Wells nicht auf uns hören? Der Brief ist wichtig. Ob Lucy es nun zugibt oder nicht – es wimmelt von Verdächtigen, wenn wir Leighton, Dr. Sanford und Roscoe Merrill noch dazunehmen. Wenn Wells sich nicht um sie kümmern will, tun wir es selbst!«

Die würzige Zederduftmischung konnte die darunterliegenden Gerüche von angebranntem Kaffee, Chlor und ungefegten Ecken nicht überdecken. Der Sonnenstrahl, der beim Öffnen der Eingangstür hereinfiel, zeigte auch, daß es längst einmal wieder Zeit gewesen wäre, den schwarzweiß gekachelten Fliesenboden im Swamp Fox Inn gründlich zu putzen. Annie dachte sehnsüchtig an die Sauberkeit in Death on Demand, aber Soldaten müssen eben mit einem Lager in der Nähe des Schlachtfeldes vorliebnehmen. Wenigstens war es an diesem Nachmittag ruhig. Die rastlosen Touristen waren unterwegs, um die Kultur Chastains zu genießen.

»Miß Laurance. Oh, Miß Laurance!«

Der Eingangsflur mit dem abgewetzten Fliesenboden führte direkt zu dem altmodischen Rezeptionstisch aus Eichenholz, auf dem sich Briefe, Broschüren, leere Limodosen, ein schmieriger Karton mit zwei triefenden, glasierten Doughnuts und eine Fliegenklatsche den Platz mit einem Telefonschaltpult aus der Zeit der großen Rezession und einer Briefablage mit den Nummern der Gästezimmer teilten. Idell Gordon stand auf Zehenspitzen hinter der Empfangstheke. Sie trug ein dunkelbraunes Baumwollkleid mit abstehenden Flusen, das ganz offensichtlich im Wäschetrockner getrocknet worden war.

Sie griff in das Fach für Zimmer 312 und zog einen Papierfetzen daraus hervor. »Für Sie, Miß Laurance. Inspector Wells läßt Ihnen ausrichten, daß Sie ihn anrufen sollen. Ich habe hier die Nummer für Sie.« Sie rückte das Telefon auf der Theke heran. Ihre vorquellenden Augen glitzerten vor Neugier.

»Oh, vielen Dank. Ich rufe von oben an.«

Annies Wangen waren rotgefärbt, weil sie das Kichern noch immer unterdrückte, als sie die Tür zu ihrem kleinen Zimmer aufschloß. »Hast du ihr Gesicht gesehen? Sie gierte geradezu danach, daß ich das Telefon auf der Theke benutze, damit sie zuhören kann.«

Max streckte sich bequem auf ihrem Bett aus. »Dein Gespräch geht so oder so über das Schaltpult unten, Liebling. Ich wette einen Kabeljau – den du essen mußt –, daß sie mithört.«

»Ich pflege nicht zu wetten«, konterte Annie tugendhaft.

Sie zog einen Korbstuhl zum Telefon, wählte und wurde sofort durchgestellt. »Sie wollten mich sprechen?«

»Ah, Miß Laurance.« Die Begrüßung klang wie das Kratzen einer Kerkertür auf Steinplatten aus dem

12. Jahrhundert. »Dachte, Sie würden sich vielleicht für den Autopsiebericht interessieren.«

»Ja, natürlich.« Eine Vorahnung kitzelte ihren Rücken hinunter. Warum teilte er ihr das mit?

»Die Schädelverletzung wurde durch den Kricketschläger verursacht. Das war aber nicht die Todesursache.«

»Nicht?«

»Sie ist ertrunken.«

Annie sah die schwere, nasse Gestalt vor sich, die mit dem Gesicht nach unten in dem von Wasserlinsen bedeckten Teich schwamm.

»Der Gerichtsmediziner vermutet, daß sie von hinten geschlagen wurde und vornüber ins Wasser fiel.«

Annie versuchte, sich das vorzustellen. Corinne stritt mit jemandem, drehte sich plötzlich um und wollte sich entfernen. Nein, Corinne mußte sich umgedreht haben, um auf den Teich zu schauen, und dann hatte jemand den Schläger genommen und zugeschlagen.

Ihr sechster Sinn schlug Alarm, als Wells knurrte: »Schwer, sich vorzustellen, warum sie jemandem den Rücken zudrehen und auf das Wasser starren sollte.«

Sein ironischer Ton weckte Annies Kampflust. »Oh, mir fallen da eine Menge Gründe ein. Sie und diese Person blickten auf den Teich. Dann trat der Mörder einen Schritt zurück und verpaßte ihr eins.«

»Ich sehe das anders.«

Sein Ton gefiel ihr nicht. Als Max ihren grimmigen Blick bemerkte, schwang er sich vom Bett.

»Nein«, krächzte Wells, »ich sehe es so: Sie streitet mit jemandem und dreht sich weg, um davonzugehen. Dann wird sie von hinten geschlagen und fällt vornüber.«

Annie wollte ihm zwar nicht unter die Arme greifen, konnte aber nicht widerstehen zu fragen: »Wie ist sie dann ertrunken, wenn sie auf den Pfad fiel?«

»Ertrinken?« fragte Max.

Wells fuhr fort: »Der Killer bemerkte, daß sie noch atmete. Doch jetzt gab es kein Zurück mehr, also zog er sie zum Teich, drückte ihren Kopf unter Wasser und ertränkte sie.« Sein schwerer Atem hallte in der Leitung. »Sie waren auch verdammt naß und schmutzig, nicht wahr?«

Das traf sie, als hätte er ihr mit einer Schrotflinte zwischen die Augen geschossen. »Warten Sie, warten Sie ... Ich habe versucht, sie aus dem Wasser herauszuziehen!«

Wells schwieg, wartete und schnaufte. Annie fühlte sich wie die glücklose Sopranistin, die vom Phantom der Oper gejagt wird. Dieser unverschämte Kerl versuchte es mit psychologischer Kriegführung.

Sie öffnete den Mund zu einer vernichtenden Antwort, aber er kam ihr zuvor.

»Die einzigen Fingerabdrücke auf dem Kricketschläger stammen von Ihnen. Überall klar und deutlich, am Griff etwas verschmiert und nur teilweise sichtbar.«

Sie spürte die eisige Gelassenheit, die einer Panik voranging. »Natürlich sind meine Fingerabdrücke drauf. Ich habe den Schläger zum Teich getragen, ich habe ihn nach Chastain gebracht ... Ich habe ihn bestimmt hundertmal angefaßt!«

Max' Gesicht verfinsterte sich besorgt.

Und wieder dieses anklagende Schweigen von Wells, das Annie zur Weißglut brachte.

Ihre Fingerabdrücke. Diese einfache Bemerkung zeigte, daß die Polizei einige Mühe auf sie verwendet hatte. »Wie kommen Sie an meine Fingerabdrücke?«

»Frank Saulter, Polizei von Broward's Rock.«

»Sie sind ein umtriebiger kleiner Mann.«

Max begann mit einem heftigen Wirbel in der Zeichensprache.

»Schade, daß Sie Ihre Zeit und das Geld der Steuerzahler verschwenden, Inspector. Ich habe Informationen für Sie. Der Brief – Sie wissen, welchen Brief ich meine – sagt klar und deutlich, wer Corinne gehaßt hat und warum. Dieser berühmte Brief wurde mitten in der Nacht auf der alten Remington der Gesellschaft für Denkmalpflege geschrieben, und zwar am 19., 20. oder 21. März, außerhalb der Bürozeiten. Nun ist aber niemand in das massive alte Fort eingebrochen, und was bedeutet das? Der Schreiber hatte einen Schlüssel. Und wissen Sie, wer einen Schlüssel zu dem Gebäude hat? Nur die Vorstandsmitglieder der Gesellschaft. Wer auch immer den Brief geschrieben hat, war entweder selbst der Mörder oder weiß ziemlich genau, wer der Mörder ist. Und ich glaube, ich weiß, wer den Brief geschrieben hat.«

Trotz ihres rasenden Zornes und des rasselnden Atems des Inspectors hörte Annie ein verräterisches Seufzen. Idell bekam alles mit.

Doch ihr war egal, wer hörte, was sie zu sagen hatte.

»Ich sage Ihnen, wer den Brief geschrieben hat. Wer weiß über alles Bescheid, was in der Stadt vor sich geht? Wer ist eine verbitterte alte Jungfer, die jeden haßt? Wer ist das einzige Vorstandsmitglied, das in der Story nicht vorkam? Ich sag's Ihnen: Miß Dora!«

Max machte ein verzweifeltes Gesicht und zog seinen Finger über seine Kehle.

Aber Annie war nicht mehr aufzuhalten. »Also machen Sie nur weiter Jagd auf unschuldige Menschen. Sie werden sehen, wohin das führt. Wenn Sie die Wahrheit nicht herausfinden wollen, werde ich es tun.«

16

»Wir haben keine Zeit dafür!« brüllte Max in ihr Ohr.

»Wir nehmen uns die Zeit«, beharrte Annie. Sie stellte sich auf die Zehenspitzen und versuchte, über die wippenden Köpfe hinwegzusehen. »Beim heiligen Petrus, was ist das nur für ein schrecklicher Lärm! Warum springen die Leute so rum?«

Er langte nach oben, schnappte sich einen dicken Ast der Eiche und schwang sich gekonnt hoch. Dann kletterte er wieder herab und schrie: »Sieht aus wie eine Mischung aus Square Dance und Steptanz.«

»Ach, natürlich. Die Holzschuhtänzer«, schrie sie.

»Quatsch. In South Carolina gibt es keine Holzfäller.«

Sie wies mit hilflosen Gesten zu der Seitenstraße, und mit gesenkten Köpfen erkämpften sie sich ihren Weg durch die dichtgepackte Menge auf der Lafayette Street. In das Geklapper, das wie die hohe Brandung des Meeres dröhnte, mischte sich das Rattern der Straßenbahn.

»Holzschuhtanz«, erklärte sie. »Ich habe davon in den Broschüren über Chastain gelesen. Er stammt aus Irland und Lancashire in England und ist über die Appalachen hierhergekommen. Das stand neben den Ankündigungen der stündlich stattfindenden Zaubershows im Prichard-Museum und des Flohmarktes im alten Zeughaus und unter der Ankündigung des Pralinewettessens im Erdgeschoß der Methodistenkirche.« Annie klammerte sich an seinen Arm, und sie fielen in einen leichten Trab. Wenigstens waren sie schon am Rand des Verkehrsstroms.

»Gibt's noch andere Attraktionen, die du mir verschweigst?« Er warf einen besorgten Blick auf die Uhr. »Annie, deine Truppe wird in zwanzig Minuten zum Einüben erscheinen.«

»Die müssen warten. Außerdem haben sie sich gestern abend gut geschlagen. Das hier ist wichtiger.«

Trotzdem verlangsamte sie an der Kreuzung Ephraim und Prince Street das Tempo, um auf ein Gebäude im neohellenistischen Renaissancestil mit grüngrauem Anstrich zu zeigen. »Da wohnt Lady Lust.«

»Sybil Giacomo?« Es war sicher nicht falsch zu behaupten, daß Max' Ton plötzlich lebhafter klang.

Annie warf ihm einen empörten Blick zu. »Die eine und einzige.«

»He, warum gehen wir nicht gleich zu ihr und sprechen mit ihr? Wir müssen noch herauskriegen, wo sie und Tim waren, als Corinne getötet wurde.«

Annie hielt seinen Arm fest. »Morgen.«

Als sie die lange, dunkle Reihe der Eisengitterstäbe zwei Häuser weiter erreichten, fühlte Annie ein seltsames, leises Stechen in der Brust. Die langen Schatten des späten Nachmittags bildeten düstere Pfützen auf der gewaltigen Rasenfläche. Das Spanische Moos hing in geisterhaften Strähnen von den Zweigen der Rieseneichen. Der Tag war still und düster, und der süße Geruch des Pittisporum lag wie ein betäubend kräftiges Parfüm in der Luft.

Sie öffnete das Tor mit dem verschnörkelten Ananasmotiv. Das widerwillige Kreischen des Metalls paßte zur Stimmung im Allerheiligsten.

Auf halber Höhe der stattlichen Allee aus Rieseneichen blieb Annie stolpernd stehen. »Sieh nur, da ist noch eins.« Ihr Gesicht sah aus, als zeige sie auf eine Tarantel.

Das Schild war mit braunem Draht an einem tief herabhängenden Eichenast befestigt.

›An dieser Eiche fanden nachweislich acht Duelle statt, von denen aber nur eines einen tödlichen Ausgang hatte. Folgendes geschah damals: Harold Anderson Chastain machte sich über das Benehmen von Richter Arthur Winyard lustig und verkündete, daß dieser dem Gutsverwalter hörig sei und seinen Verpflichtungen als Magistrat nicht nachkomme. Der Sohn des Richters, Thomas, suchte Mr. Chastain auf und schlug ihn nach einem hitzigen Wortwechsel mit der Reitpeitsche. Die Männer trafen sich zur Mittagsstunde am 18. August 1805 zum Duell. Jeder ging fünfundzwanzig Schritt, drehte sich um und drückte ab. Mr. Winyard wurde tödlich getroffen und starb noch am Ort des Duells. Er war zweiundzwanzig Jahre, acht Monate und sechs Tage alt. Mr. Chastain wurde schwer verwundet und verschied am 6. September 1805 im Alter von zweiunddreißig Jahren, neun Monaten und siebzehn Tagen.‹

Annie fröstelte. Die Kälte kam nicht nur von der sonnenlosen Dunkelheit unter den Bäumen.

»Sie ist verrückt«, flüsterte sie.

Dann griff sie wieder nach Max' Arm – natürlich nur der Freundschaft wegen –, und sie setzten ihren Weg auf der Muschelsandauffahrt fort. In der nach dem Lärm an der Uferpromenade bedrückenden Stille waren ihre Fußtritte überlaut und deutlich zu hören.

Eine flache Kalkzementmauer umschloß das Haus, das aus Ziegelsteinen unterschiedlicher Brauntöne erbaut war. Vier gewaltige, mit Kalkzement verputzte dorische Säulen trugen eine doppelstöckige Veranda und ein flaches Dach mit einer Balustrade. Sie stiegen die Stufen hinauf. Ein Schaukelstuhl aus Rattan stand zum Rasen hingedreht. Annie klopfte kräftig an die Tür.

Sie hätten ebensogut an ein Grab im Tal der Könige klopfen können. Kein Geräusch. Keine Bewegung. Keine Antwort.

»Verdammt, sie kann mich doch nicht des Mordes bezichtigen und dann wie eine Ratte in ihrem Erdloch verschwinden.«

Doch Miß Doras Haus brütete schweigend im Licht der untergehenden Sonne, so unzugänglich für Annie, wie es in seiner Vergangenheit für alle anderen Besucher gewesen war.

Enttäuscht hob Annie beide Fäuste und hämmerte erneut gegen die Tür, erzielte aber nicht mehr Wirkung als zuvor. Sie drehten sich um und wollten eben die Treppe hinuntergehen, als Annie Max' Arm ergriff.

»Hast du gesehen?«

»Was?«

»Das Fenster. Ich schwöre dir, daß sich der Vorhang bewegt hat.«

Annie starrte die düsteren Samtfalten an, die sich vor die Scheiben drückten. War da ein Spalt, eine dünne Lücke, durch die man hindurchsehen konnte? Wurden sie von dunklen, boshaften Augen angestarrt?

Sie gaben auf und stiegen die Treppe hinab, aber Annie wußte, daß auch sie jetzt in ein Duell verwickelt war. Ein geistiges Duell, vielleicht mit tödlichem Ausgang.

Für den Dienstag abend war Annie vorgewarnt. Sie hatte den Montag abend überstanden, den Start der Krimiveranstaltung. Ingrid, ihre Angestellte aus Death on

Demand, führte die Aufsicht im Polizeizelt. Sie war noch einmal ausdrücklich darauf hingewiesen worden, daß jedes Team nur einen Durchsuchungsbefehl erhielt. Man hatte sie angewiesen, mißtrauisch zu sein, ganz besonders gegenüber hartnäckigen kleinen alten Damen mit unschuldigem Gesichtsausdruck. Außerdem solle sie ein wachsames Auge auf den Indizientisch haben. Annie hatte vor, heute abend das Verhörzelt persönlich aufzusuchen und dafür zu sorgen, daß sich die Detektive innerhalb vernünftiger Grenzen bewegten.

Nach ihrer kurzen Einführungsrede und der Vorstellung der Verdächtigen folgte sie der drängenden Menge zu den Zelten. Sie winkte Max zu, der die Liste der Teams erstellte, die den Tatort besichtigen wollten. Ingrid wirbelte wild mit den Händen, und Annie ging zu ihr. Sie wich den Gruppen der Detektive aus, als eine durchdringende Stimme fragte:

»Was ist mit dem echten Mord, Miß Laurance? Schnuppern Sie da auch etwas herum?«

Walroßbart strahlte sie fröhlich an, hob dann seinen Camcorder und stellte scharf. Mutter sprang vor, mit einem Mikrofon in der ausgestreckten Hand.

Annie hatte sich immer gefragt, wie es war, wenn man alle Blicke auf sich zog. Plötzlich wußte sie es. Es herrschte eine Stille wie in der stehenden Luft im Auge eines Hurrikans.

»Ich habe gehört, daß Sie und der Inspector eine Unterredung hatten.«

Die Fähigkeiten von Hobbydetektiven, an Informationen zu kommen, sollte vom CIA analysiert werden, fand Annie. Vielleicht konnte der noch was lernen.

»Wir haben über das Verbrechen gesprochen«, antwortete sie vorsichtig.

»Kommen Sie schon, Mädchen. Lassen Sie es raus.«

»Ich weiß wirklich nicht viel …«

Die Menge seufzte enttäuscht.

»… aber soviel kann ich Ihnen sagen …«

Wieder war es totenstill.

»Es sieht so aus, als hätte der Mörder Mrs. Webster sehr, sehr gut gekannt.« Sie winkte, lächelte und wandte sich ab. Sollte Inspector Wells daran herumknabbern.

Sie war in bester Laune, als sie zu Ingrid an den Indizientisch trat.

»Sollten da nicht *fünf* Stück liegen?«

Sie deutete auf den Tisch, auf dem die Zugfahrkarte, das zerknitterte Taschentuch mit Initialen, der Stummel der türkischen Zigarette und die Notiz mit der Botschaft ›Ich kann nicht kommen‹ lagen.

Annie war empört, aber nicht wirklich überrascht. Diese Süchtigen schreckten vor nichts zurück. »Jemand hat ein Indiz gestohlen«, flüsterte sie Ingrid zu. »Ich bin gleich wieder da.« Zum Glück hatte sie noch Duplikate von allen Indizien im Gasthaus, und es war kein Problem, das fehlende Stück zu ersetzen. Aber sie hatte nicht mit der Neugier der Detektive gerechnet. Auf dem Weg zum Eingangstor wurde sie dreimal angesprochen, dann mußte sie sich auch noch durch die Menge der Jahrmarktsbesucher auf der Ephraim Street kämpfen. Heute abend gab ein Bauchredner mit sprechender Banane eine kostenlose Darbietung seines Könnens. Zum Glück befand sich das Gasthaus gleich hinter Benton House. Sie schlängelte sich durch die Menschenmenge an der Bar, stürmte in ihr Zimmer, schnappte sich eine Fotokopie des Fußabdruckes und eilte treppab.

Idell streckte den Kopf aus dem unaufgeräumten Büro hinter der Rezeption. »Miß Laurance. Oh, Miß Laurance!«

»Tut mir leid, ich hab's eilig ...«

»Miß Laurance, glaubt die Polizei, daß die Person, die Ihnen den Brief geschrieben hat, auch der Mörder ist?«

Schon halb aus der Tür und ohne ihr wirklich Aufmerksamkeit zu schenken, rief Annie: »Vielleicht, vielleicht auch nicht.«

Sie ersetzte das gestohlene Indiz und bewegte sich dann unauffällig durch das Zelt. Wenigstens hier liefen die Ermittlungen glatt, wenn auch nicht jeder von ihrem Mord in besseren Kreisen begeistert war. Ein magerer Mann in einer schwarzkarierten Hose, die nur ungenügend von gelben Hosenträgern gehalten wurde, schnarrte einer dicken Frau in rosafarbener Strumpfhose zu: »Das ist doch ein weibischer Mord. Was mich betrifft, ich will einen Helden.« Er hielt inne und sagte dann barsch: »In diesen ganz gewöhnlichen Straßen ...«

»O Gott«, stöhnte seine Begleiterin, »wenn du jetzt auch noch Chandler zitierst ...« Annie wandte sich ab, um ein Grinsen zu verbergen. Im Verhörzelt konzentrierte sich Team 4 auf die Nachforschungen; der Sprecher, ein weißhaariger Anwalt aus Chastain, bearbeitete Reginald Hoxton.

»Können Sie uns sagen, womit Sie Ihren Lebensunterhalt verdienen, Mr. Hoxton?«

Sanford lehnte sich in seinen Stuhl zurück, und ein wölfisches Grinsen erschien auf seinem Gesicht. Er trug ein gelbes Hemd mit einem weißen runden Kragen und eine hellblaue Hose. Das sah zwar nicht nach 1930 aus, aber dennoch war er der Inbegriff eines Mannes, dem man keinen Gebrauchtwagen abkaufen würde. Zum ersten Mal hatte Annie den aggressiven Arzt im Verdacht, Sinn für Humor zu haben.

»Investitionen«, antwortete er leichthin.

»Investitionen in was, Mr. Hoxton?« beharrte der Anwalt.

»Heute in diesem Geschäft, morgen in einem anderen.«

»Vielleicht ist es Ihre wahre Beschäftigung, Frauen auszunutzen, Mr. Hoxton?«

»Das, mein Herr, sind seltsame Worte.«

»Ach ja? Können Sie uns die Aussage der Zofe von Miß Alicia erklären? Sie hat uns gesagt, daß Lady Alicia Ihnen 3400 Pfund schulde.«

»Gelogen, alles gelogen.«

»Agnes sagte, Sie hätten ihrer armen Herrin wegen großer Geldsummen zugesetzt, und sie gab an, daß sie

Ihnen die Summen wegen Verlusten im Kartenspiel schulde. Stimmt das, Mr. Hoxton?«

Lächelnd ging Annie weiter und trat hinter den Kreis der Fragenden um Agnes.

Ihr Lächeln verschwand. Die arme Lucy war offensichtlich elend dran. Steif und ohne zu lächeln saß sie in ihrem Stuhl. Heute abend trug sie ein attraktives schwarzweißes Seidenkleid und Handschuhe. Im Gesicht hatte sie einen ungewohnten Farbklecks auf beiden Wangen, und Annie erkannte, daß sie versucht hatte, ihre Blässe mit Make-up zu überdecken. Lucy hörte den Fragenden aufmerksam zu und antwortete nur mit den nötigsten Worten, während ihre Hände verkrampft in ihrem Schoß lagen.

»Agnes, was genau hörten Sie Mr. Nigel zu Miß Snooperton sagen?«

Lucy blickte auf ihre vorbereiteten Antwortkarten. »Es hat mich sehr erschreckt, Sir, *das* kann ich Ihnen versichern. Mr. Nigel war ganz aufgebracht. Er wiederholte immer wieder, daß er wissen wolle, wie lange sie sich schon still und heimlich mit Lord Algernon treffe. Miß Snooperton bestritt, daß das jemals vorgekommen sei. Mr. Nigel sagte, er werde keine Frau heiraten, die ihn anlüge. Darauf sagte Miß Snooperton, daß er ihr sein Wort gegeben habe und sie seinen Ring trage und es einen Skandal geben werde, wenn er ihre Verlobung jetzt löse. Mr. Nigel stürmte davon, aber sie rief ihm nach, daß sie später wie geplant mit ihm sprechen wolle.«

Teamsprecher 6 bohrte nach. »Seltsam, daß Sie so viel über alles und jeden mitbekommen, nur über Ihre Herrin nicht. Sagen Sie uns, wann Sie das Collier zum letzten Mal in ihrem Besitz gesehen haben.«

Lucys verzweifeltes Schweigen war perfekt. Schließlich antwortete sie scharf: »Ich kenne das Collier wie meine eigene Hand. Ich hab' es an diesem Morgen noch gesehen. Aber Sie können mir nicht vorwerfen, daß ich Augen und Ohren habe, und Mr. Nigel weiß auch mehr, als er sagt.«

Eine hohe, scharfe Stimme drängte die Teamkameraden: »Oh, bitte schneller. Wir müssen einen Durchsuchungsbefehl für Nigel Davies beantragen.«

Annie hätte diese Stimme überall wiedererkannt. Als die Teammitglieder aufbrachen und zum Polizeizelt trabten, rief Annie: »Mrs. Brawley.«

Langsam und widerstrebend blieb die dürre Gestalt mit dem spitzen Fuchsgesicht einen Moment stehen.

Annie schnappte sich einen knochigen Ellenbogen. »Sie waren doch letzte Nacht schon hier.«

Mrs. Brawley hob kämpferisch ihr Kinn: »Ich habe auch eine Eintrittskarte für heute abend.«

»Das ist unfair.«

»Es steht nirgendwo in den Regeln, daß man nicht jeden Abend mitmachen kann, wenn man eine Eintrittskarte löst.« Mrs. Brawley schüttelte Annies Hand ab. »Und ich hab' für jeden Abend eine Karte gekauft.« Sie schoß davon.

Annie starrte ihr nach.

Das grenzte an Betrug. Wenn Mrs. Brawley bei vier verschiedenen Teams mitmachen würde, wäre es ein verdammtes Wunder, wenn sie das Rätsel nicht als erste löste.

Doch Mrs. Brawley hatte recht. In den Regeln stand mit keinem Wort, daß es nicht erlaubt war.

Annie fand es nicht überraschend, daß so viele Morde passierten. Was sie viel mehr erstaunte, war, daß so wenige geschahen.

Sie folgte Mrs. Brawley und deren Team und kam gerade rechtzeitig, um zu sehen, wie es die Informationen von dem Durchsuchungsbefehl für Nigel Davies erhielt.

Sie erfuhren folgendes: ›Man hatte allgemein angenommen, daß Nigel Davies seine Jugendliebe Susannah Greatheart heiraten würde, und seine Freunde waren sehr überrascht, als seine Verlobung mit Miß Snooperton bekanntgegeben wurde. Man beobachtete, wie Nigel und Miß Snooperton stritten, und hörte, daß Nigel mit der Auflösung der Verlobung drohte. Die Durchsuchung seines Zimmers im Landhaus förderte eine Notiz von Miß Greatheart zutage, die mit Selbstmord drohte, wenn er nicht zu ihr zurückkäme.‹

Mit glücklichem, erwartungsvollem Gelächter trollte sich das Team zum Verhörzelt und einer Befragung von Miß Greatheart.

Annie sah auf die Uhr. Zwanzig vor zehn. Gott sei Dank war der Irrsinn bald vorbei.

»Miß Laurance.«

Auch diese Stimme kannte sie.

»Kann ich einen Moment mit Ihnen sprechen?«

Das war zwar höflich ausgedrückt, doch Bobby Fraziers Ton ließ ihr keine Möglichkeit zur Ablehnung. Sein Gesicht lag im Schatten eines hohen, duftenden Pittisporum-Strauches.

»Natürlich.«

Er wies mit dem Kopf in Richtung Benton House. »Lassen Sie uns zum Zaun gehen.«

In der Nähe des Tores zwischen den zwei Grundstücken fanden sie eine Oase der Stille.

Im gelblichen Schimmer der Lampe über ihren Köpfen wirkte Frazier erschöpft und müde. Falten der Anspannung zogen sich um seinen Mund.

»Was hat Gail Ihnen erzählt?«

Annie gefiel sein gebieterischer Ton nicht.

»Warum fragen Sie sie nicht selbst?«

Frazier schluckte mühsam. »Sehen Sie, ich muß es wissen. Ich muß wissen, was zum Teufel hier vorgeht.«

»Gehen Sie zum Telefon«, erwiderte sie, »und rufen Sie sie an.«

»Das kann ich nicht.« Er hielt sich an einer Eisenstange des Zaunes fest. Eigentlich sah er harmlos aus – ein junger Mann in einer Khakihose und einem gelben Sporthemd, aus dessen Tasche Stifte ragten. Und doch erinnerte er Annie an ein Raubtier, daß sich zum Sprung duckte, jeder Muskel straff, jeder Nerv zum Zerreißen gespannt. Mit Mühe beherrschte er sich. »Sehen Sie, Miß

Laurance, ich will doch nur wissen, was sie Ihnen gesagt hat. Das ist doch kein Staatsgeheimnis, oder?«

»Sie hat mir von den Gesprächen mit Ihnen erzählt. An dem Tag, als Corinne ermordet wurde.«

Seine Hand krampfte sich um die Eisenstange. »Vielleicht haben Sie einen falschen Eindruck bekommen.«

Sie wartete.

»Gail ist ein liebes Mädchen, aber sie interessiert sich nicht für mich, und ich interessiere mich nicht für sie.«

»Ach?«

»Ja. Wir sind nur Freunde. Das ist alles.«

»Ich schätze, Sie haben vergessen, ihr das zu sagen.«

Er ergriff ihren Arm so fest, daß Annie leise aufstöhnte. »Was zum Teufel meinen Sie damit?«

Weil sein Ton ihr angst machte, antwortete sie schnell: »Gail ist ein nettes Kind, Mr. Frazier. Sie kann nichts anderes sagen als die Wahrheit, und deshalb erzählt sie jedem – und ich wette, auch Inspector Wells –, daß es Ihnen egal ist, ob sie Geld hat oder nicht, und daß Sie sich trotz allem weiterhin treffen wollen.«

»Scheiße.« Seine Finger ließen sie los. Er knallte das Tor zu und tauchte ins Dunkel ein.

Annie starrte dem gelben Hemd nach, bis die Nacht es verschluckt hatte. Was hatte das zu bedeuten? Nichts Gutes für Gail. Ein wenig ehrenhafter Versuch Bobby Fraziers, sich von jedem Verdacht zu befreien?

Annie seufzte, wandte sich ab, um zu dem Chaos zurückzugehen, und erstarrte. Hatte es in den Büschen hinter ihr nicht geraschelt? Sie wirbelte mit klopfendem Herzen herum und starrte in die Schatten. Ja, da bewegte sich etwas ... Da war ein dunkler Stoffetzen ... Sie erschauerte. Plötzlich war es in den Büschen wieder still. Aber sie hatte ein runzliges Gesicht und boshafte Augen gesehen.

Oder doch nicht?

Mit einem Gefühl des Grauens eilte sie den Weg zu den Zelten hinauf.

17

Angeekelt beobachtete Annie, wie Max Kaffee in ihre Tasse goß.

»Siehst du das nicht? Er ist gelb. Er ist noch nicht mal braun.«

»Wir könnten runter ins Harbor Lights gehen. Wie ich hörte, haben sie dort wunderbare belgische Waffeln und exzellenten Kaffee.«

Annie blickte düster in ihre Kaffeetasse. »Das würde sie mitkriegen, und dann bekommen wir nie wieder ein Wort aus ihr heraus.«

»Ich bin mir nicht sicher, ob sie überhaupt was weiß«, sagte Max ruhig.

»Bestimmt. Sie ist viel zu neugierig, um nicht irgend etwas zu wissen, das uns weiterhelfen könnte. Psst. Sie kommt.«

Idell Gordon rauschte in den Innenhof und lächelte, zufrieden über die vollbesetzten Tische. Neben Max und Annie blieb sie stehen.

»Guten Morgen. Wie geht's unseren Detektiven heute?« fragte sie verschmitzt.

Nach einer unruhigen Nacht auf einer zu weichen Matratze, einer Jagd auf eine Küchenschabe um zwei Uhr morgens und einem bevorstehenden Nervenzusammenbruch wegen Koffeinentzuges lag Annie eine ehrliche Antwort auf der Zunge. Trotzdem zwang sie sich zu einem grimmigen Lächeln und schwieg taktvoll.

Max erhob sich höflich, was Annie zusätzlich ärgerte. »Wollen Sie uns nicht beim Frühstück Gesellschaft leisten, Mrs. Gordon?«

»Ach, mein lieber Junge, ich bin schon seit Sonnenaufgang auf den Beinen. In einem Hotel gibt es immer Arbeit.«

Sie bedeutete ihm, sich wieder zu setzen. Ihre vorquellenden, fragenden Augen blickten auf die Zeitung – die Mittwochsausgabe des Chastain Courier – mit den riesigen Schlagzeilen zu den Ermittlungen im Mordfall

Corinne Prichard. »Wissen Sie, wer die Story geschrieben hat?«

Idell mußte nicht extra sagen, welchen Artikel sie meinte.

Sie nickten. Bobby Fraziers Name stand darunter.

»Was würde Corinne wohl denken, wenn sie das wüßte?«

Annie und Max betrachteten das als rhetorische Frage und warteten ab.

An diesem Morgen war Idell auf die schlechte Idee gekommen, eine blaßrosa Bluse und eine enge weiße Polyesterhose zu tragen. Keines von beidem war besonders vorteilhaft. Sie starrte noch immer mit leuchtenden Augen auf die Zeitung. »Haben Sie gelesen, daß Leighton eine Belohnung von fünftausend Dollar für Hinweise, die zur Ergreifung des Mörders führen, ausgelobt hat?« Sie sah Annie und Max scharf an. »Werden Sie versuchen, die Belohnung zu bekommen?«

Max schüttelte den Kopf. »Nein. Daran haben wir überhaupt nicht gedacht.«

»Und Sie?« fragte Annie.

Idell legte eine Hand an ihren faltigen Hals und trat einen Schritt zurück. »Oh, nein, nein. Natürlich nicht. Wie sollte ich auch? Also, genießen Sie Ihr Frühstück. Ich muß mich jetzt um die Küche kümmern.« Mit diesen Worten trippelte sie davon.

»Sie führt etwas im Schilde«, sagte Annie scharf. »Aber eher schneit es in der Hölle, als daß sie uns was davon erzählt.«

»Glaubst du?« Er gähnte und nahm die Zeitung.

Annie seufzte und trank einen Schluck von der als ›Kaffee‹ bezeichneten Flüssigkeit. »Gibt's was Neues?«

»Wenig. Mal sehen ... Mrs. Webster wurde zuletzt von der Köchin beobachtet, wie sie den Pfad von der Küche aus entlangging. Das war gegen fünf. Niemand will sie danach noch gesehen haben.«

Annie fischte den Notizblock mit der Spiralheftung aus ihrer Tasche und blätterte bis zu einer leeren Seite.

17 Uhr C.W. verläßt Prichard House.

17 Uhr 30 Annie findet ihre Leiche.

Sie verglich es mit einigen anderen Notizen.

16 Uhr 25 Annie in der Laube, Gail und Bobby kommen und streiten sich.

16 Uhr 30 Bobby folgt Gail, schlägt ihr vor nachzuprüfen, was mit C.W.s Scheck passiert ist.

16 Uhr 35 Gail in Prichard House, Telefonat mit Bank, Streit mit C.W.

16 Uhr 50 Gail verläßt das Haus, um Bobby zu suchen, findet ihn, sagt ihm, daß C.W. ihre Erbschaft zurückhalten will. Gail geht ins Haus zurück, wohin geht Bobby?

17 Uhr C.W. verläßt das Haus. Warum?

Sie sah sich die Zeiten genau an. »Wohin wollte Corinne?«

»Da ich kein Hellseher bin, kann ich's dir nicht sagen.«

»Max, sei ernst. Das ist wichtig. Warum hat Corinne das Haus verlassen? Wo wollte sie hin?«

»Vielleicht wollte sie den Beginn der Veranstaltungen nicht verpassen.«

»Dafür war es zu früh. Die Tore wurden erst um sechs Uhr geöffnet. Wo wollte sie also um fünf Uhr hin?«

Max verschränkte die Hände hinter dem Kopf und sah zu der dreistöckigen Fassade mit den Balkonen auf, die sich gefährlich zum Innenhof neigten. »Ein schönes Erdbeben, und das Ding bricht zusammen.« Als Annie unruhig herumrutschte, hielt er eine Hand hoch. »Ich denke ja nach. Warum hat Corinne das Haus verlassen? Ich könnte mir spontan mindestens sechs Gründe vorstellen: Sie wollte zu dir, um dich noch ein bißchen zu ärgern; sie wollte nachsehen, ob der Partyservice schon da war; sie war der Meinung, dies sei die richtige Zeit, um mit der Natur zu kommunizieren; sie hatte einen heimlichen Geliebten und war mit ihm zu einem Rendezvous hinter einem Schilfgestrüpp verabredet; sie wollte zum Büro von Roscoe Merrill, um ihm Kummer zu machen, oder war – aus demselben Grund – auf dem Weg zu Dr. Sanford. Das waren sechs, oder?«

»Fünf Uhr«, murmelte sie. »Sie muß etwas vorgehabt haben. Für die Gala war es noch zu früh, und wegen mir war sie schon ein paarmal unterwegs gewesen. Nein, das ist wichtig. Wir müssen herausfinden, weshalb sie das Haus verlassen hat.«

Chloe war klein, dunkelhäutig und müde. »Nein, Ma'am, Miß Corinne hat mir nichts gesagt.«

Das Sonnenlicht glänzte überall in der makellosen Küche von Prichard House. Die kupfernen Kochgeräte über dem Schneideblock glitzerten, und der Geruch von Apfelkuchen und Bratenfleisch hing in der Luft, aber die dazu passende Festtagsstimmung fehlte. Chloe bereitete das Essen für die Familienmitglieder nach der Beerdigung am Nachmittag vor.

Sie sah Max und Annie mit tränenfeuchten Augen an. »Sie war aufgeregt und lief ganz schnell.«

»Glauben Sie, daß sich Mrs. Webster mit jemandem treffen wollte?«

Chloe knetete ihre Hände vor der frischgewaschenen weißen Schürze. »Ich weiß nicht. Sie hat viel Aufregung gehabt. Miß Gail ist ein dummes Mädchen. Sie rennt dem hergelaufenen jungen Mann hinterher. Sie hätte auf Miß Corinne hören sollen. Sie haben schrecklich gestritten, und Miß Gail ist aus dem Haus gerannt. Dann klingelte das Telefon.«

Annie beugte sich vor. »Ein Anruf für Mrs. Webster?«

Die kleine Frau nickte traurig. »Ja, Ma'am. Sie sagte böse, daß sie sich entschieden hätte, das wäre alles. Ich ging in die Speisekammer, und eine Minute später ist sie weggegangen.«

Max machte ein finsteres Gesicht. »Wo war Mr. Webster, als das passierte?«

»In meinem Arbeitszimmer.« Leighton Webster stand in der Küchentür, sein schweres Gesicht wirkte kalt und unfreundlich. Heute verströmte er keinen knabenhaften Charme. Die kräftigen Hände hingen zu Fäusten geballt an seiner Seite.

Max versuchte es trotzdem. Er lächelte Webster freundlich an. »Wir versuchen herauszufinden, weshalb Ihre Frau das Haus verließ. Haben Sie zufällig etwas von dem Telefongespräch mitbekommen?«

»Es gehörte nicht zu meinen Angewohnheiten, meine Frau zu belauschen. Des weiteren glaube ich, daß es eigentlich Sache der Polizei ist, solche Fragen zu stellen.« Webster blickte sie abweisend an. »Wie ich höre, hat Gail Sie um Nachforschungen ersucht. Ich halte das für absurd und beleidigend.«

»Warum haben Sie etwas dagegen, daß wir versuchen, den Mörder zu finden?« fragte Annie.

Leighton rieb sich mit einer Hand über die Wange und seufzte schwer. »Ich weiß nicht, was geschehen ist.« Sein Trotz wich der Unsicherheit. »Ich kann nicht glauben, daß jemand Corinne mit Absicht weh tun würde, und erst recht niemand, den sie kannte. Es muß ein Fremder gewesen sein. Es war eine von diesen schrecklichen Taten, die immer wieder vorkommen.« Er sah sie stumm und flehend an. »Meinen Sie nicht?«

»Das könnte sein«, sagte Max sanft.

»Sie sind doch dabei, Leute zu befragen. Fragen Sie sie, ob jemand einen Fremden gesehen hat.«

»Es war kein Fremder.«

Leighton und Max starrten Annie an.

»Wie soll es ein Fremder gewesen sein?« Sie hob fragend die Hände. »Denken Sie nach. Corinne hat der Person, die sie schlug, den Rücken zugewandt. Es muß jemand gewesen sein, den sie kannte und vor dem sie keine Angst hatte.«

»Das glaube ich nicht. Das werde ich niemals glauben.« Leightons Stimme war heiser vor Zorn.

»Warum nicht? Sie hat jeden in der Stadt rasend gemacht. Was ist mit Ihnen? Nachdem ich Ihnen allen den Brief vorgelesen hatte, hat Corinne Sie da nicht gefragt, ob Sie was mit einer anderen Frau hätten?«

Plötzlich herrschte Stille. Annie war sich des entsetzten Blickes von Max und der Erstarrung von Leighton voll bewußt. Sie hatte eine wunde Stelle berührt. Keine Spur vom gerechten Zorn des Unschuldigen.

Leighton antwortete nicht, sondern sah an ihnen vorbei, als ob sie gar nicht da wären. In seinen Augen spiegelten sich Qual und großer Kummer. Dann drehte er sich ohne ein weiteres Wort um und stolperte aus der Küche.

Schweigend gingen Annie und Max die Hintertreppe von Prichard House hinab und nahmen den Weg Richtung Teich.

»Armer Hund.«

»Ich weiß. Tut mir leid«, sagte Annie entschuldigend.

»Ist schon gut. Er sollte, weiß Gott, ganz oben auf Wells' Liste stehen.«

»Nur daß Wells eben nicht über die Tatsache hinwegsehen kann, daß Leighton Bürgermeister ist.« Annie stapfte durch einen Haufen von Kiefernnadeln.

»Glaubst du, daß er es getan hat?«

Sie langte hoch und griff nach dem weichen Spanischen Moos. »Es wundert mich, daß er auf diesem mysteriösen Fremden beharrt.«

Sie näherten sich der Laube. Dahinter lag, still und schwarzgrün, der Teich. Keine Brise raschelte im Schilf. Als sie die Stufen zur Laube hochgingen, hallten ihre Schritte in der Stille des Morgens. Sie setzten sich auf eine der Holzbänke. Düster starrte Annie auf den Platz, wo Corinnes Leiche gelegen hatte.

»Es macht einen ganz schönen Unterschied, ob jemand nur wütend geworden ist und im Affekt den Schläger genommen und zugeschlagen hat, oder ob sie hierher gelockt und mit Vorsatz ermordet worden ist.«

»Wieso?« fragte Max.

»Ein Unterschied in der Persönlichkeit. Nimm Leighton Webster, zum Beispiel. Ich kann mir nicht vorstellen, daß er einen Mord plant. Er ist zu sehr Gentleman. Aber wenn er von Sinnen und eine Waffe in der Nähe ist ...«

»Warum sollte er sich mit ihr am Teich streiten? Sie hatten ein riesiges Haus für ihre Gefechte.«

Annie warf ihm einen prüfenden Blick zu. »Ich glaube fast, er tut dir leid. Vielleicht hatte Leighton sie gerade um die Scheidung gebeten, und sie hat gesagt, daß das nicht in Frage komme und sie sich nicht scheiden lasse. Vielleicht hat Chloe sich mit dem Telefon geirrt, vielleicht hat Corinne mit Leighton gesprochen. Sie war wütend, also lief sie raus und machte einen Spaziergang. Er ging ihr nach, traf sie am Teich, sie stritten sich weiter und ... zack.«

»Vielleicht«, sagte Max zweifelnd, während er seine Schuhspitze durch den Staub zog. »Dann wäre es im Affekt passiert. Ich glaube aber, daß der Mord bis ins kleinste Detail geplant war. Irgend jemand wußte, daß der Kricketschläger hier liegen würde, und rief Corinne an, um sie zu einem Treffen zu überreden. So stelle ich mir das vor.«

Sie klopfte mit den Fingern unruhig auf die Armlehne der Bank. »Wir müssen unsere Verdächtigen bis ins Detail analysieren. Kate Fansler kriegt *immer* raus, wie die Leute denken.«

»Ich bin einverstanden, wer immer Miß Fansler auch sein mag. Was schlägst du vor?«

»Ein paar Tête-à-têtes.«

Edith Ferrier bat sie zögernd herein und ging dann zur Seitenveranda voran. Freundliche rote und schwarze Kissen machten die Korbstühle bequem. Ein halbfertiger gelber Afghan lag auf einem Kaffeetisch aus Korb.

Sie bedeutete Annie und Max, auf der Couch Platz zu nehmen, und setzte sich selbst gegenüber in einen Stuhl mit gerader Lehne. Ohne zu lächeln, sah Edith sie an. Ihre mit Wimperntusche gefärbten jadegrünen Augen blickten wachsam. »Ich kann mir nicht vorstellen, warum Sie mit mir sprechen wollen.« Ihr Kinn zuckte einen Zentimeter zurück.

Von den Touristen hörte man hier nichts. Im Geißblatt, das sich um die Balustrade der Veranda rankte, summten Bienen. Schwalbenschwanzfalter flatterten um den Hartriegel mit den weißen Blüten, die wie ein verschneiter Berggipfel leuchteten. Obwohl der gepflegte Garten, der kleiner als die Gärten der Tourhäuser war, in frühlingshafter Fülle strahlte, spürten alle die Spannung zwischen ihnen.

»Wir sprechen mit jedem, der ein Motiv hatte, Corinne zu töten.« Annie wußte, daß sie mit dieser Eröffnung einen Fehdehandschuh in den Ring warf. Aber warum nicht?

Wieder das nervöse Zucken, aber Edith beherrschte ihr rot geschminktes Gesicht. »Ich gehöre nicht dazu.«

Annie setzte ihren Angriff fort. »Sie sind eines der Gesellschaftsmitglieder, die in dem Brief erwähnt werden.«

»Das kann niemand beweisen.« Ediths Finger spielten nervös mit den Falten ihres marineblauen Rocks.

»Es ist eindeutig. Am Montag, als Corinne Ihnen im Nacken saß, haben Sie zugegeben, daß sie Sie daran gehindert hat, Vorsitzende der Gesellschaft zu werden.«

Edith nahm den Afghan hoch und begann mit der Knüpfarbeit, die Augen starr auf den schimmernden Haken gerichtet.

»Ich engagiere mich auch in anderen Gesellschaften und verfüge über viele Möglichkeiten, meine Zeit auszufüllen. Es gibt in Chastain genug Menschen, die meine Arbeit zu würdigen wissen.«

Bevor Annie wieder sprechen konnte, stieß Max sie mit dem Knie und lächelte Edith gewinnend an. »Ich habe mich wirklich schon auf die Gelegenheit gefreut, mich einmal mit Ihnen unterhalten zu können.«

Der Häkelhaken hielt in der Bewegung inne.

»Annie und ich sind Fremde und auf andere angewiesen, um Informationen über Chastain und die Menschen, die Corinne kannten, zu bekommen. Da Sie ein Eckpfeiler im Machtgefüge der Stadt sind, halte ich Sie unter anderem wegen Ihrer Kontakte für eine wertvolle Quelle. Aber mehr noch, weil Sie wegen Ihrer zahlreichen ehrenamtlichen Tätigkeiten in der Lage sind, hinter die Fassade zu sehen und uns einen wirklichen Einblick in die Persönlichkeiten der Menschen hier zu verschaffen.«

Annie hätte sich am liebsten übergeben, wenn diese Rede nicht einen geradezu magischen Effekt gezeitigt hätte. Edith lehnte sich zurück. Unbeachtet lag der Afghan auf ihrem Schoß. Ein feines, vergnügtes Erröten färbte ihre gepuderten Wangen. »Ich habe im Laufe der Jahre mit allen möglichen Menschen zu tun gehabt, Mr. Darling, und möchte Ihnen zustimmen. Ich durchschaue eine falsche Maskerade sehr schnell.«

Max strahlte sie an. »Ich wußte, daß Sie die richtige Ansprechpartnerin sind.«

Annie hätte ebensogut unsichtbar sein können. Sie unterdrückte das heftige Verlangen, einen durchdringenden Pfiff auszustoßen.

Max' Stimme klang so süß wie Mousse au chocolat. »Erzählen Sie uns etwas über die Vorstandsmitglieder. Wie sind sie wirklich? Und wer hat Ihrer Meinung nach den Brief geschrieben?«

Ediths Gesicht wurde hart wie der Schnabel eines Falken, der sich auf sein Opfer stürzt. »Sie haben natürlich recht.« Ihre Stimme klang lebhafter, als Annie sie bisher erlebt hatte. »Es muß ein Vorstandsmitglied gewesen sein. Und ich glaube, ich weiß auch, welches.«

Sie hielt inne und bekam die Aufmerksamkeit, die sie wollte. »Ich glaube, daß Gail den Brief geschrieben hat.«

»Gail!« rief Annie ungläubig. Max stieß sie wieder an, diesmal härter.

»Man kann jeden Menschen bis zum äußersten treiben. Corinne war dabei, dieses Mädchen abzutöten, jedes Leben aus ihr herauszupressen.« Ediths Stimme zitterte vor Erregung.

»Könnte Gail die Details, die im Brief genannt werden, gekannt haben?« fragte Max.

Edith winkte ungeduldig ab, so daß ihre silbernen Armreifen klingelten. »Natürlich. Sie lebt doch in dem Haus. Jeder in der Stadt wußte, daß Corinne und John Sanford wegen der Unterhaltsgelder für das Krankenhaus stritten, und auch die Sache mit Tims Bildern und mit Sybil war allgemein bekannt.« Sie hielt inne und zog ihre sorgfältig nachgezeichneten Brauen grimmig herab. »Nur mit Roscoe bin ich mir nicht sicher. Ich habe einige Gerüchte gehört, da ging es um eine junge Anwältin aus Atlanta. Aber wenn ich davon gehört habe, kann auch Gail davon gehört haben.« Sie schüttelte den Kopf, und ihr rotgoldenes Haar bewegte sich wallend. »Es sieht Gail auch ähnlich. Eine schwache Persönlichkeit, die zum Angriff gezwungen wird und dann im Verborgenen vorgeht.«

»Also halten Sie es nicht für wahrscheinlich, daß John oder Roscoe den Brief geschrieben haben?« bohrte Max.

Edith wollte die Möglichkeit nicht von vornherein ausschließen. »Ich glaube es eigentlich nicht. Das Ganze ist zu ausgebufft für John. Und was Roscoe betrifft ... Roscoe ist ein Mann mit vielen Gesichtern. Man weiß nie, was er denkt. Er hält sich immer bedeckt und wirkt so trocken, so steif, aber ich glaube nicht, daß er wirklich so ist. Er ist absolut vernarrt in Jessica. Deshalb dachte ich eigentlich auch, daß die Geschichte mit dem Mädchen in Atlanta falsch wäre. Aber er sah betroffen aus, als Sie den Brief vorgelesen haben. Ich habe ihn beobachtet, und sein Gesicht war eine Minute lang richtig wütend. Deshalb kann ich mir nicht vorstellen, daß er den Brief geschrieben hat.«

»Wenn es nicht ein ganz ausgefuchster doppelter Bluff war«, merkte Max an.

»Was hätte er davon gehabt?« fragte Edith vernünftig. »Nein, ich kann mir zwar vorstellen, daß John und Roscoe die notwendigen Kenntnisse besaßen, aber ich halte es bei beiden für unwahrscheinlich.«

»Was ist mit Lucy? Auch sie ist eine alteingesessene Chastainerin«, sagte Max.

Edith nickte. »O ja, das ist sie. Und ich habe auch gehört, daß Corinne ihre Romanze mit Cameron ruiniert haben soll. Aber das war vor langer Zeit. Ist es nicht ein bißchen spät, jetzt auf Rache zu sinnen? Soweit ich weiß, verstanden sie sich blendend. Ich glaube sogar, Lucy war Corinnes einzige Freundin.«

»Wie steht's mit Sybil?« Annie ignorierte Max' impulsives Zappeln und konzentrierte sich auf Edith.

»Sybil.« Edith ließ den Namen wie ein Pfund Butter in heiße Schokolade fallen. »Ja, Sybil.«

Zum ersten Mal, seit sie Edith kannte, sah Annie das Aufblitzen von Humor in diesen großen grünen Augen.

»Ich würde gerne glauben, daß es Sybil war. Man traut Sybil jede verabscheuungswürdige Tat zu. Aber, ehrlich gesagt, würde ihr das viel zu lange dauern und wäre auch viel zu subtil für sie.« Ihr Mund verzog sich zu einem höhnischen Lächeln. Bewunderung, gemischt mit Abscheu. »Wenn man Sybil mitten in der Sahara aussetzen würde, hätte sie binnen eines Tages ein halbes Dutzend Scheichs um sich. Sie hat so etwas ...«

Max öffnete den Mund, fing Annies Blick auf und schwieg klugerweise.

»Sie sendet Signale aus«, sagte Annie trocken.

Max wählte ein Ablenkungsmanöver. Er zählte an den Fingern ab: »Also: John ist zu unüberlegt, Roscoe zu vorsichtig, Lucy hat kein Motiv, Sybil ist zu ... ungestüm. Sie glauben, es war Gail.«

»Ich fürchte, ja.«

Annie schüttelte den Kopf. »Ihr liegt beide falsch. Noch offensichtlicher kann es doch gar nicht sein: Miß Dora hat den Brief geschrieben.«

Zu ihrer Überraschung blieb Edith fest: »O nein, das würde sie nicht tun. Nein, Sie müssen Miß Dora verstehen. Sie ist Chastain mit Leib und Seele verfallen, seiner Vergangenheit, seinen Traditionen. Nichts bedeutet ihr mehr als diese Familie. Sie würde nie etwas tun, das der Gesellschaft schaden könnte.«

»Fremde sieht sie als Bedrohung an«, murmelte Annie. »Wie zum Beispiel mich.«

Annie war nicht begeistert von ihrem nächsten Gesprächspartner, fügte sich aber in die Notwendigkeit.

Es steigerte ihre Laune nicht, als sie eines von Miß Doras Schildern am Eingang erblickte.

›Das jetzige Gebäude, 1833 erbaut, ist das dritte Haus an dieser Stelle und Chastains ältestes Haus im Stil der hellenistischen Renaissance (Prichard House in der Ephraim Street wurde 1834 gebaut). Das erste Gebäude an diesem Ort, der bis zum heutigen Tag im Besitz der Familie ist, wurde vom Gründer Chastains, Reginald Cantey Chastain, errichtet. Als jüngerer Sohn einer englischen Siedlerfamilie aus Barbados gründete Chastain die Siedlung, die seinen Namen trägt, im Juni 1730. Er war von kraftvoller und abenteuerlustiger Natur und kam im Alter von dreiundzwanzig Jahren in die Provinz Carolina. Binnen fünf Jahren hatte er ein Vermögen angesammelt, das sich mit dem der Gutsbesitzer in Charleston vergleichen ließ. Er war ein gutgebauter Mann, einen Meter fünfundachtzig groß und hatte lockiges kastanienbraunes Haar und hellgrüne Augen. Am 9. Januar 1736 heiratete er Anna Margaret Hasty und hatte mit ihr fünf Söhne – Thomas, Nathaniel, William, Percival und Harold.‹

Reginald war offenbar ein habgieriger Draufgänger gewesen. Sybil schien auf anständige Weise zu ihrem Appetit gekommen zu sein, denn Vererbung, entschied Annie, war eine respektable Kraft. Sie sah zu Max auf, der eifrig und mit erwartungsvoll blitzenden blauen Augen die Marmorstufen hochstolzierte. Vielleicht sollte sie vor dem kommenden September doch noch einmal über einige der Mendelschen Lehren nachdenken.

Max drückte die Türklingel und beugte sich dann flüsternd herunter: »Hör mal, Schatz, laß mich das machen.«

»Willst du damit andeuten, daß ich kein Verhandlungsgeschick habe?«

»Mhm«, sagte er und bewies sein außergewöhnliches taktisches Talent: »Sagen wir: Ich glaube, daß hier Männerhände nötig sind.«

»Ach?« zischte sie, als sich die Tür öffnete.

Sofort kam sich Annie wie ein Haufen sonnengebleichter Knochen vor. Sybil trug heute Rot. Flammendes Rot.

Ein Rot, das dem Rot des Feuers von San Francisco Konkurrenz machen würde. Sie sah umwerfend aus in dem Leinenkleid, das die meisten Frauen als zu knapp bezeichnet hätten, obwohl sie wußten, daß es ein Bill-Blass-Original war, und es in ihren Träumen erschien. Ob es an dem Kleid lag oder an Sybils Eleganz, war schwer zu entscheiden. Wer könnte, außer Sybil, in ihrem Alter und bei ihrer Wollust in einem Kleid elegant aussehen, das drei Zentimeter über dem Knie aufhörte? Als sie sich umdrehte und auf vier Zentimeter hohen, ledernen Stöckelschuhen in die Eingangshalle voranging, zog sich der geschwungene Saum des Kleides noch weiter nach oben zurück und enthüllte mehr Fleisch als ein Regal mit Lammkeulen. Es gelang ihr, sogar die beachtliche Eingangshalle mit den drei verschlungen gemusterten Orientteppichen und dem auffälligen, vierstöckigen Kristalleuchter in den Schatten zu stellen.

Sie führte sie in die Bibliothek. Die roten Wände bildeten einen äußerst passenden Hintergrund für ihr rabenschwarzes Haar, dachte Annie sarkastisch. Sybil glitt in einen Queen-Anne-Sessel mit cremefarbenem Seidenpolster und winkte ihre Gäste lässig zu einer Couch aus chinesischem Rosenholz mit abgerundeter Rückenlehne und Armstützen. Nachdem sie sich gesetzt hatten, steckte Sybil geschickt eine extralange Mentholzigarette in eine Zigarettenspitze aus Elfenbein, zündete sie an und blies eine Wolke minzeduftenden Rauches aus. Sie deutete auf einen Stapel bunter Magazine auf dem Sheraton-Tisch aus Mahagoniholz.

»Ich habe einen wundervollen Tag gehabt.« Ihre kehlige Stimme war wohltönend wie das Gurren balzender Tauben. »Ich habe versucht, mich zu entscheiden, wie das Begleitbuch zur Ausstellung aussehen soll.« Auf das verständnislose Schweigen ihrer Gäste hin schlug sie ein Bein über das andere und wippte ungeduldig mit dem Fuß, wobei sie einen wohlgeformten Schenkel zeigte. »Für Timmys Ausstellung in New York.« Ihre purpurroten Lippen verzogen sich in unverhohlener Freude.

»Was ist los, ihr Süßen? Fehlt mir die nötige Begräbnisstimmung?« Sybil zuckte die Schultern, und Annie bemerkte mißmutig, daß ihr Kleid auch reichlich Gelegenheit bot, mehr als einen Blick auf ihre vollen Brüste zu werfen. »Keine Angst, ich werde zur Beerdigung gehen. Aber Krokodilstränen sind nicht meine Sache. Und sicherlich sind wir damit ein Problem los.«

»Haben Sie diese Empfindungen auch Inspector Wells gegenüber geäußert?« fragte Annie.

Sybil tippte die Zigarette auf einen silbernen Aschenbecher. »Ach, der wird mich nicht belästigen«, sagte sie sorglos. Ihre Augen, schwarz wie Lakritze, glitten mit genausowenig Interesse über Annie wie das elektronische Kameraauge in einem Aufzug. »Ich habe mit Leighton geredet. Er hat mir gesagt, daß Wells hinter Ihnen und diesem Reporter her ist.«

»Hat Wells denn mit Ihnen nicht einmal gesprochen?« wollte Annie wissen und fühlte, wie ihre Wangen zu glühen begannen. »Weiß er denn nichts von der Fehde zwischen Ihnen und Corinne wegen Tims Bildern?«

»Keine Ahnung.« Sybils Mangel an Interesse war beeindruckend. »Ach, sagen Sie mir doch bitte Ihre Meinung: höchstens zwei Bilder pro Seite, finden Sie nicht?« Sie griff nach einer Broschüre. »Hier ist ein sehr schöner Katalog von einer Verkaufssaustellung neulich bei Sotheby's. Was halten Sie von dem Format?«

Annie wäre explodiert, hätte nicht Max ihr Handgelenk in weiser Voraussicht fest umklammert. Sie schluckte wütend und funkelte ihn an. Dafür würde er bezahlen – später.

»Sybil, ich weiß, daß Sie das für unwichtig halten«, sagte er glatt. »Aber wir versuchen festzustellen, wo sich die einzelnen Beteiligten zur Zeit des Mordes an Corinne aufgehalten haben. Können Sie uns sagen, womit Sie beschäftigt waren?«

Die pechschwarzen Augen glitten zu Max, verharrten auf seinem Gesicht und wanderten dann langsam seinen Körper hinunter.

»Was Sie gemacht haben ...«, wiederholte er stoisch.

»Oh, sicher.« Ihr Lächeln war keineswegs jugendfrei. »Sicher. Ich habe Timmy getröstet.« Sie steckte den Zigarettenhalter in den Mund. »Wir waren oben in meinem Zimmer. Ziemlich lange.«

Annie kochte immer noch, als sie sich die Stufen zu den vier Meter hohen Bronzetüren des Prichard-Museums hochkämpften. Es ging nur langsam voran, weil alle anderen Besucher die Stufen herunterdrängten. Als sie von einem Ellenbogen in die Rippen getroffen wurde, raunzte sie: »He, passen Sie auf, wo Sie hingehen!«

»Meine Liebe«, beruhigte sie eine weiche Stimme, »Sie gehen in die falsche Richtung. Die nächste Zaubervorstellung fängt erst in zwanzig Minuten an.«

Endlich erreichten sie abgekämpft die Türen, und Max öffnete. Sie traten in eine prächtige Kuppelhalle, und Annie war erfreut, nur wenige Touristen zu sehen. Touristen gingen ihr allmählich auf die Nerven, egal, wie viele T-Shirts sie am Stand von Death on Demand kauften.

Durch die Buntglasfenster der Kuppel fiel Sonnenlicht und beleuchtete die Glasvitrinen, die die Wände des kreisrunden Raumes säumten. Annie blieb bei der ersten Vitrine stehen, in der die versilberte Reproduktion eines Dreifußes stand, das Werk eines Londoner Handwerkers aus dem Jahre 1763. Andere Vitrinen enthielten Reproduktionen authentischer Gegenstände aus der Kolonialzeit, unter anderem Kerzenleuchter, Türknäufe, Wandleuchter und Bücherstützen. Eine säuberlich gedruckte Karte in der Ecke jeder Vitrine erläuterte: ›Reproduktionen hergestellt von Tim Bond, niedergelassener Künstler, Prichard-Museum, Chastain, South Carolina.‹

Eine forsche junge Frau begrüßte sie eifrig. »Ich sehe, Sie interessieren sich für unsere Reproduktionen.« Vielleicht waren sie eine willkommene Abwechslung neben den Fans der Zaubershow. »Das Prichard-Museum ist berühmt für die Qualität und Quantität seiner Reproduktionen, und in unserer Buchhandlung können Sie einen Katalog aller verfügbaren Stücke erhalten. Wenn Sie das Museum besuchen wollen, erhalten Sie Eintrittskarten für zwei Dollar pro Person. Das Prichard-Museum wurde 1843 als Treffpunkt für die Donnerstagabendgesellschaft von Chastain erbaut. Wie Sie sehen können, ist es in drei Ebenen aufgeteilt. Die Stützsäulen auf dieser Ebene sind dorisch, auf der nächsten Ebene ionisch und auf der dritten korinthisch. Auf der zweiten Etage befindet sich ein Ballsaal, der heute noch für die Winterbälle genutzt wird.«

»Wir würden uns das Museum gern ansehen«, sagte Annie, »aber heute sind wir hier, um mit Tim Bond zu sprechen. Wenn Sie uns zu seinem Büro führen könnten ...«

»Oh, sicher. Hier entlang, bitte.« Sie führte Annie und Max durch den Buchladen in einen stuckverzierten Seitenflur. »Tims Büro befindet sich im Keller. Vorsicht, die Stufen sind fürchterlich, passen Sie beim Hinuntersteigen gut auf. Die Büros sind auf der rechten Seite.« Sie öffnete die Tür. Von unten drang schwach ein entferntes Hämmern herauf.

Annie ging voran und war froh über die Warnung. Die Stufen waren so schief, daß sie sich an dem metallenen Geländer festhalten mußte, um nicht das Gleichgewicht zu verlieren. An einem Kabel über dem Treppenabsatz hing eine Lampe. Nackte Glühbirnen leuchteten an unterschiedlichen Stellen des Kellers und verbreiteten blendende Lichtkreise, die die Finsternis in den Zwischenräumen noch verstärkte. Das rhythmische Pochen des Hammers übertönte ihre Schritte auf dem blanken Zementboden. Sie gingen an einem Raum mit der Aufschrift ›Dunkelkammer‹ und an einem zweiten mit der Aufschrift ›Kurator‹ vorbei. Eine dritte Tür in schmuddeligem Gelb trug ein Schild mit der Warnung ›GIFT‹. Parallel zum Korridor standen Tische und Werkbänke. Im hinteren Teil des Kellers stand Tim Bond vor einem überhäuften Arbeitstisch und schlug Nägel in den Dekkel einer Kiste. Das Licht dort war sehr hell und bildete einen gelben Kreis vor dem Hintergrund der dunklen Winkel des Kellers.

»Hallo?« rief Max.

Die schmalen Schultern versteiften sich für einen Moment, dann drehte Tim sich um und sah sie an, den Hammer noch in der Hand. Das harte Licht bleichte die Farbe aus seinem hageren Gesicht. Schweigend beobachtete er, wie sie näher kamen. Sein Hemd war voller Farbkleckse, die Hose ausgefranst. Die meergrünen Augen blickten wild wie die Augen eines Pferdes, das kurz davor ist durchzugehen. Er trat von einem Fuß auf den anderen.

»Was wollen Sie?«

»Wir wollten kurz mit Ihnen sprechen«, sagte Max beruhigend. »Woran arbeiten Sie gerade?«

Tim dachte über die Frage nach, als ob er eine Falle suche, und antwortete dann mürrisch: »Ich verpacke meine Gemälde. Mache sie fertig für den Transport nach New York.«

Annie drehte sich um und musterte die Leinwände, die in einer ordentlichen Reihe standen. »Das ist Ihnen ziemlich wichtig, nicht wahr?«

»Gibt's einen Grund, warum es das nicht sein sollte?«

»War es wichtig genug für Sie, um Corinne zu töten?« fragte Annie übergangslos.

Tims Adamsapfel hüpfte. »Teufel, nein.« Seine Stimme überschlug sich.

»Sie waren außer sich wegen ihr. Corinne wollte Sie nicht nach New York gehen lassen, sondern Ihre Bilder zu einer kleinen Ausstellung schicken.«

Tim befeuchtete seine Lippen. »Das wäre schon in Ordnung gegangen. Sybil wollte dafür sorgen, daß sie die Bilder herausrückt.«

»Wie?« fragte Max.

Seine Augen glitten zur Seite, hefteten sich auf das weiße Kieferbrett. »Keine Ahnung.« Er hob den Hammer und trieb den Nagel mit einem Schlag ins Holz.

Annie erhob ihre Stimme: »Wo waren Sie, als Corinne getötet wurde?«

Unbeweglich stand er über die Kiste gebeugt und sagte mit einem listigen Blick: »Woher soll ich das wissen? Ich weiß ja nicht mal, wann sie getötet wurde.«

»Lesen Sie keine Zeitung?« fragte Max.

Der große Kopf schwang herum. »Warum sollte ich? Interessiert mich alles nicht.«

Soviel also, dachte Annie, zur Beziehung zwischen Mäzen und Künstler.

»Wo waren Sie zwischen 17 Uhr und 17 Uhr 30?« fragte sie knapp.

»Hier und dort«, sagte er unbestimmt. »Ich achte nicht auf die Zeit. Ich besitze nicht mal eine Uhr.«

Ein Telefon hinter ihm klingelte. Er streckte seine große Hand nach dem Hörer aus. »Ja?« Seine blassen Augen wanderten von Max zu Annie, dann errötete er bis an die Wurzeln seines weichen, lockigen Haars. »Oh, ja. Sie sind hier. Okay.«

Er legte auf und starrte sie trotzig an. »Ich war bei Sybil. Die ganze Zeit.«

Annie zog die Tür der Telefonzelle hinter sich zu. Es wurde sofort stickig und heiß, aber der Lärm der Parade, die die Federal Street heraufmarschierte und schmetternd ›Stars and Stripes Forever‹ intonierte, war so ohrenbetäubend, daß man die Tür nicht geöffnet lassen konnte. Während sie darauf wartete, daß Gail ans Telefon ging, lenkte sie sich damit ab, Max' sonnengebräuntes Profil vor dem Fenster zu betrachten.

»Hallo?«

»Hallo, Gail, hier ist Annie. Tut mir leid, wenn ich Sie störe, aber es gibt da etwas, das wir dringend wissen müssen.«

Der leise Seufzer sagte deutlicher als jedes Wort, daß Gail über den Anruf enttäuscht war. Hatte sie noch immer nicht mit Bobby gesprochen?

»Was kann ich für Sie tun?«

»Mit wem hat Leighton ein Verhältnis?«

In der Stille, die folgte, lag Bestürzung.

»Ich weiß«, fuhr Annie hastig fort. »Sie wollen es nicht sagen. Ich verstehe das. Aber wir müssen mit allen Beteiligten sprechen. Glauben Sie mir, alles hängt an mir und Max. Inspector Wells spricht mit keinem außer mir und Bobby.«

»O Gott.« Wieder Schweigen, dann ein heiseres, unglückliches Flüstern: »Peggy Taylor. Sie unterrichtet an der Highschool von Chastain.«

18

Die Schwimmerin machte gleichmäßig vier Fußschläge pro Schwimmzug, und ihre Ellenbogen kamen hoch, wenn ihre Hände sauber ins Wasser schnitten. An jedem Ende des Beckens machte sie eine schnelle, gut ausgeführte Rollwende.

Annie wartete geduldig neben dem Sprungbrett. Das Wasser glitzerte unter den Deckenlampen fleckig grün, und in der stillen, feuchten Luft hing ein schwerer Chlorgeruch. Die Sekretärin der Highschool hatte sie zum Schwimmbad geschickt. »Miß Taylor trainiert jeden Tag bis mittags, sie wird jetzt noch nicht fertig sein.«

Die Schwimmerin näherte sich wieder dem tiefen Beckenende, doch anstatt eine Rolle zu machen, tauchte sie auf und hielt sich am Beckenrand fest. Sie schüttelte ihr Haar aus, blickte um das verlassene Becken herum und dann zu Annie herauf. »Warten Sie auf mich?«

»Ja. Ich würde mich gern einen Moment mit Ihnen unterhalten, Miß Taylor.«

Peggy Taylor zog sich hoch und glitt ohne ersichtliche Anstrengung aus dem Becken. Sie hatte die Figur einer Schwimmerin – schlank, fest und wohlproportioniert.

Man konnte sich kaum eine Frau vorstellen, die sich stärker von Corinne unterschied. Sie bewegte sich mit der unbefangenen Eleganz einer durchtrainierten Athletin. Ihr Schwimmanzug aus Lycra zeigte hohe Brüste, eine schmale Taille und schlanke Hüften. Sie zog ihre Chlorbrille aus, sah Annie neugierig an und streckte ihr eine kräftige Hand entgegen. »Peggy Taylor.«

Annie schüttelte die Hand. »Annie Laurance.«

»Was kann ich für Sie tun?«

»Sie kennen Leighton Webster?«

Peggys Miene verlor die Offenheit und nahm einen vorsichtigen, leeren Ausdruck an. »Ja.«

»Sie wissen natürlich auch, daß seine Frau ermordet wurde.«

»Warum wollen Sie mit mir sprechen? Ich kannte Mrs. Webster nicht.« Miß Taylors Stimme war gleichmäßig und farblos.

»Die Leute sagen, daß Sie Leighton um so besser kannten.«

»Zum Teufel mit den Leuten.« Sie starrte Annie an. Das gebräunte Gesicht blieb bewegungslos.

»Glauben Sie, daß er als Mörder seiner Frau in Frage kommen könnte?«

»Nein«, stieß Miß Taylor mit rauher Stimme hervor. Aber ihre graublauen Augen waren voller Furcht. »Das ist absurd. Leighton ist nicht diese Art Mensch. Er ist sanft und freundlich und aufrecht.«

»Haben Sie seit Montag mit ihm gesprochen?«

»Nein.« Sie wandte den Blick von Annie ab und sah auf das Wasser, das an die Seile schwappte.

»Wann haben Sie zuletzt mit ihm gesprochen?«

Miß Taylor wollte auf diese Frage offensichtlich nicht antworten. Ihr Widerstreben zitterte zwischen ihnen. Schließlich sagte sie zögernd: »Vor einer Woche etwa. Ich weiß nicht mehr genau.«

»Hatten Sie Streit?«

»Ach, fahren Sie zur Hölle!« schrie Peggy, griff nach ihrem Handtuch und stapfte davon.

»Wo waren Sie am Montag nachmittag?« rief Annie ihr nach.

Die schlanke Gestalt blieb stehen. Einen Moment lang war sich Annie sicher, daß sie nicht darauf antworten würde, doch dann blickte sich Peggy Taylor um: »In einer verfluchten Lehrerkonferenz, die sich ziemlich lange hinzog.« Dann ging sie schnell zur Umkleidekabine.

Annie benutzte die Telefonzelle in der Highschool und wählte die Nummer von Prichard House.

Es dauerte eine Minute, bis Leighton Webster abhob.

»Mr. Webster, ich habe gerade mit Peggy gesprochen.«

Sie hörte, wie er scharf Luft holte. »Miß Laurance, Sie mischen sich unbefugt in mein Privatleben.«

»Ich habe nur eine Frage. Was passierte, als Sie Peggy das letztemal gesehen haben?«

»Hat sie Ihnen das nicht gesagt? Na, das hätte ich auch nicht erwartet. Vielleicht interessiert es Sie, zu erfahren, daß sie mir von ihren Zukunftsplänen erzählt hat. Sie ist dem Peace Corps beigetreten. Peggy verläßt Chastain, wenn das Schuljahr nächsten Monat endet.«

Selbst der frische Duft des Pfeifenrauchs und die Bequemlichkeit des üppig gepolsterten braunen Ledersessels konnte Roscoe Merrills eisige Begrüßung nicht vergessen machen.

»Mr. Darling, ich schätze es nicht, daß Sie meiner Sekretärin sagten, Sie wollten mich ›wegen des Mordes‹ sprechen. Solche ungenauen Formulierungen können die wildesten Spekulationen auslösen.«

»Ich nahm an, daß Ihre Sekretärin diskret sei.«

Merrills Wangen färbten sich dunkelrot. »Das ist sie natürlich. Trotzdem … Na ja, jetzt sind Sie hier. Was wollen Sie?«

»Wo waren Sie am Montag um siebzehn Uhr?«

»Hier.«

»Mit einem Klienten?«

»Ich bin mir nicht hundertprozentig sicher. Vielleicht. Möglicherweise habe ich aber auch ein Testament bearbeitet.«

»Führen Sie keinen Terminkalender?«

In Merrills tiefliegenden Augen flackerte Wachsamkeit. »Natürlich. Ich könnte nachsehen.«

»Warum tun Sie es nicht?«

»Das werde ich. Für die zuständigen Behörden.«

Offensichtlich gehörte Max in seinen Augen nicht dazu, und ganz offensichtlich hatte Merrill nicht die Absicht, ihm zu helfen.

»Noch etwas, Mr. Darling?«

Max erkannte, daß Annies Nashorn-Taktik manchmal ihre guten Seiten hatte. Er lehnte sich gemütlich in die weiche Umarmung des Ledersessels. »Nur noch eines. Weiß Ihre Gattin, daß Sie ein Verhältnis mit einer anderen Frau haben?«

»Das ist eine Lüge!«

In dem Ausruf schwang eine Aufrichtigkeit, die Max aufhorchen ließ.

Merrill saß wie ein Bronzebuddha hinter seinem Schreibtisch.

»Warum hat Corinne dann gedroht, Ihrer Frau zu sagen, daß Sie ein Verhältnis hätten?«

Merrill begann, einen Bleistift zwischen seinen Fingern zu drehen. Seine Augen schienen sich von der langsamen Drehbewegung hypnotisieren zu lassen.

Max bohrte weiter: »Sie können nicht bestreiten, daß Sie der Anwalt sind, der in dem Brief erwähnt wurde.«

Der Bleistift drehte sich schneller.

»Der Brief läßt keinen Zweifel daran, daß Corinne die Absicht hatte, die Frau des Anwaltes aufzuklären.«

Merrills Stuhl knarrte, als er sich zurücklehnte und zur getäfelten Decke hinaufsah. »Lassen Sie uns – nur der Diskussion wegen, ich wünsche klarzustellen, daß dies in keiner Weise ein Geständnis oder etwas in dieser Art ist –, lassen Sie uns einen Moment über den in dem Brief erwähnten Anwalt sprechen. Sie werden sich erinnern, daß der Brief andeutet, die Frau des Anwaltes habe ein Recht darauf, alles zu erfahren?«

Max nickte.

»Corinne glaubte, daß der Ehefrau ein Akt der Untreue mitgeteilt werden müsse, egal, wie glücklich die Ehe ist, um die es geht. Nun, dieser Anwalt« – Merrill hielt inne, und die Muskeln an seinem Kiefer arbeiteten – »führt eine Ehe, um die ihn jedermann beneidet, und das zu Recht.« Er warf Max einen nachdenklichen Blick zu. »Ich könnte mir vorstellen, daß es eine Ehe ist, wie Sie sie einmal mit Miß Laurance zu führen gedenken.«

Max fühlte, wie sich sein Herz zusammenzog. Diese trockene, emotionslose Stimme, und darunter leidenschaftliche Liebe.

Merrill ließ den Bleistift fallen und sah an Max vorbei zu dem Druck mit dem Waldibis. »Zu einer solchen Ehe gehören verschiedene Dinge. Liebe, Leidenschaft, Freundschaft, Lachen ... und Vertrauen. Die Frau dieses Anwaltes hat ihrem Mann immer blind vertraut, und sie wurde nie enttäuscht.« Merrill rieb sich die Wange. »Sprechen wir jetzt einen Moment über diesen Anwalt. Er ist mittleren Alters und war seiner Frau immer treu. Eines Tages bearbeitet er eine Klage in Atlanta und trifft eine junge Anwältin, eine kraftvolle, hungrige junge Anwältin, die den Fall eines Mitangeklagten vertritt. Sie arbeiten ein paar Monate lang sehr eng zusammen, und er spürt deutlich, daß sie zu haben wäre. Aber er hat kein Interesse.« Er machte eine Pause und holte tief Luft. »Unglücklicherweise ist auch er aber nur ein Mensch. Als sie den Fall gewonnen haben, kehren sie abends ins Hotel zurück, er trinkt zu viel, und die junge Anwältin ...«

Max wartete.

Merrills Mund verzog sich zu einem kalten Lächeln. »Es gehört zu den geradezu unheimlichen Ereignissen im Leben, daß man immer im unpassendsten Augenblick jemanden trifft, den man kennt. In diesem Fall Corinne. Sie übernachtete in demselben Hotel.« Er griff wieder nach dem Bleistift und balancierte ihn auf der Handfläche. »Der Anwalt war seiner Frau untreu. Auf einer tieferen Ebene ist das unbedeutend, und seine Frau würde es verstehen und verzeihen. Auf einer anderen

Ebene würde das Wissen um diesen Vorfall das absolute Vertrauen zerstören.« Seine Hand krampfte sich um den Stift. »Es würde die Ehe nicht zerstören, Mr. Darling, aber es würde das beflecken, was einst Perfektion war.« Merrill räusperte sich. »Wie Sie einsehen werden, ist es diesem Anwalt wichtig, den Vorfall geheim zu halten. Aber Sie stimmen mir sicher zu, daß der Wunsch, die Ehefrau in eine solche Dummheit nicht eingeweiht zu sehen, keinen Mord rechtfertigen würde.«

Annie holte Max ein, als er das Gebäude betrat, in dessen dritter Etage Dr. Sanford seine Praxis hatte.

Auf dem Weg nach oben berichtete sie ihm von Peggy und Leighton. »Verstehst du nicht? Sie muß ihm ein Ultimatum gestellt haben. Laß dich scheiden, oder ich verlasse die Stadt.«

Als sie den Treppenabsatz im dritten Stock erreichten, bemerkte Max sachlich: »Wir leben in den achtziger Jahren. Warum läßt er sich nicht einfach scheiden?«

»Vielleicht ist er zu ehrenhaft.«

»Ist es ehrenhafter, seiner Frau den Kopf einzuschlagen?« Er öffnete die Tür zur Praxis.

Das Wartezimmer wirkte sogar jetzt, wo es leer war, überfüllt. Entlang der Wände reihten sich billige Plastikstühle, und auf dem Kaffeetisch mit Chromgestell stapelten sich abgegriffene Ausgaben von Sports Illustrated, Guideposts, Reader's Digest und McCall's. Das Rascheln von Papier in der Nähe des unbesetzten Empfangs deutete an, daß jemand in der Praxis war.

Max betätigte die Klingel auf der Resopalplatte der Rezeption.

Eine Arzthelferin mit freundlichem Gesicht und dicker Brille streckte ihren sorgfältig frisierten Kopf aus einem Nebenraum. »Tut mir leid. Der Doktor hat Mittwoch nachmittags keine Sprechstunde.«

Max stützte sich auf den Empfangstisch. »Aber er ist hier, nicht wahr? Man hat mir im Krankenhaus gesagt, daß ich ihn hier finden könnte.«

»Ja, aber er hat keine …«

»Sagen Sie ihm, daß Max Darling und Annie Laurance ihn wegen des Mordes an Corinne sprechen wollen.«

Sie zog eine Augenbraue hoch und verschwand wieder in dem Nebenraum. Einen Moment später kehrte sie zurück und bedeutete ihnen, durch die Schwingtür zu kommen.

Sanford wartete hinter dem Schreibtisch in seinem Büro, dessen Fenster auf die gepflasterte Straße hinausblickte.

»Kein Golf am Mittwoch nachmittag, Doc?« fragte Max.

Sanford ignorierte die Vertraulichkeit und sah sie mit kalten, düsteren Augen an. Er wirkte kompetent, zuverlässig und beherrscht. Wenn er mit seinen Patienten auf eine andere Art umzugehen pflegte, zeigte er das nicht.

»Ich bin beschäftigt«, sagte er knapp. »Was wollen Sie?«

Annie deutete auf das Fenster hinter ihm, in dem ein Teil von McIlwain House und des Grundstückes der Prichards zu sehen war. »Haben Sie zufällig am Montag nachmittag aus dem Fenster gesehen?«

Sanford zuckte ungeduldig die schmalen Schultern. »Ich habe etwas Besseres zu tun, als aus dem Fenster zu sehen.«

Max übernahm. »Was haben Sie am Montag um fünf gemacht?«

Sanford trommelte mit den Fingern der rechten Hand leise auf den Schreibtisch. »Ich habe Patientenunterlagen für den Nachmittag vorbereitet.«

»Hier drin? Allein?«

»Genau.«

»Kann das jemand bezeugen?«

Sanfords kalte Augen sahen Annie an. »Ich war hier, als Leighton anrief.«

»Das war um halb sechs.« Max betonte es nicht, aber die Folgerung war deutlich genug.

Zum ersten Mal stahl sich ein Lächeln auf das düstere, ernste Gesicht. »Genug Zeit, mich mit Corinne zu treffen, ihr eins überzuziehen und hierher zurückzukommen.

Das wollten Sie andeuten, oder?« Sein Lachen war ein zynisches Aufbellen. »Ich hätte sie tatsächlich am liebsten schon hundertmal erwürgt, aber ein Paragraph ›berechtigter Mord‹ ist im hippokratischen Eid leider nicht enthalten.«

»Warum wollten Sie sie erwürgen?« fragte Max mit der perfekten Höflichkeit, die ihm ein Dutzend Gouvernanten eingetrichtert hatte.

»Hatten Sie je mit Corinne zu tun?« In Sanfords Stimme lag Abscheu. »Herrgott, diese Frau. Die Intelligenz einer Laus und die Hartnäckigkeit eines Blutegels. Und egoistisch! Alles, was sie im Kopf hatte, war der Name der Prichards. Prichard House, das Prichard-Museum, und leider Gottes auch das Prichard-Krankenhaus. Sie hielt es für eine Art persönliches Lehen, nur weil ihr geschätzter Großvater es erbaut hat. Wissen Sie, wofür sie Geld ausgeben wollte?« Er schlug mit der Hand auf den Tisch, so daß ein paar Papiere zur Seite flogen. »Für die Wiederherstellung des Originalzustandes der Eingangshalle aus dem Jahre 1872. Himmel! Und als ich die Sprechzeiten für die Behandlungen ambulanter Patienten verlängern wollte ...« Seine Augen funkelten. »Diese verfluchte, dumme Hexe.«

»Wenn das Ihre Meinung über Restaurationen ist, warum sitzen Sie dann im Vorstand der Gesellschaft für Denkmalpflege?« fragte Annie.

Er musterte sie, als ob er ihre Intelligenz auf einer Stufe mit der Corinnes einordnete. »Dies ist eine kleine Stadt. Eine verdammt kleine Stadt in den Südstaaten.« Seine Stimme betonte die Worte. »Es ist zwar eine Qual, aber man muß das Spiel mitspielen, wenn man mit den Leuten auskommen will. Und das Spiel in Chastain heißt Denkmalschutz.«

»Warum sind Sie hierhergekommen? Sie hätten auch woanders eine Praxis eröffnen können.«

Einen Moment lang verließen Zorn und Verwirrung sein Gesicht und wurden durch Eifer ersetzt: »O nein, ich konnte nirgendwo anders hingehen. Dies ist einer der besten Orte der Welt, um parasitäre Krankheiten zu erforschen. Ich bin hergekommen, um mit Byron Fisher zu arbeiten.« Er sah sie erwartungsvoll an, aber als der Name sie nicht zu beeindrucken schien, verzog sich sein Gesicht vor Mißfallen. »Wir haben hier Forschungen laufen, die auf der Welt einmalig sind.« Mit vor Aufregung leuchtenden Augen machte er einige Zeichnungen, zog Bilder heran, beschrieb sein Labor.

»War das Teil Ihrer Arbeit im Krankenhaus?«

Wieder verwandelte sich seine Miene in ein zorniges Starren. »Sicher. So war es abgemacht, als ich herkam.«

»Und Corinne war mit dieser Art der Benutzung der Einrichtung einverstanden?«

»Was glauben Sie?« schnarrte er voller Verachtung. »Aber ich hätte mich auch ohne ihr Einverständnis durchgesetzt.«

»Hat sie versucht, Ihre Pläne zu vereiteln?«

Sanford lehnte sich zurück und legte seine geschmeidigen Hände flach auf die Armlehnen. »Ja. Aber ich weiß, wie man gewinnt« – sein Mund verzog sich zu einem süffisanten Lächeln –, »ohne jemanden ermorden zu müssen.«

Max wandte seine Augen pikiert von Annies Chili-Hotdog und ihrer Limonade ab. Sie hatten zweimal angehalten, um zu essen. Einmal an dem Hot-dog-Stand für Annies Bestellung und das zweite Mal an einem Fischrestaurant für Max' Schrimps-Salat und das Bud Light. Entlang der Klippen gab es keinen Meter freien Raum, also aßen sie schließlich im Stehen am Lookout Point und hasteten dann über die Ephraim Street zu ihrer Pension. Sie hatten gerade genug Zeit, sich für das Begräbnis umzuziehen.

In St. Michael's war jeder Platz besetzt. Annie erkannte erneut, wie wichtig Corinne in Chastain gewesen war. Die Angehörigen hatten in der ersten Reihe auf der rechten Seite des Mittelgangs Platz genommen und sahen starr geradeaus. Gail saß zwischen Lucy und Miß Dora. Der Priester erwähnte die Todesursache mit keinem Wort, als er die Messe zelebrierte, doch Annie spürte eine seltsame Atmosphäre an dem heiligen Ort. Anstelle der gewöhnlichen andächtigen Stille, die eine Messe in einer Episkopalkirche begleitete, nahm sie deutlich eine Spannung wahr, eine Mischung aus Trauer, Furcht und boshafter Neugier. Als sie sich zum Schlußchoral erhoben hatten und die Sargträger mit dem Sarg, der mit einem seidenen Begräbnistuch bedeckt war, den Mittelgang entlang schritten, folgten ihnen die Blicke aller Anwesenden, um sich dann auf die Angehörigen zu richten. War es nur Einbildung, oder befand sich wirklich um jede Person, die mit Corinne in Verbindung gestanden hatte, ein leerer Raum?

Nach dem letzten Gebet nahm Leighton Gails Arm, und sie traten aus der Kirchenbank. Lucy, eine behandschuhte Hand vor den Mund gepreßt, und Miß Dora folgten ihnen. Miß Dora tappte auf ihrem Stock den Gang entlang, ihr faltiges Gesicht dunkel und verschlossen wie Mahagoni.

Annie erspähte Roscoe, der seine Augen niedergeschlagen hatte und den Kopf gesenkt hielt. Jessica hielt seinen Arm fest umklammert. Edith Ferrier starrte mit feierlicher Miene geradeaus. Tim Bond zupfte an seinem Kragen und lockerte seine Krawatte. Sybils Schritte erweckten den Eindruck, als wolle sie die Kirche so schnell wie möglich verlassen.

Draußen, im Sonnenlicht des Nachmittags, wandten sich die Trauernden zu dem hell gestreiften Baldachin, der das offene Grab markierte. Corinne fand ihre letzte Ruhestätte natürlich auf dem Teil des Friedhofs, in dem alle ihre verstorbenen Verwandten bis zurück zu Morris und Elizabeth Prichard lagen, die im Jahr 1766 am Gelbfieber gestorben waren. Die Menge bildete eine Gasse, um die Angehörigen durchzulassen. Wieder versuchte Annie, die Seitenblicke der Menge auf Leighton Webster zu interpretieren.

Edith blieb bei Annie und Max stehen. »Mein Gott, Lucy sieht schrecklich aus.«

Lucys Gesicht war aschfahl. Sie trug ein dezentes Make-up auf ihren Wangenknochen, und über ihren Mund zog sich eine dünne rote Linie Lippenstift. Ihre Wangen waren eingefallen. Das marineblaue Seidenkleid hing lose an ihr herunter. Krampfhaft umklammerte sie mit den behandschuhten Händen ein Gesangbuch. Ihre Blicke folgten dem Sarg, und jeder ihrer Schritte schien mit großer Anstrengung verbunden zu sein.

»Ich kann nicht glauben, daß sie es sich so zu Herzen nimmt.«

»Sie waren lange befreundet, nicht wahr?« fragte Max.

Edith ging mit ihnen weiter. »Oh, sicher. Sie sind zusammen groß geworden. Aber wenn diese alte Geschichte stimmt, sollte sie Corinnes Mörder eher applaudieren. Ich sage Ihnen, wenn mir jemand die Liebe meines Lebens ruiniert hätte, würde ich ihn niemals zu meinen Freunden zählen.«

Diese alte Geschichte. Annie blickte über den überfüllten Kirchhof und erhaschte einen weiteren Blick auf Lucy, die in der Tat schrecklich aussah. Dann blickte sie Edith an, deren dunkle Brauen über einem düsteren Blick zusammengezogen waren. Nein, Lucy und Edith waren nicht aus dem gleichen Holz geschnitzt. Im Gegensatz zu Lucy konnte Edith hervorragend hassen.

»O Gott.« Ediths Stimme klang jetzt mitfühlend.

Peggy Taylor wäre in jeder Menschenmenge allein schon wegen der Aura von Gesundheit und Kraft aufgefallen, die sie umgab. Heute war sie besonders auffällig. Sie wartete im Schatten einer Weide hinter einem bemoosten Grabstein, gleich neben dem Pfad. Als Leighton Webster sie mit schweren Schritten eingeholt hatte, verharrte er für einen Augenblick und hob grüßend eine Hand. In seinen Augen glühte offenes Verlangen. Sie starrte ihn an, den Blick voller Fragen. Dann war der kurze, intensive Moment vorbei, er schritt weiter auf das Grab zu, das Gemurmel der Menge ignorierend.

Peggy Taylor sah ihm nach. Ihre Miene verzog sich, und sie preßte ein Taschentuch vor den Mund und entfernte sich rasch.

»Sie hat Angst, daß er schuldig ist. Armer Teufel.«

Annie fragte sich, wen Edith mit ›armer Teufel‹ meinte – Leighton oder Peggy?

»Sieh mal, da.«

Annie blickte an Max vorbei. Bobby Frazier stand am Rand der Menschenmenge, seine Augen waren auf Gails schlanke Gestalt gerichtet. Was drückte sein Blick aus? Schwer zu sagen, doch Annie war sicher, daß sie ein Gefühlschaos und eine quälende Unentschlossenheit an ihm bemerkte. Er machte einen Schritt, als ob er auf Gail zugehen wollte. Gail blickte auf, sah ihn, und ihre Miene hellte sich auf.

Er trat einen weiteren Schritt auf sie zu, drehte sich dann aber um und ging davon.

19

»War das nicht ein schönes Begräbnis?« Idells Froschaugen leuchteten vor Vergnügen. Sie trug immer noch ihr Trauergewand, ein glänzendes schwarzes Polyesterkleid. Die Arme auf die Rezeption gestützt, stand sie da und war offenbar erpicht darauf zu reden.

Schön? Wie schön war es zuzusehen, wie das Leben von Menschen durch öffentlichen Druck und privaten Verdacht zersetzt wurde?

»Alle waren da«, schwatzte Idell weiter. »Corinne hätte sich gefreut.«

Jedenfalls freute sich Idell. Sie strahlte gute Laune aus und noch etwas mehr. Erregung? Erwartung?

Wieviel wußte Idell über ihre verschiedene Nachbarin und die, die sie gehaßt hatten? Annie schluckte ihren Abscheu hinunter und stützte sich ebenfalls auf die Rezeption. »Mrs. Gordon, ich würde gern einmal *Ihre*

Meinung zu diesem Fall hören. Sie kennen diese Leute doch so gut und wissen sicher, wer Corinnes wirkliche Feinde waren.«

Die Wirtin strahlte vor Vergnügen. »Ich weiß manches über die Menschen, was ich Ihnen erzählen könnte. Tja, Sie wären überrascht, was man als Besitzerin eines Hotels so alles mitbekommt. Die Menschen können schrecklich sein.«

Annie senkte die Stimme. »Unter uns: Was halten Sie eigentlich von Bürgermeister Webster?«

»Ach, der arme Leighton. Corinne hat ihn an der Nase herumgeführt, als hätte er einen Nasenring gehabt. Es geschah ihr ganz recht, daß er was mit dieser jungen Miß Taylor angefangen hat. Er hat sie auf seinen Spaziergängen getroffen.«

»Glauben Sie, daß er Corinne um die Scheidung gebeten hat?«

Für einen Moment glomm echte Sympathie in Idells glänzenden braunen Augen. »Ich habe es gehofft, aber Leighton war immer so ein Gentleman. Selbst heutzutage, wo sich jedermann scheiden läßt, hätte er sich wahrscheinlich nicht dazu durchringen können. Armer Leighton.«

War er auch zu sehr Gentleman, um seine Frau umzubringen?

»Aber Leighton hat's nicht getan. Da bin ich ganz sicher.«

In Idells Stimme schwang ein derart zuversichtlicher Ton, daß Annie sie überrascht ansah.

Idell blickte verwirrt zur Seite und begann, die verwelkten Narzissen in der Blumenvase neben dem Telefon zu ordnen. »Diese Blumen. Muß mich um sie kümmern. Ich sollte jeden Tag frische besorgen.«

Mit dem Gefühl, daß ihre Beute dabei war, ihr zu entwischen, bohrte Annie weiter. »Sie kannten Corinne sicher ebensogut wie die anderen.«

Idell war plötzlich weniger in ihre Blumen versunken. »O ja, natürlich. Ich kannte sie schon ewig.«

»Wie hat sie sich verhalten, als Sie das letzte Mal mit ihr gesprochen haben?«

»Sie war unmöglich. Kein Wunder, daß sie ermordet wurde.« Idell zupfte heftig an einer verwelkten Blüte. »Immer versuchte sie, Ärger zu machen. Sie hat gedroht, daß der Vorstand der Gesellschaft gegen mich klagen würde, wenn ich den Zaun zwischen der Gaststätte und dem Grundstück des Denkmalschutzes nicht reparieren lasse. Sie sagte, er schreckt die Besucher ab. Warum wollte die Gesellschaft dann nicht helfen? Ich brauche jeden Penny, den ich kriege, um die Gaststätte am Laufen zu halten. Die Nebenkosten steigen jedes Jahr, und die Leute schalten die Klimaanlage sogar im April ein. Ich hab' ihr gesagt, daß ich es einfach nicht kann und daß ich für einen Prozeß auch kein Geld habe. Ach, sie war wirklich gemein.«

»Ich kann mir vorstellen, daß es nicht leicht war, einen gemeinsamen Grenzzaun mit der Gesellschaft zu haben.«

Idell sah Annie dankbar an. »Sie haben ja auch ein Geschäft, Sie verstehen das. Und dieses Gasthaus ist alles, was ich besitze.« In ihrer Stimme schwang Furcht mit. Das Gespenst von Alter und Armut und dem Verlust der Ersparnisse ... Aber Idell schien sich wegen ihrer Auseinandersetzung mit Corinne keine Sorgen zu machen. Offensichtlich betrachtete sie sich nicht als potentielle Verdächtige. Also mußte Annie diese Möglichkeit wohl streichen.

Plötzlich kam Annie ein Gedanke. »Sie wohnen direkt neben dem Gebäude der Gesellschaft. Sehen Sie zufällig manchmal hinüber?« Sie dachte kurz nach. »Der Brief muß in einer Nacht Mitte März geschrieben worden sein, und zwar am 19., 20. oder 21. März. Sie haben nicht zufällig gesehen, ob jemand nach Büroschluß gekommen oder gegangen ist?«

Idells Blicke glitten von Annie ab. Dann schüttelte sie heftig den Kopf. »Nein. Aber ich kann mich an Mitte März erinnern.« Sie berührte ihren Kiefer. »Ich hatte furchtbare Zahnschmerzen.«

Annie stand mitten im Zimmer und hielt die große Papprolle mit den fünf Death-on-Demand-Postern in der Hand. Sie sah nach, ob sie etwas vergessen hatte. Max hatte die kopierten Blätter mit den Anweisungen für die Teilnehmer des Detektivspiels schon mitgenommen, den Autopsiebericht, die Aussagen der Verdächtigen und die Kiste mit den Indizien. Sie wandte sich zur Tür, als das Telefon klingelte. »Hallo?«

»Miß Laurance.«

Die Stimme von Inspector Wells erinnerte sie an Kies, der von einem Lastwagen gekippt wurde. Annie umklammerte den Hörer. Sie wußte, daß ihre Antwort ungeduldig klang: »Ja, Inspector?«

»Ich hab' einen Hinweis wegen des Mordes bekommen.«

Sie wartete.

»Ein Kellner aus einem Restaurant auf Broward's Rock glaubt, eine Beschreibung des Mörders geben zu können. Hübsche Blondine, ungefähr dreiundzwanzig Jahre alt, graue Augen, gute Figur.«

»He, Moment mal ...«

Die schwere Stimme walzte ihren Protest platt, wie eine Dampfwalze Felsen zerquetscht. »Wissen Sie, was er gehört hat? Das Mädchen sagte, sie hätte sich entschlossen, die Lady mit einem Kricketschläger zu erschlagen.«

»Ich habe über die Story für das Spiel gesprochen«, sagte Annie zornig.

»Sie geben also zu, daß Sie das gesagt haben?«

Annie drückte sich vorsichtig aus. »In dem bewußten Moment habe ich Mr. Darling die Methode auseinandergesetzt, mit der der erfundene Mörder in dem erfundenen Landkrimi ein erfundenes Opfer töten wollte.«

Er fauchte laut: »Das sagen Sie.«

»Richtig.«

»Sind Sie heute abend in Prichard House?«

»Ich habe nicht vor, mich nach Timbuktu abzusetzen, wenn Sie das meinen.«

Es entstand eine lange Pause, in der sie sein schmatzendes Tabakkauen vernahm. Sie fragte sich, ob es eine Mrs. Wells gab.

»Mit diesem klugscheißerischen Gerede kommen Sie nicht weit, junge Frau.«

»Wie ich höre, haben Sie sich nicht mal die Mühe gemacht, mit Sybil Giacomo und Tim Bond zu sprechen.«

Seine Stimme kratzte wie ein Feuerstein auf einem Feuereisen. »Ich kann meine Ermittlungen selbst führen, junge Frau. Und ich will Ihnen nur so viel verraten: Wenn ich beweisen kann, daß Sie oder dieser Reporter am Montag ein Taschentuch bei sich hatten, werde ich Sie verhaften.«

»Ein Taschentuch?«

»Ja. Denken Sie darüber nach, Miß Laurance.«

Annie dachte darüber nach, als sie am Mittwoch die Verdächtigen ihres Krimis vorstellte, und sie dachte den ganzen Abend während des hektischen Programms darüber nach. Warum ein Taschentuch? Sie trug nie eines bei sich. Was ihrer Großmutter mütterlicherseits einigen Kummer gemacht hätte, denn die war der Meinung, eine Dame müsse immer ein zierliches, spitzenbesetztes Tüchlein haben. Aber mit Strumpfbändern und Korsagen waren auch die Tüchlein ausgestorben. Wer hatte heute schon ein Taschentuch bei sich? Bobby Frazier sicher auch nicht. Wenn der Killer ein Taschentuch dabei gehabt haben mußte, schränkte das den in Frage kommenden Kreis stark ein. Einmal diskutierte sie flüsternd mit Ingrid, von deren bibliothekarischem Instinkt man erwarten konnte, daß sie auf jede Frage eine Antwort fand. Eine knappe halbe Stunde später hatte Ingrid folgendes herausgefunden: Leighton, John Sanford und Roscoe trugen, wie nicht anders zu erwarten, immer ein Taschentuch in ihrer linken Jackettasche. Tim Bond, ebenfalls nicht anders zu erwarten, besaß nicht ein einziges Taschentuch, obwohl er hin und wieder ein eingerissenes rotes Halstuch trug. Gail hatte keine Taschentücher, aber Edith, Lucy und Sybil manchmal. Und Miß Dora natürlich immer.

Annies Gedanken wirbelten durcheinander.

Eine Hand zupfte an ihrem Ärmel. »Miß Laurance, es gibt da eine Ungenauigkeit.«

Mrs. Brawleys Nase zitterte vor Eifer. Ob sie erfreut oder beleidigt war, konnte Annie nicht sagen.

»Was ist los?«

»Gestern abend hat Lord Algernon gesagt, daß er Miß Snooperton die Fahrkarte nach Venedig *vor* dem Kricket gegeben habe. Heute abend sagte er, er habe sie ihr *nach* dem Kricket gegeben.« Sie wartete gespannt.

»Sehr gut«, lobte Annie. »Wir werden uns sofort darum kümmern.«

Mrs. Brawley stapfte glücklich neben Annie her zum Verhörzelt, und Annie klopfte ihr auf die Schulter. Sie flüsterte Max – Lord Algernon – etwas ins Ohr.

Er grinste und sagte fest: »Ich habe Miß Snooperton die Fahrkarte *vor* dem Kricket gegeben.«

Annie und Mrs. Brawley tauschten zufriedene Blicke, und Annie spazierte langsam durch das Zelt. Hinter Lucy, die immer noch ihr marineblaues Kleid und die weißen Handschuhe trug, blieb sie stehen. Sie sah schrecklich müde aus, aber vielleicht lenkte das Programm ihre Gedanken eine Zeitlang von dem Mord ab.

Sanford spielte seine Rolle immer noch mit Elan.

Mrs. Brawleys Team (heute abend Team 7) saß um ihn herum. Diesmal war Mrs. Brawley Teamsprecherin, und sie genoß jede Sekunde, wie Annie amüsiert feststellte.

Jetzt beugte sich Mrs. Brawley vor und wackelte mit dem Finger, ein Bild unbarmherziger, forschender Entschlossenheit. »Mr. Hoxton, waren Sie zuvor schon einmal zu Gast in einem Landhaus, während ein Juwelendiebstahl geschah?«

Sanford strich über sein Kinn. »Ah, meine liebe Dame, vielleicht. Es fällt schwer, sich zu erinnern, wenn man so oft irgendwo zu Besuch ist.«

»Sie können sich erinnern«, fauchte sie.

»Ich glaube schon, daß da mal so etwas geschehen ist. Es war wohl in Castle-on-the-Thames, Lord Healys Haus. Ich glaube, mich an das Verschwinden einer Diamantbrosche zu erinnern.«

Mrs. Brawley trat näher. »Wurde dieser Diebstahl jemals aufgeklärt?«

»Ich glaube nicht, meine liebe Dame.«

»Konnten Sie sich in letzter Zeit einer Aufbesserung Ihrer Finanzen erfreuen, Mr. Hoxton?«

Sanford zeigte Erschrecken: »Das ist eine äußerst ungerechtfertigte Vermutung.«

Mrs. Brawley hob eine Hand. »Es ist an der Zeit, einen Durchsuchungsbefehl für Mr. Hoxtons Zimmer zu beantragen.«

Triumphierend stürmte ihre Gruppe ihr nach und erhielt folgende Information: ›In den Taschen der Hose, die Hoxton an diesem Nachmittag getragen hatte, hat das Polizeilabor Spuren von Gold gefunden, die offenbar von der Fassung eines Diamanten stammen, außerdem eine Spur Kitt.‹

Lächelnd ging Annie zu Edith, die Susannah Greatheart darstellte.

Ein eifriger Fragesteller wollte wissen: »Stimmt es, daß Miß Snooperton Ihnen Nigel Davies weggeschnappt hat und Sie sich kurz vor dem Mord mit ihr gestritten haben?«

Edith betupfte ihre Augen mit einem verknitterten Leinentaschentuch. »O nein, ich streite mich nie, und ich war überzeugt davon, daß Nigel wieder zu Verstand kommen würde, wenn er die Affäre zwischen Miß Snooperton und Lord Algernon entdecken würde.«

»Und woher wußten Sie von der Liaison?«

»Na, der gute Algernon dachte, ich könnte mich seines Problems annehmen. Er wollte Miß Snooperton loswerden, weil er sie für eine schrecklich voreilige junge Frau hielt, die versucht hatte, ihn mit ihren Lockungen zu umgarnen. Ich schätze Lord Algernon als einen echten Gentleman.«

Nach einer hastigen Beratung mit seinem Team schrie Sprecher 3: »Wir verlangen einen Durchsuchungsbefehl gegen Miß Greatheart.«

Der Befehl erbrachte: ›Ein Rubincollier zwischen Miß Greathearts Damenunterwäsche und ein blutiger Kricketschläger in ihrem Kleiderschrank. Nachforschungen ergaben, daß das Collier ein Replikat der berühmten Roten Jungfer sei. Der Kricketschläger wurde als Mordwaffe identifiziert.‹

Als man sie mit diesen Tatsachen konfrontierte, brach Miß Greatheart zusammen und gab an, man habe sie hereingelegt. »Jemand muß mich sehr hassen.«

Team 3 rannte zu Lord Algernon. Die Intensität ihrer Fragen begeisterte Max, und er antwortete eifrig:

»Ich habe meine Verlobung mit Miß Snooperton gelöst. In der Tat habe ich ihr am Morgen eine Fahrkarte nach Venedig gegeben und ihr eine Nachricht geschrieben, daß ich sie nach dem Tee nicht in der Rosenlaube treffen könne.«

»Es war also Ihr Zettel, den man in ihrer Tasche fand?«

»Muß wohl so sein.«

»Sie sagen, Sie seien mit Miß Snooperton fertig gewesen. War sie auch mit Ihnen fertig?«

»Es sah so aus, als ob Nigel mich von der Angel geholt hätte, indem er sich mit ihr verlobte. Die Art, wie er Miß Greatheart behandelte, war verdammt abscheulich. Ich habe versucht, sie zu trösten.«

»War es nicht eher so, Lord Algernon, daß Sie erneut Ihrer bekannten Schwäche für das andere Geschlecht erlagen?«

»Oh, das ist eine böswillige Behauptung. Außerdem hatte Alicia nichts einzuwenden.«

Er gab schließlich zu, daß er in der Rosenlaube ein paar wütende Worte mit Miß Snooperton gewechselt habe, spielte aber die Bedeutung des Vorfalls herunter. Er bestand darauf, daß er ihr klargemacht habe, daß ihre Affäre beendet sei, ob sie die Fahrkarte nach Venedig nehme oder nicht, und sie lebend verlassen habe.

Der Sprecher von Team 8 verlangte einen Durchsuchungsbefehl gegen Lord Algernon, und die folgenden Tatsachen kamen ans Tageslicht: Ein Paket wütender Briefe von Miß Snooperton, die damit drohte, die Affäre Lady Alicia zu Gehör zu bringen, falls er ihr nicht eine beträchtliche Summe ausbezahle. In einem Brief standen die Worte: ›Rück es raus, sonst erfährt die süße Lady Alicia von unserem Wochenende in Nizza.‹

Anschließend hastete der Sprecher von Team 8, ein Dozent mittleren Alters für mittelalterliche Dichtung am College von Chastain, über den Rasen, um Lady Alicia zu attackieren.

Jessica Merrill, die an diesem Abend in ein knöchellanges rosaweißes Dimitzkleid gehüllt war, nahm den Hagel von Fragen mit hochmütiger Verachtung entgegen.

»Ob ich von einem Verhältnis zwischen Algernon und Miß Snooperton Kenntnis hatte? Natürlich nicht. Das ist vollkommen absurd. Und wenn es ein solches Verhältnis gegeben hätte, hätte ich den armen Jungen nur bemitleidet, daß er sich mit so einer unattraktiven und habgierigen Frau eingelassen hat.«

»Haben Sie nicht früher gesagt, Miß Snooperton sei ein nettes Mädchen gewesen?«

»Oh, tatsächlich? Vielleicht. Ich habe in der Sache keine definitive Meinung.«

»Wieviel Geld schuldeten Sie Reginald Hoxton, Mylady?«

»Nur eine kleine Summe unter Freunden.«

»Aber wie wollten Sie sie zurückzahlen? Sie besitzen kein eigenes Geld, nicht wahr?«

»Es bestand keine dringende Notwendigkeit, eine solche Kleinigkeit unter Freunden sofort zu begleichen.«

»Aber Miß Greatheart sagte, sie habe Mr. Hoxton sagen hören, daß er Lord Algernon in Kenntnis setzen würde, falls Sie nicht zahlen würden.«

»Das muß sie mißverstanden haben. So eine geistlose junge Frau.«

Jessica weigerte sich, sich der Flut der Fragen zu beugen. Lord Algernon hatte voreilig behauptet, daß Lady Alicia für seine außerehelichen Aktivitäten Verständnis habe. Wie würde Jessica Merrill wohl über das Verhältnis ihres Ehemanns mit einer habgierigen Anwältin denken?

Ab und zu hängte einer der Verdächtigen im Landhausmord zur maßlosen Enttäuschung der eifrigen Detektive das Schild ›Bin gleich zurück‹ auf und zog sich für ein paar Minuten zurück, um sich auszuruhen oder eine Erfrischung zu sich zu nehmen.

Als Jessica ihre Pause machte, folgte Annie ihr nach draußen auf den Gehsteig. Während sie sich bemühte, Jessica einzuholen, hörte sie eine zu den Zelten zurückkehrende Detektivin zu ihrer Begleiterin sagen: »Das ist der größte Spaß, den ich seit meinem siebten Lebensjahr gehabt habe, als meine Mutter mir *The Clue in the Album* schenkte. Erinnert der Fall dich nicht auch an die Party bei Lady Billinngton-Smith in Georgette Heyers *The Unfinished Clue?*«

Ihre Begleiterin nickte energisch. »Ich weiß, was du meinst, Hetty. Ich denke dauernd an Chayning Court in Gladys Mitchells *Speedy Death*.«

Annie bekam dadurch neuen Schwung. Sie lief los und rief: »Jessica«, als ihr Opfer eben das Gasthaus betrat.

»Oh, hallo, Annie. Ich brauche einen Drink. Herrje, wie anstrengend muß es erst sein, Verdächtiger in einem echten Mordfall zu sein.«

Annie beließ es bei einem unbestimmten »Ja, sicher«, statt sich nach Roscoes Gefühlslage zu erkundigen.

Sie setzten sich in eine Ecke der Bar, die nur eine begrenzte Auswahl an Getränken zu bieten hatte. Kaffee, einen weißen und einen roten Wein ungenannter Herkunft und einen Drink auf Eis. Sie wählten beide den Drink.

»Noch eine Nacht«, seufzte Jessica.

»Es ist nett von Ihnen, daß Sie unter diesen Umständen weitermachen.«

Jessica schenkte sich aus der Flasche ein und nahm ihr Glas in die Hand. Sie wirkte sehr beherrscht. Ihr dunkles Haar lag weich um ihr Gesicht, und ihre großen, anziehenden Augen waren sorgfältig mit Lidschatten bemalt. Sie lächelte Annie an. »Es ist nicht leicht. Corinne war seit vielen Jahren mit uns befreundet. Ich weiß, daß sie sich gewünscht hätte, die Gartenwoche fortzusetzen, und als Mitglied des Vorstandes fühlt sich Roscoe natürlich dafür verantwortlich, daß den Interessen der Gesellschaft nicht geschadet wird.«

»Mochten Sie Corinne?«

Die großen Augen sahen Annie offen an. »Das ist zum jetzigen Zeitpunkt eine bemerkenswert taktlose Frage.«

»Seit ich eine von zwei Hauptverdächtigen bin, rangiert Takt bei meinen Prioritäten ganz weit unten.«

Jessica nippte an ihrem Drink. »Roscoe glaubt nicht, daß überhaupt jemand verhaftet wird. Offenbar gibt es keinen konkreten Beweis, der eine bestimmte Person mit dem Tatort in Verbindung bringt, und er sagt, daß es sehr schwierig sei, einen Haftbefehl zu bekommen und eine Verurteilung zu erreichen, wenn man keine Beweise oder ein Geständnis habe.« Sie strich ihr Haar aus der glatten Stirn. »Wahrscheinlich bleibt es eines dieser berühmten ungelösten Rätsel.«

»Das wäre für alle Beteiligten ein Fiasko. Mich eingeschlossen.« Und ganz besonders, dachte Annie, für Gail und Bobby sowie Peggy und Leighton. »Ich bin mir nicht so sicher, daß Wells sich nicht doch auf Bobby oder mich stürzen wird, nur um die Zeitungen zum Schweigen zu bringen.« Annie knallte ihr Glas auf den Cocktailtisch. »Verdammt, Wells will ja nicht mal mit den Leuten *reden*, die es theoretisch gewesen sein könnten. Wie zum Beispiel Sybil und Tim.« Sie blitzte Jessica trotzig an. »Oder Miß Dora.«

Zu ihrer Verblüffung war Jessica weder überrascht noch wütend. Statt dessen verengten sich ihre Augen nachdenklich. »Miß Dora.«

Annie versuchte, in Jessicas madonnenhaftem Gesicht zu lesen, das so glatt, ruhig und maskenhaft erschien.

»Seltsam, daß Sie auf Miß Dora kommen. Sie gehört so zum Inventar von Chastain, daß man sie nicht einmal bemerkt, trotz ihrer absonderlichen Kleider und Hüte.« Jessica lächelte, aber ihre braunen Augen blieben ernst und konzentriert. »Miß Dora hat ihr ganzes Leben mit dem Versuch verbracht, die Geschichte von Chastain zu bewahren. Das ist alles, was ihr etwas bedeutet. Sie war gegen beinahe jede Neuerung, die Corinne der Gesellschaft vorschlug. Miß Dora haßt diese Gartenwoche. Sie findet, daß Chastain sich selbst gehören müsse, nicht den Fremden.« Jessica spielte mit ihrer Lapislazuli-Halskette. »Aber es ist absurd, sich vorzustellen, daß sie sich an Corinne heranschleicht und sie von hinten niederschlägt.«

Annie hätte Jessica beinahe verbessert. Niemand hatte sich an Corinne herangeschlichen. Corinne hatte sich umgedreht, um davonzugehen. Aber das spielte eigentlich auch keine Rolle.

Jessica nahm einen letzten Schluck und lächelte. »Tja, ich glaube, wir müssen zurück. Sonst werden mich die Detektivteams hier aufspüren.«

Als sie in ihren Handtaschen nach Geld suchten, fragte Annie schnell: »Haben Sie kürzlich mit Corinne gesprochen?«

Jessicas Hand erstarrte sofort, dann zog sie ihre Brieftasche hervor. »Ja. Letzte Woche.« Ihre Stimme klang gelassen.

Annie legte ihren Anteil auf das Tablett. »Worüber?«

»Nichts Besonderes. Sie rief an, um zu fragen, ob wir zusätzliche Reproduktionen im Museum aufstellen sollten. Ich kenne mich mit Glas aus der Kolonialzeit recht gut aus, und sie wollte meine Meinung hören.«

Diese Antwort kam so schnell und unbekümmert, daß Annie fast sicher war, Jessica habe gelogen. Noch dazu, wenn sie in diese Augen sah, die jetzt seltsam herausfordernd blickten.

»Sie und Roscoe führen eine wunderbare Ehe.«

Jessica focht diese völlig unlogische Folgerung nicht an. Sie nickte nur, als sie den Stuhl zurückschob.

Annie erhob sich. »Ich glaube, von Leighton und Corinne konnte man das nicht gerade sagen.«

»Das weiß ich nicht.«

»Es geht das Gerücht, daß Leighton etwas mit einer jungen Frau hatte.«

Jessica rang sich ein Lächeln ab. »Das passiert nun mal, wenn Männer in ein bestimmtes Alter kommen, nicht wahr? Meistens ist es nicht weiter von Bedeutung.«

Diese Worte bestätigten Annie, daß Jessica über Roscoes Fehltritt im Bilde war und die Angelegenheit als unwichtig abtun würde, wenn Annie sie zur Sprache brächte. Wenn es ihr nichts bedeutete, war damit natürlich bewiesen, daß sie kein Motiv gehabt hatte, Corinne umzubringen.

Aber hatte Roscoe – rechtzeitig – gewußt, was seine Frau empfinden würde?

Die Detektivteams tummelten sich im Verhörzelt und stellten noch in den letzten Sekunden Fragen.

»Miß Laurance, stand in dem Laborbericht, daß der Fußabdruck neben der Leiche zu Nigel Davies gehörte?«

»Ja.«

»Was ist mit diesem aufgebrochenen Schloß an dem Werkzeugschuppen? Waren da Fingerabdrücke drauf?«

»Nein, es ist abgewischt worden.«

Fingerabdrücke. Abgewischt. Warum suchte Inspector Wells bei ihr und Bobby nach einem Taschentuch?

Ein hoher Schrei der Begeisterung brach aus Mrs. Brawley heraus, als ihr Team den Durchsuchungsbefehl für Reginald Hoxtons Wagen erhielt. Im Kofferraum befand sich einer der Kricketbälle, und man hatte offensichtlich an ihm herumgebastelt. Im Inneren war eine Handvoll roter Rubine versteckt. Annie schrieb die Zeiten auf die letzten Briefumschläge, als Bobbys Kopf im Zelteingang erschien. Er sah sich um, starrte sie an und verschwand dann wieder.

Max stellte die letzte Kiste an die Wand. »Wenn du wieder ein Krimispiel organisierst, miete ich einen Packesel.«

»Wenn ich wieder ein Krimispiel plane, kannst du mir eine Fahrkarte nach El Paso schenken. Nur einfache Fahrt. Das macht mehr Spaß.«

Er seufzte und lehnte sich an den Pfosten des Bettes. »Wie wär's mit einem Drink?«

Müde schüttelte sie den Kopf.

»Können wir's auf ein andermal verschieben? Ich bin erledigt.«

Er protestierte nicht einmal.

Sie machte ihm keinen Vorwurf. Der Raum war stickig und schlecht gelüftet und ungefähr so gemütlich wie ein Wadi in der Sahara. Zum Teufel mit Idell. Man konnte den Raum keine fünf Minuten verlassen, ohne daß sie hereinkam und die Klimaanlage abschaltete. Annie ging zum Fenster und drückte auf den Knopf. Nach einem zitternden Röcheln erwachte das Gerät langsam zum Leben. Sie blickte aus dem Fenster und bewunderte die Schattenmuster, die das Mondlicht über dem Grundstück und dem Gesellschaftsgebäude nebenan zeichnete.

Das Gebäude der Gesellschaft. Wenn Steine doch nur reden könnten. Wer hatte nach Büroschluß diesen Brief getippt? Wenn sie das wüßten ...

20

Als Annie gerade nach der Bürste griff, um sich die Haare zu kämmen, drang ein spitzer Schrei von unten durch die hölzerne Zimmertür. Sie starrte ihr Spiegelbild an, die Augen erschrocken geweitet, den Mund vor Überraschung geöffnet. Ein zweiter Schrei erklang, noch lauter und mit einem wachsenden Unterton von Hysterie.

Irgend etwas stimmte nicht in den stickigen Räumen des Swamp Fox Inn. Max stürmte durch die Verbindungstür zwischen ihren Zimmern, und Annie griff nach ihren Shorts.

Er sah erleichtert aus. Dann weiteten sich seine Augen vor Vergnügen.

Sie schlüpfte in die Shorts, zog ein T-Shirt über und lief mit ihm zur Tür. Max öffnete, und sie zwängten sich gleichzeitig hindurch.

Auf dem Flur waren die Geräusche noch lauter, und die Worte, die zwischen den Schluchzern zu hören waren, ließen sie schneller die Treppe heruntereilen.

»Tot ... grauenhaft ... klebrig und naß ... o mein Gott, tot ...«

Der stellvertretende Hotelmanager schüttelte das grauhaarige Zimmermädchen bei den Schultern. »Seien Sie still! Sie werden noch die Gäste wecken. Verdammt, Frieda, Sie reden ja lauter Unsinn. Seien Sie doch still! Wer ist tot?«

»Idell. Sie liegt da drin ...«

Der stellvertretende Manager, Annie und Max wandten sich gleichzeitig um und ließen von der schluchzenden Frieda ab. In der geöffneten Bürotür blieben sie abrupt stehen. Idell Gordon lag steif auf dem S-förmigen Sofa hinter einem kleinen Kaffeetisch mit Glasplatte. Sie trug immer noch ihr schwarzes Polyestertrauerkleid, dessen Nähte sich in ihrer unvorteilhaften Haltung spannten. Das Gesicht war rot, die Augen starrten zur Zimmerdecke hoch, der Mund stand offen, und die Lippen waren in einem verzerrten Lächeln erstarrt.

Der junge Mann röchelte und zuckte zurück, trat dabei Annie auf den Fuß. Sie schrie auf. Er sprang vor, starrte sie an und stürzte zur Tür. »Ich muß einen Arzt rufen.«

»Und die Polizei«, fügte Max leise hinzu.

Eine Frau in dem Gedränge der Gäste hinter ihnen begann leise zu wimmern.

»Gehen Sie bitte in Ihre Zimmer zurück. Wir werden so bald wie möglich mit Ihnen sprechen. Wenn Sie etwas Wichtiges vorhaben, wird Sergeant Harney sich Ihren

Namen notieren. Bitte gehen Sie zurück in Ihre Zimmer, meine Damen und Herren, wir haben hier einen ungeklärten Todesfall. Es wird einige Zeit dauern, bis wir mit Ihnen allen gesprochen haben. Bitte begeben Sie sich in Ihre Zimmer.«

Annie lehnte niedergeschlagen am Fenster, einen Ellbogen auf die rasselnde Klimaanlage gestützt.

»Herrgott, es ist meine Schuld. Es ist meine Schuld.«

»Wie alt war sie?«

»Weiß nicht. Fünfundfünfzig? Sechzig? Sie wäre älter geworden, wenn ...«

»Sie war eine erwachsene Frau. Wenn sie die Identität des Mörders kannte, hätte sie es Inspector Wells mitteilen müssen. Das wußte sie. Es ist nicht deine Schuld, daß sie ihm nichts gesagt hat. Außerdem scheint es mir noch nicht erwiesen zu sein, daß sie ihn kannte.«

»Sie ist tot.«

»Okay. Ein gutes Indiz. Aber nichts von dem, was sie dir gestern erzählt hat, war konkret.«

»Vielleicht hast du recht. Aber sie war aufgeregt. Und fest davon überzeugt, daß Leighton nicht der Mörder war. Sie hat bestimmt jemanden beim Verlassen des Gesellschaftsgebäudes gesehen.« Annie wirbelte herum und schritt zur Tür. »Jetzt *muß* Wells mir einfach zuhören.

Eine Ader pulsierte auf Wells' gefurchter Stirn. Der Priem in seinem Mund bewegte sich nicht.

»Sie war ziemlich aufgeregt und hat uns gefragt, ob wir hinter der Belohnung her seien. Inspector, ich bin mir sicher, daß sie den Briefschreiber gesehen hat.«

Seine großen Hände ballten sich zu Fäusten. »Ich habe hier einen Mord. *Noch* einen Mord. Und es ist ein Mord, den geschickte Menschen begehen. Deshalb interessiert mich dieser verdammte Brief nicht. Ich möchte lieber wissen, wie oft Sie gestern abend zum Gasthaus zurückgekommen sind.«

Weil Wells Annie angewiesen hatte, in ihrem Zimmer zu bleiben, lief Max eifrig herum und sammelte Informationen von den anderen Gästen. Idell war am letzten Abend ihres Lebens fröhlich gewesen und hatte sich angeregt mit verschiedenen Gästen unterhalten. Nach der Beerdigung hatte sie sich nicht umgekleidet. Sie hatte in ihrem Apartment auf der Ostseite des zweiten Stocks zu Abend gegessen und am frühen Abend ihren Dienst an der Rezeption versehen, wo sie um einundzwanzig Uhr vom Nachtportier abgelöst worden war. Als man sie am Donnerstag morgen in ihrem Büro gefunden hatte, war sie wie am Abend zuvor gekleidet gewesen. Von ihrem Büro führte eine Tür auf das Grundstück des Gasthauses, und diese Tür hatte offengestanden. Das Licht im Büro hatte gebrannt. Auf dem Boden hatte ein Sherryglas gelegen, dort, wo Idell es fallen gelassen hatte, als sie zusammengebrochen war. Der Sherry war über die Holzdielen verschüttet. Man hatte das Glas mit dem angetrockneten Getränkerest zur Untersuchung ins Labor geschickt, ebenso den Kristallstopfen der Sherrykaraffe und den Sherry selbst. Unter Idells Leiche auf dem abgewetzten rosa Damastpolster der Couch hatte man die Mittwochsausgabe des Chastain Courier gefunden. Bobbys Name unter dem Leitartikel war mit rotem Stift markiert, und ein Satz war rot unterstrichen: ›Der trauernde Witwer bietet $ 5 000 für jeden Hinweis, der zur Ergreifung und Verurteilung von Mrs. Websters Mörder führt‹.

Nachdem der letzte Polizist endlich gegangen war, schlüpften Annie und Max durch die Hintertür hinaus.

Annie sah über die Schulter zurück. »Glaubst du, Wells würde mich festnehmen, wenn er erfahren würde, daß ich mein Zimmer verlassen habe?«

Max war unbekümmert. »Nein. Aber du hast ihn geärgert, als du ihm den Brief unter die Nase gerieben hast.«

Sie nahmen die Gasse zum McIlwain-Grundstück. Am Gartentor blieb Annie abrupt stehen und zeigte auf das Schild, das aus dem grauen Schmutz ragte.

›Obwohl diese Gasse heute als Whitsett's Alley bekannt ist – Whitsett war der Besitzer einer Druckerei, die Anfang des neunzehnten Jahrhunderts hier stand –, befand sich hier die erste Pferderennbahn von Chastain, die im Januar 1735 fertiggestellt wurde. Die Rennen begannen im Februar, und die Pflanzer aus der Umgebung brachten den Stolz ihrer Ställe hierher. Zu den Preisen gehörten silberne Pokale, Schalen und Tabletts. Die Rennwoche fand ihren jährlichen Höhepunkt im Jockey-Ball, der mit einem förmlichen Menuett eröffnet wurde, zu dem aber auch einfache Volkstänze gehörten. Zum Essen wurde gebackener Truthahn, Sumpfschildkröteneintopf, Kuchen, Rebhuhn, Wachtel und Gans, Madeira, Portwein und Punsch serviert.‹

Annie sah sich mit wildem Blick um. »Diese alte Frau ist überall, obwohl man sie nie sieht. Das treibt mir Schauer über den Rücken!«

Das Tor kreischte wie ein Katze, der man auf den Schwanz getreten hat, und Annie zuckte heftig zusammen.

»Die Heldin aus einem Schauerroman«, murmelte Max.

»Sei nicht gemein«, gab sie zurück.

Sie fanden Lucy am Seitenflügel des Hauses beim Beschneiden einer Wisterie. Sie trug einen rosafarbenen Gartenschlapphut, einen Jeansrock und eine klassisch geschnittene Baumwollbluse. Beim Geräusch ihrer Schritte sah sie auf. Sie holte tief Luft und rang sichtlich um Kraft.

»Es ist also wahr?« Doch Lucy brauchte ihre Bestätigung nicht. »Ich verstehe es nicht. Corinne und Idell hatten nichts gemeinsam. Oh, sie kannten sich natürlich. Wir kennen uns hier ja alle. Wir leben schon so lange hier und sind Nachbarn. Aber warum sollte jemand Idell *und* Corinne umbringen? Ich nehme nicht an, daß Idell eine Herzattacke hatte?« Lucy sah sie hoffnungsvoll an. »Könnte das nicht die Todesursache sein?«

»Man weiß noch nicht genau, woran sie gestorben ist«, sagte Max, »aber ich habe gehört, daß die Polizei von Gift spricht. Danach wird gesucht.«

»Es macht einfach keinen Sinn. Nicht Idell.«

»Doch, es macht Sinn.« Annie schilderte Idells Interesse an der Belohnung und ihre Vermutung, daß sie den Schreiber des Briefes gesehen hatte.

Lucys Gesicht sah aus wie aus Eis gemeißelt.

»Louisa Binning beharrt darauf, daß der Brief außerhalb der Bürozeiten geschrieben worden sein muß«, erklärte Max.

»Und das bedeutet, daß der Schreiber einen Schlüssel zum Gebäude der Gesellschaft hatte«, erklärte Annie.

Lucy atmete scharf ein. »Das ist entsetzlich.« Ihr Gesicht, das so müde ausgesehen hatte, schien nun von Schmerz erfüllt zu sein. »O mein Gott. Jemand mit einem Schlüssel.« Dann schüttelte sie den Kopf. Ihre Stimme war schrill. »Aber Inspector Wells glaubt nicht an die Sache mit dem Brief.«

Annie sah sie ernst an. »Merken Sie denn nicht, wie unrecht er damit hat? Lucy, bitte. Sie kennen diese Leute. Sie kennen jeden, der in dieses Gebäude hineinkonnte. Wollen Sie uns nicht helfen? Wollen Sie uns nicht sagen, was Sie wirklich denken?«

Für einen Moment hatte Annie das Gefühl, daß Lucy sie verstand und ernsthaft überlegte.

Wer konnte die Motive und Leidenschaften ihrer langjährigen Freunde besser beurteilen? Lucy kannte sie alle:

Leighton, den charmanten, gutaussehenden, nicht so traurigen Witwer.

Gail, die erregbare, verliebte, ängstliche Nichte.

Bobby, den rauhen, harten, zupackenden Reporter.

Roscoe, den distanzierten, aber leidenschaftlichen Liebhaber.

John, den ehrgeizigen, entschlossenen, eigensinnigen Arzt.

Sybil, die lüsterne, verwöhnte Sirene.

Tim, den begabten, unreifen, egoistischen Künstler.

Edith, die nervöse, empfindsame, hart arbeitende Seele der örtlichen Organisationen.

Miß Dora, die exzentrische, unberechenbare, giftige Alte.

Annie hielt den Atem an. Lucy konnte bestimmt helfen, da gab es keinen Zweifel. Wenn sie doch nur wollte ...

Lucy klemmte die Schere unter den Arm und zog ihre Gartenhandschuhe aus. Dann preßte sie die Hände zusammen, um ihr Zittern zu verbergen. In ihren Augen glänzten Tränen, als sie den Kopf schüttelte. »Nein.« Ihre Stimme war so schwach wie ein Luftzug in einer tiefen Höhle. »Nein.«

Max bestellte Kalbsschnitzel, Annie schwankte zwischen Corned beef auf Roggen und Chiliburger und entschied sich für letzteren.

»In letzter Zeit wurden leichte Bedenken wegen des Cholesterins geäußert«, sagte Max im Konversationston.

»Ich glaube, ich nehme Karamelcreme zum Nachtisch.«

»Wie wär's mit einem dicken Schlag Sahne dazu?«

»Gute Idee.«

Er seufzte. »Du bist in deiner Maßlosigkeit fast viktorianisch.«

»Wenn ich mich auf eine kulinarische Zeitreise begeben könnte, würde es mir schwerfallen, mich zwischen einem Weihnachtsessen im viktorianischen England und einem Hochzeitsgelage im alten Rom zu entscheiden.«

»Bedeutet das, daß du in fortgeschrittenem Alter eine matronenhafte Figur zu entwickeln gedenkst?«

»Hm, weiß nicht. Bleib in der Nähe und finde es heraus.«

»Und währenddessen hab' ich eine Menge Spaß.«

»Meine Hand drauf«, sagte sie und streckte eine Hand aus. Sie drückte seine einen Moment lang fest und versteifte sich dann. Das Vergnügen in ihrem Gesicht wurde von Sorge und Mutlosigkeit ersetzt. »Verdammt, Lucy weiß, wer den Brief geschrieben hat. Meinst du nicht auch? Warum sollte sie sich sonst immer so aufregen, wenn wir sie darauf ansprechen?«

Max legte seine Gabel weg und wirkte so leidgeprüft wie Lucy.

Mit vollem Mund sagte Annie, an ihrem Chiliburger kauend: »Was ist los?«

»Glaubst du, Gail hat ihn geschrieben?«

Annie hörte auf zu kauen und starrte ihn an. »Wie kommst du darauf?«

»Lucy ist in Gail richtig vernarrt und sieht schrecklich aus, seit Corinne der Kopf eingeschlagen wurde.«

Sie legte ihren Burger auf den Teller. »Das macht gerade genug Sinn, um wahr zu sein.« Sie blinzelte konzentriert. »Nein, nein, warte mal einen Moment, das paßt nicht zusammen, weil Gail wegen Bobby in Panik ist.«

»Wirklich?« sagte Max kühl.

»Natürlich. Sie ist doch zu uns gekommen, um uns um Hilfe zu bitten. Sobald Bobby nur erwähnt wird, benimmt sie sich wie eine Romanheldin, die auf die Schienen gebunden liegt und den Zug kommen sieht.«

»Drehen wir es mal um«, schlug Max vor. »Wenn sie eine Doppelmörderin ist, muß ihre lavendelblaue Persönlichkeit mehr als nur ein bißchen erkünstelt sein. Vielleicht kann sie mehr als nur hübsch aussehen.«

Annie sah ihn bewundernd an. »Unter dem Äußeren eines Jack Armstrong lauert die Vorstellungskraft eines Stephen King. Ich bin beeindruckt.«

Er lächelte bescheiden.

Sie aßen einen Moment schweigend weiter. Als Annie ihren letzten fetttriefenden Bissen verzehrt hatte, sagte sie entschlossen: »Okay, wir haben doch einen erstklassig scharfen Verstand. Stimmt's?«

»Natürlich.«

»Also laß uns nachdenken. Warum wurde der Brief geschrieben?«

»Entweder, um Corinne bloßzustellen«, schlug Max vor, »oder um sie zu warnen. Weißt du, so in der Art wie diese Schilder am Straßenrand: Bereut, solange ihr noch könnt.«

»Oder«, bot Annie an, »die dritte Möglichkeit: Er war dazu gedacht, Ärger zwischen Corinne und den realen Vorbildern der kaum verschleierten Verdächtigen aus dem Moneypot-Plot heraufzubeschwören, damit das Wasser schön trüb war, als Corinne ermordet wurde. Oder, viertens, er sollte den Verdacht auf mich lenken.«

Max griff diese beiden Möglichkeiten heraus. »Das würde voraussetzen, daß der Mord schon geplant war, als der Brief geschrieben wurde.«

Annie seufzte schwer. »Vielleicht haben wir doch keinen erstklassigen Verstand.«

Die Kellnerin nahm ihre Teller, und Max bestellte zwei Bier. Annie griff nach der Dessertkarte und murmelte: »Karamelcreme.«

»Niemand nimmt Bier und Karamelcreme zusammen.« Aber Max' Stimme klang nicht überzeugt.

Annie legte die Dessertkarte widerstrebend zur Seite. »Eigentlich bin ich satt. Ein anderes Mal.«

Max kehrte zu dem Brief zurück. »Wenn wir wüßten, weshalb er geschrieben wurde, wäre es leichter, den Verfasser zu erraten.«

Sie stützte ihr Kinn in die Hand. »Klar. Der Grund für die erste Möglichkeit ist Zorn. Der Grund für Möglichkeit zwei ist schon nicht mehr so eindeutig. Der Verfasser ist wütend, aber bereit, ihr noch eine Chance zu geben. Aber die Gründe für drei und vier …«

Er nickte, zog einen Briefumschlag aus der Tasche und listete die Verdächtigen auf.

Annie nickte beim ersten Namen. »Okay. Nehmen wir Leighton. Er heiratet Corinne und gibt die angestrebte Karriere auf. Keine Kinder. Er hat nicht viel in seinem Leben, um das er sich kümmern muß, also wird er mit der Zeit bequem. Er trinkt zuviel, bleibt aber immer ein Gentleman. Dann lernt er diese attraktive junge Frau kennen, die sich für den Menschen Leighton interessiert, nicht für den finanziellen Hintergrund einer angesehenen Familie.«

»Wenn er den Brief geschrieben hätte, müßte Grund Nummer drei zutreffen.«

»Denn er war nicht wirklich wütend auf Corinne, nicht wahr? Er war desillusioniert, vielleicht ein wenig verbittert, aber nicht wütend. Und er hätte auch nicht erwartet, daß dieser Brief sie hätte ändern können, erst recht nicht zu seinem Vorteil. Ihr Stolz hätte es nie zugelassen, einer Scheidung zuzustimmen. Also wäre sein einziges Motiv, den Brief zu schreiben, gewesen, damit eine Handvoll anderer Verdächtiger zu schaffen.«

»Was er ja auch erreicht hätte, wenn dieser Polizei-Inspector nicht unter Fremdenhaß leiden würde.« Max machte ein Häkchen hinter Leightons Namen.

»Ist Leighton so ein Mensch?« fragte sich Annie zweifelnd. »Verschlagen und schlau? Er scheint so korrekt, so liebenswert ...«

»So ein Gentleman«, äffte Max sarkastisch nach.

»Na ja, das ist er doch auch wirklich.«

»Ja. Aber er ist auch ein Mann. Und er hatte sich verliebt. Was war ihm diese Liebe wert?«

»Ich weiß es nicht.« Annie sah Max einen Augenblick lang an. Wieviel war ihr seine Liebe wert? Alles. Egal was. Vielleicht mußte sie die Motive Leightons doch noch einmal neu überdenken.

»Was Gail betrifft ... Ich sage es ungern, aber ich kann sie mir durchaus als Verfasserin des Briefes vorstellen.«

Annie nickte zögernd. Gail war schwach, aber sie besaß die Schlauheit und die Dickköpfigkeit der Schwachen. Wenn ihr etwas wichtig war, würde sie mit jeder Waffe darum kämpfen, die ihr in die Hände fiele. »Sie könnte den Brief geschrieben haben, um ihrer Tante etwas heimzuzahlen.«

»Oder sie hat sich gedacht, daß ein Brief wie dieser bei einer Morduntersuchung eine ganze Menge Verwirrung stiftet.«

»Das ist zu durchtrieben für sie«, widersprach Annie.

»Was ist mit Bobby? Er hätte sich Gails Schlüssel für das Gesellschaftsgebäude besorgen können.«

Annie schüttelte heftig den Kopf.

»Natürlich hätte er dran kommen können«, beharrte Max.

»Ich weiß. Aber er konnte den Brief nicht schreiben. Er ist zu direkt dafür. Zu maskulin.«

Max zog die Augenbrauen zu einem grimmigen Blick zusammen. »Ich glaube, ein gewisses Muster in deinen Einwänden zu erkennen. Offenbar sind gutaussehende Männer über jeden Verdacht erhaben.«

»Das ist Unsinn. Ich kann doch nichts dafür, daß Leighton und Bobby attraktiv sind.«

»Was ist mit Sanford?«

»Er ist nicht attraktiv, aber das hat nichts damit zu tun, daß ich ihn mir als Verfasser des Briefes denken könnte. Im Grunde wirkt er zwar ganz ungekünstelt und war wütend, als ich den Brief vorlas, aber das hätte durchaus Tarnung sein können.« Annie erinnerte sich an sein zorniges Gesicht im Büro und sein kaltes Lachen. ›Ich hätte sie erwürgen können.‹ Annie schauderte. »Ich finde ihn irgendwie unheimlich.«

»Was ist mit Roscoe?«

»Auf keinen Fall. Roscoe ist viel zu vorsichtig, um so etwas zu tun. Ich meine, er ist Anwalt. Er hätte gewußt, daß der Brief bis zur Gesellschaft zurückverfolgt werden könnte. Er hätte es für eine unsinnige Idee gehalten.«

»Ein unsinnige Idee, die einem Rechtsanwalt nicht mal im Traum einfällt?«

»Oh.« Sie dachte nach. »Vielleicht hat er es getan, weil er davon ausgegangen ist, daß niemand auf ihn kommen würde. Das wäre doppelt clever.«

»Er ist ein sehr cleverer Bursche.«

»Was ist mit Jessica?« fragte Annie.

»Jessica würde mit allen Mitteln kämpfen, wenn sie wüßte, daß Corinne Roscoe zugesetzt hat.«

»Das gleiche gilt für Edith. Glaub mir, Edith hätte es genossen, Corinne wie einen Sandsack zu bearbeiten. Genau wie Sybil.« Ihr Mund verzog sich trocken. »Aber ich bezweifle, daß Sybil ihren eigenen Namen schreiben kann. Und das gilt auch für Tim.«

»Vielleicht unterschätzt du Sybil …«, stichelte Max.

Annie hätte beinahe angebissen, aber dann bemerkte sie das schelmische Vergnügen in seinen blauen Augen. Sie preßte die Lippen zusammen.

Max machte ein Sternchen neben dem letzten Namen. »Lucy ist natürlich auch eine exzellente Verdächtige. Sie hat einen Schlüssel und wohnt neben Prichard House.«

»Sie könnte es geplant haben«, stimmte Annie zu, »aber was ist bei ihr mit den Motiven? Hatte sie irgendeinen Grund, wütend auf Corinne zu sein? Alles, was wir da bisher gesammelt haben, ist eine alte Geschichte mit Gails Vater. Das scheint mir etwas wacklig zu sein.« Sie trank ihr Bier aus, dachte noch einmal kurz an die Karamelcreme und hob resigniert die Hände. »Ich glaube immer noch, daß es Miß Dora war. Vielleicht haben sich – wie bei *Murder in the Orient-Express*[23] – die Vorstandsmitglieder auch gemeinsam um drei Uhr morgens getroffen und das verdammte Ding zusammen verfaßt.«

Jedesmal, wenn Annie an diesem letzten Abend des Krimispiels eine der Personen sah, die auf ihrer Liste standen, fragte sie sich: Hat sie den Brief geschrieben? Hat er Corinne getötet? Und Idell?

Die Teilnehmergruppe war spärlich besetzt. Nur siebenundfünfzig Detektive kamen, obwohl der Abend wie alle anderen ausverkauft war. Sowohl die Detektive als auch die Verdächtigen zeigten einen deutlichen Mangel an Begeisterung und die Neigung, sich ständig mißtrauisch umzusehen. Außer – natürlich – der unverwüstlichen Mrs. Brawley, die Annie eben im Verhörzelt in eine Ecke zog. »War dieser Fußabdruck am Tatort der von Nigel Davies?«

Annie sah sie abwesend an, in Gedanken noch immer dabei, mit den Namen der Vorstandsmitglieder zu jonglieren. »Fußabdruck? Oh, ja, er paßt zu den Schuhen, die er nach dem Tee trug.«

---

[23] Agatha Christie: Mord im Orientexpreß

Mrs. Brawleys Fuchsnase zuckte. »Nach dem Tee. Dann hat er in seiner Aussage *gelogen.*« Mit einem Aufschrei drehte sie sich um und stürzte durch das Zelt zum Befragungstisch. »Einen Durchsuchungsbefehl gegen Nigel Davies. Sofort!«

Die Durchsuchung ergab: Eine Notiz von Susannah Greatheart an Mathilda Snooperton, in der sie wütend verlangte, daß Mathilda Nigel von der ohne Liebe geschlossenen Verlobung entbinde.

Mit dieser Information in der Hand flitzte Mrs. Brawley quer durch das Zelt zu Roscoe Merrill. »Ihr Fußabdruck beweist, daß Sie am Tatort waren!«

Roscoe gab seine Vorstellung korrekt, aber ohne Verve. Auch er war mit seinen Gedanken woanders. »Ich bestreite diese Unterstellung.«

»Man hat zugegeben«, insistierte Mrs. Brawley, »daß Sie diese Schuhe *nach* dem Tee getragen haben. Deshalb kann Ihre Anwesenheit an dem Ort, wo Miß Snooperton starb, nicht bestritten werden. Ferner hat die Durchsuchung Ihres Zimmers einen Brief von Miß Greatheart an Miß Snooperton zutage gefördert. Wie konnte der in Ihren Besitz gelangen, wenn Sie ihn nicht der toten oder lebendigen Miß Snooperton abgenommen haben?«

Roscoe wich dem Angriff aus. »Ich habe ihn Miß Snooperton nicht weggenommen. Ich fand ihn an dem Ort, wo sie getötet wurde. Er muß ihr aus der Hand gefallen sein. Ich habe sie aber weder getroffen noch mit ihr gesprochen.«

Die vorsichtige Antwort eines Rechtsanwalts. Annie hätte gelächelt, wenn Mord ein Anlaß zum Lächeln gewesen wäre. In diesem Moment traf das nicht zu.

Um neun Uhr erblickte sie Inspector Wells im Eingang des Verhörzeltes. Er winkte sie zu sich.

»Haben Sie das Gelände in der letzten Nacht zwischen neun und zehn Uhr verlassen?«

»Ist das die Zeit, in der Idell getötet wurde?«

»Beantworten Sie meine Frage.«

Sie kämpfte das Verlangen nieder, einen Schritt vor seiner unförmigen, erdrückenden Gestalt zurückzuweichen.

»Ich bin einmal zum Gasthaus gegangen. Fast jeder hat zwischendurch mindestens eine Pause gemacht.« Sie deutete mit der Hand auf die Verdächtigen, die sie alle neugierig beobachteten. Hastig sprach sie weiter, während sie versuchte, dem finsteren Blick standzuhalten, der ein Teil von Wells' Gesicht zu sein schien. »Ich war mit Jessica Merrill zusammen. Sie kann es bestätigen. Wir sind zusammen hinüber und zurück gegangen.«

»Sie könnten ein zweites Mal rüber gegangen sein.«

»Das gilt für jeden«, gab sie wütend zurück.

Er ließ sie stehen. Schwerfällig bewegte er sich zu den Krimispielverdächtigen. Fragte er sie über ihren Aufenthalt oder über Annie aus?

Lucy zog die Stirn in konzentrierte Falten, als ob sie sich zu erinnern suchte. Unter ihren Augen lagen dunkle Schatten. Der helle Lippenstift auf ihrem Mund und die breiten Rougeflecken auf ihren Wangen ließen sie um Jahre älter erscheinen. Sie hatte heute versucht, sich ihrer Rolle gemäß zu kleiden, und trug ein Seidenkleid mit goldrotem Blumenmuster und kurze weiße Handschuhe. Ihr Aufzug wirkte grell.

Roscoes Gesicht war so leer wie das eines Pokerspielers, doch die Aufmerksamkeit in seinen abgeklärten Augen verriet deutlich, daß er vorsichtig antwortete. In seinem Abendanzug sah er elegant und selbstsicher aus, ein vermögender Mann, unschuldig in jedem Sinne. Außer an einem bedauerlichen romantischen Intermezzo.

Jessica lächelte und gab knappe Antworten. Nur das flüchtige Flackern ihres Blicks zu Annie hinüber verriet Unsicherheit. Sie trug ein Seidenkleid mit verwobenen roten, purpurnen und kobaltblauen Streifen, die ihre Eleganz betonten.

Max blickte einmal kurz zu Annie, schüttelte heftig den Kopf und sprach voller Überzeugung.

Dr. Sanford lächelte träge. Wells' Fragen schienen ihm kein Unbehagen zu verursachen. Er war ganz wie immer, arrogant und selbstsicher.

Ediths große grüne Augen huschten nervös zwischen dem Inspector und Annie hin und her. Sie strich eine streunende rotgoldene Locke aus der Stirn und antwortete einsilbig.

Jeder von ihnen hätte über das Grundstück des Gasthauses Idells Büro betreten und das Angebot, mit ihr einen Sherry zu trinken, annehmen können. Annie blickte zu Prichard House hinauf. Das Erdgeschoß war dunkel, aber aus den Fenstern der Vorder- und Rückseite des zweiten Stocks drang Licht. Gail und Leighton waren aller Wahrscheinlichkeit nach zu Hause, wie am vergangenen Abend. Auch sie hätten durch die Schatten zum Swamp Fox Inn gehen und Idell einen letzten Besuch abstatten können. Und Bobby Frazier war am Zelt gewesen und hatte nach Gail gesucht. Auch für Sybil und Tim wäre es einfach gewesen, Idell aufzusuchen. Und Miß Dora war sowieso allgegenwärtig.

Wessen Gesicht war das letzte, das Idell Gordon gesehen hatte?

21

Annie setzte ihre Kaffeetasse heftig ab und streckte den Kopf, um durch die Säulen, die den Innenhof säumten, in den Garten vor der Gaststätte sehen zu können. Sie sprang auf und sagte zu Max: »Ich bin gleich wieder zurück.«

Zusammengekauert fotografierte Bobby Frazier die Tür zu Idells Büro. Als er die Kamera senkte, ging Annie auf ihn zu.

»Wollen Sie nicht mit uns Kaffee trinken?«

Frazier sah an diesem Morgen müde aus und hatte sich beim Rasieren am Kinn geschnitten. Er machte den Eindruck eines Mannes, der mit einer schweren inneren Krise kämpfte. Seine braunen Augen blickten abwesend, und sein Mund war zu einem grimmigen Strich zusammengepreßt. Er starrte Annie weder freundlich noch feindselig an. Dann zuckte er die Schultern. »Ja. Ich trinke eine Tasse mit.«

Sie ging zu ihrem Tisch voran. Bobby schüttelte Max die Hand, und sie begrüßten sich mit knappen Worten.

Während er einen Stuhl heranzog, der auf den Fliesen laut quietschte, sah sich Frazier in dem leeren Innenhof um. »Den haben Sie heute morgen ganz für sich allein.« Er stellte seine Kameratasche neben den Stuhl.

»Sie sind gestern in Scharen abgereist«, erklärte Annie und fügte, an dem dünnen gelben Kaffee nippend, hinzu: »Ich wünschte mir, wir hätten das auch gekonnt. Aber heute ist die Abschlußnacht.« Wieviel Spaß würde ein Abschiedsball unter den gegebenen Umständen machen? Sie bemühte sich um einen unbekümmerten Ton. »Und wie gefällt es Ihnen, mit mir zusammen Wells' Hauptverdächtiger zu sein?«

»Oh, na ja.« Es interessierte ihn nicht.

Annie musterte ihn scharf. Seltsam. Er hatte alles versucht, um deutlich zu machen, daß er kein Interesse an Gail habe – und ergo kein Mordmotiv. Warum ließen ihn Wells' Verdächtigungen auf einmal kalt?

Bobby schien mit seinen eigenen Gedanken beschäftigt. Er nahm einen Bleistift aus der Hemdtasche, mit dem er in ungleichmäßigem Rhythmus nervös auf die Tischplatte klopfte. »Haben Sie von dem Autopsiebericht gehört?« fragte er unvermittelt. Er wartete ihre Antwort gar nicht ab, sondern gab ihnen mit düsterer Stimme eine kurze Zusammenfassung.

Idell Gordons Abendessen hatte aus Frikadellen, Orangenlimonade und Kaffee bestanden, sie hatte es allein in ihrem Apartment im zweiten Stock eingenommen. Die Analyse der Nahrungsmittel war negativ, aber das Labor hatte in den getrockneten Sherryresten im Glas und in ihrem Magen eine hohe Konzentration Kaliumzyanid gefunden. Idell Gordon war an Blausäurevergiftung gestorben. Auf ihrem Weinglas waren nur ihre Fingerabdrücke gewesen. Auch der in der Karaffe verbliebene Sherry hatte Kaliumzyanid enthalten. Auf dem kristallenen Hals der Karaffe hatte man verwischte Fingerabdrücke entdeckt, doch auch die stammten von Idell.

»Blausäure.« Annie setzte die Kaffeetasse, die sie eben aufgenommen hatte, wieder ab. »O Gott.«

»Ja.« Fraziers Stift trommelte ein wildes Tamtam. »Man vermutet, daß Idell jemanden zu einem Glas Sherry eingeladen hat, um ihn oder sie zu erpressen. Ihr muß die Idee gekommen sein, daß sie mehr als die fünftausend Dollar von Leighton herausschlagen könnte.«

»Teufel, ja!« rief Max aus. »Das klingt vollkommen logisch. Idell stellte dem Mörder nach und drohte damit, Wells Bescheid zu sagen, wenn ihr Schweigen nicht bezahlt würde.«

»Sie hat immer nur von Geld gesprochen«, stimmte Annie zu. »Von Geld und ihren Schwierigkeiten, die Rechnungen zu bezahlen.« Sie stellte sich Idells Gesicht vor, das wirre orangefarbene Haar und die vorquellenden, gierigen braunen Augen. »Erpressung.« Aber Idells Gier war über das Ziel hinausgeschossen. »Sie muß Kontakt mit dem Mörder aufgenommen und sich mit ihm oder ihr für Mittwoch abend verabredet haben.«

»Aber der Mörder brachte kein Geld mit, sondern Blausäure«, schloß Max grimmig.

Bobby schlug den Stift so fest auf die Tischplatte, daß er zerbrach, und sah überrascht auf seine Hand. »Dumme Hexe. Ich hätte es wissen müssen. Ich hätte Wells an seinem gottverdammten Kragen packen und darauf bestehen sollen, daß er mit ihr redet.«

»Warum? Sie hatten keinen Grund anzunehmen, daß sie dem Mörder auf der Spur war, Bobby.«

»Idell hat mich am Mittwoch angerufen und nach der Belohnung gefragt. Sie wollte wissen, wie das vonstatten ginge, was man tun müßte, um sie zu bekommen. Ich rasselte es herunter und stürzte mich dann auf sie, um rauszukriegen, was sie wußte, aber sie wich mir aus und sagte, sie sei nur neugierig, weil einer ihrer Gäste sie gefragt hätte. Ich fand das seltsam, aber ich war beschäftigt, hatte einen Termin und sagte deshalb nur: Keine Ursache, Sie können mich jederzeit anrufen. Aber ich hätte dranbleiben sollen.«

»Sie haben sich nicht mit ihr getroffen?«

Einen Moment lang herrschte gespannte Stille. Bobby starrte Annie an. »Nein.« Er drückte sich vorsichtig und deutlich aus. »Ich habe sie nicht getroffen.«

»Ich wollte Sie nicht ...« Annie errötete und begann erneut. »Ich habe Sie beim Krimispiel gesehen, und weil das gleich nebenan ist ...«

»Ich habe Gail gesucht.«

Max schenkte allen frischen Kaffee ein. »Haben Sie sie gefunden?«

»Ja. Wir haben uns nett unterhalten.« Er klang wie ein Highschool-Rektor, der ein Mittagessen im Herrenclub beschreibt, aber seine Kiefermuskeln waren angespannt.

Annie unterdrückte das Verlangen, Bobby zu sagen, daß er mit dem Versteckspiel aufhören solle. Sie erkannte mehr und mehr, daß ihr die Finesse fehlte, um verdrießlichen, zornigen oder verängstigten Menschen Antworten zu entlocken. Wenn sie nur die Gewandtheit eines John Appleby oder die bescheidene, ruhige Art eines Father Bredder besäße.

Max dagegen brillierte in Sachen Finesse. Er stützte die Ellbogen auf den Tisch und lächelte mit der Verbindlichkeit eines Lord Peter Wimsey. »Geht es Gail gut? Was hat sie gesagt?«

»Oh, sie hat sich bei mir für die Artikel im Courier bedankt und gesagt, daß sie die Artikel gut fand. Wissen Sie, wir haben uns kennengelernt, als ich eine Serie über Bestand und Umfang der Sammlung des Prichard-Museums geschrieben habe. Sie ist eine ausgezeichnete Kuratorin und hat mit beschränkten Möglichkeiten ganz hervorragende Arbeit geleistet.«

O mein Gott, dachte Annie. Als nächstes würde Bobby ihre akademischen Grade und Veröffentlichungen aufzählen. Sie hatte genug davon.

»Wann haben Sie sich in Gail verliebt?«

Sein Kopf zuckte hoch, und er blitzte Annie an. »Das haben Sie falsch verstanden. Wir sind befreundet, nichts weiter.«

»Warum haben Sie ihr dann gesagt, es sei egal, daß sie kein Geld habe, und daß Sie sich weiterhin mit ihr treffen wollten, egal, was ihre Tante sage?«

»Als Freunde«, wiederholte er stur. »Nichts weiter.«

In Annies Gedanken explodierte der Knoten wie ein Feuerwerk am Unabhängigkeitstag. »Deshalb hatte Gail keinen Grund, ihre Tante umzubringen. Das wollen Sie doch damit sagen?«

»Genau. Es ist absurd, auch nur daran zu denken. Es ist lächerlich. Gail ist ein sanftes Mädchen.« Aber er lachte nicht, und Annie wußte, daß in den dunklen Gängen seiner Gedanken eine beängstigende Szene lauerte: Gail und Corinne im Streit, der Ausbruch von irrationalem Zorn, Corinne mit dem Gesicht nach unten auf dem Pfad, Gail mit dem Kricketschläger in der Hand.

Hinter der rauhen Fassade des Journalisten nagte die Furcht um Gail. Er versuchte, sich hinter großen Worten zu verstecken. »Jeder Gedanke, den Wells vielleicht an Gail verschwendet, ist Mist. Nichts weiter. Bloß Mist.«

Mehr, um ihn abzulenken, als aus Interesse fragte Annie: »Was den Autopsiebericht angeht, bestehen wohl keine Zweifel?«

Frazier sah sie ausdruckslos an.

»Starb Idell wirklich an einer Blausäurevergiftung?«

Wenn das überhaupt möglich war, dann verfinsterte sich Fraziers Miene noch mehr. »Ja. Kaliumzyanid.«

»Damit wäre Gail aus dem Schneider. Wie hätte sie an Kaliumzyanid herankommen können?«

Bobby sah aus wie ein Mensch, der eine Tür geöffnet hatte und in die Hölle geraten war. Er schien sich ihrer Gegenwart für einen langen, schmerzhaften Moment nicht mehr bewußt zu sein. Schließlich sagte er matt: »Das ist ein wichtiger Punkt.« Er brachte die Andeutung eines Lächelns zustande. »Natürlich würde niemand, der auch nur einen Funken Verstand besitzt, an Gail denken.«

Außer Bobby, offenbar.

Er trank etwas Kaffee und stellte die leere Tasse ab. »Ich muß wieder in die Redaktion.« Er deutete mit dem Kopf auf das Haus. »Ich hab' ja ein Bild von der Todestür.« Er lachte freudlos. »Wenn Sie Gail sehen sollten ... Vergessen Sie's. Bis später.«

Nachdem er sich entfernt hatte, seufzte Max: »Armer Teufel.«

»Er glaubt, daß sie es war.«

»Ja.«

Deprimiert sah Annie Max an. Er wirkte fit, war braungebrannt und trug das dichte blonde Haar kurzgeschnitten. Seine dunkelblauen Augen blickten wachsam und nachdenklich. Alles wie gewohnt, bis auf die Sorgenfalte auf seiner Stirn.

»Verdammt«, sagte er, »du solltest nach Broward's Rock zurückkehren.«

Das kam so unerwartet, daß sie ihn für einen Moment sprachlos ansah. »Warum?«

»Mit Blausäure ist nicht zu spaßen. Woher wollen wir wissen, daß der Mörder sie nicht überall verteilt hat?«

Sie stocherte in ihrem halb aufgegessenen, matschigen Croissant herum. »Dem hier würde es etwas Würze geben.«

»Um Gottes willen, Annie, sei doch ernst.«

Bei diesem Rollentausch konnte sie ein Lächeln nicht unterdrücken.

Auch er lächelte zögernd. »Okay. Ich weiß. Du meinst es ernst. Das ist deine Tugend und zugleich dein Fehler.«

»Ich weiß nicht, wer den verfluchten Brief geschrieben, das Kaliumzyanid entwendet, Corinne und Idell umgebracht hat. Ich bin nicht in Gefahr.«

Das lenkte ihn ab. Er fuhr sich mit einer Hand durchs Haar. »Da müssen wir weitermachen. Wie hätte Gail an die Blausäure kommen können?«

»Bobby hat davon offensichtlich eine sehr genaue Vorstellung.« Nachdenklich fügte sie hinzu: »Wenn er weiß, woher Gail das Kaliumzyanid haben könnte, heißt das auch, daß er selbst weiß, wie man rankommt.«

Gail ging auf der prächtigen Treppe voran, die drei Stockwerke hinaufführte. Die Geländer waren reich verziert, oben mit glattem Mahagoniholz, unten mit weiß glänzendem Schnitzwerk. Ihre Wohnung befand sich im obersten Geschoß und bestand aus einem Schlafzimmer und einem Wohnzimmer, die nach vorne lagen. Unten im Garten machte eine Gruppe Frauen vom Gartenclub Fotos von den wehenden Azaleen und gelegentlich einen heimlichen Schnappschuß von dem Schilfdickicht, das die Stelle des Teiches versteckte, wo Corinne gestorben war. Das Wohnzimmer war mit einer chinesischen Tapete aus der Mitte des achtzehnten Jahrhunderts geschmückt, die orange bedachte Pagoden und braune Lehmziegelwände zeigte. Annie und Max hatten auf einem Chippendale-Sofa Platz genommen, das feine chinesische Schnitzereien aufwies und beige und cremefarben gepolstert war. Annie suchte in dem hübschen, beinahe stilechten Zimmer nach einer persönlichen Note von Gail. Eine aufgeschlagene Ausgabe von Vogue lag umgedreht auf dem kleinen Korbtisch. Neben dem Kamin stand ein moderner schwarzer Schaukelstuhl mit Clemson-Wappen, und auf dem Adams-Kaminsims befand sich eine Sammlung von Miniaturporzellanhunden. Rechts und links davon standen Porträtfotos, eins von Corinne, das andere von einem Mann, von dem Annie vermutete, daß es sich um Cameron handelte, Gails Vater. Er hatte das gleiche, auffallend gutaussehende Gesicht, rostrotes Haar und himmelblaue Augen, doch in seiner Miene lag ein Ausdruck der Resignation und um seinen Mund vielleicht eine Spur Schwäche. Auf einem Beistelltischchen stand eine umfassende Sammlung von Kunstbüchern neben drei Broschüren des Prichard-Museums. Die oberste zeigte eine großartige silberne Punsch-Schale. Der Klappentext warb für Reproduktionen historischer Stücke.

Gail stand in der Mitte des Wohnzimmers. Ihre Füße waren weit auseinandergestellt, als ob sie sich gegen einen Sturm stemmte. Sie trug ein Kleid in Khaki und Pfingstrose, das mit einem Muster aus Dschungelblumen vor einem beigefarbenen Hintergrund bedruckt war. Die lebhaften Farben ihrer Kleidung betonten die wächsernen Schatten in ihrem Gesicht und die dunklen Ringe unter ihren Augen.

»Ich kann es nicht glauben. Warum sollte jemand Idell töten?«

Max legte seinen Arm hinter Annie auf die Lehne des Sofas. »Die Polizei glaubt, daß sie den Briefschreiber erpressen wollte. Idell hatte mit Bobby Frazier über die von Leighton angebotene Belohnung gesprochen. Sie hatte mit Sicherheit Geld im Kopf.«

Gails Hände ballten sich zu Fäusten. »Sie hat Bobby angerufen?«

»Ja. Aber als er nachfragte, was sie wußte, wich sie ihm aus und gab an, sich für einen ihrer Gäste zu informieren.«

Gail sah sie zweifelnd an. »Das klingt nicht sehr glaubhaft.«

»Nein«, sagte Annie offen. »Es ist wahrscheinlicher, daß sie dachte, sie könnte sich das Geld woanders nehmen. Statt dessen bekam sie Blausäure in ihren Sherry.«

»Blausäure? Ist sie daran gestorben?« Gail klang interessiert, aber nicht erschreckt.

Annie ging das Wort inzwischen leicht über die Lippen. »Kaliumzyanid.«

Langsam schlich sich ein Ausdruck des Grauens in Gails Gesicht. Wenn Bobby Frazier das gesehen hätte, wäre er von ihrer Unschuld überzeugt gewesen.

Plötzlich regte sich in Annies Kopf ein abgründiger Gedanke. Wenn Gail eine Doppelmörderin wäre, einmal aus Zorn, ein zweites Mal aus Angst getötet hätte, hätte sie sich auf den Moment vorbereitet, an dem das Kaliumzyanid zum ersten Mal erwähnt werden würde.

»Kaliumzyanid.« Sie wirbelte herum und ging zum Fenster.

»Wissen Sie, wo man das herbekommt?«

Gail schwieg so lange, daß Annie schon glaubte, sie wollte nicht antworten. Doch schließlich drehte sie sich um und sah Annie und Max an, die Arme eng an die Seiten gepreßt. »Das hat nichts zu sagen. Es wird für vieles benutzt.«

»Im Museum«, schlug Max vor.

Mit besorgt blickenden blauen Augen wandte sie sich ihm zu. »Ja.« Sie brachte es beinahe fertig, desinteressiert zu klingen. »Ich glaube, daß es im Museum welches gibt. Tim braucht es beim Galvanisieren.« Als sie schwiegen, fuhr Gail fort: »Wissen Sie, wenn man Reproduktionen von historischen Stücken wie Kerzenleuchtern und Punsch-Schalen und Bechern herstellt. Wir haben ein großes Angebot an Reproduktionen, die wir im Museum verkaufen, um an finanzielle Mittel zu kommen.«

Annie warf Max einen Blick zu. Er war so damit beschäftigt, mit Gail zu leiden, daß er kein Wort sagte. Annie hielt nichts von Eiterbeulen. Eine aufgestochene Beule heilt besser.

»Woher wußte Bobby davon?«

Gail schluckte krampfhaft. »Im letzten Herbst schrieb er eine Serie über das Museum und sein Programm. Er verfaßte bei dieser Gelegenheit auch einen Beitrag für die Sonntagsbeilage. Über Tim und dessen Talente als Maler und Graveur. Und eben als Galvaniseur.« Sie massierte ihre Schläfe, als ob sie Schmerzen hätte. »Tim ist wirklich ein außergewöhnlicher und talentierter Künstler. Ich nehme an, dieser Artikel war es auch, der die Aufmerksamkeit der New Yorker Galerie erregte.« Eine Spur von Farbe kehrte in ihr Gesicht zurück. »Jeder hatte es gelesen. Ich habe so viele Kommentare gehört, und wir haben eine Flut von Briefen bekommen von Leuten, die sich für unsere Reproduktionen interessierten.«

»Enthielt der Artikel einen Hinweis auf den Gebrauch von Kaliumzyanid beim Galvanisieren?«

»Nicht ausdrücklich, vermute ich«, gab Gail zögernd zu. »Aber jeder, der sich mit dem Verfahren auch nur ein bißchen auskennt, hätte Bescheid gewußt. Also konnte jeder, der den Artikel gelesen hat, sich zusammenreimen, daß wir Kaliumzyanid im Museum haben. Es war offensichtlich.« Noch viel offensichtlicher war, daß mindestens drei der Menschen, die engsten Umgang mit Corinne gepflegt hatten, von dem Kaliumzyanid wußten: Gail Prichard, Bobby Frazier und Tim Bond.

Gail lebte mit jedem Wort mehr auf. »Es hat also nichts zu bedeuten, daß Bobby den Artikel verfaßt hat. Jeder hätte davon wissen können.« Dann verdüsterten sich ihre Augen schmerzlich. »Außerdem hatte Bobby kein Motiv. Als ich neulich mit Ihnen sprach, habe ich Ihnen einen falschen Eindruck von Bobby und mir vermittelt. Wir sind nur befreundet. Nichts weiter.«

»Ach, verdammt!« explodierte Annie. »Seien Sie doch keine Närrin!«

Gail errötete. »Ich weiß nicht, was Sie meinen.«

»Ich meine, daß jeder Idiot – einschließlich Inspector Wells – sehen kann, daß Bobby ganz berauscht von Ihnen ist. Was nicht heißen soll, daß er Ihre Tante umgebracht hat. Aber Sie können doch nicht so naiv sein zu glauben, daß Sie ihm nichts bedeuten.«

»Er sagte, daß er …« Ihre Augen füllten sich mit Tränen. »Er sagte …«

»Natürlich hat er das gesagt. Der Junge versucht, Sie zu schützen. Er tut alles, um Inspector Wells davon abzuhalten, auch in Ihre Richtung zu sehen. Man muß blind sein, um das nicht zu merken.«

Gails angespanntes Gesicht verriet eine ganze Reihe von Gefühlen – Erschrecken, Ungewißheit und aufkeimende Hoffnung.

Als sich der Porsche vom Bordstein entfernte, schüttelte Max vorwurfsvoll den Kopf.

»Na ja«, verteidigte sich Annie, »ich hasse Naivität.«

»Manchmal ist es besser, wenn bestimmte Dinge nicht ausgesprochen werden.«

»Glaubst du, Bobby führt Wells an der Nase herum?«

»Nein. Aber er hat Gail an der Nase herumgeführt.«

»Und wozu soll das gut sein?«

»Es hat sie davon abgehalten, sich um ihn Sorgen zu machen, oder nicht?«

Sie kamen gleichzeitig mit Inspector Wells beim Museum an.

Er spuckte Kautabak in einen silbernen Spucknapf und sah sie aus seinen wäßrigen blauen Augen an.

»Sind Sie immer noch nicht aus der Stadt verschwunden?«

»Ich wußte nicht, daß ich gehen darf. Außerdem haben wir heute abend noch den Abschlußball des Krimispiels.«

»Ich weiß, wo ich Sie finden kann, wenn ich will«, knurrte er. »Was wollen Sie hier?«

Max deutete mit dem Kopf auf die Kellertreppe. »Wir haben auch von der Blausäure gehört.«

»Ja, die Blausäure.« Sein Blick ruhte einen langen Moment auf Annies Gesicht. »Wenn Sie schon so neugierig sind, können Sie auch mit runterkommen, kleine Lady.«

Sagte die Spinne zur Fliege, dachte Annie, aber sie folgten ihm die schiefen Stufen in den Keller hinab. Das Hallen der Hammerschläge führte sie zu Tim, der nach wie vor seine Bilder verpackte. Er sah den Inspector – und Annie und Max hinter ihm – ohne Begeisterung an. »Hören Sie, ich habe Ihnen doch schon gesagt, was ich am Montag gemacht habe, und ich wüßte nicht, warum ich das alles schon wieder mitmachen soll. Über die alte Dame im Gasthaus weiß ich überhaupt nichts.« Von seinem Gesicht tropfte Schweiß und hinterließ dunkle Flecken auf dem mit Farben verschmierten Arbeitshemd.

Seine kastanienbraunen Locken hingen schlaff auf seine Schultern.

Wells überhörte den Einwand. »Wo ist das Gift?«

Tim ging zum Ende des Korridors voran bis zu einer gelben Tür, die mit einer Kette verschlossen war. Die Aufschrift warnte mit dem Wort ›GIFT‹. Tim schloß die Tür auf, und der schwere, säuerliche Geruch von Chemikalien quoll heraus. Er schaltete das Licht ein. Die Tabletts und Bottiche, die für das Galvanisieren benötigt wurden, waren ordentlich auf einem Tisch an der Rückwand verstaut. In einem Regal rechts von dem Tisch standen einige Flaschen.

Auf dem dritten Regalbrett von unten fand Wells, was er suchte – eine große grüne, mit einem Stopfen verschlossene Flasche mit der Aufschrift ›Kaliumzyanid‹. »Herrgott, das reicht, um jede Menschenseele in ganz Chastain umzubringen!« Sein massiger Kopf drehte sich zur Tür. »Dieses verdammte Schloß ist doch ein Witz.«

Bond sah ihn angeekelt an. »Wir füttern niemanden damit, Inspector.«

»Es hat Idell Gordon umgebracht«, brummte der Inspector.

Wenn Tim Bond nur schauspielerte, besaß er ein bemerkenswertes Talent. Seine Augen wurden ausdruckslos vor Schreck, und sein Kiefer sackte herab. Er machte einen Schritt zurück und sagte: »He, zum Teufel. Da will mir jemand was anhängen.« Seine Hände zuckten. »Hören Sie, ich weiß nicht, was hier vor sich geht, aber das lasse ich mir nicht anhängen.«

Annie bemerkte, daß der Inspector Tim nicht ansah. Seine bohrenden, feindseligen Augen waren auf sie gerichtet.

»Sagen Sie mir eines, kleine Lady ...«

Annie verspannte sich.

»Sybil hat mir erzählt, daß Sie und Ihr Genosse neulich hier unten waren und Tim zugesetzt haben. Das stimmt doch, nicht wahr?«

»Setzt man einem Mann, der ein verflucht gutes Motiv hat, zu, wenn man ihn fragt, wo er zum Zeitpunkt des Mordes war?«

Aber Wells verfolgte seine eigenen Gedanken. »Tja, als Sie hier runtergekommen sind, konnten Sie diese gelbe Tür mit der Aufschrift ›GIFT‹ doch eigentlich gar nicht übersehen. Oder?«

22

Annie breitete die Umschläge auf ihrem Bett aus und starrte sie mißmutig an. Warum waren das nur so viele? Sie sah auf die Uhr. Schon beinahe vier. Wo war der Tag geblieben? Doch sie wußte es. Er war vergangen, als sie sich durch die verstopften Straßen gedrängt hatten. An diesem Freitag fanden ein Hähnchen-Wettbraten, eine Ausstellung von Porzellanmalerei und die Endausscheidung der Chastain-Speedboat-Classics statt. Sie hatten versucht, mehr Informationen über Idell Gordon, das Kaliumzyanid und den Aufenthalt der Verdächtigen zwischen neun und zehn Uhr am Mittwoch abend herauszubekommen. Sie hatte zwei weitere scharfe Auseinandersetzungen mit Inspector Wells gehabt und einen erfolglosen Besuch bei Miß Dora gemacht. Jetzt blieben ihr nur noch ein paar Stunden vor dem Beginn des Abschlußballs, und sie mußte dafür sorgen, daß er zu einem Höhepunkt wurde, sonst würde eine Horde verärgerter Krimifans auf sie losgehen. Und die Preise für die fünf besten Kostüme ... Sie wühlte hastig in der Kiste mit den Indizien und seufzte vor Erleichterung, als sie die Urkunden im Wert zwischen fünf und fünfundzwanzig Dollar fand, die auf jeden Kauf in Death on Demand gutgeschrieben wurden. Jetzt mußte sie also nur noch herausfinden, welches Team den Mörder des Detektivspiels entlarvt hatte. Hatten mehrere Teams das Rätsel gelöst, kam es darauf an, welches die Antwort als erstes eingereicht hatte. Sie würde die Gewinner des Spiels und die der Kostümpreise um Punkt Mitternacht bekanntgeben.

Sie sortierte die Umschläge nach Tagen und fühlte einen Anflug von Panik. Konnte sie all diese Antworten überhaupt rechtzeitig lesen und auswerten? Es hatte alles so vernünftig ausgesehen, als sie und Max die Sache geplant hatten. Aber sie hatten auch nicht mit zwei echten Morden gerechnet.

Max klopfte an die Tür und steckte den Kopf herein. »Komm mit zum Courier und laß uns mal sehen, was wir da in Erfahrung bringen können.«

Sie winkte abwesend mit den Händen. »Heute nicht ... Ich habe die Antworten noch nicht durchgesehen. Keine Zeit. Geh allein.«

Er lehnte sich gegen den Türpfosten und kicherte.

Sie drehte sich mit zusammengekniffenen Augen zu ihm um. »Siehst du?« Sie deutete auf die vier unordentlichen Stapel mit Umschlägen. »Die muß ich alle lesen.«

»Oh, zur Hölle, misch sie gründlich und zieh einen Gewinner.«

Sie starrte ihn entsetzt an. »Glaubst du wirklich, Mrs. Brawley würde mich dabei nicht ertappen?«

»Wahrscheinlich hast du recht. Aber reg dich nicht auf, Liebling, du bist eine Schnelleserin.« Er küßte sie flüchtig auf die Wangen und verschwand.

Es dauerte nicht so lange, wie sie erwartet hatte. Zum einen hatten nur zwei oder drei Teams den richtigen Verdächtigen herausgefunden. Team 2 vom Montag hatte die richtigen Antworten aus den richtigen Gründen gegeben. Die Uhrzeit auf dem Umschlag lautete 20:04:36. Als sie den Namen des Sprechers las, wußte sie nicht, ob sie lachen oder weinen sollte. Vom letzten Abend gab es einen Gewinner, der den Umschlag um 20:04:37 eingereicht hatte. Der Sprecher war ... Sie starrte die Liste der Teammitglieder einige Zeit an, nahm dann ihren Stift und änderte die Zeit vorsichtig in 20:04:36.

Wie wär's damit? Ein Unentschieden.

Um Viertel nach sechs zog Annie ihr Kostüm für den Ball an. Max war ebenfalls schon umgezogen, als er an ihre Tür klopfte. Sie lächelten sich an.

»Daß die zwei nie zueinander fanden, war ein schwerer Fehler des Stratemeyer-Syndikates«, sagte Annie.

Zustimmend nickte er, ein wunderbar gutaussehender und in einen einfachen Anzug gekleideter Joe Hardy: »Genau, Nancy. Aber das hätte Ned Nickerson geärgert.«

Sie machten sich für ein frühes Abendbrot auf den Weg zum Confederate House. Als sie die grauen Holzstufen zu dem hergerichteten Schober, der einen Blick über den Fluß bot, hinaufgingen, griff Annie nach Max' in Argyle gekleideten Arm und deutete auf das Schild.

›Vor der Besatzung des Gebietes durch die Föderalistischen Truppen 1863 begann man hier mit der Arbeit an Erdwällen für ein Fort. Die letzten Überreste von Fort McReady wurden bei einem Hurrikan 1893 weggespült.‹

Annie spähte in das Dickicht der Rotzedern. »Diese Frau verfolgt mich.«

»Sie ist die geringste deiner Sorgen.«

Sie setzten sich an einen Holztisch auf der Veranda, und Max berichtete seine Neuigkeiten.

»Bobby erzählte, daß Wells' Männer praktisch jeden Zentimeter in Idells Büro nach Fingerabdrücken abgesucht haben und er das Labor angewiesen hat, alle möglichen Abdrücke mit deinen, Bobbys, Gails und Tims Abdrücken zu vergleichen. Wenn er eine Übereinstimmung findet …«

»Ich bin nie dort gewesen. Vielleicht läßt er dann endlich von mir ab.« Sie las die auf imitiertem Pergament gedruckte Speisekarte. Sollte sie Daufuskie-Krabben oder Ente, Austern oder Würstchen-Gumbo nehmen? »Was ist mit den anderen?«

»Sagen alle, daß sie nie einen Fuß in Idells Büro gesetzt haben.« Was Max dann hinzufügte, dämpfte sogar ihren Appetit. »Eine schlechte Nachricht: Offenbar fehlt eine ganze Menge Kaliumzyanid aus der Flasche im Museum.«

Was für einen Unterschied ein einziger Tag ausmachte. Ob es nur die Zahl der Stunden war, die seit dem Mord an Idell vergangen waren, oder ob die Teilnehmer jedes Risiko auf sich zu nehmen bereit waren, um die Identität des Landhausmörders zu erfahren? Jedenfalls war der Andrang gewaltig und die Stimmung großartig. Die Vielfalt der Ballkostüme überraschte Annie. Sie erspähte zwei Kommissar Maigrets, vier Hercule Poirots, einen scharfgesichtigen Dick Tracy und eine sittsame Miß Silver, komplett mit Stricknadeln, rosa Wolle und einer Brosche auf der Brust. Annie streunte zwischen den Zelten herum und lauschte. Asey Mayo vertraute Inspector Roderick Alleyn eben an: »Das ist spannender als *The Mystery of Edwin Drood*[24].«

»Oh, das war spannend!« sagte Miß Pinkerton. »Aber mein Lieblingsstück ist und bleibt *Arsenic and Old Lace*[25]. Es ist immer wieder lustig.«

In der Ferne flackerte ein Wetterleuchten. Sie hatten mit dem Wetter die ganze Woche lang wirklich Glück gehabt. Natürlich war der April ein Frühlingsmonat, und schwere Unwetter gab es nur selten. Sanfte Regengüsse dagegen öfter. Annie kreuzte die Finger. Wenn es wenigstens bis kurz nach Mitternacht so bleiben würde, danach konnte es regnen, soviel es wollte. Sie war in gedrückter Stimmung und wußte nicht, ob sie das dem Wetter oder der Veranstaltung zuschreiben sollte.

Die Krimifans amüsierten sich prächtig, die Schauspieler dagegen weniger. Sie waren nur aus Pflichtgefühl gekommen und hatten sich widerstrebend unter die Gäste gemischt, aber ihre bekümmerten Mienen hoben sich deutlich von denen der anderen ab. Obwohl sie wußten, daß Wells' Verdacht auf Annie und Bobby gerichtet war, benahmen sie sich wie Pferde, die die Gegenwart eines Kojoten witterten. Wells hatte mit allen mindestens einmal gesprochen, und sie wußten, daß er ihre

---

[24] Charles Dickens: Das Geheimnis Edwin Droods
[25] Joseph Kesselring: Arsen und Spitzenhäubchen

Abstecher zum Gasthaus am Mittwoch abend nachgeprüft hatte. Dieses Wissen verlieh ihren Stimmen eine gewisse Schärfe und ihren Augen einen wachsamen Ausdruck.

Gerüchte schwirrten. Edith bestand Annie gegenüber darauf, von Leightons Verhaftung gehört zu haben. Roscoe behauptete, daß das nicht stimme, sondern ein Haftbefehl gegen Bobby ausgestellt werde.

Max verschwand eine Zeitlang und kam mit der Nachricht zurück, daß die Lichter im Polizeilabor immer noch brannten.

Auch Sybil und Tim ließen sich sehen. Tim sagte, er wisse nicht, was zum Teufel vorgehe, aber Bobby Frazier habe ihn detailliert über die Chemikalien ausgefragt, die er zum Galvanisieren benutze.

Kurz vor Mitternacht blickte Annie vom Rednerpodest hinab auf eine schwarzgekleidete Gestalt, die sich auf einen Gehstock mit versilbertem Griff stützte und mit einem Totenkopfgesicht auf die Verdächtigen des Mordspiels starrte, als diese sich zum großen Finale zusammenfanden. Annies Hand krampfte sich um den Blätterstapel. Miß Dora. Sie machte einen Schritt auf die Stufen zu, doch in diesem Moment schlug die Glocke von St. Michael's Mitternacht. Als im Osten Blitze aufzuckten, verschmolz die alte Frau mit den Schatten unter den Rieseneichen. Annie zögerte und wandte sich dann an ihr Publikum. Ihr Herz pochte. Die Band machte einen Trommelwirbel.

»Ladies und Gentlemen, jetzt ist der Moment, auf den Sie alle warten, endlich gekommen.«

Der kräftige Applaus und die Jubelrufe gingen im Donnergrollen fast unter.

»Ich glaube, wir werden es gerade noch schaffen, bevor das Unwetter losbricht. Als erstes ist es mir ein besonderes Vergnügen«, rief Annie, »Ihnen die Gewinner des Kostümfestes zu nennen.«

Max führte eine Reihe glücklicher und aufgeregter Teilnehmer auf die Bühne.

»Auf dem fünften Platz ist …« Sie deutete mit der einen Hand und sah auf die Karte in ihrer anderen. »Mrs. Harrison Frankfurt aus Savannah, die heute abend als die unvergleichliche Miß Maude Silver erschienen ist, komplett mit Tuch und Brosche.«

Mrs. Frankfurt kam auf die Bühne.

»Vierter ist Mr. Michael Forbes aus Charleston, in dem Sie zweifellos den größten Detektiv aller Zeiten erkennen – Sherlock Holmes.«

Forbes war groß und schlank genug, um mit Sherlock-Holmes-Hut und einem Inverness-Umhang wirklich wie der Meisterdetektiv auszusehen. Er winkte mit einer Meerschaumpfeife und verbeugte sich vor der jubelnden Menge.

»Auf dem dritten Platz ist Jeremiah Winston aus Hilton Head Island. Bitte Applaus für seine Darstellung von Sam Spade.« Winston trat in einem losen Tweedmantel auf die Bühne, eine selbstgedrehte Zigarette zwischen den Lippen.

»Zweiter ist Mr. Bill Brown aus Atlanta.« Ein kleiner Mann mit einem beinahe eierförmigen Kopf sprang die Stufen herauf. Er trug Halbgamaschen, einen europäischen Maßanzug aus den zwanziger Jahren und zwirbelte mit Stolz seinen herabhängenden, dünnen Schnurrbart. »Ladies und Gentlemen, ich stelle Ihnen Monsieur Hercule Poirot vor.«

»Und schließlich auf Platz eins die Siegerin: Amerikas beliebteste Detektivin, Miß Marygold Rembrandt, von ihrer Schöpferin selbst dargestellt, Amerikas bekanntester Krimischriftstellerin: Emma Clyde!«

Jubel und donnernder Applaus brachen aus.

Annie verteilte die Gutscheine für Death on Demand, schüttelte jedem die Hand und ließ sich von Emma auf beide Wangen küssen. Dann wandte sie sich wieder zum Mikrofon.

Die Gewinner des Kostümwettbewerbs verließen die Bühne, und statt ihrer traten die Verdächtigen des Krimispiels nach oben.

Annie sah Bobby Frazier vor der Bühne stehen, das Notizbuch in der Hand. Sein Gesicht war finster und unrasiert, und er sah fast unappetitlich aus.

»Bevor wir den Übeltäter im Landhausmord enthüllen, möchte ich Ihnen unsere Verdächtigen vorstellen, damit Sie sich bei ihnen für die Mühen bedanken können, die sie in dieser Woche auf sich genommen haben, um Sie mit einem schwierigen Krimi und angenehmen Abenden zu beglücken. Lord Algernon wurde von meinem guten Freund und Mitverschwörer Max Darling dargestellt.

Lady Alicia ist Mrs. Jessica Merrill, die sich für die Gesellschaft für Denkmalpflege von Chastain engagiert.

Roscoe Merrill, Vorstandsmitglied der Gesellschaft und Anwalt in Chastain, spielte die Rolle von Nigel Davies.

Viele von Ihnen haben Edith Ferrier erkannt, ein weiteres aktives Mitglied der Gesellschaft. Sie spielte die Susannah Greatheart.

Dr. John Sanford hat überaus talentiert den niederträchtigen Reginald Hoxton gegeben.

Schließlich noch Miß Lucy Haines, auch sie ein aktives Mitglied der Gesellschaft, als Agnes, die Zofe von Lady Alicia. Bitte einen kräftigen Applaus für unsere Darsteller!«

Gail stand am Rand der Bühne Bobby gegenüber. Sie applaudierte den Verdächtigen, aber ihre Augen waren auf Bobby gerichtet. Annie fragte sich, ob die beiden Narren endlich offen miteinander gesprochen hatten.

»Nun kommen wir zu den wahren Begebenheiten, die sich hinter dem Rätsel verbergen.« Sie machte eine Pause. Ihre Augen suchten in der Menge nach Miß Dora. »Zuerst einmal die Hinweise, die Sie zur richtigen Lösung führen sollten:

das zerbrochene Glied einer goldenen Halskette, das man in Reginald Hoxtons Hosentasche fand;

der verräterische Haufen Sägemehl auf der Werkbank in dem Werkzeugschuppen;

der Kittfleck in Reginald Hoxtons Hosentasche;

die Entdeckung der echten Rubine, die in dem Kricketball versteckt waren;

das nachgemachte Collier, das in Susannah Greathearts Unterwäsche entdeckt wurde;

die Versuche der Zofe von Lady Alicia, Verdacht unter den Gästen zu säen;

und schließlich Lord Algernons Parteilichkeit für ein hübsches Gesicht, das nicht seiner Frau gehörte.

Was geschah nun in Gemtree Court an diesem schicksalhaften Samstag? Wir haben eine Gruppe von Gästen mit ziemlich finsteren Geheimnissen. Reginald Hoxton ist in London berüchtigt als ein Mann, der zu gut und zu oft Karten spielt. Lady Alicia schuldet ihm 3400 Pfund. Er drängt auf die Rückzahlung.

Miß Mathilda Snooperton, eine eher unattraktive Dame mit einer Vorliebe für Erpressung und verbotene Liebschaften, hat es geschafft, den etwas weltfremden Universitätsdozenten Nigel Davies zu umgarnen, unterhält aber zur gleichen Zeit eine Affäre mit Lord Algernon. Der ist dieser Beziehung inzwischen überdrüssig. Er sagt ihr am Sonntag, sie seien miteinander fertig, und am besten gebe er ihr eine Fahrkarte nach Venedig.

Miß Susannah Greatheart ist in Nigel Davies verliebt und verbittert wegen seiner Verlobung mit der heimtückischen Miß Snooperton. Sie ist sehr hübsch und etwas naiv und merkt nicht, daß Lord Algernon es auf sie abgesehen hat.

Agnes, die Zofe, ist ihrer Herrin treu ergeben und sehr darauf bedacht, der Polizei alle Informationen zu liefern, die die Gäste kompromittieren könnten.

Lady Alicia gibt vor, kein Interesse an Miß Snooperton zu haben, nennt sie ein liebes Mädchen, redet aber sehr abfällig über Susannah Greatheart.

Wer also beging die niederträchtige Tat?«

»Hoxton«, donnerte eine Stimme.

»Susannah Greatheart! Sie ist eine Diebin.«

»Davies, der war's.«

Die Teilnehmer des Krimispiels brachen in ein lautes Geschnatter aus, und Annie brauchte einige Sekunden, um sie zur Ruhe zu bringen.

»Folgendes geschah wirklich: Am Samstag morgen beobachtet Miß Snooperton Lady Alicia bei einer heimlichen Zusammenkunft mit Mr. Hoxton in der Laube. Lady Alicia gibt ihm ihr Rubincollier, das in ganz England berühmt ist. Miß Snooperton droht damit, Lord Algernon davon zu erzählen, wenn Lady Alicia ihr nicht eine bestimmte Geldsumme bezahle. Natürlich ist unsere der Spielleidenschaft verfallene Dame pleite, sonst hätte sie Hoxton das Collier nicht gegeben. Sie bittet Miß Snooperton, sich nach dem Tee mit ihr an der Laube zu treffen. Sie treffen sich, Lady Alicia schnappt sich einen Kricketschläger, und das ist das Ende der Erpresserkarriere von Miß Snooperton. Lady Alicia hat natürlich ein doppeltes Motiv. Lord Algernon darf nicht erfahren, daß Hoxton das Collier hat, und sie ist wütend wegen Algernons Verhältnis mit Miß Snooperton. Um Mr. Hoxton auszahlen zu können, ohne daß das Verschwinden des Colliers bemerkt wird, hat sie eine Kopie anfertigen lassen. Weil es nun aber Mordermittlungen geben wird, entschließt sie sich, dadurch Verwirrung zu stiften, daß sie vorgibt, ihr Collier sei gestohlen worden. Sie hofft, daß der Mord mit dem Diebstahl in Verbindung gebracht wird. In der Aufregung nach ihrer Verkündung, das Collier sei verschwunden, nimmt sie Hoxton beiseite und sagt ihm, daß sie in ihr Zimmer zurückgegangen sei, das Fehlen des falschen Colliers bemerkt und keine andere Wahl gehabt habe, als den Diebstahl anzuzeigen.

Hoxton gerät natürlich in Panik. Ausgerechnet an diesem Wochenende wird Lady Alicia beraubt! Er muß das echte Collier verstecken, bevor er selbst des Diebstahls bezichtigt wird. Aber er ist erfinderisch. Unter dem Vorwand, nach der verschwundenen Miß Snooperton zu suchen, stürzt er zu seinem Wagen, holt sein Werkzeug heraus, bricht damit das Schloß des Werkzeugschuppens auf und bohrt drinnen ein Loch in einen der Kricketbälle. Er nimmt die Rubine, die er aus ihrer Fassung gelöst hat, und versteckt sie in dem Ball. Die Öffnung verschließt er mit Kitt. Er übermalt die Stelle und versteckt den Ball im Kofferraum seines Autos.

Lady Alicia versteckt in der Zwischenzeit das kopierte Collier und die Mordwaffe in Miß Greathearts Zimmer, weil sie auf Lord Algernons Zuneigung zu ihr eifersüchtig ist.

Die Detektive, die korrekterweise Lady Alicia als die Mörderin identifiziert haben, kamen darauf, weil sie erkannten, daß nur Lady Alicia oder Lord Algernon eine Kopie des Colliers anfertigen lassen konnten. Wer von den beiden brauchte Geld? Lady Alicia. Die Detektive erkannten außerdem, daß Lady Alicias Zofe bemerken würde, daß das Collier eine Zeitlang verschwunden war. Sie durchschauten Agnes' verzweifelte Versuche, den Verdacht von ihrer Herrin abzulenken. Die erfolgreichen Detektive bedachten und verwarfen die Idee von zwei Verbrechen (ein Diebstahl und ein Mord), die unabhängig voneinander am gleichen Tag passierten, und schlossen, daß Lady Alicia die Übeltäterin war.«

Im Garten brach ein tosender Lärm aus. Annie wußte, daß es ein paar Unverbesserliche geben würde, die protestieren würden, aber ihre Strategie sah vor, sie einfach zu überrumpeln.

»Ich weiß, daß Sie alle gespannt sind zu erfahren, wer unsere erfolgreichen Detektive sind. Ich freue mich, Ihnen ankündigen zu dürfen, daß wir ein Montagsteam als Gewinner haben.«

Jubel und Jammern.

»Team 2 vom Montag abend, würden Sie bitte auf die Bühne kommen? Sehen Sie, wer die Sprecherin ist! Kommen Sie zu mir, Marygold Rembrandt – oder sollte ich Emma Clyde sagen?«

Noch jemand stand mit tieftraurigem Gesicht neben der Bühne.

»Aber …« Annie mußte schreien, um sich verständlich zu machen. »Aber wir haben noch ein Gewinnerteam, das die Ehre verdient, weil es gestern abend seinen Umschlag zur gleichen Zeit eingereicht hat. Team 6!«

Annie sollte die manipulierte Uhrzeit niemals bedauern.

Mrs. Brawley rannte die Stufen herauf, schnappte Annies Hände und hob sie hoch wie ein siegreicher Boxer.

»Unser zweites Gewinnerteam wird von einer der eifrigsten Krimileserinnen von Broward's Rock angeführt: Mrs. Henrietta Brawley.«

Die Band begann zu spielen, die siegreichen Krimiteilnehmer jubelten, und die Menge schrie, pfiff und stampfte.

Annie lächelte zufrieden, während sie ihren Blick über die jubelnde Zuschauermenge schweifen ließ. Dann erstarrte sie.

Inspector Wells schob sich durch die Menschen auf die Bühne zu, und sein grimmig vorgestrecktes Kinn war ein unmißverständliches Signal.

23

Die Menge vor dem Podium wurde noch dichter, als andere Krimifans sich auf den Stufen drängten, um den Gewinnern zu gratulieren. Annie verlor den Inspector einen Moment lang aus den Augen und sah dann, wie er sich durch eine Gruppe streitlustiger Verlierer drängte. Der Apotheker von Broward's Rock schüttelte entrüstet den Kopf. Wells ging um ihn herum und hob eine Hand, um Bobby Frazier auf die Schulter zu tippen. Annie konnte einige Worte hören: »... verhafte Sie ... Mord an Corinne Webster und Idell Gordon. Ich kläre Sie über Ihre Rechte auf ...«

Diejenigen, die sich in Hörweite befanden, schwiegen, um zuzuhören, aber die meisten der Teilnehmer drängten sich geräuschvoll zur Bühne. Am Horizont zuckten Blitze.

Von ihrem Blickwinkel aus sah Annie, wie Bobbys Kopf herumfuhr, aber er machte keine Bewegung, um sich aus Wells' Griff zu befreien. Seine Blicke huschten suchend durch die Menge. Annies Blick folgte ihnen.

Gail stand am anderen Ende der Bühne, gefangen in einem wirbelnden Menschenstrom. Sie balancierte auf den Zehenspitzen, die Augen vor Kummer weit aufgerissen, versuchte, sich einen Weg durch die Menge zu bahnen, und begann zu schreien. »Nein, er war es nicht. Er war es nicht!«

Bobby wollte zu ihr, doch Wells hielt ihn am Arm fest. Er warf ihr einen letzten, verzweifelten Blick zu und ging dann mit Wells zur Auffahrt, wo der Streifenwagen wartete.

Von der wirbelnden Menge aufgehalten, drehte sich Gail um und stürzte zu den Stufen der Bühne. Sie stolperte hinauf, lief auf Annie zu und entriß ihr das Mikrofon. Hoch und schrill drang ihre Stimme durch die Nacht: »*Ich* habe meine Tante umgebracht! *Ich* habe Corinne Webster und Idell Gordon getötet! *Ich* war es!«

Zusammengesunken saß Lucy auf einem Stuhl neben Gails Bett und hielt die Hand des Mädchens, dessen krampfhaftes Schluchzen allmählich nachließ.

John Sanford schloß seine Tasche und bedeutete Annie, ihm in den Flur zu folgen.

Mit der Hand rieb er über die Bartstoppeln auf seinem Kinn. Er sah müde, dünn und verwirrt aus. »Das Mädchen steht kurz vor einem Zusammenbruch. Die Injektion wird gleich wirken. Was ist nur in sie gefahren, um Gottes willen? Was für eine dumme Tat! Ich kenne die Kleine schon, seit sie auf der Welt ist. Sie könnte nicht mal eine Katze töten. Frazier vielleicht schon. Ein Kerl wie er würde sich die Chance nie entgehen lassen, ein paar Millionen zu erheiraten.« Er holte tief Luft. »Tja, ich habe morgen früh eine Operation und muß nach Hause, noch etwas schlafen. Bitte nehmen Sie das.« Er öffnete seine Tasche und holte einige Tabletten Valium heraus. »Sorgen Sie dafür, daß Lucy die nimmt und dann auch ins Bett geht. Sie steht ebenfalls kurz vor dem Kollaps.«

Nachdem er gegangen war, öffnete Annie vorsichtig die Tür zu Gails Zimmer und trat ein. Das Mädchen atmete jetzt ruhiger. Obwohl sie wach zu bleiben versuchte, fielen ihre Augen immer wieder zu.

Annie durchquerte das Zimmer und blieb neben Lucy stehen, die nicht aufsah. Ihr Blick war fest auf Gails blasses Gesicht geheftet. Sanford hatte recht. Auch Lucy brauchte Hilfe. Eingesunken saß sie wie eine uralte Krähe auf dem Stuhl, und das rotgoldene Seidenkleid stand in einem erschreckenden Kontrast zu ihrem trauernden Gesicht.

Annie berührte sanft ihre Schulter.

Langsam sah Lucy auf. Ihre Augen waren voller Kummer. »Es ist so grauenhaft, so schrecklich. Gail zu sehen, wie sie schreit und weint ...« Tränen rannen über ihre Wangen und tropften auf die Seide ihres Kleides, so sanft und stetig wie der Frühlingsregen auf den Fensterscheiben.

»Pst. Sie schläft jetzt. Morgen wird es ihr besser gehen.«

Lucy hob Gails kraftlose Hand und legte sie an ihre Wange. »Sie liebt ihn schrecklich. O Gott, was sollen wir nur machen?«

Annie war unglaublich müde. Die feine Dresdener Uhr auf dem Nachttisch schlug zweimal. Zwei Uhr morgens.

»Heute nacht können wir nichts mehr tun. Max kümmert sich um einen Anwalt für Bobby, aber ich glaube, daß es vorbei ist, nachdem er auf Gails Geständnis hin selbst gestanden hat. Wells hat es schriftlich. Und mehr brauchen sie wohl nicht, seit sie auch noch einen Bleistift mit seinen Fingerabdrücken in Idells Büro gefunden haben.«

»Einen Bleistift?«

»Wells glaubt, daß er aus Bobbys Hemdtasche gefallen ist. Er hatte immer ein paar Ersatzbleistifte dabei.«

Lucy hob ihr Kinn. »Er könnte an dem Abend auch nur in Idells Büro gewesen sein, um mit ihr zu reden. Um herauszufinden, was sie wußte. Dann beschloß er, den Mund zu halten, als man sie tot auffand.«

»Er sagte, er sei zu ihr gegangen, um mit ihr über die Belohnung zu sprechen. Und über das, was sie zu wissen glaubte. Dabei will er die Blausäure in den Sherry geschüttet haben.«

Es war fast drei Uhr, als Annie Lucy, die es ablehnte, das Valium zu nehmen, nach Hause brachte. Als sie im Dauerregen zum Gasthaus zurückkehrte, fühlte sich Annie, als wäre sie unter einen Bulldozer geraten. Max war nicht in seinem Zimmer. War er immer noch im Gefängnis bei Bobby, oder versuchte er, einem verschlafenen Anwalt die Verwicklungen dieses komplizierten Falles zu schildern? Zwei tote Frauen, zwei Geständige, einer davon im Gefängnis, die andere ignoriert.

Sie setzte sich auf den wackligen Stuhl vor dem Fenster. Die Läden waren nicht für die Nacht geschlossen worden. Im Regen erkannte sie nur die Umrisse des beigebraunen Gesellschaftsgebäudes. Dort hatte alles angefangen. Nein, nicht ganz. Es hatte schon vor Jahren angefangen, als Corinne Prichard Webster ihren herrischen Lebensweg angetreten hatte. Das war der Anfang, Corinnes Arroganz, ihre absolute Entschlossenheit zu herrschen. Aber das Ende ihres Lebens war von jenem stillen Gebäude bestimmt. Und das Ende von Idell Gordons Leben war entschieden gewesen, als sie in jener Nacht aus dem Fenster gesehen und beobachtet hatte, wie jemand das Gebäude der Gesellschaft verlassen hatte.

Wen hatte sie gesehen?

Annie richtete sich auf.

Nicht Bobby, verdammt noch mal.

Idell war eine geborene Quasselstrippe gewesen. Ihre Zunge hatte nie stillgestanden. Sie hatte geredet, ob sie nun etwas zu sagen gehabt hatte oder nicht. Es hätte sie nicht mehr losgelassen, wenn Bobby Frazier mitten in der Nacht aus dem Gebäude gekommen wäre. Sie hätte es mit Sicherheit irgend jemandem gegenüber erwähnt. Das hieß ... Annie preßte die Finger fest gegen ihre Schläfen. Sie war müde, so verdammt müde, aber sie spürte, daß sie nah an der Lösung war. Das bedeutete, daß die Person, die Idell in jener Nacht gesehen hatte, ein Bekannter gewesen war, dessen spätes Erscheinen vielleicht überraschend, nicht aber schockierend gewesen war.

Ein Vorstandsmitglied.

Annie sprang auf und lief durch das Zimmer. Dann sank ihre Erregung langsam wieder. Okay, ein Vorstandsmitglied. So weit waren sie vorher auch schon gewesen: Lucy, Sanford, Gail, Roscoe, Edith, Sybil, Miß Dora. Selbst das Erscheinen von Leighton hätte Idell nicht sonderlich überrascht. Er hätte im Auftrag von Corinne unterwegs sein können.

Also hatte sie bisher nur Bobby vom Verdacht befreit und vielleicht Tim.

Verdammt, verdammt, verdammt. Es war unmöglich, ein Schlamassel. Sie würden nie dahinterkommen. Und sie war zu müde, um nur einen Schritt zu gehen oder einen Gedanken zu verfolgen. Plötzlich spürte sie das übermächtige Verlangen, sich hinzulegen und in tiefen Schlaf zu sinken.

Auf dem Bett lagen die Materialien des Krimispiels verstreut, die sie ohne jeden Willen, Ordnung zu machen, dorthin geworfen hatte, bevor Max zum Polizeirevier und sie zu Prichard House geeilt waren. Müde begann sie, die Kisten wegzustellen. Wenigstens war der Landhausmord jetzt Geschichte. Schade, daß man die Indizien des Mordes an Corinne nicht auch so säuberlich aufführen konnte. Beweisstücke wie wehende rote Fähnchen. Aber auch Verhaltensweisen konnten auf den Mörder hinweisen, denn Mord resultierte aus einem bestimmten Verhalten: Lord Algernons wiederholte Affären mit anderen Frauen, die Eifersucht seiner Frau, ihre unbezähmbare Spielleidenschaft, ihre verzweifelten Versuche, sich von ihren Schulden zu befreien. All das führte zu dem Moment, in dem sie ihre Quälerin erschlug. Und die offensichtlichen und auffallenden Bemühungen ihrer Zofe, den …

Annie stand in der Mitte des Zimmers, eine Posterrolle in der Hand.

Verhalten.

Bilder überfluteten ihre Gedanken … Corinnes herrischer Wille zu bestimmen, der nagende Ärger einer verbotenen Liebe, die verschwörerische Besessenheit von Idell Gordon zu reden, zu reden und zu reden, der Tatort am Teich, das Schild, das den Aberglauben des Küstenlandes beschrieb, Miß Doras verzweifelter Versuch, Annie die Schuld zuzuschieben, der Kricketschläger mit Annies Fingerabdrücken, von denen ein paar verwischt waren, Idells Hoffnung, daß sie für ihr Schweigen mehr Geld bekommen könne, ihre Einladung des Mörders zum Sherry.

Da wußte Annie plötzlich, wer Corinne Webster und Idell Gordon ermordet hatte.

Sie ging zum Stuhl zurück, sank hinein und legte den Posterbehälter abwesend auf die Klimaanlage. Sie wußte es und freute sich nicht darüber.

Aber Bobby war im Gefängnis und würde möglicherweise wegen Mordes verurteilt werden. Würden die Geschworenen sein Geständnis durchschauen und begreifen, daß es nur ein letzter, verzweifelter, dummer Versuch war, das Mädchen zu schützen, das er liebte?

Nur eines konnte Bobby Frazier retten.

Sie sprang auf und lief im Zimmer hin und her. Einmal griff sie nach dem Telefon, um Inspector Wells anzurufen.

Aber er würde ihr nicht glauben.

Sie ging weiter.

Eine Möglichkeit blieb. Ein riskantes Spiel, das entweder wirkungslos verpuffen oder zum nächsten Mord führen würde.

Annie zögerte unschlüssig. Sollte sie das Schicksal herausfordern?

Dann griff sie nach dem Telefon, hob den Hörer ab und wählte.

Schon nach dem ersten Klingeln wurde geantwortet.

»Ja?«

»Sie haben Corinne getötet. Und Idell.«

Schweigen. Annie konnte ihr eigenes Herz hämmern hören.

»Wie haben Sie es herausgefunden?«

Als Annie erzählte, klang ihre Stimme ebenso müde. Sie zählte ihre Gründe auf und sagte dann: »Sie wissen, daß nur eines Bobby Frazier noch retten kann – Ihr Geständnis.«

Sie bekam keine Antwort, bis auf ein kaum hörbares Seufzen. Dann war die Verbindung unterbrochen.

Annie verkeilte einen Stuhl unter dem Türknauf, schaffte die restlichen Sachen vom Bett herunter und schaltete das Licht aus. Sie legte sich hin, aber ihre Augen schlossen sich für eine lange, lange Zeit nicht, weil sie den dünnen Lichtbalken beobachtete, der unter der Tür zu erkennen war. Nach etwa einer Stunde hörte sie, wie Max in sein Zimmer kam. Sie hätte ihn gern zu sich gerufen, aber es war ihre Entscheidung, und sie allein hatte sie zu verantworten. Sie lauschte auf den herabrauschenden Regen.

Max schleppte die letzte Kiste in Death on Demand, setzte sie ab und drehte sich zu Annie um.

»Was ist los?«

»Was meinst du damit?«

»Liebling, ich weiß, wann du gute Laune hast und wann du traurig bist. Ich habe dich im Mondschein geliebt, mit dir bis zur Morgendämmerung getanzt, war Zeuge unglaublicher Freßorgien, habe deinen Intellekt bewundert, den Schwung deines Aufschlags ebenso wie den Schwung deiner Person, aber seit wir uns kennen, habe ich es noch nie erlebt, daß du pro Minute weniger als dreitausend Wörter sagst. Also stimmt heute morgen irgend etwas nicht. Ich weiß, daß wir noch nicht gefrühstückt haben und unsere Autos getrennt zur Fähre bringen mußten, aber du hast noch nichts außer ›aha‹ und ›mhm‹ gesagt, seit wir wieder hier sind. Du hast nicht mal die Strategie kommentiert, die der Anwalt aus Atlanta zu Bobby Fraziers Verteidigung einsetzen will. Also – was ist los?«

Die Glöckchen klingelten, als sich die Ladentür von Death on Demand öffnete.

Annie sah an Max vorbei in den Mittelgang des Ladens.

Bobby Frazier kam mit rotgeränderten Augen und Bartstoppeln am Kinn auf sie zu.

In seinen Augen standen Tränen.

»Der Fall ist abgeschlossen«, sagte Annie und griff nach Max' Hand.

»Abgeschlossen? Was heißt das?«

Doch sie beobachtete Bobby.

Er streckte eine Hand aus, mit der Handfläche nach oben. Ein cremefarbener Umschlag trug in geschnörkelter, femininer Schrift Annies Namen.

»Ich mußte Wells ganz schön unter Druck setzen, damit er ihn für Sie herausrückt. Aber das hat sie Ihnen geschrieben, und ich fand, daß Sie es bekommen sollten.« Sein Mund verzog sich nach unten. »Manchmal ist es ganz hilfreich, Reporter zu sein. Wenn man nicht im Gefängnis sitzt. Ich habe ihm sogar mit einer Anzeige wegen Freiheitsberaubung gedroht. Aber er hatte ja den anderen Brief, das Geständnis.« Er schluckte mühsam. »Sie ist tot. Sie hat von dem Kaliumzyanid genommen.«

»Tot? Wer ist tot?« fragte Max.

Sie sagten gleichzeitig, Bobby mit düsterer, Annie mit tränenerstickter Stimme:

»Lucy Haines.«

24

»Lucy Haines!« Max' Stimme wurde vor Erstaunen lauter. »Woher wußtest du das? Wie bist du darauf gekommen?«

»Durch das Verhalten der Beteiligten.« Annie brachte ein schiefes Lächeln zustande. »Erinnerst du dich nicht daran, wie deine Mutter zu dir sagte, daß Taten mehr als tausend Worte sagten? Und das tun sie wirklich. Denk nur mal einen Moment nach: Wer war vernarrt in Gail und mußte zusehen, wie ihre Hoffnungen auf Liebe und Glück von derselben Person vernichtet wurden, die ihre eigene Liebe vor vielen Jahren zerstört hatte? Wer litt am meisten, nachdem Corinne ermordet worden war? Deutete sie nicht an, sie selbst habe mit Cameron gebrochen, wo doch jeder andere es anders in Erinnerung hatte? Immerhin wird Geschichte als ›Kollektives Erinnern‹ definiert. Wer gehörte zu Chastain durch Geburt, Erziehung und gesellschaftliche Stellung? Wen würde Miß Dora schützen? Wer wohnte gleich neben dem Teich und konnte Corinne auflauern, nachdem sie zu einem Treffen dorthin bestellt worden war? Wer wußte über das Detektivspiel und den Kricketschläger Bescheid? Wer hatte die ganze Zeit Handschuhe und Kostüm an, nur am Tatort des Mordes nicht? Wer half mir, Corinne aus dem Teich zu ziehen, was die verschmutzte Kleidung erklärte? Wen würde Idell wohl zum Sherry einladen?« Eine Träne lief über Annies Wange. Automatisch reichte Max ihr sein Taschentuch, das sie dankbar annahm. »Also habe ich Lucy angerufen und ihr gesagt, daß ich Bescheid wisse.«

Max packte sie an den Schultern.

»Warum hast du mir das nicht gesagt? Mein Gott, was für ein unnötiges Risiko! Was, wenn sie auf dich losgegangen wäre?«

»Ich hatte nicht den Eindruck, daß sie das tun würde. Sie schien so müde zu sein, hatte einfach genug von allem. Und Gail bedeutete ihr mehr als alles andere, selbst als ihre Sicherheit. Ich glaubte einfach nicht, daß sie kommen würde.« Annies Stimme war ernst. »Aber ich habe einen Stuhl unter den Türknauf geschoben.«

»Und auf die Morgendämmerung gewartet.« Bobby sah sie bewundernd an.

»Keine besonders angenehme Nacht.«

»Du hättest mich rufen sollen.« Diesmal lag keine Lebendigkeit und kein Humor in Max' Stimme, sondern nur Verwirrung und Schmerz. Sie wußte, wie wichtig es für ihn war, sie zu verstehen. Sie griff nach seinen Händen und hielt sie fest.

»Ich wußte, daß ich dich hätte rufen können. Glaub mir, ich weiß, daß ich dich immer rufen kann. Aber manchmal muß man eben etwas allein durchstehen. Ich mußte das tun.«

Er zog sie in seine Arme und hielt sie einen Moment fest umklammert.

»Schon gut«, sagte er dann barsch, »schon gut.« Dann strich er sich mit einer Hand durch sein kräftiges blondes Haar und führte sie zu einem der Tische. »Ich weiß nicht, wie es bei Ihnen ist, Bobby, aber Annie und ich hatten noch keinen Frühstückskaffee.«

Der Reporter zögerte, doch Annie ergriff seine Hand. »Dr. Sanford hat gesagt, daß Gail bis zum Nachmittag schläft.«

Sie setzten sich an den Tisch, der am nächsten an der Rückwand stand. Max kochte wunderbar heißen und starken Kaffee, während Bobby ihnen erzählte, was er wußte.

»Sie hat Wells heute morgen angerufen und ihn gebeten vorbeizukommen. Sie sagte, sie habe Informationen über die Morde. Die Vordertür stand offen. Sie hinterließ zwei versiegelte Briefe. In dem Brief an den Inspector gab sie zu, Corinne und Idell getötet zu haben. Das war alles.«

Annie sah auf ihren Brief. Die anmutig geschwungene Schrift, ›Miß Annie Laurance‹ auf dem blaßblauen Briefumschlag. Sie holte tief Luft und öffnete den Brief.

Liebe Annie,

schon vor Ihrem Anruf war mir bewußt, daß ich nur wieder Ruhe finden könnte, wenn ich Inspector Wells über die Wahrheit unterrichten würde. Ich möchte, daß Sie das wissen. Bitte glauben Sie nicht, daß Sie meinen Tod beschleunigt haben. Das würde mich schmerzen, so wie mich der ganze Lauf der Dinge in der vergangenen Woche geschmerzt hat.

Ich weiß, das muß Ihnen seltsam und egoistisch erscheinen, aber ich bin traurig und bereue es. Ich konnte auf diesem Weg nicht weitergehen.

Dann kam ein Tintenklecks, und ein Wort war ausgestrichen.

Doch in diesen letzten Momenten meiner Nacht will ich aufrichtig sein. Ich weiß nicht genau, was in meinem Herzen vorging. Als ich den Brief schrieb – Idell sah mich beim Verlassen des Gebäudes spät in der Nacht des 19. März –, war ich, fürchte ich, zufrieden mit mir. Ich wollte Corinne leiden lassen. Aber hatte ich damals schon vor, ihr das Leben zu nehmen? Ich würde gern glauben, daß das nicht so war, aber um ehrlich zu sein: Ich weiß es nicht.

Ich haßte Corinne. Sie hatte Cameron belogen, ihn davon überzeugt, daß ich nur wegen seines Geldes an ihm interessiert sei, und er hatte mich verlassen und eine andere kennengelernt und geheiratet. Ja, dafür habe ich Corinne gehaßt.

Und ich haßte die Art, in der sie alle um sich herum behandelte, den armen Leighton und Edith, die sich soviel Mühe gab, den talentierten Tim. Jeder, der in ihre Nähe geriet, wurde von ihr angezogen und zerstört.

Aber am meisten verabscheute ich, was sie Gail antat. Gail ähnelt ihrem Vater so sehr, ist zutraulich, offen, großzügig. Ich hätte nicht gerade Bobby Frazier für sie gewählt, aber an diesem Punkt unterschieden Corinne und ich uns eben. Ich liebe Gail und würde nie versuchen, für sie zu wählen.

Sie hatten recht mit dem, was Sie sagten. Es hätte jedem auffallen sollen, daß ich am nächsten an dem Teich wohne. Ich war schon früh unterwegs, um bei der Gala mitzuhelfen, und stieß auf Gail und Bobby, die sich stritten. Ich begriff, daß Corinne ihre Hand im Spiel hatte, sah, daß sie schon wieder gewinnen würde, genau, wie sie gegen mich gewonnen hatte. Ich ging ins Haus zurück, war so wütend, daß ich nur immer auf und ab lief. Schließlich rief ich Corinne an, und wir stritten. Sie war wütend, sagte, daß mich das nichts angehe und ihre Entscheidung unwiderruflich sei. Ich wußte nicht, daß Gail und Bobby noch einmal miteinander gesprochen hatten und sich auch weiterhin treffen wollten, egal, was Corinne tun würde. Ich weiß nicht, ob ich mich anders verhalten hätte, wenn ich das gewußt hätte. Aber ich wußte es nicht, und so bat ich Corinne, sich mit mir am Teich zu treffen.

Vielleicht enthüllt das schon die Wahrheit, denn warum habe ich ausgerechnet den Teich gewählt? Ich hätte zu Prichard House gehen können, sie hätte hierher kommen können. Aber ich wußte, daß die Indizien für das Krimispiel dort ausgelegt waren – und der Kricketschläger.

Wir trafen uns, stritten uns, und sie wandte sich ab, um davonzugehen, herrisch wie immer. Ich schnappte den Kricketschläger und schlug sie nieder.

Dann warf ich den Schläger ins Wasser und beugte mich über sie. Sie atmete noch. Es war schrecklich, und ich hasse es, mich daran erinnern zu müssen, aber ich zerrte sie ins Wasser und wartete, bis sie ertrunken war. Meine Handschuhe – es war sehr clever von Ihnen zu bemerken, daß ich welche hätte tragen müssen – waren naß. Ich zog sie aus, verknotete sie und warf sie in den Teich. Meine Schuhe und mein Kleid waren ebenfalls naß, aber ich wartete am Tor, weil ich wußte, daß irgendwer sie finden würde und ich dann in den Teich stürzen konnte. Natürlich hörte ich Ihre Schreie, als Sie Corinne fanden, und so kam ich Ihnen ›zu Hilfe‹.

Was Idell betrifft … Sie rief an und sagte, daß sie versuchen werde, Leightons Belohnung zu bekommen, falls ich ihr nicht mehr als die fünftausend Dollar bieten könne. Sie wollte zehntausend. Ich sagte ihr, daß ich ihr einen Teil des Geldes während des Krimispiels bringen würde. Am Nachmittag ging ich ins Museum. Die Hintertür ist während der Arbeitszeiten nie verschlossen, und ich schlüpfte die Treppen in den Keller herunter. Ich bin seit Jahren im Museumsvorstand und weiß über das Galvanisieren und das Kaliumzyanid Bescheid. Ich habe etwas in einem Medizinfläschchen aus Plastik mitgenommen. Während der Veranstaltung ging ich zum Gasthaus und klopfte an die Bürotür. Idell erwartete mich. Sie war nicht mißtrauisch. Der Angestellte an der Rezeption hätte sie gehört, wenn sie ihn gerufen hätte. Wir tranken jeder ein Glas Sherry. Ich sagte, daß ich den Sherry ausgezeichnet fände, und ob wir nicht noch ein Glas trinken sollten, um unsere Übereinkunft zu begießen. Ich trug Handschuhe. Ich stand auf und stellte mich zwischen sie und die Karaffe. Dann entleerte ich das Fläschchen in die Karaffe, goß uns jeweils ein frisches Glas ein und sah zu, wie sie an ihrem nippte. Es ging sehr schnell. Mir war dann übel. Ich schüttete den Inhalt aus meinem Glas wieder in die Karaffe und nahm das Glas, in ein Papier von ihrem Schreibtisch gewickelt, mit. Nach dem Ende des Krimispiels warf ich es in den Teich.

Die Uhr schlägt gerade fünf. Ich habe dieser Uhr mein ganzes Leben lang gelauscht, und die tiefe Glocke bedeutete immer ›Alles ist gut‹. Nun kündigt sie das Ende an. Bitte erklären Sie Gail, daß ich ihr nie weh tun wollte, und vergeben Sie mir das Unglück, das ich angerichtet habe.

Lucy Haines

Das Telefon klingelte. Mit einem prüfenden Blick auf Annies Gesicht griff Max nach dem Hörer.

»Death on Demand.« Seine Stimme entspannte sich. »Oh, sicher Barbie. Ich bin gleich da. Gibt's was Neues?«

Bobby trank seinen Kaffee aus und schob seinen Stuhl zurück.

Max jubilierte am Telefon. »Großartig! Ja. Bringen Sie's rüber. Jetzt sofort. Nein, machen Sie's nicht auf.«

Annie und Bobby sahen ihn neugierig an.

Max wirkte überaus zufrieden.

Bobby schob seinen Stuhl an den Tisch, drehte sich um und betrachtete die Aquarelle. »Ich hatte gar keine Gelegenheit, mir diese Dinger während der Veranstaltung anzuschauen.«

Die Glöckchen an der Eingangstür erklangen, und Barbie kam fröhlich den Gang herab. »Hallo, Annie, hallo, Max. Bin froh, daß Sie wieder da sind. Hat's Ihnen Spaß gemacht?« Barbie sah sie aufmerksamer an. »He, Sie sehen beide müde aus …« Sie wandte sich an Max und schob ihm ein kleines Paket in die Hand. »Hier ist das Päckchen aus London.«

»Danke, Barbie. Ich komm' gleich rüber.«

Sie lächelte und verschwand.

Er nahm Annie an der Hand, führte sie zu dem schrägstehenden Regal mit den Büchern von Agatha Christie und hielt ihr das Paket hin. »Eine Kleinigkeit für dich.«

Max liebte dramatische Auftritte. Wahrscheinlich war es eine Erstausgabe von einem ihrer Lieblingsbücher *Cat Among Pigeons*[26] oder *The Hollow*[27].

Auf dem Kassentisch fand sie eine Schere, mit der sie das Papier um das Paket vorsichtig aufschlitzte. Als sie hineingriff, war sie zuerst ein wenig irritiert. Kein Buch. Seltsam, es fühlte sich wie ein Bilderrahmen an …

Sie zog das Geschenk heraus und hob es vor die Augen. Zwei Glasplatten, die aufeinandergeklebt waren. Zwischen die Glasscheiben eingelegt befand sich ein Blatt extrem dünnen Papiers, wie die Luftpostbriefe, die man in England während des Zweiten Weltkrieges benutzt hatte. Die Schrift war klein, um Platz zu sparen.

7. Mai 1943
Highgate

Mein liebster Max,

ich bin mit einem so absurden Projekt beschäftigt, daß ich gar nicht weiß, wie ich überhaupt dazu gekommen bin. Stephen Glanville ist schuld daran. Er hat mich gedrängt, eine Detektivgeschichte zu schreiben, die im Alten Ägypten spielt! Zuerst habe ich mich geweigert, aber jetzt bin ich mittendrin …

---

[26] Agatha Christie: Die Katze im Taubenschlag
[27] Agatha Christie: Das Eulenhaus

Ein Hinweis auf die Knappheit von Eiern folgte, dann ging es um Neuigkeiten über Freunde vom Theater, eine Besprechung des Charakters von Iago und einige Sätze zum Befinden von Rosalind, die ihr erstes Kind erwartete. Annie las den Brief in einem Zug durch, sah Max mit großen Augen an, las ihn ein zweites Mal und warf sich dann in seine Arme.

»Max, Max, Max! Wo hast du den bloß her? Wie hast du einen Brief von Agatha Christie an ihren Mann aus dem Krieg finden können? O Gott, sie schrieb gerade *Death Comes as the End*[28]. Wie hast du das gemacht?«

Er lächelte bübisch. »Ich hab' ein bißchen rumgefragt, ein paar Leute angesprochen. Gefällt's dir?«

»Gefällt's dir? Gefällt's dir?« Sie hielt den Brief ins Licht und überlegte schon, auf welchem Regal er am besten zur Geltung käme. Dann drehte sie sich zu ihm um. »Max, du bist wunderbar.«

Er nickte zufrieden.

»Wie kann ich das jemals ...« Sie hielt inne und sah ihn mit wachsendem Verstehen an.

Er wußte, wann es Zeit war anzugreifen. »Weißt du, eigentlich habe ich an September gedacht.«

Sie nickte und verstand.

»Ich glaube, du hast recht mit einer Hochzeit hier auf Broward's Rock.«

Sie war sprachlos.

»Natürlich« – er hob einen warnenden Finger – »habe ich an eine oder zwei Änderungen gedacht.«

»Ach?«

»Ja, eine nette, einfache Trauung in St.-Mary's-By-The-Sea ... Aber den Rest der Veranstaltung plane ich.« Er lächelte sein bestes, charmantestes Max-Lächeln. »Es ist der letzte Schrei.« Seine Stimme hatte ihren sanftesten, überredensten Ton. »Du hast bestimmt in der New York Times davon gelesen ... Diese dreitägigen Hochzeiten. Wir laden alle auf die Insel ein, auf meine Kosten natür-

[28] Agatha Christie: Rächende Geister

lich, veranstalten am Freitag ein Golfturnier für die Junggesellen, und du organisierst für die Brautjungfern ein Tennisturnier. Am Abend gibt's dann ein Diner im Club, am Samstag vormittag die Hochzeit und am Nachmittag vielleicht ein Wettrudern. Am Sonntag können wir …«

Sie blickte auf den wertvollen, gerahmten Brief, dann in Max' Gesicht. War sie eine eselsköpfige, halsstarrige, klassenbewußte Spielverderberin? Vielleicht war es jetzt Zeit, den Fisch aus dem Wasser zu ziehen, solange er den Köder nicht abgebissen hatte. Wenn sie Max heiratete, heiratete sie auch seine Millionen. Immerhin war die Ehe für gute und für schlechte Zeiten.

Sie wollte sich eben in seine Arme werfen, als Bobby rief: »He, Annie?«

Sie bedachte Max mit einem zärtlichen Blick und ging in die Kaffee-Ecke. »Ja?«

»Wie teuer sind diese Bilder? Mensch, ich würde sie liebend gerne kaufen. Ich sammle harte Krimis.«

»Kennen Sie sie denn?«

»Klar.« Er zeigte der Reihe nach auf die Bilder. »Das erste ist Sam Spade in *The Maltese Falcon*[29], das zweite Philipp Marlowe in *The Big Sleep*[30], das dritte Lew Archer in *The Moving Target*, das vierte Travis McGee in *The Dreadful Lemon Sky*[31] und das letzte Spenser in *The Godwulf Manuscript*[32].« Er grinste. »Glauben Sie, daß wir jemals Spensers Vornamen erfahren werden?«

---

[29] Dashiel Hammet: Der Malteser Falke
[30] Raymond Chandler: Der große Schlaf
[31] John D. MacDonald: Der Tod wirft gelbe Schatten
[32] Robert B. Parker: Die Schnauze voll Gerechtigkeit

Zuflucht im Kloster
01/7617